读客® 知识小说文库

读 小 说 ， 学 知 识

夏尔
A SONG OF THE CREATOR
造物者之歌

米迦勒
A SONG OF THE CREATOR
造物者之歌

加百列
A SONG OF THE CREATOR
造物者之歌

万千
A SONG of the CREATOR
造物者之歌

A SONG OF THE CREATOR

造物者之歌 2

辨魂之眼

猖狂 著

上海文艺出版社

图书在版编目（CIP）数据

造物者之歌．2，辨魂之眼 / 狷狂著．-- 上海：上海文艺出版社，2019.10
（读客知识小说文库）
ISBN 978-7-5321-7365-5

Ⅰ．①造… Ⅱ．①狷… Ⅲ．①长篇小说—中国—当代
Ⅳ．① I247.5

中国版本图书馆 CIP 数据核字 (2019) 第 196419 号

责任编辑：夏　宁
特邀编辑：袁莹莹
封面设计：蒋咪咪
插画设计：周　玮　　陈大鹏　　武　磊

造物者之歌．2，辨魂之眼
狷　狂　著
上海文艺出版社出版、发行
地址：上海绍兴路7号
电子信箱：cslcm@publicl.sta.net.cn
网址：www.slcm.com
新華書店经销　三河市龙大印装有限公司印刷
开本 680毫米×990毫米　1/16　22.25印张　字数 304千字
2019年10月第1版　2019年10月第1次印刷
ISBN 978-7-5321-7365-5/I.5855
定价：48.00元

目 录

京华大学是泛亚的百家国家级大学之一，不管是建校历史、硬件设备，还是教学科研实力都能排进全国前十。此时安设在京华大学正门前的接待点有近百个。每个抵达的新生都是从全国范围内优胜劣汰出来的精英学子。

夏历5053年，以纸人之父李青偃造生第一名纸人为标志，造纸纪元正式拉开了序幕。造纸之术原本仅仅被它的创造者当作一项单纯的个人爱好。李青偃没有为之申请专利，也不曾对其传播做任何阻拦，甚至很乐于为前来求教的人们解答疑惑。这使得造纸之术从一开始就以一种惊人的速度在民间流传起来。

秋山公园是秋山国家生态保护区唯一对游客开放的区域。这里春绿秋黄冬白，四季风光各有特点，空气质量非常好，加上游乐设施齐全，交通便利，因此终年游客络绎不绝。或许因为是大学第一次野外宿营，班上同学都显得特别兴奋。

他环顾了一眼周围的考生。这一看便看出蹊跷：《造纸简史》也是造纸系和造设系的公共课程。考场内的座位一般都被刻意打散，每个人附近一般都是其他班的学生。在造纸系与造设系人数为1：4的巨大悬殊下，他身边的八个考生居然全是造纸4901班的，如同一只铁桶，将他包围其中。

曙日的官方名称是曙光之日。终止旧纪元的那场大洪水，在全球泛滥了一年零二十七天后终于结束。据说发现洪水退去的，是一个小女孩和她的猫。那天清晨，小女孩穿着一条红裙子，从幸存者营地偷溜出去寻找小猫，结果发现她的猫正站在洪水退去的黑色湿地上，试图从一大堆搁浅的大鱼中叼起一条。

出海大约十分钟后，简墨再未见任何人迹。飞剑的轨迹也开始变得自由随性起来了，一会儿贴着粼动的海波飞行，惹来海豚追逐，一会儿在天空穿梭，与海鸥嬉戏……简墨在看到第三条鲸鱼跃出海面后，不由得心想，叫长鲸岛也不是没有道理的。

我早就跟你说过，在商场上混，要谨慎谨慎再谨慎。你当墨力是你以前见过的那些只有丁点才华的魂笔制造师？你以为他只有一个双槽导流技术，就不敢和齐家对着来？M系列魂笔里藏着的那套制作体系，就是他最大的依仗。

第一章

初到京华大学

“谢首。造纸材料与设计系。”

简墨将行李箱停在一边，将报到通知书递了过去。

就算不回头，他也能感受到，之前粘在身上的那数百道目光热度骤然下降，并且迅速撤离。

京华大学是泛亚的百所国家级大学之一，不管是建校历史、硬件设备，还是教学科研实力都能排进全国前十。此时安设在京华大学正门前的接待点有近百个。每个抵达的新生都是从全国范围内优胜劣汰出来的精英学子。他们表现得或兴奋或淡然，但从这些轻快而有力的步伐不难判断出，这群孩子无一不把这重身份视作骄傲的资本。

不过这一群天之骄子中，造纸学院的新生又是不同的。年轻的造纸师们尽管学业刚刚起步，却早已注定会拥有璀璨的未来。这使得他们还额外享受到了其他学院新生投来的羡慕眼光。对此，年轻的造纸师们却早已习惯，极少表现得喜形于色。

同为造纸学院的新生，简墨也荣幸地收获这份体验。只不过录取他的是京华大学造纸学院的另一个专业——造纸材料与设计。

顾名思义，造纸材料与设计专业，培养的是从事造纸工具材料研究和产品设计的人才。至于这两个专业的差别，看投射在简墨身上那些目光的变化便可知道了。

接过简墨通知书的师姐，是一个扎着马尾辫、穿着白衬衣蓝百褶裙校服的高挑女生。她并没有像周围其他人一样变脸，笑容反而更盛，“谢首是吧？这是报到流程表。学费缴纳处在第一个路口右转两百米处的白色小楼……开学人多手杂，注意财产安全，不要到处乱跑。”

马尾辫师姐对他事无巨细地叮嘱了十多分钟，连本校区哪个食堂最好吃都没落下。简墨诚恳地道过谢后，便拿着报到流程表离开了。

这时，一个栗色短发的女生打着一把遮阳伞，捧着一杯奶茶慢悠悠地走了过来。

与简墨错身时，女生的脚步几不可察地放缓，目光在他脸上打量了一下。等简墨走过去，短发女生的步速便恢复如常，继续向造纸学院的接待点走去。接待点的另外两个女生一见到她，便立刻站起来，让出凳子。

短发女生随手将伞交给其中一人，然后在凳子上坐下，对马尾辫师姐笑道：“你们系又到了一个小师弟？”

马尾辫师姐似乎有些意外她会出现，不温不火反问道：“你怎么知道是我们系的？”

“我远远就看见你对他笑得那么热情，不是你们造设系的，难道还是我们造纸系的？”短发女生鼻子嗤笑一声，“楼船雪，你不就是担心我怠慢了你们系的新生，所以才巴巴抢了接待的任务？”

楼船雪斜眼看了她一下，目光里明白地写着，“你觉得呢？”

“你对你们系的学生真谈得上处处体贴，面面俱到。不过，那又有什么用？”短发女生漫不经心地打量自己新做的指甲，“未来还不是要靠我们造纸系的赏一口饭吃。你把他们心气养得再高，又有什么用？”

旁边两个女生见两名师姐针锋相对起来，默默缩了缩脖子，试图降低自己的存在感。

楼船雪正欲反驳，眼角余光瞅见又有新生向这边走来，便摆出一副笑脸道："苏圆，我的报到流程表没带够，能不能劳烦你帮我去拿一些呢？"

苏圆随口撩拨了两句，见楼船雪反应平淡，也失去了继续待下去的兴致。"行，那你就等着吧。"

她把喝完的奶茶杯放在凳子上，接过撑开的遮阳伞，转身走了。

楼船雪见苏圆离开，脸上的神情微微放松，转头见同系的两个师妹一个正把奶茶杯扔进垃圾箱，一个拿出纸巾擦拭着凳子上的水渍，刚刚不敢显露丝毫怒容的脸上此刻皆是愤恨。她无奈地摇摇头，弯腰从脚边厚厚的一摞报到流程表上又拿起一张，笑脸迎向新生。

而刚刚离开造纸学院接待点的苏圆在走进学校大门后，掏出手机拨了一个号码，"小舅，人我见到了。放心吧，我保证叫他在京华连一个学期都待不下去。"

挂了电话，苏圆划开手机相册，再次确认了一遍，便顺着林荫大道优哉游哉地走了下去。

那相片上的少年，黑发黑眼，左眉眉尾有一处细微的破口，赫然是简墨。

等简墨找到606室的时候，发现小小的四人间里居然站了不少人。其中两个男生目测应是他的室友。一个头发染黄体形高瘦，一个皮肤微黑硕壮高大，正火气十足地对峙。

"嚷什么嚷？占你床位又怎么了？"黄毛男生不爽道，"真是好笑！我还没嫌弃你呢，你倒先计较起我来了！出了学校，你若还能找出一个特造师肯跟你住一间房，算我输！"

黄毛身边的家长笑道："别没礼貌，好歹人家要跟你同寝四年。"说完看着另一名男生的父母，笑容淡了些，"这也就是在学校里，孩子们都单纯，若是在外面……算了，你们也是从小地方来的，这点小事就让它过去吧。不过，小孩子不懂事，大人总该管管，否则，日后吃亏的可是他自己。”

黑壮男生的父母闻言只是唯唯诺诺地赔笑。可男生本人却炸了，“造设系怎么了？造设系又不是你的仆人？还有，你们有什么资格说我爸妈？”

黄毛不耐烦道：“你是真不知道自己在跟谁说话，还是从哪个犄角旮旯里蹦出来的？怎么就听不懂人话呢！我就明白地告诉你：你，一个造设系的，对造纸师说话客气一点，否则当心‘前途无亮’！”

黑壮男生的脸涨得快要滴血，当下攥紧拳头。这时门口传来清脆的敲门声，打断了这一场针锋相对。

606寝室内所有人侧头一看，一个穿着白色连帽防晒衫的男生正举着手机对着他们，道：“咔！完美！”

所有人茫然无措地看着新来的男生低头在手机上点点划划，“就分享到点睛纸笔上好了。标题叫《京华大学开学大战：造纸系新生VS造纸材料与设计系新生》怎么样？咦，寝室的Wi-Fi速度不错！”

点睛纸笔论坛是泛亚人气最高的造纸工具品牌和设计人才的聚集地。最重要的是，它亦是很多知名魂笔制作大师的交流圈。

黄毛和他的父母闻言陡然变了脸色，“你要干什么！”

造纸工具设计师主要由原人中的天赋者担任，而造纸师却又只占天赋者的5%。造纸天赋的差异加上供大于求的局面，无可避免地膨胀了造纸师的优越感。而这条歧视链在两个职业的幼生期——校园之中表现得尤为突出。造纸系的学生对造纸材料与设计系的学生颐指气使，恣意倾轧，已经是一种心照不宣的旧习。

可造纸系的学生谁也不敢把这点拿到台面上，更不敢让自己与“歧视设计师”沾上一丁点关系。曾经有位名叫彭郁的新生异造师公开发表歧视设计师的言论。此后，他的订单被所有魂笔大师拒接，只得被迫向一些毫无名气的魂笔制造师定制魂笔。而这些制作师一旦崭露头角，也立刻拒单。没有合适的造纸工具，彭郁与同期翘楚相比，作品始终相差一筹，从此沦为造纸师圈子里的笑话。

简墨从手机上抬起眼睛，笑得毫无善意，“不干什么。只是报到第一天就遇到这种事情，让人心情不是很愉快，很希望和大家一起分享一下！”

黄毛脸上的傲气有些维持不住，眼神望向父母，“怎么办？”

黄毛父母脸上的肌肉抽动了一下，笑容突然真诚了几十倍，“同学，我们只是发生了一点小误会，并没有看不起谁的意思。可能刚刚……措辞有些失礼，请你看在同住一间寝室的分上，不要介意。”

“不要紧张，这种视频我怎么会轻易传上论坛呢。万一弄出第二个彭郁怎么办？”简墨翻了下手腕，手机在修长的手指上打了个滚，又乖乖地回到他的掌心，“至于介不介意，说到底我也是造设系的。您说这种失礼的话，难道不该有所表示？”

黄毛父母闻言，明显松了一口气，看着简墨的眼睛却忍不住掠过一丝鄙薄：“当然当然，我们应该表示歉意。晚上选附近最好的餐厅，我们请客！”

黄毛见事情回转，顿时又恢复了常态，“你放心，我爸妈最大方了。”他看看另一名男生，微微抬了抬下巴，“大家开开心心吃顿饭，这些不愉快就当没发生过。”

“谁要吃你们的饭！”黑壮男生愤怒地吼道。

黄毛和父母浮在脸皮最上层的笑容瞬间崩裂，然而下一秒他们又不得不重新调整脸上的肌肉，把充满歉意的笑容恢复原状。

简墨默默品味了一下这一家三口的变脸，转身把行李箱拖进寝室，然后把背包扔上床，踩着栏杆翻上床。

此刻属于他的床板上已经堆满了黄毛的个人杂物。宿舍的床位都是事先安排好的，黄毛父母显然也知道这个床位属于造设系学生，自然“借用”得肆无忌惮。

简墨看了一眼，一挥手将所有的东西全部扫落，稀里哗啦撒了一地。

黄毛站在下面，眼珠子都快瞪了出来，“你……你不要太过分了！”

简墨盘着腿坐在上铺，俯视着他，“我给你一个建议。这间寝室的风水不适合你。你最好马上找到宿舍管理员，让他给你安排别的寝室。不然，当心‘前途无亮’！”

黄毛父母的笑脸也渐渐撑不住了，“同学，你的要求会不会太过分了？宿舍都是校方安排好的，而且今天才是报到的第一天，怎么可能换宿舍？”

简墨拉出自己的铺盖，“你们又不是我们这种从小地方来的人，怎么可能连这点小事都办不好呢？更何况，你们办不办得到——”

他眯了眯眼睛，“跟我有一毛钱关系？我只知道一件事，如果今天晚上我睡觉的时候还在寝室看到他，那么明天这段视频就会火遍点睛纸笔。当然，如果你们认为你们儿子根本不会有用上定制魂笔的那天，也无所谓。”

黄毛一家不得不收拾了行李，整个过程一言不发。看着他们离开寝室的背影，黑壮男生狠狠地呸了一口，然后向简墨露出一个大大的笑容，“兄弟，今天亏得有你。我叫薛晓峰，你的下铺。”

简墨看着这个直肠子的室友，随意一笑，“谢首，你的上铺。”

薛晓峰兴致盎然地继续问：“刚刚你真的录了视频？”

简墨笑而不语。

薛晓峰以为他是默认，一挥拳头，“那就应该发上论坛，看他以后还敢不敢嚣张！”

“达摩克利斯之剑在没有落下的时候最有震慑力。”简墨回答。

薛晓峰一头雾水，“达摩克利斯之剑？什么剑？”

简墨瞥了他一眼，心道没有阅读器的孩子真可怜，然后开始一心一意地收拾起床铺。可他这项工作进行得并不是很顺利，电话正一个接一个地打进来。

“嗯，我已经到了。学费交了，手续也办了……正在整理行李……嗯，知道了。晚上会给你发信息的。再见。”简墨挂了电话，心想就算人在千里之外，也逃不掉连主任见缝插针式的教育。

“到了。已经快整理好了……我带了刮胡刀片……学校有超市，我也知道食堂和开水房在哪……你管好齐眉就行。挂了！！”十指不沾阳春水的大少爷，有资格担心打工仔的生活自理问题吗？简墨默默在心里吐槽。

“都还好……我会铺床，我也找得到内裤和袜子……学校食堂除了胡萝卜还有别的食物，不用担心我饿死……我从来没有开过什么乱七八糟的网页，手机不会中毒……你这是什么语气！当我是弱智吗？”简墨拿着手机在上铺深呼吸，深刻怀疑自己的教育方式是不是存在什么问题。

“晚上去唐宋，有事吃饭时说。”他狠狠地挂掉电话。

“谢首？”

正离开宿舍楼的简墨听到有人叫他，回头一看，居然见到一个熟人：杨涛。

“你……住这里？”杨涛拖着行李箱，惊讶地站在宿舍门口。

简墨一怔之后马上明白了：看来杨涛去年考的也是京华。

泛亚造纸专业的排行榜中，京华大学造纸系一直名列前茅，每届录取的学生并不算多。简墨知道楚中市的玉壶高中每年都会有几个考入京华的学生。杨涛能够被京华大学造纸系录取，可见他后期进步很大。

“看来我还得叫你师兄。”简墨微微一笑。

杨涛已从意外的情绪中恢复，脸上慢慢显露出笑意，“这么说你是恢复了？这真是太好了。看来我们系又要添一名风云人物了。”

“师兄，我可不是造纸系的学生，我是造纸材料与设计专业的。”简墨好心说明。

杨涛的笑容僵住了，“造设系……你？”

简墨耸耸肩，摇摇头。

杨涛抿了下嘴，大概觉得自己说了不该说的话，不过很快扬起了更灿烂的笑容，“这也没什么。造设系若能出头，以后多的是造纸师求你帮忙。我相信你一定能行的。”

简墨也慢慢笑了一下，“承师兄吉言。”

简墨走后，一个男生走过来拍了下杨涛的肩膀，感兴趣地问：“杨涛，你来了？刚刚那是谁啊？”

“高中时的师弟。”杨涛心不在焉地说，心里五味杂陈。

那年他从医院回来后，就查过魂力暴动的相关资料：夏历5073年，横海市的一名三级异造师遭人绑架，即将惨遭撕票时发生了魂力暴动。异造师本人当场死亡，而绑匪被确诊为植物人。夏历5102年，怀都市一名七级特级造纸师遭遇车祸，同行妻儿不幸丧生，得知此事后他发生魂力暴动。在场距离最近的一位护士当场死亡，其他十几位医护人员昏迷月余。这位特造师本人虽然没有死，但事后却发现失去了造纸天赋，变成了普通人。

魂力暴动被公开报道过的案例还不足十个。有当场死亡的，也有存活下来的。幸存者无一例外地失去了造纸天赋。而这些造纸师此前的等级，没有一个低于特七级。

看完资料后，杨涛头一个情绪就是后怕。他知道当日谢首魂力暴动时，附近所有劫持者全部暴毙。如果劫持者那时选择在小楼中枪杀谢首，在场所有人包括他自己恐怕都难逃一劫。随之而来的第二个念头便是，谢首天赋测试遭遇火灾，无法得知天赋等级，没想到竟然如此之好。只是不知道最后……是不是也会失去造纸天赋？

“魂力暴动啊？”男生听杨涛讲完，便失去了兴趣，“这么说他现在已经没有造纸天赋了？那与咱们就不是一路人了。对了，苏圆师姐让你到了去找她一趟。”

京华市海息区，唐宋。

“真不知道简先生是怎么把少爷养大的？”简要啧啧看着桌上的餐盘，“别人挑食是就那几样不吃，您挑起食来是就吃那几样。”

“这几年我已经好很多了。”简墨被戳中痛处，不满地反驳。

“那是因为连主任家的厨师没那么惯着您。”简要让人收走了餐具，在桌上重新换上了干净漂亮的桌布，“我觉得我有必要向他学习。”

自从发现简墨只要喜欢的菜上桌就完全不吃别的菜后，连家的厨师便征得连蔚的同意，将这几样菜从日常菜单中剔除——每个月最多只出现那么两三次，硬逼得简墨不得不“雨露均沾”。

“胡萝卜有那么难吃吗？”简要调侃道。

“除非是烧羊肉。”简墨提起这个名字就皱起眉头，“否则不要让它进我的碗。”

简要的嘴角不优雅地抽动了一下，理智地没有继续这个话题。

收拾完餐桌，两人的面色都严肃了一些，开始说正事。

“连英当年所在的学院就是京华大学医药学院，导师名叫张亚，现在是医药学院的院长。连英当年研发出的药物技术所转化的成果能够有效治疗一种血液类慢性病，已经上市五年时间，很受患者欢迎。第二代产品正在临床试验Ⅲ期，据说进展也比较顺利，很快就会进入第Ⅳ期了。因为这项技术，张亚这些年在医药学院的地位很稳固。”简要将目前搜集到的情报做了汇报。

“张亚实验室里有一个名叫张代英的技术员。这个人出现的时间与连英出事的时间很接近，现在是第二代产品研发的重要成员。可以确认他就是那个被赋予了连英技术天赋的纸人。”

“‘张代英’？呵，真是个好名字。”简墨讽刺道，“欧阳和齐眉都说过，连蔚当年在京华市地位超然。张亚虽然是连英的导师，应该没有这个胆量敢窃取连英的研究成果吧？”

“这一点我也调查过。”简墨都能想到的疑点，简要自然不会遗漏，

“连英在京华大学时非常低调，并没有多少人知道他的父亲是十二联席的席主。所以张亚当时是在不清楚连英身份的情况下胆大妄为，还是已经知道了他的身份却还是被人利用，就不得而知了。”

“写造张代英的造纸师查过吗？”简墨问。

“现有的造纸交易平台，并没有张亚那个时段发布任务的记录。他极有可能是通过认识的人聘请的造纸师。目前我正在筛选他身边的可疑人员。”

“事情都已经过去十五年了，查起来确实不容易。”简墨叹了口气，随后愤愤不平道，“要是连老师肯把当年发生的事情都告诉我，现在岂不是要简单得多！”

“你别忘了连主任根本就不想你考到京华来，何谈透露当年的信息。”简要笑道。

简墨不由自主地回想起自己填报完高考志愿后，被胖校长叫到办公室的情形。

“你第一志愿选的京华大学？”那天胖校长罕见地给他倒了一杯水，像是要长谈的架势。

“京华大学的造纸材料与设计专业这几年在泛亚院校中都排名第一，而且它又在首都，造纸行业发达，人才和资源都很丰富，很适合我开阔眼界。”简墨问：“您为这件事找我，是担心我分数不够吗？”

“这件事你和连主任商量过没有？”胖校长没有直接回答。

“说过了。”简墨想起连蔚在书房大发雷霆的样子，“他很反对，但又不肯告诉我真正的原因。既然如此，我还是坚持我自己的选择，毕竟这是我的权利。”

胖校长苦笑了一下，没有说话。

简墨突然想起一个可能，“他不会偷偷改我的志愿吧，或者让您帮他改我的志愿？”

“那倒没有。”胖校长被他紧张的样子逗乐了，“连主任不是这种人，这点你可以放心。”

“那您知道为什么吗？”简墨问，“是不是京华大学里有什么人和连主任有过节？”

“如果你还坚持考京华的话，有些事情，我觉得你也需要知道了。”胖校长叹了一口气，“连英当年就是京华大学的学生……”

简墨这才知道，连英去世好几年后，一直沉浸在悲痛中的连蔚慢慢察觉到，连英的死可能并不正常。

“可那时候，连老师的心态已经发生了很大变化。他不想再造纸，也不想再踏入那个权力圈子。客观来讲，如果连老师要回京华查连英的事，那他势必要先夺回原来的权力和资源——一场腥风血雨的斗争在所难免。能不能成功且不谈，他也并没有确凿的证据证明连英的死确实有问题。”胖校长苦笑了一下，“所以连老师一直犹豫，该不该为了一件莫须有的事大动干戈。”

“时间拖得越久，回到京华就越是一件不可能的事。直到连英去世大概十年的时候，老连终于想出一个两全其美的办法，他可以培养一个愿意进那个圈子的年轻人，来代他查这件事。于是老连便开始物色学生。回到楚中市后，上门来向他求教的、攀关系的、发展人脉的年轻人倒不少，只是他都不满意。”

“你连老师说，这个人不仅要造纸天赋超群，头脑灵活，还得品行端正，心智坚韧。其次，对京华那边的人来说，这人必须是一个看起来威胁力不大的生面孔。因为如果他的怀疑是真的，那么送过去的人必然会面对难以预估的危险。你连老师就这么选了一年又一年，也没定下来一个——直到遇见你。”

“你是说连老师选中了我？”听到这里，简墨心里已然有了答案，“那他为什么还拦着我去京华？”

“因为那将是一场造纸师之间的战斗，”胖校长拍拍他的肩膀，“而你已经没有造纸天赋了。”

吃完晚饭，简墨便回了宿舍楼。进门不到一分钟，手机便响了。他以为是简要要问他是否安全到达寝室，一脸无奈地看了眼屏幕后，便收起了这种表情，“嗯，有什么事……我马上登录看看。”

爬下床，从行李中翻出笔记本电脑，他链接“点睛纸笔”的网址，输入昵称“墨力”登录。

简墨拿起手机回答：“这笔到款我看见了。东西很快会寄过去……老规矩，你知道的。”对方回了句什么。简墨满意地又嗯了一声，挂了电话。

随后他重新又进入论坛的寄售店铺，将其中一款商品的状态改为“已售出”。

点睛纸笔不但拥有国内大部分的造纸工具品牌的线上店铺，同时也有着让简墨眼睛一亮的某项服务——个人在线寄售服务。店主可以选择先把商品邮寄到论坛的物流中心，再由物流中心重装填写邮寄信息转寄给购买人。购买人便无从知道制作人的具体地址。为此，简墨还选择了最高保密等级的专人代理业务，这样他所有的作品只由一个人经手。

改完后，简墨发现后台的好友列表中，昵称为“骆驼”的一名造纸师给他留了一条信息。

“墨力，关于异级纸人写造的资料极少，我一个特造师也没有更多的经验提供给你。以后有机会我会试试向异造师推荐一下你。”

简墨手指在屏幕上回复：“好的，谢谢你。”

“M7系列真的非常不错。融生速度比之前提高了5%，赋生时间延长了6%。”骆驼的对话框在几秒后又蹦出新的消息。

“导流槽结构我稍稍做了些调整，睛流量稍比M6要慢些，但是我觉得这样设计应该会更好些。既然你也这么说，那证明我的感觉没有错。”简墨回复。

对方过了好一会儿才发过来一个暴汗的表情，“你只是‘感觉’会更好些就敢放出来啊？墨力，你当我智力只有普三级？你绝对不是单纯的魂笔制造师——不然你的魂力感知怎么会这么高？”

魂力感知？

自开始在点睛纸笔论坛上寄售魂笔后，简墨逐渐积累了一批固定的客户。聊天时，他总时不时能发现几个自己从没听过的专业术语。这些术语在搜索引擎上几乎搜索不到，他往往只能自己推测，或者拜托简要去查。由此可见，造纸业内对造纸知识，尤其是尖端知识的保护，已经到了一个令人发指的地步。

每次遇到这种尴尬场面，为了不暴露自己的无知，简墨总是顺手敲个字：“哦。”

“以纸爹的名义诅咒你。”骆驼习惯性地搬出纸人之父李青偃对简墨恐吓一番，然后发出邀请，“下个星期我们在横海市有个聚会，你来不来？”

“不去。”简墨很干脆地回答。

“有一位异造师参加的。”骆驼抛出一支诱饵，“我们费了很多工夫才邀请到。他已经创作过两件异级作品了。你不是一直想找位异造师了解定制魂笔的需求吗？”

骆驼的话让简墨有了一瞬间的动摇，但他还是拒绝了：“不了。”

凭借与欧氏的合作，简墨早已没有卖魂笔赚钱的必要。但如同这位老客户所说，他需要一个渠道来突破制式魂笔这层天花板，向魂笔定制发展。隔着网络，通过与造纸师们的交流来收集资料，虽然不是最有效率的做法，但却是最安全的。

也许是已经习惯了简墨的拒绝，骆驼并没有再次搬出纸人之父来问候他，只约好如果有新产品出来记得及时通知他。

退出了聊天软件，简墨看了一眼时间，已经快11点了，难怪他眼皮都开始打架了。

这边简墨脑袋已经落在枕头上了，那边的骆驼关上电脑就拨通了一个号码。

“他拒绝了，跟以前一样。”骆驼说，“我早就说过，这么做没用的。”

“你不是说他很迫切想与异造师交流吗？”电话那头说。

“这点我很确定。”骆驼回答，“但显然这点诱惑不足以让他改变想法。”

电话对面沉默了几秒，然后说：“你以后再旁敲侧击一下他的信息。我会试着从点睛纸笔那边弄些资料。”

用户信息是点睛纸笔最大的资本之一，怎么会轻易让人拿去？骆驼对这个办法并不看好，但他并没有出言劝阻。“我听说，还有其他人在打听墨力是谁。”

“是丁家吧？”那边的声音不太愉悦，“他们消息倒灵通。哼！”

听到这话，骆驼勾起嘴角。他按着话筒，对旁边追剧的妻子道：“他眼睛亮，丁家也不傻。墨力虽然没有魂笔定制作品，但他的水准已经是制式魂笔中的顶级。说他只是制式魂笔制造师，也不过是因为他还没有接触到异级造纸师。但人家的作品导流槽结构最高能叠加12个，融合度从来没有低于90%。如果不谈属性的匹配精准度，单上面两点就已经超过点睛纸笔上70%的魂笔定制师了。”

妻子惊讶道：“难怪你总是念叨这个人。”

“你大概不信，现在论坛上有些特级造纸师情愿先拍下他的魂笔，然后根据魂笔的属性再来调整原文的三大赋予。”骆驼心里很清楚，墨力成为令人仰望的魂笔大师不过是时间问题。

妻子愕然道：“居然还能这么操作。”

不同等级的造纸师对魂笔的要求是不一样的。特级造纸师们还勉强能在制式魂笔的高档品牌里挑一挑，可异级造纸师却是绝无可能将就。等级越高的造纸，对造纸工具的要求越高。因为造纸师的天赋水平在短时间内是恒定的，而造纸工具的精准度每提高百分之一，对诞生的纸人都能产生肉眼可见的效果。

点睛纸笔论坛多年前曾经进行过一次著名的试验。

试验者选取了9名造纸师，普级、特级、异级各3人。试验第一步，让造纸师在市面上所有品牌中挑选最适合的制式魂笔写造一次，然后使用定制魂笔写造一次。

试验的结果是，普级造纸师使用制式魂笔写造出来的纸人比后者等级低出一到两级不等。特级制造师中有一人的制式魂笔作品等级低于定制魂笔作品。而三名异造师的两者等级相同。

试验又进行了第二步，对异造师们两份作品三大赋予的表达也进行了测试。结果显示，在天性赋予和实体赋予两项上，定制魂笔作品均比制式魂笔作品更贴合原文描述。而人们最关注的天赋赋予一项上，定制作品对天赋呈现的程度比制式作品高出20%~80%不等。

为了得出更精准的数据，试验者挑选了其中一对纸人进行实验。这两名拥有相同原文内容的新生纸人被赋予的是水系异能。他们被安排在一片沙漠里收集水分。结果在相同的时间内，定制魂笔作品收集到的水是制式魂笔作品的两倍多。而在被要求收集相同重量的水时，前者的速度是后者的两倍以上。

点睛纸笔论坛后续还为点睛、诞生纸、孕生水分别进行了类似的测试，试验结果均与魂笔测试结果相仿。这一次试验被后人称为“沙漠集水”，向世人有力地证明了造纸工具对造纸的重要作用。

尽管从事魂笔制造的人非常多，但是能力同样是呈金字塔分布。越往上，人越少。因为这不仅仅对制作师的知识储备、动手技巧，包括创造力有要求，同时对制作者的魂力感知要求也极高。可魂力感知强大的造纸工具制造师们永远供不应求。这也是为什么魂笔制造师能力到达一定高度时，造纸师也不愿意轻易得罪的原因。

骆驼没告诉妻子的是，单是这些优点，还不值得他的这位委托人和万山丁家投入这么多的心思。魂力感知再强、设计天赋再惊人，墨力毕竟还不是魂笔定制师。就算他成了魂笔定制师，在人才济济的京华市，这种程度的优秀也并非无人可替代。

“他的导流槽结构叠加数量和高融合度引起了几个重要客户的注意。”委托人第一次向他下达任务时说，“后来我们的设计师团队在研究了他M系列的作品后，有了惊人的发现。

“与泛亚魂笔制造业现有知识对照，M系列中有十三种内芯的原材料，因为抗腐蚀、耐热性等属性缺陷，在泛亚历史上从未有人采用过。但在墨力的作品中，它们表现出了优秀的性能。我们还发现了五段陌生的导流槽纹路。它们在M系列中反复出现过三次以上，基本可以确认是一种全新导流槽结构。最新版的《泛亚导流槽结构大全》没有收录它们，我们的设计师团队中也没人知道它们的具体效用。

“我们的最后结论是，墨力的设计思路源于一套精细且成熟的魂笔知识体系。泛亚现有的体系与它相比，有很明显的差距。这么来说吧，墨力手上拿到的，是一本绝世高手遗留的全套武功秘籍，而泛亚其他人拿到的都是残卷——尽管在一百多年的时间中补充得比较完整了，但与原版相比，仍旧存在着不少缺漏。”

但墨力显然未曾在正规造纸院校受过教育，骆驼想，如果他清楚自己拥有的东西能令这些世家大族垂涎三尺，恐怕就不敢这么随意地用在自己的作品之中了。

电话那边委托人的嘱咐让骆驼不禁有些厌烦，但他口里却道：“我会再试一试，但不能保证成功。不过万一没有结果的话，订金是不退的。”

第二章
《造纸简史》

一个月的军训很快就过去了，简墨终于正式开始了他的大学生活。

造纸学院有两个系：造纸系和造纸材料与设计系。其中造纸系有两个班，每个班二十个学生；造设系有四个班，每个班四十个学生。人数对比十分鲜明。

军训结束后的第一次班会上，简墨意外地被一众同窗投票选为班长。事后他才知道，自己那位热情的室友已经把他赶走黄毛的事情，在班上宣传得无人不知无人不晓。虽然开学仅仅一个月，但造纸学院两个系之间的紧张关系，已经让所有造设系的学生意识到自己未来将会面对的糟心局面。对于4903班的学生来说，薛晓峰极力推荐的这位“胆识和头脑俱佳的同学”，相对于其他同样不太熟悉的同班同学，无疑是最佳选择。

大一上学期的课程并不轻松，简墨拿到手的就有十二本教材，包括《造纸原理》《魂笔制作（一）》《点睛调制（一）》《诞生纸制作（一）》《孕生水配制（一）》《纸人等级及分类》《造纸简史》《造纸管理法概论》《纸人管理法概论》，等等。此外，他领了实践课时需要的记录册和工具箱。

拿到教材的第一天，简墨就把所有的内容全部翻阅了一遍。其中对他震动最大的并不是原本期待已久的造纸工具制作教材，而是最不起眼的《造纸简史》。

“夏历5053年，以纸人之父李青偃造生第一名纸人为标志，造纸纪元正式拉开了序幕。——《造纸简史》第一章造纸之术的问世”

教授《造纸简史》这门课的是一个很会讲故事的教师。他在讲台上娓娓而谈，不时在电子黑板上打开几张照片，将造纸之术的盛况展示给台下的同学。

“造纸之术原本仅仅被它的创造者当作一项单纯的个人爱好。李青偃没有为之申请专利，也不曾对其传播做任何阻拦，甚至很乐于为前来求教的人们解答疑惑。这使得造纸之术从一开始就以一种惊人的速度在民间流传起来。

“孩子想要玩伴，写一个；少年想要女朋友，写一个；夫妻生不出孩子，写一个；老年人失去老伴，写一个；家里缺少保姆，写一个；商店里缺少店员，写十个；工厂缺少工人，写一百个；大洪水退去新区域缺少劳动力开发，写一千个……它让人们生活中种种难题迎刃而解，仅仅付出微薄的代价，就能获得过去难以想象的享受和回报。最初，几乎每个人都对造纸之术满口称赞，将它列为人类有史以来最伟大的发明。”

《造纸简史》的授课教师，一名姓方的小个子男教师。他并没有将这段尽人皆知的历史一带而过，相反讲述的语气中充满了感情。无奈他的投入并没有感动台下的学生。对着黑板神游的、竖起教科书睡觉的、在书桌下玩手机的……比比皆是。

简墨低下头，翻过一页书。《造纸简史》描述造纸之术风靡全世界的初期仅用了两页纸，相当于真实历史上的五年时间。

“由于当时还未成立造纸管理局，完全放任的造纸导致纸人数量迅速膨胀。大量纸人急需要工作来满足自己的生存需求，因此没过几年，所有人都发现工作越来越难找，报酬越来越低，经济状况日益恶化。原有的社会道德以及伦理观念同样受到冲击：年轻人一与爱人吵架，便找造纸师再写一个新的爱人，将原有的爱人抛诸脑后；原本不孕的夫妇在拥有了一个自己的亲生孩子后，便将写造出来的纸人孩子遗弃……”

“原人所有的恶果归咎于纸人的存在，恶意伤害纸人甚至致死的事件逐年飙升。同时因为纸源劳动力的充沛供给，雇主们开始毫无底线地剥削着纸人的劳动。”男教师的声音越来越低沉，“两相夹击下，纸人们的反抗情绪日益激烈。”

电子黑板上血腥的照片一页页翻过，终于吸引了部分学生的注意力。简墨前排的丸子头女生对右手的格子衫男生低声抱怨道：“为什么纸人这种东西就不能像机器人一样，设置一个三大法则？天性赋予里第一条就应该规定，纸人在任何情况下都不能伤害原人。”

男生歪过头回答：“《纸人行为学》课上你睡觉去了吗？连‘造纸师决定先天赋予，纸人决定后天选择’都忘了。先天对原人服从度再高的纸人，在遇到外力刺激时，也难保不会对原人采用暴力。”

简墨并没有《纸人行为学》这门课，前排这两个学生显然是造纸系的。

女生表情悻悻，不再说话。而台上男教师继续道：“直到那个时候，大部分原人才意识到，纸人并不是他们想象中的宠物、奴隶、廉价劳力。除了不能生育和造纸外，纸人与原人并没有什么区别。纸人也要物质资源、社会资源以存活于世，纸人也要尊严、自由、权利和社会地位。”

前排又传来一声轻轻的“切”，隐隐还伴随着低低的暗笑。简墨下意识地抬头看了一眼台上的男教师，不知道对方有没有察觉到台下学生的反应。

“当原人发觉纸人的存在已经开始严重冲击原有的社会体系时，局面已经无法回到原点了。夏历5060年，即造纸之术问世第七年，泛亚政府在全国范围内对人口进行取样调查。结果显示，纸原比例已达到6：10。”他最后一句话的语气明显加重，但没有激起学生任何反应，有的人甚至还无聊地打了个呵欠。

因为在座的所有人都知道，眼下泛亚的纸原比例已经将这个数据颠倒过来不说，部分区域甚至还有过之而无不及——比如简墨长大的六街。

“有一部分激进的学者曾提出，将所有纸人赶出原人社会，或者全部杀死，同时呼吁政府下令禁止造纸，让社会恢复到没有造纸的正常状态。”男教师说到这里目光将整个教室扫了一遍，“这个提议得到相当一部分人的响应。然而，这一提议尽管引起了广泛关注，最后却并未得到总理府的赞同。”

话音刚落，下课铃响了。课堂里所有学生顿时精神一振。男教师对此已经司空见惯，面色平静地宣布下课。

简墨没有跟着薛晓峰一起去食堂，反而背起双肩包，跟上男教师。

“方老师，既然当时政府已经看到了造纸的失控，为什么没有下令禁止造纸？虽说那个时候纸人数量庞大，难以处理，但亡羊补牢，为时未晚。”简墨问。

《造纸简史》上记录，总理府否决了将纸人驱逐或处决的提议。纸人尽管与原人存在就业竞争关系，但是他们存在本身对人类并无危害，并且纸人数量已经接近总人数的40%，无论是驱逐还是灭亡如此数量的生命，都是一项过于残忍的措施。

男教师的神情有一瞬间的意外，随后笑道：“教材你看过了没？”

简墨却觉得真相没有这么单纯。杀死这样庞大数量的纸人确实十分冷血，但是面对如此激烈的社会矛盾，这么“人道主义”的理由显然不是一个国家管理机器会优先考虑的问题，否则后面的纸原战争又如何解释。

“当然没有这么简单。”男教师回答了他的疑惑，“当时不是没有人提出禁止造纸，但总理府同样否决了。”

那时距离大洪水退去已有六十年。尽管有灾前保存的科技资料做基础，但劳动力的严重缺乏制约了生产规模和行业覆盖率，新开发区域不足灾后陆地面积的10%。幸存者的生活质量距离旧纪元末期有很大差距。而造纸却能够源源不断地为全球复兴进程提供充足的、高素质的劳动力，这是所有其他资源都无法比拟的优点。

“当时总理府和相当一部分学者认为，纸人抢占原人的就业空间和生存资源，只是一种暂时性的就业结构不平衡。只要造纸存在，地球上灾后闲置的区域就能获得快速而持续的开发，同时纸人群体本身也将形成庞大的消费市场。以上两者都意味着更多的就业机会和发展空间。原人所担心的就业问题，只要控制得当，从长远来看不但会得到良好的解决，而且原人本身也将因此获得更多的益处。”男教师从容地回答。

原来如此。简墨的目光落在男教师的衣领上，那里有一枚圆形的领扣。领扣上刻着一支权杖。杖身是一个细长的淡黄色纸卷，上面满布青蓝色纹路，杖冠处是三对白色翅膀——看起来像是某个组织的徽记。

简墨移开目光，继续问道：“既然政府认识到这点，肯定会有相应的措施。可为什么第一次纸原战争还是爆发了？”

男教师叹了口气，“当时的政府对造纸意义的评估和规划，从大方向上看确实没什么问题。但是他们忽略了两个非常重要的细节。第一，当时的生产力水平整体低下，灾后闲置区域的开发力度，因为受到设备、物资还有基础设施的限制，并不如政府预估的那么大。因此开发进度始终无法跟上规划的脚步。

“第二，因为没有专门的对造纸进行统计和管理的部门，所有人对纸人的增长速度全凭主观臆测。但在政府的乐观表态和学术界的鼓吹下，资本集团和造纸机构对新区域开发前景十分看好。他们迫切地想通过闲置区域的开发，快速赚取高额利润。因此造纸规模不但没有得到控制，反而被进一步激发，由此还诞生了一个颇有时代色彩的名词，叫作‘劳动力储备’。那时，甚至收入刚过温饱线的家庭，也会拿钱去投资所谓的‘劳动力储备’，生怕落后于人，以至于无法在新区域开发中分得更多的蛋糕。”

简墨目瞪口呆，感觉自己对历史的认识又被刷新了一次。他的反应似乎正好激发了男教师的谈兴。

“然而现实是，在接下来的三年中，新区域的开发速度始终无法跟上造纸的速度，资本集团和造纸机构手中囤积的大量纸人不但无处可去，每天还都要占据并消耗大量生活资料。无望地等待让这些团体开始惶恐和绝望。实力薄弱的小组织最先承受不住这种消耗，放开储备的劳动力任其自由流出。部分大资本大机构见势不妙也陆续效仿。劳动力市场上本已十分紧张的供求关系瞬间崩溃。最严重的时候，一个清洁工的职位可以引发上千人殊死争夺。大量没有收入来源的纸人和不断被挤占工作的原人在社会上游荡，纸原矛盾迅速白热化，整个社会几乎是眨眼间就掉进了深渊。”

“关于这段历史的分析，”男教师在自己的办公室前停了下来，对简墨认真建议道，“你要是有兴趣，可以去看一下邢建华教授的《造纸论》第三卷，《纸原平衡浅析》。不过，这本书现在……很难在市面上买到了。”

如男教师所说，《造纸论》这本书十分难寻。简墨不但在学校图书馆和京华市图书馆找不到，简要托人去市面寻，也没有踪迹。而且不光是第三卷《纸原平衡浅析》没有，其他卷也都没有。

“你对这本书有兴趣？”薛晓峰对面的下铺名叫陈元，被前者戏称为“沉迷电脑的安静美少年”。

“《造纸简史》课的方老师推荐的，似乎不错。我想看看。”简墨说。

“这书很冷门。非专业的人看不懂，专业的人又……我想想，我家藏书室好像有一套，你要有兴趣的话，这周我回家的时候找找。如果找到就给你带过来。”美少年一边敲着电脑一边说。

比起黄毛的嚣张尖酸，简墨的另一名造纸系室友陈元，则是另外一个极端。若是向他拜托什么，不管是打水带饭还是占位代点名，从不推诿。但如果让他一起聊天抬杠或者主动发表自己的意见，反倒千难万难。

或许因为这种孤僻的性格，陈元与自己班上的同学并不亲近，却总被热情的薛晓峰拖着跟他们同进同出——不光是在两系都有的公共课上，连晚自习也在一起，因此也被调侃是造设4903班的荣誉成员。

“那就拜托你了。”简墨感谢道。

“班长大人居然对这种无聊的历史课感兴趣，真是看不出来啊。”薛晓峰终于找到机会对简墨抱怨，“我说，已经开学两个月，我们班是不是该组织一次集体活动了？我可听说其他班有的已经秋游回来了。”

简墨这个班长当得确实有些不合格。因为不喜欢集体活动又怕麻烦，在“被班长”后的第一时间，他就立即指定了一名副班长“协助”自己处理班务。这名副班长自然是人缘好又喜热闹的薛晓峰，在同一寝室正好方便简墨“分配工作”。副班长经常吐槽他这个“甩手掌柜”，但任务却都完成得认真到位。

看得到自己“支持”的薛晓峰兴致盎然地规划起秋游备选方案，简墨微微一笑，双手枕在脑后躺了下来，闭上眼睛：幽暗的星海里，无数光点在闪烁。

他从小到大经常在梦里见到的场景，现在即便是醒着，也能够“看见”了。

距离他最近的光点是位于他床铺下的那颗散发着淡淡的明黄色的光芒，好像一只勤劳的小蜜蜂，一刻不停地振动翅膀。那是属于薛晓峰的魂力波动。

黄色小蜜蜂对面的那颗深绿色的光点，亮度要更高一些。它的动静非常有趣，好像一眼不停向外喷涌的沸泉。深绿色的流光翻滚着，有时候还仿佛有小鱼潜伏般向外冒泡泡。这是属于陈元的魂力波动。

现在简墨已经知道，这不是自己的幻觉。可他刚在医院里醒来时，看到连蔚的第一眼，以为自己还在梦里，或者是神经哪里出问题了。面对床边一脸惊喜的老男人，简墨茫然地抬起手，指着他脑袋旁边一团深红的光，鼓起勇气发问："这是什么？"

连蔚的笑容骤然僵住了。他脸上明白地写着，那里什么都没有。

可那团深红色的，如同涡轮一样的光团明明在连蔚身边转个不停。这让简墨一瞬间怀疑连蔚邪祟附身。而连蔚则以为他脑子出了问题，赶快按铃召唤医生。

接着，他便看到越发令自己目瞪口呆的东西：一波大小不等、颜色各异、亮度参差的光点，从远处快速靠了过来。病房门一开，两名医生和几个护士进来了。那些光点也紧随着他们，仿佛一群变异萤火虫，瞬间将他包围。

让简墨没对这诡异场面过度反应的，是那时紧跟着推门而入的简要。一切正常的简要让简墨暂时松了一口气。然而等到医护人员离开，简墨便在靠近的简要身边发现了另外一样东西。直到晚上欧阳和齐眉一同踏进他的病房，简墨才总结出所见异象的规律。

凡身边能够看到光点的都是原人。光点的大小、形态、颜色、亮度会因人而异，且状态并非一成不变。它们大多数时候保持着规律的波动，并且会随主人情绪变化同步发生轻微的改变。

而纸人身边的异象与原人身边时刻波动的光点不同。这些小家伙始终处于静止的状态，并且大多是呈透明或者半透明的固态或者雾状。稍微远离一些，这些不发光的存在，就像掉进了深海之中的玻璃，与无边无际的幽暗融为一体，远不像光点那般容易察觉。

至于他醒来后为什么会看见这些东西，是在出院后才得到答案的。回家后，连蔚首先告知了他一个真正的噩耗。

简墨当时心都凉透了：如果一直不能造纸也就罢了，反正他早已认命了。可简要的出现打破了他过去对自己的认知，呈给了他一个绚丽缤纷的未来。如今现实却突然告诉他，这条道路已塌方。

“没有办法挽救了？没有一段时间后再恢复的可能吗？”他不甘心地问。

连蔚安慰他：“其实不做造纸师也有不做的好。你还小，向其他方向发展也来得及。”

看着旁边旋转的深红色涡轮光团，一个念头掠过简墨的脑海，却又不甚明晰。

他试图抓住那丝模糊的感觉：“判断是否拥有造纸天赋，不是天赋测试最准确吗？我又没有去测试，您怎么确定我一定失去了造纸天赋？”

连蔚没料到简墨如此敏锐，站起来在书房里踱了好一会儿，才停下脚步，“阿首，你不是一直想知道为什么我从没见过你，却会让你留在家里？那是因为，我一见你便知道你的造纸天赋极高，不想看到一个好苗子荒废了大好前途。”

简墨马上反应过来，“您能够判断一个人是否拥有造纸天赋？”

“能够直接判断一个人是纸人还是原人，甚至是天赋者还是非天赋者，这样的人被称为辨魂师。辨魂师非常稀少，比异造师还罕见。”连蔚承认道，“两年前，你一靠近我就发现了。那个时候，你的魂力波动在我的灵台视角里，就像黑夜里的一轮月亮，远远就能看见。”

“魂力波动？灵台视角？那是什么？”简墨追问。

“造纸界普遍认为，魂力波动就是原人的灵魂。我不知道这种说法是否正确，但是只要是原人，身边就会拥有魂力波动。直到死亡的那一刻，魂力波动才会消失。”连蔚解释，“纸人也有相似的东西，叫作魂晶。辨魂师能够观察到所有的魂力波动和绝大多数的魂晶。‘灵台视角’，与非辨魂师的自然视角相对，指辨魂师用辨魂能力进行观察的视角。”

连蔚起身，从书房的保险柜里拿出一样东西递给他。简墨一看便立刻接了过来，松了一口气，“原来在您这里，我还以为丢了呢。”

连蔚拿出来的正是简墨的那条银链。

“这链子你从小就戴着对吧？”连蔚肯定地说，“如果我没有猜错的话，这应该是一枚镇魂印，而且是一枚极为珍稀的镇魂印。”

“镇魂印？”

“镇魂印是一种能在一定程度上保护和掩盖魂力波动的印记。如果承载镇魂印的物体遭到损坏，掩盖能力则会下降。我记得初见你的前两日，这条链子是断掉的。尔后你修好了它，我就再没观察到你的魂力波动。而你魂力暴动的那天，这条链子再次断掉了。我当时在玉壶高中校园外，将你的魂力波动看得非常清楚。阿首，你魂力波动的量级是我前所未见的——非常庞大，几乎占据了我当时的整个灵台视角。”

“能制作镇魂印的人，在整个泛亚都是凤毛麟角。而能够掩盖你这个量级魂力波动的镇魂印，我怀疑这世界上仅此一件。”连蔚用一种复杂的眼光看着简墨，“阿首，你的来历非常不简单。”

简墨那时最关心的已经不是自己的来历。“连老师，这与我的魂力波动又有什么关系？”

“阿首，魂力波动的量级与造纸师的天赋成正比，这是辨魂师们公认的规律。”连蔚努力组织合适的措辞，“从你魂力暴动的那日起，这枚镇魂印一直由我保管着。但我的灵台视角里，你的魂力波动……再没出现过。”

“我的魂力波动消失了？”简墨不相信。

“原人死亡，魂力波动才会消失。”连蔚否定，“但受到重创后，魂力波动的形态也会发生变化，这种情况被称为‘魂力失序’。你的魂力波动肯定还在，只不过量级——”

连蔚没有再说下去，只是长叹了一口气。

“那辨魂师能看见自己的魂力波动吗？”简墨沉默了一会儿，问了最后一个问题。

连蔚怔了一下，道：“辨魂师的分辨能力有弱有强。但据我所知，目前还没有哪位辨魂师能够看见自己的魂力波动——这大概是因为人总是难以自知的吧。”

简墨突然笑起来，指着他旁边深红的涡轮，“所以你才看不见这个？”

《造纸简史》一周只上一次，内容浅显。而《造纸论》相对来说就要深奥得多，第三卷还没看完，简墨便又见到了方老师。

“夏历5063年，东六区地方政府通过了臭名昭著的《纸人销毁法案》，启用了暴力手段镇压并灭杀该区所有纸人。以此为导火索，第一次纸原战争在当年10月正式爆发。——《造纸简史》第二卷第一次纸原战争。”

《造纸简史》对这一段历史交代得十分简略，但简墨还是从中闻到了浓浓的血腥味。十年时间，已经足够一个纸人孩童长成少年，足够一对夫妇度过七年之痒，足够两个陌生人从相识变为知己。而《纸人销毁法案》通过后，这一切都将不复存在：父母赶走孩子，丈夫对妻子挥起屠刀，朋友邻里反目成仇……往日的亲密无间转眼变成重重杀机。

《造纸简史》中记载，《纸人销毁法案》在东六区通过的当日，当地尚未进入自由劳动力市场的数百万“储备劳动力”，在总理府属员的严密监控下，被分批秘密灭杀。而对社会上的自由纸人，东六区政府军启动了抓捕和灭杀预案。不到24小时，超过一万名纸人被抓捕并击毙。面对全副武装的军队和惨死眼前的家人好友，纸人们纷纷抱团，组成临时游击队，在精英分子的组织和指挥下，开始暴力对抗。

这节课一开始，教师专用的扩音器就坏了。尽管如此，方老师的声音还是清楚地传到了阶梯教室的最后一排：“没有充足的武装，又缺乏对抗经验，东六区纸人游击队一开始节节败退。为了扭转颓势，他们向其他地区纸人发出警告和呼吁：东六区纸人的惨状是所有纸人即将面对的未来。东六区政府既然能够通过《纸人销毁法案》，其他的政府也不会例外。与其心惊胆战地祈祷屠刀不要落下，不如站起来，把刀柄握在自己手中。”

电子黑板上放大的新图片是两份旧报纸的照片。

“面对东六区纸人游击队的煽动，其他大区政府纷纷发表声明，不会对本大区纸人采取类似的处理措施。然而这些来自高层的声音，对于完全看不到希望和被步步紧逼的纸人来说，太过缥缈无力。”

方老师在电子黑板上又点了一次，5063年版的《泛亚联合国全境地图》在屏幕上徐徐展开。三十三个行政大区的战争爆发时间，根据先后顺序，被黑色加粗的字在每个大区版图上依序标出。此后版图颜色便转为红色。六个月后，泛亚联合国全境染赤。

“尽管这场战争一开始纸人处于绝对的劣势，可当战事进展了一段时间后，泛亚政府军元帅发现，他率领的军队士兵折损严重，而同样伤亡惨重的纸人军队人数不减反增。经过情报人员侦查，元帅得到了一个令所有原人崩溃的消息——大批造纸师被纸人豢养，持续不断地造纸，向前线输送士兵和各级军事人才。

“在纸人控制区的造纸基地中，每天都有成千上万的新纸人诞生。更恐怖的是，这些纸人只需极短时间的军事训练就能成为合格的士兵和将军。从侦察兵到狙击手、从坦克驾驶员到飞机驾驶员、从后勤人员到战地医护、从情报人员到参谋指挥……要多少有多少。”

杀不死的敌人固然可怕，可杀不完的敌人更加可怕。简墨几乎可以想象，当原人群体知道了这个消息，会产生怎样的绝望和混乱。如果纸人此举成功，如今的世道恐怕就是完全颠覆过来的：原人造纸师作为繁衍工具被纸人豢养。原人新生儿如果不具备造纸天赋，说不定就会被遗弃或杀死。谁能想到，一部《纸人销毁法案》竟会将局面引向它原本目的的对立面——原人被任意销毁的局面。

不过既然现在社会上依旧是原人占据着优势地位，那说明后来必定发生了什么事情，阻止了这个可能变为现实。简墨默默翻过教材这一页。

“这场战争的轨迹在它爆发的第三年，迎来了转折点。”方老师没有卖关子，继续向下讲述。

“政府军元帅果断隐瞒下了这个消息。一面指挥政府军继续抵抗，一面暗中组织大量造纸师和学者研究纸人的弱点，寻找一线生机。”

“解铃还须系铃人。夏历5066年，就在政府军已经完全陷入被动局面的时刻，李氏造纸研究所的一名造纸师终于找到了消灭纸人的撒手锏。”方老师指着两份旧文件的扫描件，“这是5066年7月和9月，纸人军队内部下发的两份通知。”

第一份文件说明了士兵集体突然得急症的情况，要求各军团严查严防致病的因素，并勒令医疗机构尽快找到致病原因，确定治疗方案。第二份文件则是责令军团在查找病因和资料方案的同时，加强军队纪律，稳定军心，务必完成战斗目标。

短短两个月，这种急症就发展到能够影响军心的程度。简墨不由得好奇，这名造纸师到底是找到了什么办法，竟然对纸人有如此威胁。

《造纸简史》对这种方法描述得很模糊：“造生之后，诞生纸会变得坚韧，水火不侵。而这位造纸师在数百次试验后，发现了能够摧毁成品诞生纸的方法。这种方法后来被命名为‘逆化程序’。”

“此后，战场局势瞬间逆转。‘逆化程序’一旦启动，数万纸人同一时刻死亡的情形屡见不鲜。纸人军队屡战屡败，最终溃不成势。”

最新打开的照片里，纸人士兵的尸体层层叠叠地摆满整条街道。他们双眼闭合，表情平静，身上没有任何伤痕，甚至连衣服都没有破损，好像一批同人大小的玩具人偶，因为质量问题，等待集中返厂销毁。

“感觉好诡异。”简墨听见丸子头女生小声说。

“不知道‘逆化程序’是怎样的。”格子衫男生的声音带着好奇，“书上什么都没讲。”

“这种东西怎么会写在书上？”丸子头女生一副“你傻了吧”的表情看着他，“要是人人都知道，要诞生纸档案局做什么？肯定只有三大局，或者那些大家族的核心成员才可能知道。”

“后面的同学不要说话。”方老师向这边严肃地看了一眼，见学生低下头不再说话，便继续授课，“第一次纸原战争，在爆发后的第四年结束……”

等到下课铃响，简墨正在收拾双肩包，却听见丸子头女生不服气地抱怨：“有什么了不起，不就是个小讲师吗？课讲得不怎么样，姿态还摆得挺高！”

格子衫男生安慰道：“还不是因为他是纸协的人。京华大学是国家级的重点大学，总得做做样子，否则怎么会收这种脑子有病的人当老师？”

食堂的餐桌上，简墨将两人的对话复述了一遍，然后问：“他们说的纸协，是指纸人权益协会吗？”

他听小琴姐说过，她被捕的时候，纸人权益协会曾经主动为她请过辩护律师。虽然后来并没有起到什么作用，但简墨对这个组织的印象还是不错的。

陈元低头将一块土豆在餐盘里按成两块。“纸协百分之八十的成员是纸人，剩下的全是对纸人持友善态度的原人。光凭这一点，它在原人中就不可能受欢迎。”

“总听说它不但在泛亚历史最悠久、规模最大，还是在造纸管理局备案的第一家纸人组织。可纸协帮助纸人打官司，十次里不知道有没有一次胜诉的。”薛晓峰吐出一根鸡骨头，嗤笑了一声。

陈元的筷子停了一下，“纸协说白了，也不过是二次协定后三大局挑选出来的一面大旗。所以，像京华大学这样多少能代表政府态度的单位组织，才会在一些不痛不痒的位置，安排几个纸协的人……倘若有天，它真的做了些什么，这面大旗也就到换人的时候了。”

第三章

秋游风波

简墨班秋游的地点，最终选在了京华市陆伸区的秋山公园。

秋山公园是秋山国家生态保护区唯一对游客开放的区域。这里春绿秋黄冬白，四季风光各有特点，空气质量非常好，加上游乐设施齐全，交通便利，因此终年游客络绎不绝。或许因为是大学第一次野外宿营，班上同学都显得特别兴奋。他们很快就选好了一块风景宜人又靠近水源的地区，开始布置营地。

然而营地才布置了一小半，不速之客就到了。

见几个也是学生模样的少年正将搭建到一半的帐篷推倒，薛晓峰恼怒地上前阻拦，“你们干什么？！”

“我们看中这块地方了，你们赶紧把这些东西拆了走！”对方倒是停下了手，但态度却更加气人。

“好笑！这地方我们先来的！你们凭什么让我们走？！”薛晓峰隐隐觉得这几个男生有些像是自己学校的，却一时想不起是哪个班的。

几个男生将薛晓峰围起来，其中一名穿着浅蓝运动服的高个男生斜睨薛晓峰说：“这块地方我们踩点的时候就看好了。你们别的地方不选偏选这里，才是有意和我们过不去吧！看在同校同学的分上，不和你们计较，自己收拾好东西，赶紧走！”

“你说看好了就看好了？我看你们分明是故意的！”薛晓峰气呼呼地刚说到一半，被身旁一个女生抓住了胳膊，低声提醒：“副班，算了，这是造纸4901班的人。”

“那又怎么样？”薛晓峰听完声音反而更大了，“造纸班的人就可以不讲道理了吗？！”

他的话说完，身边不见呼应，只剩一片出奇的安静。薛晓峰有些不敢置信地看了一眼四周的同班同学：人人脸上都有愤愤之色，但都站在原地一声不吭。这不知道算是意料之外还是意料之中的反应，让薛晓峰除了愤怒之外，还感到一种说不出的难堪。

造纸4901班的学生却对这种反应习以为常，他们笑嘻嘻地打闹着，并没有将这种程度的冲突放在心上。

“你的同班同学可都比你聪明多了。”穿浅蓝运动服的男生抬起下巴，讽刺道，“记牢了，以后没事不要瞎逞强。”

提着两桶水返回营地的简墨望着争吵的现场，微微皱眉。旁边一个男生见到他，立刻三言两语把事情说了一遍。

“造设4903的班长驾到了。”也许是认出了简墨，穿浅蓝运动服的男生从薛晓峰面前走了过来，“我是林跃，造纸4901班班长。”

他刻意上下打量了简墨两眼，笑了一声，“听说你很看不起造纸系的学生？”

薛晓峰也已经站到简墨旁边，“你胡说，谢首什么时候说过这话？！”

林跃鼻子里嗤笑一声，“你不是该更清楚这件事吗？谢首不就是因为你，逼得我们班的同学不得不换了寝室吗？”

薛晓峰抬头在对面的人群中搜索到黄毛的身影，瞪着双眼道：“他是自找的！”

“哦？”林跃冷笑道，“我真好奇，谁给你勇气得罪造纸系学生的？你该不会不知道，从大二开始，造设系的作品都会由同级造纸系的学生来评分吧。这项评分会占到实操的30%。除非你每个科目都能拿到90分以上，否则我恐怕你毕业的时候连学分都集不齐。”

“我凭本事考试，用得着求你们？”薛晓峰气冲冲地说。

“你看不上这30%也罢。可你别忘了，你的作品将来都会由我们给出试用反馈。如果没一个人肯试用你的作品，你觉得你可能做出像样的东西吗？”林跃轻蔑道，“当然了，你要是宁愿荒废前程来争这一口气，我也拿你没法。毕竟能让你付出这样大的代价，我们今天吃这一点小亏，也算是赚了！你们说是不是啊？”

林跃身边几个男生都跟着起哄：“就是，也没什么大不了的。”

“你——”薛晓峰语气稍滞，随后硬着头皮道：“我就不信造纸系都像你们这样是非不分！”

“你不信？”林跃用鼻子一笑，“那我们来打个赌怎么样，就——”

“不必打赌。”这时一个声音在薛晓峰身后响起，“如果薛晓峰的作品没有其他人来试用，我来。”

林跃定睛一看，眼里终于出现怒气，“陈元，你不参加自己班的活动也就算了，居然自甘堕落地和造设系的人玩到一起去了，你还有没有点自尊心！”

陈元拍了拍袖子上烧火时蹭的灰，冷漠地看着他，“自甘堕落的不是我，是你。”

“陈元，你好得很！”林跃气得直发抖，气势汹汹地冲过去揪他的衣领。

简墨抓住快戳到陈元脸上的手，对林跃道：“这里不是你撒野的地方。带上你的人，滚远点。”说完将他的手臂一把甩开。

林跃踉跄着后退了几步，不敢置信地瞪着简墨，“你一块造设系的废料，敢对一名造纸师动手？！”

“动都动了，”简墨冷笑道，“你说我敢不敢？”

“你有种！”林跃怒极反笑，“4901班的，这人既然给脸不要脸，那就不用客气了！好好教训他们一顿如何？”

造纸4901班其他人本都习惯性地站在一边看好戏，却不想今天真遇上硬茬儿。林跃一喊，先前那几个男生立刻走了出来，“这家伙确实欠调教。”

林跃抬手拦下他们，高傲地挑了挑眉毛，“何必亲自动手？”他回头向自己队伍中的某个方向抬了抬下巴示意道：“那不是太给他们脸了。”

几个男生会意，从后方队伍中唤出大约六七个人，“给他们俩一个毕生难忘的教训，留一口气就行了。”

造设4903班这边齐齐倒吸一口凉气，这一个个虎背熊腰的彪悍身材，一看就是能扛会打的家伙。班长和副班长两人虽是男生，可光看就知道不是这几个人的对手。

“连亲自下场都不敢，你们的胆子是留着调孕生水吗？”薛晓峰见状怒道。

“战士用枪，厨师用刀。造纸师，自然是用纸人战斗。”林跃嘲笑道，“你们也可以用上你们的小刻刀，或者小铁铲？”

“浑蛋！”薛晓峰咽了一口口水，上前一步，握紧了拳头，“今天的事情由我而起，有什么冲着我来！”

简墨看着薛晓峰紧张的样子，拍拍他的肩膀：“放心，我打架还可以的。”

林跃闻言笑得特别开心，“兄弟情深啊？那就一起上吧。”

这时，营地不远处的小树林后，四五个身影轮廓慢慢显露出来，其中一个年轻的声音问道：“要通知简先生吗？”

“通知。”另一个滑腻的成熟男声漫不经心地说，“不过，事后再说吧，先专心工作。这毕竟是我们第一次出手，务必做得漂亮。”

“就没见过小老板这么不爱惹事的保护对象，总让我觉得自己没有存在的必要。”年轻的声音感叹道。

“你想多了。这种人寻常不惹事，但惹起事来，就没有小的。你就等着瞧吧。”滑腻的成熟男声忽然变得严肃起来，“开始了。”

穿红外套的身手最好，应该是特级。营地中的简墨一边闪躲，一边暗自评价，天赋很可能包括近身搏斗，需格外注意。其他六个都是普级，虽然身材看着吓人，但战斗值与红外套有着天壤之别。

经历过生死杀局，简墨的心理素质比起单纯的搏斗高手更胜一筹，身手又经过简要的训练，若只打算从七人手中逃掉，成功率不会低于九成。有枪械在手的话，借助四周环境，团灭对方或许都不是没可能。可问题是，他现在手无寸铁，必须正面迎敌，还得照应全凭一股子热血上场的薛晓峰，这就有些超出能力范围了。

万幸陈元也派了纸人帮忙。简墨知道这名纸人是特二级，天赋之一是格斗。虽不及红外套，但应付两三个普级绰绰有余。只是三人对七人，开始还能维持，时间越长越不利。

“我看不下去了！”提醒薛晓峰的那个女生最先忍不住了，“我知道大家都不想得罪造纸系。我也不想！可你们看到了，即便我们不招惹他们，他们也会找上门来踩我们一脚！既然忍气吞声也要被欺负，不如痛痛快快打一场！班长和副班都上了，难道我们就干站着？我可丢不起这脸！”

说完，她左右看看，捡了块砖头，向那边冲过去。

4903班的同学你看看我，我看看你。几个血性强的男生本就忍得十分辛苦，此刻再也绷不住，“我看不下去了！你们随意，我要去帮班长他们了！”说着也找了些棍棒砖块之类的冲了过去。

其他男生见状，脸上的犹豫之色也消失了，纷纷跟上。剩下的女生们也行动了。她们跑到混战边缘，专捡些石块和碎砖头，瞅准机会砸过去。一旦被发现，就喊着救命逃开，男生们则赶过来救援。

瞥了一眼各尽其力的同学，简墨心里微微有些暖。虽然他的这群同窗的战斗力单挑出来，没两个能顶用的。但有他们的牵制，简墨终于能够专心对战红外套了。

不过不知道是不是错觉，他觉得红外套的战斗力和反应速度，比一开始下降了许多，而且还在持续下滑。简墨怀疑地向陈元的纸人看去，纸人也正用疑惑的眼神望着他，似乎有着同样的疑问。

不是他吗？也对，他只是一个特级。如果不考虑陈元的纸人——简墨恍然想起，自己身边好像有简要安排的保镖。最近大半年风平浪静，他已经完全忘了这件事。

接下来的战局很明朗了，不过十多分钟，他们不但先把这七个成年壮汉放倒，甚至把造纸4901班后加入的五名纸人也打得起不了身。

看着简墨等人一步步逼近，林跃从不能置信到面露惊惶。他步步后退，“你……你想干什么？我警告你，你要是敢对——啊！”

简墨回答他的，是正对着鼻子的一拳。

造纸4901班的学生终于意识到4903班的这位班长是真不怕得罪造纸师。看看他身后不论男女，皆是一脸凶悍之相，又瞅瞅地上躺着呻吟的十几个纸人，此刻莫说女生，便是男生，勇气也消退殆尽。

最先响应林跃的男生边后退边撂下狠话：“谢首，你有种！你等着，回头有你好——啊！”

最先参战的女生拍了拍手上的砖灰，嗤之以鼻，“打都打了，你觉得谁还会害怕吗？”

其他人逃得更快了，转眼间整个营地连一个造纸系的人都看不见了，只留下一地凌乱的行李。

造设4903班见状都齐齐松了一口气。今天这一场出人意料的痛快反击，让他们的心态发生了微妙的变化。4901班离开时的畏缩狼狈，让大家内心一直仰望崇敬的形象一瞬间坍塌。

“造纸系的，原来也就这样。他们刚刚逃走的样子，”一个女生委婉地说，“真是太难看了。”

“完全是夹着尾巴跑。”男生说话可不客气，他痛心疾首地说，“早知道如此，我以前干吗要在他们面前小心翼翼的。真是丢人丢大了！”

大家你一言我一语，气氛出奇地融洽，之前两个月的军训加上课都没让他们彼此这么亲密过。最后谈到并肩作战赶走不速之客的时候，所有人的情绪都高涨到了极点。

“好了，别光顾着聊天了。”薛晓峰笑着大叫道，“快来干活啊！”

“来了！”一个女生欢快地高声回应道。

“来了！来了！！”所有人都兴奋地呼应道。

没过多久，营地在薛晓峰的指挥下布置妥当，大家尽情投入期盼已久的野外烧烤环节。

“我现在是造纸师联盟的三星造纸师。”陈元拿着烤得焦黑的香肠看了一会儿，没有顾念自己美少年的形象，直接将黑皮撕掉，放入嘴里，“4901班现在通过三星级认证的只有我一个。他们目前不敢把我怎么样。”

造纸管理局根据所造纸人最高等级来划分造纸师等级，而造纸师联盟则是根据造纸师完成任务所得积分来划分星级。星级越高，所需积分越高，同时也意味着这名造纸师的社会影响力越大。

陈元不过十八岁就已经是三星造纸师了，表明他比一般同龄人已经拥有更丰富的实操经验，并且受到客户较好的认可。毕竟这个年龄段的造纸师，多数不过是一星二星的水平。

简墨微微放下心，“那就好。”

陈元反问：“今天的事情……林跃他们不会轻易罢休的。你想过怎么办没？”

“4901班真正被打的，只有林跃一人而已。而那些真正挨打的纸人，”简墨顿了一下，“在他们看来，或许还不如受损的面子重要。所以就算告到学校，最多不过给我安个斗殴的罪名，不会太严重。”

“他们不会满足学校的处理。”陈元摇头。

“造设系不过四个班。他们还能自作主张，将整个系四分之一的学生从造纸工具评估名单中剔除？学院不会答应的。”简墨不以为然地说。

陈元盯着简墨，“学校自然不会允许。但这并不妨碍他们对其中少数人，杀鸡以儆猴。”

“你是说我吗？”简墨将手里的烧烤签子扔了，“那就让他们试试看。”

京华大学造纸学院院长办公室。

“院长，我先回去了。”

林跃一出办公室，外面几个等待的学生围了上来，“院长怎么说？”

“院长说事情他已经都了解了。”林跃满脸阴霾，“他说……是我们主动挑衅在先，不能给他们记大过，甚至不肯通告批评。他说，会找打我的那个学生要医药费——呸，谁差那几个钱不成！”

“什么？”几个学生不可思议地面面相觑，“院长怎么会这样？”

“我怎么知道？”林跃边走边愤愤不平道，“不过是几个造设系的废料——院长的脑子是拿去调孕生水了吗，竟然站在他们那边！”

“院长是不是怕事情闹大，影响不好？”其中一个男生小声说。他正是被简墨赶出寝室的黄毛，“上次那个谢首就是用视频威胁我的。”

“不可能。他们全班都上阵了，哪来的人录视频？”林跃停下脚步，想了想说。

“可是，陈元他……不是没有？”黄毛在旁提醒。

林跃慢慢走下台阶，心想，自己还真没注意当时陈元有没有录视频。如果他手里有视频的话——不，以陈元的脾气和与4903班那些人的关系，就算有视频，自己肯定也要不到手。

“陈元你不用想了。”林跃越想越气，转身没好气地冲黄毛训斥道，“等你什么时候成了三星造纸师，再来考虑这件事情吧。既然院长执意包庇他们的话，我们只能自己动手了。一次教训不了这么多人，那就先搞死那个姓谢的再说！”

“说得是，要是没有那个姓谢的出头，他们那群废料怎么有胆量跟我们叫板！”黄毛立刻表示赞同。

这时，一个女声在他们身后响起：“师弟们想教训的那个姓谢的，是叫谢首吗？”

“现在的学生，可真是血气方刚。”院长端着两杯茶走了过来，递了一杯给沙发上一名五十多岁的中年男子，“上课才一个月，就学会打群架了。”

“孩子们之间打打架，是很正常的事情嘛。”石正源并没有步入知命之年的悠闲自得，相反给人一种年轻人风风火火的感觉。

“以前也不见你这么维护自己系的学生，”院长在他旁边的单人沙发上坐下，随意地搅着勺子，“这次怎么如此在意？”

“要我维护，也要他们自己有站起来的想法吧。”石正源哼了一声，“别人还没怎么着，自己倒先软下来了。别说造纸师瞧不起，我看也是一群废料！”

“你的学生要知道他们的系主任这么评价他们，不知道是什么心情。”院长笑道。

“老子又不是保姆，管他们什么心情！”石正源不屑道，“这个谢首，到底是一时血气上涌，还是当真有根硬骨头，时间长了自然知道。但既然他敢这么做了，我又何妨给他撑一回腰，只希望他不要让我失望！”

不知道自己有没有让系主任失望的简墨正在唐宋吃晚饭。

“少爷，这段时间要不要把保镖数量增加一些？”简要问。

简墨翻了翻白眼，“我身边跟了一个篮球队的异级，还要增加人数？你觉得我现在是有多危险？”

“少爷是忘记轻音了吗？太平日子才过了几天，就好了伤疤忘了疼？”简要一句话把简墨噎得无言以对，“连主任自知道我是少爷的初窥之赏后，就抓着我不放。昨天又给我打电话，问少爷您最近有没有遇到什么麻烦。”

“院长说的吧。”简墨立刻想到。

来京华大学前，连蔚告诉他，造纸学院的院长是自己的旧识，若在学校遇到麻烦可以去找他。简墨知道造纸4901班已经把状告到院长面前，但最后他只是被通知把林跃的医药费给报了，连类似“以后别惹是生非”的警告都没有收到。

“你说院长知道连老师是辨魂师吗？”简墨拿着筷子想。

“应该是不知道。”旁边敲着笔记本的简要说，“辨魂师没有造纸师那么受欢迎，尤其是对于居心不良的人来说。在第一次纸原战争时，辨魂师屡次发觉纸人卧底政府军，后来遭到了疯狂的报复。因此除非是职业需要，辨魂师都会尽量避免暴露身份，否则麻烦不断。少爷也应当注意。”

“我知道。”简墨点头，“连蔚说过，我应该本来就拥有辨魂能力。因为过去魂力波动量级过高，才没有发觉。”

正如人们在晴日的夜晚能看到繁星满空，白天却只能看到一个太阳，当魂力波动的光芒太过耀眼时，附近星海中的“星星”便会全部“黯然失色”。镇魂印能对外人掩盖佩戴者的魂力波动，但并非消除魂力波动的存在。因此佩戴者本人——简墨自身依旧会受自己魂力波动的影响，即在他的灵台视角里，无法观察到其他的魂力波动。

“连蔚还说，辨魂师的天赋等级没有低于特级的。我现在还拥有辨魂能力或许意味着，我的造纸天赋并没有完全消失。”简墨笑了一下，“当然，这也只是他的推测。”

“有希望总比没希望好。另外，关于镇魂印，”简要手指悬停在键盘上方，表情变得严肃了一些，“这段时间，我也派人接触了一些造纸世家子弟，没有人听说过镇魂印。”

自从简爸那边的线索断了之后，简要便开始从镇魂印入手调查。根据连蔚提供的信息，镇魂印首次出现的时间，应该是在第一次纸原战争期间。不过除此之外，就一无所知了。

“连老师曾经担任十二联席万山地区席主，才有机会听说过镇魂印。”简墨倒并没有太过失望。距离三儿被杀已经过去三年，这段时间已经足够让他将那份愤怒和仇恨理智地收藏起来，不会再像发现封玲广告那次一般冲动了。尤其是在失去造纸天赋后，简墨就明白，自己需要更顽强的毅力和长久的耐心，才能实现这样一个更加遥远的目标。

“往好的方向想，说明镇魂印所在的圈子比我们预估的更小。”简要接着笑了一下，“但这也意味着，我们要面对的难度也更高了。”

“我当初选择京华大学，原因之一就是为了这个。”简墨把盘子里的洋葱挑开，“京华市是泛亚首都，聚集了造纸界顶级的那一撮人。想查镇魂印，这里的机会最大。”

但潜伏的危险也是最高的——这句话简墨没有说出来。他沉默了一秒，觉得自己的情绪有些消沉，于是振奋一下精神，换了一个乐观的话题：“简要，如果我的造纸天赋恢复了，你想要什么异能？”

“在您需要的时候，能及时出现在您的身边。”简要几乎是一瞬间给出答案，仿佛他已经考虑过很久了。

瞬移是吗？简墨立刻放下筷子，从手边的双肩包里抽出一张纸，认真地在上面涂涂写写。瞬移实现的途径很多。西方魔法中的空间位移，《*BLEACH*》里的瞬步，还有《天龙八部》里的凌波微步，仙侠小说里的缩地成寸，或者是网游里的传送卷……

简要还在说：“我还希望拥有足够保护您的力量。它不一定是多么强大的攻击力，但一定能够在危急的时候，让您转危为安。”

绝对防御吗？简墨继续往白纸上添加。任何天赋技能都没有绝对的，不过没关系，可以设定一定时间和范围内的绝对防御……

对于已经沉浸到某项希望渺茫的计划中去的造父，简要只是笑了笑，低头继续手上的工作。

欧氏那边的红利增幅不大，但一直很稳定。金融市场的回报率虽高，无奈起步晚，资金方面还有些跟不上自己的要求。唐宋发展还算顺利，不过依靠实体作为情报据点，在扩张上果然还是很受局限。简要揉了揉太阳穴，还要培养一批情报人员——真是分身乏术。

扫了一眼报表，工作繁重的管家先生又见对面的少爷放下笔，盯着纸第三次啃起指甲。他不由得皱起眉头，开口提醒了一句，见简墨只是凝眉看着纸上的字，丝毫没有察觉，只好无奈地摇了摇头，重新把注意力放在屏幕上。

其实目前他们最需要的还是人才，能够完全信赖的人才。虽然首家纸源已经建立，但忠诚的建立还需要很长一段时间。眼下他一方面要时刻关注简墨本人，一方面要处理明面上的各种产业。长此以往，只会顾此失彼。如果少爷的造纸天赋还在，想要一个，甚至几个分担的伙伴……罢了，与其考虑这种虚无缥缈的可能，不如提前将造父的队伍建立起来，一支集合了各方面人才的，专属他家少爷的精锐部队。

这时，一个新邮件提示跳了出来："您收到一封来自'jd'的新邮件。"

简要目光微闪，转了转左小指上的银色戒指，不着痕迹地又瞄了简墨一眼，点开这封邮件。

进入十一月，简墨开始面对他的第一次结业考试。

他上学期的必修课一共有十一门，但上了不到两个月就需要结业考试的只有《纸人等级及分类》《造纸简史》这两门。其他的九门等到期末才会考试。其中对造设系学生来说最重要的《魂笔制作》《点睛调制》《诞生纸制作》《孕生水配制》一直要上到大三。

然而这几门最重要的专业课，大一只用学习最常见的一些原材料属性和加工手法。对于从七岁就跟着简爸学习制作魂笔、点睛，十岁在六街摆摊的简墨来说，这种程度不免有些太无聊。相反，他更有兴趣的，反倒是即将结业的两门课。

《造纸简史》且不说，《纸人等级及分类》的内容确实给他结结实实地扫了一次盲。

夏历5053年，自第一个纸人诞生，每天都有各式各样新的天赋在这个世界上被创造出来。为了更好地甄别判断纸人天赋的用途和能力高低，纸人的等级评定和能力分类这项工作一直没有停止过。

其中流传最广也最为常用的分类方法，便是从天赋赋予的实现途径对纸人进行分类。

比如卷子上这道问答题："如果一名纸人的双腿变成鱼尾后，能够在深海之中自由活动，那么按天赋赋予的实现途径分类，他属于以下什么类型的纸人？"

正确答案是：属于人文类异级纸人下的异体型纸人。

人文类异级纸人分三类。能将人类身体原有部位转变为其他生物或者物品的形态，或能模拟其能力的，称为异体者。双腿变成鱼尾，具备鱼类在深海中潜泳的技能，是典型的异体者。而像木桶区李氏那场展览里，把天花板幻化成天空的颜色，把展厅内部结构变成参天大树，能够改变作用对象的属性或者状态的，称为质变者。第三类，自定义某项法则，只要符合这条法则发动的条件，就能令作用对象呈现法则对应的结果，被这样造生出的纸人称为法令者。比如梅络曾经的纸人画影，只要拿到凶手的肖像，就能够发现凶手的踪迹。

而与人文类异级纸人相对的，是自然类异级纸人。自然类异级中最常见的，是能够控制水火风雷等这类自然元素的纸人，他们被称为天授者；而能够操纵速度、重力，甚至时间、空间这类自然规律的纸人，被称为协律者。

简墨放下笔，心中想："不过，在实际写造中，天赋分类界限划分并没有那么明确。轻音的能力是操控物体运动，如果原文中没有详尽规定异能由来，那么她既可以说是控制物品重力和速度的协律者，也可以说是改变物体运动轨迹的质变者。”

简墨提前半小时交了卷，靠在走廊上等薛晓峰和陈元。《纸人等级及分类》是造纸系和造设系的公共课程，因此考试也被安排在同一时间。

等到交卷铃响起，简墨便看见薛晓峰苦着一张脸走出来，见到他便抱怨：“出题老师就不能好好说话吗？‘不会品酒的厨子不是好的餐厅经理’，这句话在我脑子里绕了几次才搞明白它的意思。”

这道题考的是特级纸人的天赋类型。原题要求分析这句话对纸人天赋类型的要求，并回答这种天赋是否属于复合类天赋。

“那你怎么答的？”简墨问。

薛晓峰瞬间恢复自信，“品酒属于先天类天赋中的感官型，厨子所需的厨艺属于后天类天赋中的技能型，而餐厅经理所需的经营、管理、策略等能力均属于后天类天赋中的智能型。这三种天赋均为特级天赋，所以肯定属于复合类天赋！”

特级天赋的评类比异级天赋要简单得多。以人类五感为基础延伸出来的特级天赋，属于感官型；而与人类身体形态和肌能素质关系紧密的天赋，比如运动、舞蹈、拳击，都属于体能型。感官型和体能型统称为先天类天赋。与先天类天赋相对的，是后天类天赋。其中厨艺、绘画、驾驶、插花等需要一定技巧及反复训练得来的肢体能力，称为技能型。而在自然科学和人文科学等领域需要丰富的脑力活动才能开展的能力，称为智能型。

而当一个纸人拥有两项及以上同级天赋的时候，就属于复合类天赋纸人。这一标准对特级天赋和异级天赋都适用。

“还好没考普级天赋。”简墨揶揄道。

“你当我脑子里装的是孕生水吗？”薛晓峰不满道，“普级天赋就是特级天赋的低配版，两者可以无障碍通用，用得着再考一遍吗？倒是最后一道题，什么‘异能禁区’？纸人之父在上，我根本没听说过这种异能好不好！”

“‘异能禁区’只在教材最后一章出现了一次，算是冷门知识点。不过它虽然罕见，但在成名的异能天赋中也算排得上名号。”陈元这时也从隔壁考场出来了，“异能禁区的作用是让一定范围内所有异级纸人的异能失去效用。”

“我要是看过这段话就好了。唉，20分呐！”薛晓峰懊悔地说。

陈元脸上的表情显然是表示不认同，能放在最后一题，考的绝对不仅仅是学生的复习广度。

简墨十分配合地问：“那你说，按实现途径、作用对象、作用范围和作用时间四种方法分类，它各属哪种类型？”

“这还不简单，按实现途径分是人文类的法令型异能；按作用对象分是全体类；按作用范围分自然是群体类；按作用时间不用说，肯定是延时类。”薛晓峰不假思索地回答。

“除了第一个对了，其他三个全错。”陈元毫不留情地说。

“什么？”薛晓峰瞪大眼睛，“为什么？！”

异级天赋按作用对象分类，分为及己类，即仅能作用于发动异能的纸人自身；及他类，即可以作用于除自己以外的其他对象；全体类，即可以作用于自己又可以作用于其他对象。

“异能禁区可以让其他异级纸人异能失效，但是他自己的能力是不可能失效的，否则何谈禁区？”陈元说，“所以不是全体类，是及他类。”

“这个——我刚刚没仔细想。‘让一定范围内所有异级纸人的异能失去效用。’”薛晓峰拧着眉毛思索了几秒，然后舒展开，“我知道了，按作用范围分的话，不是群体类，是选择类。”

异级天赋按照作用范围分，异能又分为单体类、群体类和选择类。而《纸人等级及分类》中对群体类的定义是“能够作用于异能发动范围内所有同类对象”。

“同类对象是指同一种物种或者物体。异能禁区仅仅对异级纸人的异能天赋起作用的话，那么它对特级、普级纸人的天赋能力就不起作用，它甚至不对异级纸人所拥有的特级天赋能力起作用。所以它应该是——选择类。”见到陈元眼里的赞同，薛晓峰恍然大悟，“可作用时间呢？不是延时类的话，难道是单次类？”

“异能禁区发挥作用需要纸人持续不断地输入异能，即多次连续发动异能才能形成禁区。如果仅因为异能禁区的效用为一个时间段，而非一个时间点，就把它归入延时类，那就大错特错了。”陈元回答了薛晓峰，又向简墨问道，“这道题最后一问你怎么答的？”

薛晓峰有点不服气，“你就这么肯定阿首能答出最后一题？”

“使用异能禁区的时候，我们要注意的，是它的发动范围以及被作用对象的异能等级。”简墨轻轻笑道，“如果考虑防御，则要注意被作用对象特级天赋的攻击力。”

世界上没有一个异级纸人的异能是无穷无尽的，这意味着他发动的异能都会受到限制。这种限制可能是对象范围，也可能是作用时间，甚至被作用对象本身的异能等级也包含在内。

就拿异能禁区来说，如果这个异级纸人的峰值输出能够让10个异一级纸人的异能失效，并且持续10个小时，那么面对100个异一级纸人，他也许就只能维持1个小时。而如果这100个异一级纸人换成异三级纸人，那么他说不定只能维持几秒，甚至根本无法发动成功——除非他愿意减少异能禁区的发动范围。

“行行，你们两个学霸就不要寒碜我这个学渣了。”薛晓峰一脸懊恼地大声道。他突然想起什么，幸灾乐祸道：“对了，阿首，楼学姐不是让你考完去一趟学生活动中心吗？”

简墨停住脚步，无奈地摸了下额头，他真的很希望自己忘记这件事。虽然并没把这两门考试看得很紧张，但是筹办学校的曙日狂欢会，简墨自认没有那个服务大众的崇高精神。有那个空闲工夫，他还不如琢磨一下简要的异能天赋体系，又或者构思一下M8的设计方案，再不济去图书馆看两本书也行啊！

可这件事情是石主任亲口交代的。对于曾经一力维护他的师长，简墨没办法拒绝。他本打算随便敷衍一下，可这位楼师姐却根本没有放过他的意思，一天几个电话打过来，就好像整个造设系都找不到其他人可以用。

当简墨将幻灯片调试完毕，打印好的分工表装订摆放到位的时候，会议室已经坐满了大半。椭圆长桌前坐的正式成员除了楼船雪外，其他的他一个都不认识。

楼船雪领着他走向坐在主位的一名高年级学生，“丁主席，这是谢首，造设系4903班班长。谢首，这是学生会主席丁一卓，造纸系4701班。”

丁一卓从容起身，礼貌地向简墨伸出手。这位学生会主席相貌英俊，皮肤白皙，无论是衣领还是袖口，都没有一丝折痕；头发和指甲清洁光泽，长度不多一分也不少一分，全身上下每一个细节都找不出瑕疵。还有那种大家族从小熏陶出的礼仪风姿，从骨子里透出来的优雅自如。简墨暗暗觉得，自己给老旧阅读器里小说中的翩翩贵公子找到了原型。

简墨也伸手和他握了一下，视线微微旁移，眼睛微微一亮，难得主动招呼了一句：“丁师兄，你好。”

等人都到齐后，简墨在楼船雪身后找了个位子坐下，听这位世家贵公子主持会议：“今天是学生会的预备成员第一次参会。为了尽快熟悉彼此，大家先简单自我介绍一下，从我开始……”

简墨愕然抬头，把目光投向身前的楼师姐，瞬间有一种被骗了的感觉。早知道如此，他宁可让石主任给他打电话。可要现在不管不顾地走出去，那丢的可就是整个造设系的脸面——楼师姐就是看准了这点，才敢套路他的吧。

“学生会副主席，苏圆，造纸系4702班。”

心中默默腹诽的简墨忽然感觉有人在盯着他看。这是一个尖下巴的短发女生，一双灵活的大眼睛正傲气满满地看着他。简墨直觉这个女生并不友好，但他实在想不起什么时候得罪过她。

“宣传策划部部长，楼船雪，造纸材料与设计系4701班。”楼船雪的发言结束了学生会主要干部的自我介绍。接下来是学生会其他正式成员和预备成员的自我介绍。

“谢首，造纸材料与设计系4903班。”简墨说完，便坐了下来。

坐在苏圆背后的男生紧跟着站了起来，不善的目光直直地盯着简墨，是个人都看得出他对简墨的敌意。“林跃，造纸系4901班。”

简墨这时才发觉林跃的存在。他忽然觉得自己已经知道，对面的苏圆师姐对他的不满由何而来。

“每年的曙日狂欢会对于普通学生来说可能只是一场狂欢会，但对于学生会来说，这是检验我们组织能力和宣传能力的重要时刻。接下来由楼船雪对本次活动分工进行解说。大家有建议或意见的话，可以举手发言。”

这位贵公子风范的学生会主席会议全程语速不急不缓，言辞条理分明，既能听取每个人的想法，又能在争议时快速拍板决策，令人不由自主信服的同时又乐意全力以赴，让简墨颇为赞叹。

“……发现新人考察新人，也是本次活动的重要工作之一。希望预备成员在这次活动中积极表现。本次活动结束后，学生会将择优录用。”

会议并不拖沓，一个半小时就结束了。作为预备成员的新人们纷纷与正式成员打招呼，企图混个脸熟，给自己拉点人情分。

笔在手上稳稳地打了个转，简墨看了一眼楼船雪。她正低着头，一边整理刚刚讨论出来的新分工表，一边与丁一卓小声商讨些什么。那位苏圆师姐却不知道出于什么心态，总是打断两人的交谈。

简墨犹豫了一下，没有挪动脚步。按他的性格，会议结束肯定是走得越早越好。他本不擅长这种社交，又对加入学生会无甚热情。之所以此刻还留在会议室中，是因为这里有个东西，对他有着非常大的吸引力。

距离他三米距离处，那位学生会主席的身边，一个明亮的大光团正在轻轻跃动。

截止到目前，这是年龄相仿之人中，简墨所见亮度最高的魂力波动。光团形状与鬼工球十分相似，十三层球面按照各自的轨迹秩序井然地运转着——毋庸置疑，这是一个天赋不俗的造纸师。

简墨垂下眼帘打量自己的手指，辨魂之眼却在灵台视角里紧紧地盯着那个大光团，心里还好奇地想，丁一卓的初窥之赏是什么样的？

连蔚说自己曾经拥有他前所未见的造纸天赋，可即便他的天赋还在，辨魂师也无法看到自己的魂力波动。京华市是泛亚的首都，不知道聚集了多少惊才绝艳的造纸师，按理说简墨遇见顶尖造纸师的概率要高许多。可实际上，他到这里已经两个多月，令人眼前一亮的魂力波动寥寥无几。

楼船雪谈完正事，下意识地搜索起她带来的小师弟，结果才一抬眼便见他从自己身边走过，向丁一卓突兀地发问："丁师兄，请问你的初窥之赏是什么等级？"

"嗤——你问丁主席的初窥之赏，难不成是想做他的魂笔定制师？"旁人或许还没注意到这里，但一直盯着简墨的林跃立刻跳了出来，"一个什么都不会的大一新生，就妄想做特造师的定制师，真是不知道天高地厚！"

简墨按捺下想揍人的欲望，目光却没有从丁一卓的脸上移开，等待着他的回答。

丁一卓起先有些诧异，但还是不失礼貌地回答："特七级。"

"目前造纸的最高等级呢？"简墨追问。

"也是特七级。"丁一卓笑容不变。

"……谢谢。"简墨有些失望，他的魂笔客户中特七级虽然不多，但也并不是没有。他原以为这种量级的魂力波动应该属于异级了——罢了，也没什么好失望。就算丁一卓是异造师，也不一定能够成为他进行魂笔定制的训练对象。

“你问丁一卓初窥之赏的事情做什么？”走出学生活动中心，楼船雪问他。

“有些好奇，随便问问。”简墨回答道。

楼船雪显然并不相信这个说辞。她沉默了一会儿，突然道：“谢首，我观察你很久了。”

简墨一瞬间愕然，莫名有点紧张，总觉得下面的话十分危险。

“你是一个活得很自我的人，不喜欢多管别人的事情，更不喜欢麻烦。”楼船雪说，“我知道你不想进学生会。可一个群体如果想要凝聚，必须有一个领军人物——对于造设系来说，尤其如此。”

“师姐，我不懂这些，也没有这个能力。”简墨诚恳地说。这是真话，他自己身上的麻烦已经够多了，并不想再多一些。

楼船雪瞥了他一眼，“领军人物最需要的，不是面面俱到的能力。他所需要的只有两点。第一点是当别人坚持不下去时，他能够克服重重难关，矢志不移地继续走下去；第二点是他能够吸引一群人，心甘情愿地跟着他走下去。”

“谢首，论人际交往、组织号召力你不如薛晓峰，他却愿意顶着副职为你分担工作，不是因为你有多大能力，而是因为你身体里有一根脊骨，很直很硬！而他，还有许多和他一样的造设系学生需要你，去顶住他们梦想去抵抗却又害怕去抵抗的压力。”

“不光是他们，整个造设系都需要这么一根脊骨，去对抗造纸系那些毫无道理的欺凌。造设系的学生受压迫太久，以至于很多人误以为这种不公平就是正常该有的状态。有的时候，别人还没踩过来，自己倒先趴在地上了。”

简墨目光微微闪了闪，但仍旧沉默。

楼船雪停下脚步，无奈地对他说：“我今年已经大三，最迟明年下半年就要离开学校。我希望在那个时候，有一个人能够接过我肩膀上的重任。这不单单是我的希望，也是石主任的意思。”

“楼学姐太高看我了。”简墨想起秋游时的情形，“这件事情……让我想想吧。”

楼船雪没有逼他立刻给出回答，只提醒道：“最近一段时间，你要特别小心。自从上次你让造纸4901班吃了个大亏后，他们一直憋着一口气。我没有打听到他们的具体计划，但是你万事要小心。那群被惯坏的孩子会用什么手段，谁也料想不到。”

第四章

作弊之争

虽然简墨还没想好怎么回复楼船雪，但接下来几天，这位楼师姐却是毫不客气地把他使唤得团团转。

简墨不但要到各个学院去传递狂欢会主题、活动规则，跟进狂欢会节目的平面宣传资料和视频资料，在各种媒体平台上刊登活动预告、跟踪报道、彩排花絮等造势文稿，还要协助楼船雪的宣传策划部进行节目的海选、彩排审核、会场布置等，协助外联部策划赞助商的广告植入、赞助费用，协助财务部制作预算……总之是不做不知道，做了之后，简墨对薛晓峰从前的无私奉献，由衷地产生了感激之情。

不过一番折腾下来，简墨的潜力倒被逼出来很多。很多事情他从前以为自己根本不可能办到，现在却已经可以一边对着节目预选表喊“下一个”，一边在电脑上审核今天交上来的新闻稿；一边校对印刷海报，一边跟赞助商打电话商量赞助奖品的数量、包装和发放形式；一边指挥灯光师调整追光路线，一边纠正主持人的走位、亮相和串词……一条一条，一项一项，确定目标，做出方案，按序执行，监督复查。

“楼船雪眼光果然很好，这一点我不及她。”丁一卓突然站在简墨身边，看他从一大堆摊位申请表中挑选最合适经营的类目。

在简要的提点和建议下，简墨将校园活动各项工作拆分，向各学院、各社团招募专长对口的学生志愿者，通过丁一卓与校方商议后，承诺给予公开表扬、课外学分奖励、推荐名企实习的资格。为此简墨还邀请学校专业级大佬加入最后的选拔环节，有意无意地刺激了同专业班级之间、同类社团之间的竞争意识，将入选资格视作难得的荣誉之争。

报名学生十分踊跃，以至于简墨不得不单独拨出一周时间筛选志愿者，但挑选出来的学生无一不是各方面的能手：新闻报道、影视摄像、主持、化妆、舞台设计、平面设计、会场管理、秩序维护的……无所不有。这样做的结果不但将学生会成员从大堆烦琐的工作中解脱出来，还让整个筹备工作从质量和效率方面上了一个新台阶。

听到丁一卓一语双关的夸奖，简墨看了一眼他身边跳跃的大光团，习惯性地用这么多天练就的官方措辞回答："也谢谢丁主席的大力支持。"

这句话说得并不太诚心。

自从他提出志愿者方案开始，林跃和那位苏圆学姐改变了起初万事不管的策略，不断地发表各种反驳意见和唱衰的看法，并且纠集自己的势力不遗余力地阻拦他的脚步。丁一卓起初对这个方案不反对也不支持，一直在旁观望。简墨也不傻，他咬牙顶住一切压力，利用楼船雪的人脉和经验，简要制定的层层策略，甚至还假借了石主任和院长的名义，将方案按计划强硬地推进到不继续就要全面崩盘的地步，然后礼貌地通知丁一卓，如果不让林跃和苏圆滚蛋，自己就撒手不干了。好在这位学生会主席还没糊涂到那种程度，干脆利落地让两人"自动退出"。

林跃和苏圆被逼走人后故意"失踪"一周，什么交接都没做。他们却没想到，简墨下一分钟就让薛晓峰和陈元无缝对接上了，顺势将剩下的那些企图继续蹦跶的小杂鱼一并清理干净。简墨这份滴水不漏的管理手段，让整个学生会的成员都不由得背后发寒，再不敢轻慢这个造设系大一新生。连公认眼高于顶的丁一卓也无话可说了。

曙日狂欢会尚未正式开始，简墨这位学生会预备成员的名声就传开了。造设4903班的学生们则一副“我早就知道班长最厉害了”的姿态，每天乐此不疲地为简墨四处宣传，生生地把谢首这个名字传遍了整个学院。

“放心吧，数量够用。我都亲自点过，还贴条做了记号。”薛晓峰在电话那边快速回答，接着试探地问：“班长，你还在活动中心？还有半个小时就要开始考试了，你不会忘记了吧？”

简墨怔了一下，然后懊恼地用手敲了一下额头——今天要考《造纸简史》！

将所有的资料表格放进背包，匆匆向丁一卓告了辞，他飞快地奔向考场所在的教学楼，最后在监考老师不悦的目光下，找到自己的位置，在已经发下来的考卷前坐下。

考场里的薛晓峰看到简墨走进来，脸上露出松了一口气的表情，目光重新回到试卷上。

尽管花了五分钟才让自己完全定下心来，但简墨的答题速度并不比别人慢，很快他就翻到了试卷的最后一页。

这是一道简答题，20分。

“第一次纸原战争结束后，纸原比例下降到1.4∶10。然而从战后第二年起，这个比例就开始急速上升，请问是什么导致这一现象？针对这一现象，政府采取了哪些措施，效果如何？是什么导致了第二次纸原战争的爆发？与第一次纸原战争相比，有什么不同？最终结果如何？”

黑色的水芯笔在五指上稳稳地打了个转，简墨正要作答，突然感到有什么东西轻轻地打在手背上。

他低头一看，一个小纸团在桌上颤悠悠地停住了。简墨果断地一把扫开小纸团，继续答题，心里却隐隐感到不妙。

果然，一个字还没写完，一股大力将他从座位上拽起来。一名监考老师指着地上的小纸团，厉声质问道：“这是怎么回事？！”

简墨瞥了纸团一眼，“什么怎么回事？这不是我扔的。”

监考老师哼了一声：“我当然知道不是你扔的，可它刚刚为什么会出现在你的桌上？！”他弯腰捡起纸条打开，露出“果然如此”的眼神，“胆子挺大，在老师眼皮子底下玩这一手！说吧，是谁扔给你的？”

“我不知道谁扔的。”简墨放下笔，“我也没让任何人扔东西给我。”

考场里所有人的目光都投了过来。造纸系的学生一脸鄙夷，造设系的学生则是满脸惊讶和担忧。

“装无辜是吧！”监考老师板起脸，“装无辜也没用！老师看得清清楚楚，作弊的证据就在这里。你当自己能赖掉？你的考试资格被取消了！现在给我出去！！”

世上有这么巧合的事情吗？简墨心想，是谁扔的纸团？

他环顾了一眼周围的考生。这一看便看出蹊跷：《造纸简史》也是造纸系和造设系的公共课程。考场内的座位一般都被刻意打散，每个人附近一般都是其他班的学生。在造纸系与造设系人数为1：4的巨大悬殊下，他身边的八个考生居然全是造纸4901班的，如同一只铁桶，将他包围其中。

纸团可能是这八个人中的一个扔的，也可能是外围其他考生扔的。但如果是外围考生，纸团飞来势必会惊动这八人。而他与造纸4901班关系恶劣众人皆知，所以除非有意害他，外围考生不会这么做。也有可能这纸团是扔给这八个人中的某一个，自己只是倒霉误被打中。当然，简墨此刻还是更倾向于，这纸团就是这八人中的某个故意扔给自己的。

反正无论是哪一种，这个黑锅他是不背的。

“我为什么要出去？”简墨一动不动，“纸团说不定是扔给我附近哪位同学，结果不小心扔到我这里来的也说不定。单凭一个小纸团，就说我作弊，未免太武断了吧。”

“还想狡辩！”监考老师打开纸团，啪的一声按在桌上，“本来只想处罚你一个人的。现在看来得让你和你的同伙都死个明白了！你看看这是谁的字？！”

纸团上是薛晓峰的字迹。

这下简墨心里的怀疑终于确定了：有人要害他。

不是临时起意，而是蓄谋已久。他的眼睛再次扫过自己身边的八名考生，目光在林跃那张充满得意和嘲讽的脸上停留了半秒，然后看向旁边的监考老师——或许他也是其中一个。

“是我同学的字迹又怎么样？这东西难道还不能伪造？”简墨淡淡道。

公共课程的监考老师，惯例是造纸系和造设系各一名。简墨的灵台视角中，淡淡的蓝色光点在这位监考老师身边漂浮着——不是纸人，看亮度不像天赋者，应该是造设系的老师。简墨的眼神冷了下来，这位造设系老师看来立场是完全倒向，不，他大概已经完全被某个造纸系的家伙收买了。

“铁证如山，你还敢否认？”造设系老师扬着字条，眼神全是笃定，“哼，既然你还不死心的话，我们不妨去看监控视频，到底是谁扔给你的，一目了然。”

居然在监控视频上也动了手脚。简墨内心啼笑皆非，谁这么忌惮他？他如今的危险性已经上升到了要动用异级修改监控来陷害了吗？

原本冷眼旁观的另一名造纸系监考老师踱了过来，“每届像你这样的学生多的是，以为凭嘴皮子就可以逃脱处罚？你真这么理直气壮，不如我们到院长办公室去！是不是作弊，让院长判定吧！”

造纸4901的学生立刻起哄叫嚣：“懦夫！敢做不敢当！打架倒挺猛，结果就这么点胆量啊！”

“被捉现行还想抵赖？纸人之父有眼，让你原形毕露！”

最近简墨打脸造纸系学生的事迹正在学院中传得火热，造设系中立刻有人大声反驳：“谢首才不可能作弊！肯定是你们蓄意报复，故意害他！”

“班长不可能作弊！”造设4903班的学生更是愤慨激昂，“绝对是你们自己作弊，扔错人了！”

两个系的学生干脆都丢下笔，你一句我一句针锋相对，教室的屋顶几乎都要被声浪掀翻了。

“安静——”造设系老师突然一声大喝，扬着字条，“你们以为这是什么地方？谁声音大谁赢吗？”

薛晓峰终于忍不住，站了起来，“你们没有根据就不要胡说八道，班长根本用不着作弊，他——”

“你不用为他辩驳。”造设系老师打断了他的话，笑得意味深长，“纸条上就是你的字迹。”

“什么？”薛晓峰表情错愕，张大了嘴巴，“我的字？”

教室里顿时安静了许多。考场一大半学生都知道薛晓峰是谢首的朋友，关系极好。4903班的学生更知道他们住一个寝室。如果纸条是薛晓峰扔给谢首的，从情感上来说，也不是没有可能。毕竟好哥们儿讲义气，帮忙考试渡个难关也很常见的。

“你们这是什么眼神！！”薛晓峰显然也感觉原本支持谢首的人眼光发生了变化，赶忙道，“纸团真不是我扔的，我也没写过什么字条！”

“这话你还是跟院长去解释吧。”造设系监考老师冷笑一声，“按照学校的考场纪律规定，考试作弊被捉，取消作弊者和协助作弊者双方的考试成绩，并记过一次。听说谢首还准备申请进入学生会？很遗憾，学生会是不会录用品行有污点的学生的。”

简墨站在院长办公室里，冷眼旁观两名监考老师先将“事情经过”描述一遍，然后将小字条和调出的监控视频摆了出来。薛晓峰几次欲开口，都被他用眼神制止了。

两位监考老师做完这一切后，义正词严道：“这种不良之风一定要严肃处理，院长。”

简墨是第一次亲眼见到院长。这是一个四十岁的中年男子，气质儒雅，笑容慈爱，不像石主任那样看起来威慑力十足。

“谢首，你有什么要说的吗？”院长听完两名老师的表述，一脸平静地看着简墨。

“在我说话之前，我希望我的系主任能够参与进来。”简墨要求。

院长笑了起来，“好吧。去把隔壁的老石喊过来。”

两个监考老师有些不安地对看了一眼，显然对于造设系的系主任心怀畏惧。但院长已经下了指示，他们也不能拒绝。

“咦，谢首，你怎么在这里？我记得你们班今天下午不是有一场考试吗？”石正源进门看见这么一群人，奇怪地发问。

两个监考老师都不说话。院长笑了，“怎么，刚刚不是一个两个都说要严肃处理吗？正好谢首的系主任也来了，你们正好反映一下。”

石正源闻言知意，目光凛然地看向两个监考老师。

两人无法，只好硬着头皮把事情的经过讲了一遍。话没说完，石正源就暴跳如雷，“放屁！谢首会做这种事情？”

院长用力咳了两声。

“小字条是薛晓峰的字迹，还有监控视频——”造纸系监考老师讪讪地提醒。

“那纸团根本不是我扔的！”薛晓峰立刻大声申辩。

“上面就是你的字迹！不信我们可以核对一下。”造设系监考老师说。他的神态十分自信，显然不惧任何人查。石正源显然也看出其中蹊跷，但他却无法说出口。

简墨突然开口：“字迹是薛晓峰的，又不代表是他写的。别人也可以仿造他的字迹，然后写了扔给我。”

“我看着他扔给你的！”造设系监考老师理直气壮地说，“监控上记录得清清楚楚。”

“是您亲眼看到的？不是眼睛花了，或者看到视频才确定是薛晓峰扔的？”简墨问。

“我还没老到眼花的程度！”造设系监考老师怒道，“我看得清清楚楚。”

“那您呢？”简墨问造纸系监考老师，“您也是亲眼看到薛晓峰扔字条给我的？看得清清楚楚？”

造纸系监考老师本来打算回答，但突然感觉到简墨从头到尾情绪太过平静，下意识地迟疑了一下道：“我……虽然没看清是谁扔的，不过纸条确实是从薛晓峰那个方向扔过来的。字迹又是他的。这不是肯定的事情吗？”

造设系监考老师闻言一脸错愕，心里忽然有一种从未有过的不安。

简墨瞥了造纸系监考老师一眼，“还是您聪明，知道在关键时刻改口。”他把头转向早就忍不住了的薛晓峰，点点头。

一直被简墨用眼神制止的薛晓峰，终于把憋了半天的话倒了出来：“院长，那个纸团不是我扔的！我明知道班长能把整本《造纸简史》都背下来，干吗还要帮他作弊？就算要作弊，也是班长扔纸团给我吧？”

昨天晚上当薛晓峰和陈元还拿着《造纸简史》做最后的复习时，简墨已经早早爬上床，准备睡觉。

薛晓峰深感不爽，决定拖他起来背重点。刚从学生活动中心回来的简墨晕乎乎地抱着被子就往枕头上倒，“什么重点，整本书我都背得出来，要背什么重点？”

薛晓峰自然不信，拿着教材考他，跟着陈元也加入了。两个人把一本《造纸简史》颠来倒去地提问，竟然没有一个问题能够难住他，连最难记的各种历史事件日期都没有答错。

第一次纸原战争结束后，原人开始大规模地灾后重建工作。在这场战争中，原人伤亡巨大，且绝大多数都是青壮年。为了满足巨大的社会需求，许多大型财团和企业机构都萌生了重新造纸的念头。但是战争的惨痛教训，使得所有人都不敢轻举妄动……最后，政府决定设立专门的造纸管理部门。

夏历5067年，造纸管理局正式成立；同年，诞生纸档案局成立。

夏历5068年，造纸管理局和诞生纸档案局分别颁布《造纸管理法》和《诞生纸管理条例》。

造纸“两法”颁布后，造纸纪元进入了第二次大规模造纸阶段。

……

夏历5075年，造纸管理局实行造纸配额制。

夏历5076年，造纸管理局建立造纸师认证及登记制度。

夏历5077年，造纸管理局通过《造纸工具生产制造管理法》。同年，造纸管理局设立纸人特别事务科。

夏历5079年，第二次纸原战争爆发。

简墨望着天花板，一章一章地背诵。两名监考老师低头盯着教材，一页页地核对。他所述的内容并非与书上文字一字不差，但是也差不了太多。重点的部分更是分毫未漏。

一本教材已经翻过半，两名监考老师面色越来越难看，石正源和院长都面露异色。唯有薛晓峰得意扬扬，十分开心。

方老师告诉简墨，纸原战争在时隔仅仅十二年后再度爆发，只能归咎于原人的贪婪和自私。

第一次纸原战争后，造纸规模通过造纸配额制得到了一定程度的管制。可着手新区域开发的资本集团和造纸机构为减少劳动力成本，通过各种隐蔽的手段扩大造纸规模，利用供大于求的劳动力市场，逐步压低雇佣费用。这一次造纸规模的膨胀相对“劳动力储备”要慢很多，但危害却更加隐蔽。偶有有识之士发出警告，也被资本集团和造纸机构的舆论宣传轮番淹没。原人虽然不明究竟，却发现生活质量没恢复几年又开始走下坡路了。

再次感受到生存压力的原人对待纸人的态度，比起第一次纸原战争前更为恶劣。加上诞生纸已被掌握在诞生纸档案局的手中，自以为控制住纸人命脉的原人们对纸人的欺凌和虐待也与日俱增。为了处理纸原矛盾专门设立的纸人特别事务科，从一开始的矛盾调解员，变成了镇压纸人抗争的主力成员。

“纸人这一次选择了不抵抗不妥协的冷战。”方老师对简墨说，“夏历5078年，纸人不再为原人工作。他们纷纷离开工厂，离开雇主，甚至离开家园，在尚未开发的新区域聚集到一起。为了全球复兴，被写造的纸人几乎涵盖了每一个行业，并且他们都拥有强壮的身体素质，较高的智力水平，于是很快建立起一个不富裕却没有任何压迫的家园——纸人之家。”

方老师说完这句话的时候，眼神变得温柔而充满憧憬，但也只是维持了片刻，这种神色就褪去了，取而代之的是晦暗和失落。简墨看着他身边一闪一闪的橙色光团，好像一团小小的火焰，心中渐暖。虽然少，但这世界上，并非没有愿意对纸人释放善意的原人。

“可惜，那些资本集团和造纸机构怎么可能放任纸人们离开，去过自由的生活？他们向造纸管理局发出申请，要求摧毁非法开发的纸人之家，逮捕了为首的纸人并销毁了他们的诞生纸，以此威慑纸人回到工作岗位。在死亡的威胁面前，大部分纸人妥协了。”方老师叹道。

背到这里，简墨突然停了下来。

两名监考老师立时面露喜色，却不想听到这名造设系的学生感叹了一句：“原人们似乎总容易忘记，纸人除了不能自我繁衍和造纸外，其他的与原人无异。原人自己在受到欺辱和压迫的时候会反抗，纸人同样也会。”

薛晓峰一直盯着两名监考老师，看到他们的表情变化，本想笑出来最后还是忍住了。

简墨感叹结束，继续背诵着教材：“夏历5079年3月，纸人之家被摧毁。在政府军的监督下，大部分居民回归原本的岗位。同年6月，资本集团和造纸机构战后第五次降低雇佣费用，原人与纸人的矛盾迅速白热化……同年11月8日，著名的‘校车炸弹事件’发生。东七十五区一所高中的五名纸人司机在校车上引爆炸弹。五辆车上186名学生和12名教师，无一人生还。这次自杀式攻击事件发生后，纸人们纷纷效仿，掀起了长达七年的血腥战争序幕。”

造纸管理局审核过的教材用词自然十分谨慎。简墨却知道，这简单几行字所包含的鲜血足够将整个京华大学淹没。既然早晚都要死，与其整日没完没了地饱受各种精神和肉体的虐待，不如拉上几个垫背的死得痛痛快快干干脆脆。绝望的纸人们很乐意随便找上一些原人家庭垫背，将他们整户整户虐杀殆尽，一直到自己的诞生纸被销毁为止。

“没有一个地方是安全的。我原来住的那栋楼已经有三户人家全死在纸人手上了……就算是现在，我也觉得身边来往的行人里就有浑身绑满炸弹的纸人。我不知道他们什么时候会冲向我，冲向我的家、我的孩子——我很害怕，可我一点办法都没有。”《造纸简史》上记录的一段采访实录中，一个原人妇女这样哭诉。

“对于自杀式攻击的纸人，政府最初一律以销毁诞生纸的手段处理。但销毁纸人的速度很快减少了造纸为这个社会带来的红利。一批纸人被制造出来后，连成本价值都没有完成就出现了反抗征兆。工厂无法正常生产，商铺也不敢再雇佣纸人，原人家庭更是谈纸色变。谁也不知道一开始天真温驯的纸人什么时候会变成毫无人性的亡命之徒。”方老师展示过的一张张旧照片，又呈现在他的脑海里。

简墨继续背诵：“校车炸弹事件发生后的一年，造纸业陷入萧条期。纸人劳动力无人问津，造纸师因此停止写造。因为纸人消费者急剧减少，新区域产能过剩导致大量商品滞销。生产者销毁滞销商品后，决定缩小生产规模。但庞大的前期投入，迫使资本集团和造纸机构不得不提高商品价格，以确保利润空间。原人们虽然重获工作岗位，但依旧面临着纸人自杀式攻击和物价持续攀升的双重夹击。”

说到这里，他背出方老师推荐的一本书上的话：“我记得李春和先生在他的回忆录《余生》中说，‘正是那段风声鹤唳的日子，迫使我下定了决心，花费了五个多月的时间，起草一份保障纸人权益的法案。然后我带着它，冒着被纸人攻击的风险和被原人唾骂的压力，去游说任何我能够接触到的政府官员、权威学者、财团首脑……好在，七个月后，那份法案的正式版最终在立法厅被投票通过，才有了我这还算太平的余生。’”

连教材之外的相关书籍也都能够信手拈来，两名监考老师的面色越发惨淡了。石正源特地转头看了眼院长，后者的脸上露出淡淡的笑容，却没有出声打断简墨的叙述。

“夏历5087年，原人与纸人最终就纸人权益保障达成一致。该保障方案被称为《纸人权益法案》，又称二次协定。

“《纸人权益法案》主要对纸人的同享权和隐私权做了规定。

“同享权即纸人与原人享有同样的人权，包括但不限于人身权利、财产权利、居住权利、受教育权利、劳动并获得报酬的权利、参政议政的权利及自由婚配的权利。

“隐私权即纸人的身份为其个人隐私，非司法机构、执法机关要求或相关医疗需求，不得要求纸人公开身份。

“以《纸人权益法案》的达成为标志，第二次纸原战争结束。

“同年，原造纸管理局的纸人特别事务科独立为纸人管理局，负责处理涉及原人和纸人双方利益的案件。

“夏历5088年，纸人管理局颁布《纸人管理法》，人们在处理原人与纸人双方纠葛的事件时，终于有法可依。”

监考老师手上的《造纸简史》已经翻过了百分之八十，简墨停顿了一下，问：“还需要继续背下去吗？我无所谓的。”

石正源神清气爽地向院长说：“我早跟你说了，我这一届的学生不错的。”

院长微微笑着，然后转向面如土色的两位监考老师，“你们有什么要说的吗？”声音平静，如同向简墨问这个问题时一样。

简墨并没有坚持留下来听院长对两位监考老师的处理结果。他相信院长会给他一个满意的答复。

“我们院长叫什么名字？”简墨忽然想起来自己还不知道院长的名字。

薛晓峰嗤笑一声，“该说你什么好，连自己学院的院长叫什么都不知道？院长姓李，叫李铭。”然后压低了声音，“据说，就是那个李家的人。”

“什么李家？”

“你傻啊，造纸界还有哪个李家——造纸之父李青偃的那个李家！”

在石主任的亲自安排下，简墨和薛晓峰顺利完成了《造纸简史》的考试。等两人走出考场，距离京华大学一年一度的曙日狂欢会，就只剩一天时间了。

第五章
曙日狂欢会

作为一个新人，简墨对曙日狂欢会的影响已经超过历届中的任何一个人。

按照职能划分，应该撑起重头戏的文体部，这次所占的戏份基本只在节目、演员、化妆服装和相关道具上了。简墨从最基础的宣传工作开始，不知不觉中接过了越来越多的担子和责任。这其中固然有曙日狂欢会的传统——为了考验学生会新人而特别放权的因素，但是简墨自身的表现和能力占了更重要的分量。

不过到了狂欢会当日，简墨反而闲了下来。因为大家都各司其职，他只需要待在临时搭建的演播后台，偶尔处理一点突发状况，就无事可做了。

“少爷，您的晚饭。”

正玩着手机的简墨诧异地抬起头：简要不知道什么时候到的，正捧着盒饭站在自己面前。

盒饭是学生会后勤负责人统一订给狂欢会所有工作人员的晚餐，不过是两个普通泡沫饭盒。可简要拿着它们，站在堆满各种道具杂物的房间里，却像是穿着燕尾服，托着一整套的掐丝珐琅茶具，脸上的笑容让人舒心得可以直接用来下饭。

“你怎么来了？”简墨有些意外。

站在简墨身边的楼船雪惊讶地问：“谢首，这位是？”

难怪楼船雪关注简要。就算不看脸，简要的仪态也足够引起整个后台工作人员的注目。

“简要，我的管家。”简墨接过盒饭，在简要花半分钟清理出来的一桌一椅上，毫无异色地坐下。

“楼小姐，我可否与我家少爷单独说几句话？”简要笑意盈盈地说。

京华市陆伸区，红顶别墅A区6号。

“行了，我知道了。这件事情我会负责的。”苏圆不耐烦地说，然后顿了一下，“不过，如果让其他人知道这件事情牵扯上我的话，那就别怪我翻脸无情了。”

挂了电话，回头对着一床新衣服，她已经没有了去试的心情。“办不好事情还想要好处！真是贪得无厌！”

这时，房间响起了敲门声，一个温柔的声音响起：“圆圆，你准备好了吗？再不出门就要迟到了哦。”

苏圆正想发脾气，但又忍住了，跑去打开门，“妈妈，我有件事情想拜托你。”

苏夫人耐心听女儿说完，“你说的事情倒不难。但你能告诉妈妈，为什么要安置这么一个人吗？”

“妈妈，你就别问了。总之，你就当我欠人家一个人情嘛。”苏圆赶忙撒娇，看到妈妈终于点头，立刻笑逐颜开。

门一关上，苏圆终于又有了试衣服的心情。这时却有电话打了进来，她看了一眼，笑容顿时消失，嘟着嘴磨蹭了好一会儿，最后不得不接通了。

“苏圆，前天《造纸简史》的考试是怎么回事？”电话里传来丁一卓的声音。

“什么怎么回事啊？”苏圆心里一跳，惊讶道，“发生什么事情了吗？”

电话那头停了一秒，传来的声音更冷了一些：“那位造设系监考老师的求救电话都打到我这里来了，你还想隐瞒什么？”

苏圆顿时恨得牙痒痒，但她还是假装不懂，“什么造设系的监考老师？他一个造设系的老师出了事与我有什么关系？我又不是造设系的。”

“他出事与你没关系？造纸系的那位监考老师也被留职查看了，这总和你有关系吧。”丁一卓没有给她思考的余地，“苏圆，你告诉我，你到底想干什么？那个叫谢首的根本没有得罪过你，你为什么要这么针对他？”

苏圆顿时怒道：“因为他，你都把我赶出狂欢会了，这叫没得罪我？”

“那在此之前呢？你为什么在狂欢会的筹备工作上一而再再而三地找他的碴儿？在那之前，他总没有得罪过你吧。”

“他是没得罪过我，但是他得罪了造纸系的师弟。我作为师姐给师弟们出口气怎么了？”苏圆强撑着解释，“不过是一块废料而已，看不顺眼教训一下，怎么就让你这么大惊小怪了？”

“造设系和造纸系互殴的事情你遇得少了？你什么时候变得这么乐于助人了？几个和你毫无关系的大一新生受点委屈，就值得你动用丁家的名义，指使学校的老师公然诬陷学生作弊。你知道这件事情如果流传开来，会有什么后果吗？”丁一卓厉声道。

“你什么意思？”苏圆不服气地说，“你是觉得我没有资格动用丁家的人吗？我妈不是丁家的人吗？因为我不姓丁，所以连这点小事都不能动用丁家的力量了吗？”

“你不用转移话题，你只用告诉我，你为什么要针对谢首？”

“不，我们先把这个更重要的问题搞清楚，你是不是觉得我没有资格动用丁家的人？”苏圆不罢休地大声道，“你到底还是不是我——”

那边的电话挂断了，苏圆松了一口气：这不能怪她胡搅蛮缠，是她这个表哥太敏锐了，她才一出手，就被盯上了。

想到这里，苏圆感到一阵委屈，不由自主地拨通了另外一个电话，“小舅，这个谢首比我想象的难对付。我差点就被一卓那家伙发现了。不过你放心，我还有后招。就在今天晚上，他会有一场‘愉快’的体验。”

曙日狂欢会的后台里，简墨夹了一筷子菜，道：“你觉得这事蹊跷？”

“造纸系对造设系的欺压由来已久，但能让两名老师冒身败名裂的风险，去陷害你一个才上大一的新生，这绝对不寻常。更不用说他们在座位、笔迹和监控上都提前下了功夫。这其中需要花的心思和动用的资源，完全不像是用来教训一名看不顺眼的学生。”简要分析，“还是说少爷你在学校里得罪了什么厉害人物，我却不知道。”

“我最近得罪的人可多了去了。”简墨撇了下嘴，“不过，除了林跃和那位苏圆师姐外，似乎也没有特别看我不顺眼的人。”

“我会好好查下这两个人的。”简要点头，“那两个监考老师后面的动静我也会继续关注。”

“你今天晚上有没有时间？”简墨将口里的饭咽下去，期待地看着简要。

简要笑了，“没什么重要的事情。”

“那就留下一起看狂欢会吧。”简墨放下盒饭，“顺便检验一下你这段时间的教学成果。”

“我只是给了您几个建议而已。”简要笑意更浓，“而且我可没提醒您提前训练薛晓峰和陈元，去顶替林跃和那位苏圆师姐。”

天渐渐地暗了。

整个广场座无虚席，连周围的花坛上都站满了人。

曙日的官方名称是曙光之日。终止旧纪元的那场大洪水，在全球泛滥了一年零二十七天后终于结束。据说发现洪水退去的，是一个小女孩和她的猫。那天清晨，小女孩穿着一条红裙子，从幸存者营地偷溜出去寻找小猫，结果发现她的猫正站在洪水退去的黑色湿地上，试图从一大堆搁浅的大鱼中叼起一条。那天之后，洪水一日日消退，陆地浮出海面，人类重新获得生存空间。

每年的曙日，即1月5日，人们都会相聚在一起庆祝。女性着红，佩戴猫形饰品，象征幸存者；男性则着黑，佩戴鱼形饰品，象征洪水退去后的大地。后来不知从何时起，青年男女有了在曙日将身上的饰品赠送给心上人的风俗习惯。

广场上的聚光灯突然熄灭，整个会场上陷入一片黑暗。音乐也消失了，只留下回荡的余音。

观众们精神一振，屏住呼吸，期待地看向黑沉沉的舞台。时间在沉默中流过：一、二、三、四、五、六、七、八、九……

突然黑暗中有微弱的灯光闪起，几秒后就熄灭，但很快又亮起，几秒后又熄灭。

观众们敏感地发现，灯光闪和灭似乎带上了一种节奏，轻快的、洋溢的，如同人的呼吸一般，和着某种韵律，踏着某种舞步，越来越快，越来越近……

灯光突然全部熄灭，而与此同时沉默的舞台却爆发出五彩流光，犹若一颗巨大的钻石在旋转。

“呀啊——”一片悄然的呼声轻盈而起，在静谧的夜色中格外清晰。

所有的观众都转过身，一齐瞪大了眼睛：排成纵列的百名身着红裙头戴猫耳的女孩举着宽大的红色绸缎从广场后方奔来。轻薄的绸缎如同流云一样在女孩们头顶上随着黑色发丝高高地飘扬，一眼望去仿若一条磅礴汹涌的红色洪流扑面而来。

从会场后方到听众席的后方，洪流如有自我意识一般，迅速分成四条小河：通过观众席之间的通道，便占领通道；涌至台前，便占领台前；向前、向前……向着舞台，如同受到钻石之光的召唤。

女孩们牵着裙角旋转一圈后垂下眼帘，指尖托腮，嘴角噙笑，另一只手羞涩地递向身侧。

站在女孩身侧的是一名名身着黑色礼服的俊朗男孩。他们胸口别着银色的鱼形胸针，一手背后，优雅地行礼，准确无误地接过各自舞伴的纤手，绅士地亲吻。

红与黑的交融。猫与鱼的追逐。

起舞。

简墨坐在观众席的最后一排，默默地看着舞台上的节目一个个上演，一个个谢幕。

“少爷，你像是兴致不高啊？”简要打趣地说。

简墨无奈道：“如果你把所有节目都看上十几次的话，也不会有多大兴致的。”

坐在简墨左手的楼船雪笑道：“至少有一个节目，你可以期待一下。”

“什么？”简墨刚说完就想起来了，果然耳边听到楼船雪说道，“造纸系的小话剧——这可是每年最受期待的节目。”

“那是唯一被官方允许可以不参与筛选和彩排的节目，”简墨向简要解释道，“我也只知道节目名字和表演时长。”

他看了看节目单，发现还有一个节目就轮到小话剧上场了，因此决定去买点零食。排了好长时间的队，简墨终于买到了饮料和爆米花，抱着它们向观众席走去，然后远远地就听到了巨大的欢呼声。

不会是小话剧已经上演了吧？简墨心想，加快了步伐。

“……我大概是有史以来第一个，回家需要自己掏钱买门票的人。”还没看清台上的演员，简墨就听见了这句台词，心中猛然一惊，脚步停了下来，看向台上的主角。

舞台上的演员继续他们的对白。

“将军，就这么……让他走了？”

“你以为他还活着吗？”

“这片土地，终于不再有王了！”

“不，王从来没有离开过。”

楼船雪看着盯着舞台表情诡异的小师弟，“怎么了？我觉得这故事还挺不错的，比前两年的强太多了。”

“是啊。”简墨面无表情地抓起盒子里的爆米花，一颗颗地往嘴巴里面塞，用力碾压成渣：节目看起来是挺赏心悦目，改编后的故事节奏也不错。只不过自己什么时候同意造纸系的那群浑蛋用他的小说改编话剧了？他们到底是从哪儿弄来的他的稿子？

坐在旁边的简要早已察觉了自家造父情绪不对，而且他也猜到简墨不爽的原因了。六街那六十七本手稿早已经不知所终，他是没见过。但进入石山中学后，简墨写出的稿子也不过寥寥几篇。作为一名合格的管家，简要每一篇都有看过，自然也包括他造生前的那一篇。

作为主角的太子背影正慢慢融入黑暗中。这时，一个娇嫩的女声突兀地响起，差点没让台下的简墨被饮料呛死。

“我不管你要去哪里。总之，带上我……”女孩紧紧抱着太子，轻轻抽泣。

太子猛然转身，和女孩拥吻在一起。

追光灯打在了两人的身上，优美的音乐声响起，幕布慢慢拉上。

“有才华。”简墨黑着脸，跟着周围的人一起轻轻地拍了三下手掌：这编剧还挺照顾狂欢会的气氛，知道把悲剧结局变成大团圆。

简墨站了起来，对楼船雪说：“我到后台去看看。”

楼船雪见他面色不善，以为是狂欢会的哪个环节出了问题，连忙道：“等等，我跟你一起去。”

此时的简墨根本没发现，台上小话剧的演员，没有一个是造纸系的学生。

他一走进后台，里面已经演出完毕和正等待上场的演员们纷纷笑着来打招呼。简墨勉强挤出笑容，“发挥得很好！还没有上台的请继续加油。”

视线一扭，便瞥见刚刚下场的话剧演员们，连服装都还没有换下来。简墨收敛了笑容，向这群人走了过去，做好了开撕的准备。但蓦地，他停下脚步。

这是一群纸人。

全部都是。

他震惊地瞪大了眼睛，向着太子、女孩、将军、幕僚、太子的同学、女孩的好友、旧朝的大臣、新政府的士兵……

他们的魂晶澄澈却无光，在星海中一动不动。刚刚他坐在观众席的后排，所以根本没有发现，这是一群被写造出来的纸人。

简墨茫然地望着纸人们。

纸人们也茫然地望着他。

简墨至今还清晰地记得，简要诞生后第一眼见到他时，一脸恨不得飞扑过来的孺慕，烫得他的心一下子就融化了。可这群纸人看着他，就像看一个陌生人。

简墨停下的脚步再度抬起，艰难地走去，目光拂过他们的眉眼，一个个打量过去，心中有一种说不出的悲伤。

纸人们也打量着简墨，彼此面面相觑：这个少年怎么了？怎么一看见他们眼圈就红了，好像要哭了一样。他认识他们吗？

这个时候有人走进来喊了一声：“好了，你们可以过来了。”

简墨缓缓转头，来人竟是他认识的：杨涛。

杨涛没有想到会在这里遇到简墨，顿时神色大变，下意识地后退了一步，嘴唇哆嗦了几下，仿佛想说什么，却没有说出来。

简墨一双红眼盯了他两秒，随即扑了过去双手拎起他的衣领，低沉的声音从牙齿间迸出："谁准你写造他们的？说！谁准你写造他们的！"

他本以为对方只是看自己不顺眼，剽窃了故事来演，借此嘲弄自己无力保住自己的文章。却想不到，对方竟把他文中的角色一一造生了出来！

杨涛也预料到了简墨的反应，慌忙道："不是我，不是我写造的。"

"不是你是谁？这两届造纸学院的学生里只有你是从石山中学来的，只有你看过那篇文章！不是你是谁！"

"真的不是我——"

杨涛的话被另一个人打断："是我写造的。"

简墨红着眼睛转过：一个不认识的男生拨开围观的演员和志愿者们走了出来。他双手插着口袋，在台阶上俯视着简墨说："是我写的，或者说是我们写造的。"

跟着男生一起进来的还有三个人，两男一女。男生斜眼瞥了下身后，得意地用拇指指了指："我们几个人一起写造的这个话剧的演员。怎么，不错吧？"他用手指了指太子，"这个有特五级的水平呢，是里面等级最高的——哥的杰作。"

简墨握紧的拳头指节发白，"谁——允许你们写造他们的？"

男生似乎觉得简墨问得十分好笑，"谁允许？哈哈，我写造个纸人还需要谁允许吗？我想写谁就写谁——你管得着吗？"

杨涛这时低声道："齐师兄，他就是谢首。"

"什么？"齐师兄一脸蒙然，没懂他的意思。

杨涛无奈地解释："那篇原文的原作者是谢首。我跟你说过的。"

齐师兄的表情微微怔了一下，好像在回忆什么，过了两秒扑哧一笑，"我还纳闷你为什么这么激动？原来是这样。"他走上来，轻佻地打量着简墨，"原来你就是那个魂力暴动的倒霉小子啊。真是可惜啊，如果不是这么倒霉的话，说不定就是我师弟了呢？唉，反正你那篇原文放着也是放着，师兄我看着不错，就写出来娱乐娱乐大众了。你看，反响是不是还挺不错的？好了，别生气了。当是师兄请你做了一回枪手，价格随便你出。

放心，我齐伟可不是一个抠抠搜搜的人！”

简墨盯着这位齐师兄开开合合的嘴，心里止不住生出一种撕了它的想法。这种想法好像一团炙热的火不断在心底炙烤，让血液不断地在胸口翻滚、沸腾，烫得他全身止不住地颤抖，催促着他把欲望付诸行动。

跟着一起进来的楼船雪已然明白前因后果。她虽然震惊于这些事实，但神色也有些作难。此刻狂欢会尚未结束，明摆着不适宜闹事。

简墨握紧发颤的双手，深吸口气，努力挽留住最后的冷静，“楼师姐，后面的事情就拜托你了。”说完便用最快的速度冲出了后台，生怕再多停留一秒自己就会改变主意。

一个身影很快跟上了他，“少爷。”

脑子一片蒙的简墨听见这个声音，好像一颗即将爆炸的定时炸弹被剪断了引爆线，瞬间清醒下来。他猛地停住脚步，大口大口地呼吸，仿佛冷冽的空气可以平复狂暴的心跳。

“少爷，你还好吧？”

“他们凭什么？凭什么！”简墨直直地盯着什么都没有的街道，眼睛红如火烧，声音突然哽咽起来，“我自己都舍不得轻易多写一个……他们怎么敢？！”

简要什么也没说，只在一边安静地等待他的决定。

耗时一个多月筹备的曙日狂欢会，终于在一片热烈长久的欢呼声和掌声中结束了。学生们围绕在篝火边，与自己喜欢的演员一起手舞足蹈，迟迟不愿离去。其中一些小情侣则乘机互赠自己佩戴的饰品，表达爱意。

作为这次筹备的主要负责人，获得如此的成功，简墨的脸上没有丝毫欣喜和得意。面对校领导和学生会成员的称赞和祝贺，他统统报以公式化的微笑。

狂欢会的庆功夜宵就订在近来最受学生欢迎的一家餐厅——唐宋。简墨来者不拒地和每一个敬酒的人碰了杯。他喝酒的架势就仿佛是在喝白开水，看得楼船雪、薛晓峰等劝酒的人都心惊胆战。

等到简墨站都站不稳了，简要才出现扶住他，诚恳地向周围的人道歉：“少爷已经醉了，我送他回寝室去。”

大家看到简墨双眼迷离地挂在管家身上，也不好再说什么，便纷纷笑着说再见，目送他们离开了。

“齐师兄，”一走出唐宋，杨涛便忍不住抱怨，“事情明明已经过去了，刚刚在唐宋你干吗又说那些话，还故意灌他酒！”

齐师兄一张红脸转过来对着杨涛：“杨涛，你这……呃……是在教训我吗？哈哈，一个废掉的天赋者算什么啊？就算他过去曾经很厉害，可他现在不过是造设——呃——系的一块小小的……小小的废料！再说了，即便他没有魂力暴动，难道我作为齐家子弟，还会怕他一个小小的造纸师不成？”

旁边的一个男生附和道：“齐伟一个特造师给他敬酒是给他脸面。不然一个废料哪里值得我们多看一眼！让我说，他的文字操控能力既然这么好，不妨好好合作。他出原文，我们写造，各取所需，才是共赢啊！”

齐伟哈哈大笑，“没错没错！说起来他还真有点小才华，我们这次表演的反响可比去年那群家伙好得多！那群废料，写出来的原文……呃……就跟我家狗用爪子踩出来的一样！你看看我们这次的纸人，一个个多么灵动，多么帅气！”

已经换下舞台装的小话剧“演员”此刻跟在他们身后，低头沉默地走着。

一个女生也跟着劝说：“杨涛，你好好想想什么才是对谢首真正有利的事情。如果他肯跟我们合作的话，他的前途就算比不上造纸师，至少在魂笔制造师里肯定是拔尖的。你瞧瞧他那个臭脾气，不过半年时间，就把同年级的造纸系都得罪光了。等到了大二，肯定有他好受的。那个时候你我正好大四，帮他说两句话岂不是雪中送炭？”

杨涛停住了脚步，低头慢慢握住拳，“我不想跟你们说了。我走了。”

望着杨涛远去的背影，一个男生嗤之以鼻，“装什么清高？不是他自己拿出来，我们也没处寻这篇原文啊。对着我们说教，苏圆稍稍吓唬他一下，就什么都抖出来了。欺软怕硬的小人。啊——谁打我？”

其他三人借着昏暗的灯光，终于看清楚了对面黑乎乎的人影。

“谢首，你想做什么？”齐师兄一把推开扶着自己的男生，口齿不清地说。

简墨哪里还想听这张嘴说什么，抓着他的衣领就将人砸到旁边的电线杆子上，发出咚的一声巨响。听得旁边三个人全身一哆嗦。

齐师兄捂着鼻子，杀猪般地惨叫：“你怎么打人啊！不就是一篇原文吗，你又造生不了——啊——”

简墨的理智已经被熊熊怒火燃烧殆尽，下手一点情面都没留。其他三人只要上前帮忙或者试图打电话报警，一边的简要就出手拦阻，始终没让他们干扰到简墨。三人拦不了也走不掉，只能急得跳脚，却一点办法都没有。

“快、快来救我！”齐师兄冲着旁边手足无措的纸人们喊道。

听到这四个字，简墨火气又上来了：让用他原文造生的纸人来对付他？

简墨抬起头，锋利得好似能够割破皮肤的目光向太子、将军等人的方向一扫，“我看谁敢！”

奇怪的事情发生了：原本已经迈出了一步的纸人们，在听到简墨的咆哮后，眼神齐齐恍惚了起来，迈出的一步居然都收回来了。

“你们疯了？！”齐师兄不敢置信地吼道：“谁是你们的主人？”

十多个纸人似乎没有一个在状态。他们看看齐师兄四人，又看看简墨，谁都没有动。

简墨莫名觉得十分开心，下手更利落了。

躲在旁边的一个男生终于受不了了，趁着简要和另外两人纠缠的时候，准备独自逃走。

简墨哪会放过，喊了一声：“拦住他！”

简要正要把身边两人放倒去拦逃跑的家伙，却见黑影一闪，那个男生已经被另一道人影拦住了。

拦住他的人是——太子。

所有人都傻眼了，包括简墨。

唐宋每晚10点打烊。但是今天因为京华大学学生会的一单夜宵生意，将时间推迟到11点。

此刻是凌晨1点，唐宋早已进入休息状态，除了最大的一间包厢。此刻包厢里灯光明亮，但因为遮光布的屏蔽，从外面看不到一丝异样。

“刚才——你为什么帮我？”简墨此刻已经冷静了许多，想到自己刚刚暴怒的模样，颇有些不自在。

太子看了一眼自己的同伴，思索了几秒，才开口道：“你的问题，我不知道该怎么回答。我可以先问几个问题吗？”

简墨点点头。

“这里是什么地方？我不记得来过这里，但是你却认识我。你是谁？”太子脸上写满不安和迷惑。

简墨慢慢瞪大眼睛，不敢置信地站了起来，“你知道自己是谁？”

太子愕然：“难道我不该知道自己是谁吗？”

太子叶青觉得自己在做一个长长的梦。

他似乎梦见自己到了一个陌生的世界，这里不是他的国家。他不认识这里的任何一个人，但他们却都认识他。这些人用惊喜的目光打量他，还会在他询问时发出莫名的欢呼声。

叶青想过离开这一群对他缺乏善意的人，但是不知道为什么，心里却不太想违背他们的意愿。更何况在这个陌生的国度，他甚至不知道可以去哪里——直到后来，他见到小艺，见到将军，见到了其他人。

叶青感觉自己坠入了更深的梦境中。那些曾经发生过的往昔，一点一滴，重新上演。他感觉梦游一般，说着相同的话做着相同的事，如同提线木偶一样身不由己。

他看见伪太子接受觐见，看见同学们盲目地投入无谓的复辟，看见女孩环着他的脖子闭眼唱着："我的王啊，众神也要为你祝福，山河也要向你致敬。崇高的灵魂，长留人间。"他看见自己答应旧日臣属登高一呼，他听见嘉陵之血在体内解封，感觉并蒂兰在脸上蔓延。长弓在手，血流灌天。

太子的回答让简墨觉得十分不对劲。纸人怎么会记得原文的内容？

"我可以叫你叶青吧？"见太子点头，简墨微微松了一口气，"叶青，我只能告诉你，这里确实不是嘉陵，这片土地上，也从来没有这么一个国家。你们是通过一种很特别的方式来到这里的——解释起来有点复杂。你可以先回答我之前的问题吗？"

太子叶青迟疑了一下，"其实我也说不太清楚。自来到这里后，我就一直很在意……那个人的声音。可今天，你向我们喊出'我看谁敢'时，我就感觉，那个人的声音对我再没有从前的吸引力了。相反，当你说'拦住他'的时候，我就不由自主地这么做了。"

这难道就是忠心的暗示？可忠心的暗示不是只存在于纸人与他的造师之间的吗？简墨的疑惑没有得到解答。他看着叶青，犹豫了一会儿，"我可以摸摸你吗？"

叶青的眼睛闪着微光，但对他的要求并不反感，"可以。"

简墨的手顺着他的脸颊、下巴、肩膀……慢慢摸下来，他隐隐能够感应到，一些类似他第一次见到简要时的那种感觉，不是来自理智而是发自内心的亲切感。

然而，比起简要，这种感觉却要淡薄很多。简墨的神色黯淡下来。

叶青的原文改编自自己的小说。如果原创内容的作者和造纸师不是同一个人，那么这样的纸人与原创内容的作者之间到底是怎样一种关系？如果比起造纸师，改编后造生的纸人更听原创作者的话，枪手们怎么可能还能接到活？没有一个造纸师会乐于见到自己写造出来的纸人更愿意听别人的话吧，简墨想。

这个时候，端着茶点的简要走进房间，看到这一幕，脸上的笑容微微有些凝滞：此刻简墨和叶青的姿势，他再熟悉没有了。

茶杯里的红茶微微抖了一抖又停了下来，简要笑问："少爷，太子是你的造纸吗？"

简墨摇摇头，"不是。"

简要的脚步忽然又轻快起来，他姿态优雅地为所有人倒了茶，轻声询问他们的需求。

将军打量了简要一番，对简墨称赞说："您拥有一个非常出色的仆从。"

"他并不是我的仆从。"简墨接过简要手中的茶，喝了一口，不由得抿起嘴，"这也太苦了吧。"

简要笑意不变，"解酒茶自然要浓些。要喝完。"

简墨无奈地抱着杯子一饮而尽。

同样捧着杯子的叶青突然有些羡慕地看着这两个人，却不知道自己在羡慕什么。

有简要在，叶青一行人很快被安置好。回到学校寝室已经是凌晨3点了，但简墨依旧心绪难平。虽然简要拿葡萄汁兑了葡萄酒给他，无奈中途被人换了几次酒，还是喝下不少。所以当他晕乎乎地爬上自己床的时候才发现，薛晓峰和陈元都坐在他的床铺上等他。

简墨瞪着两人，两人也瞪着他。就这么大眼瞪小眼过了半晌，薛晓峰颇有点幽怨地说："你不打算老实交代吗？"

简墨不知道他们指的是哪件事，只好说：“交代什么？”

“还装！楼师姐都从演员那里听说了——你以前是有造纸天赋的，是不是？”

“都已经是过去的事了，说了有什么意义？”简墨苦笑，“难道让我没事拉着你们说我曾经有天赋，只是后来没有了？”

薛晓峰突然表情讪讪的，吞吞吐吐地说：“阿首，对不起，我没考虑到你的心情。”

简墨笑了笑，“事情过去很久了，我已经看淡了许多。”

陈元却开口：“你的初窥之赏是几级？”

简墨摇摇头：“不知道，天赋测试那天夜里失火，我们高中那一批诞生纸全部付之一炬。我只知道那时我的诞生纸已经进入凝形阶段。”

薛晓峰用一种不知道说什么好的眼神看着他，“纸人之父不开眼。”

陈元沉默了一会儿，“你在后台说的话既然我们都知道了，其他人也会知道的。说不定会有人拿这个挑拨你与造设系其他人之间的关系，你注意一点。”

陈元难得主动说了这么长一串话，简墨也明白他意有所指，点头接受他的善意提醒。

“哎，等等，你还没交代怎么现在才回来。楼师姐说你早回来了。”薛晓峰一只手搭在他肩膀上，笑得贼兮兮的，“以我对你的了解，那几个造纸系的家伙这么欺负你，你会放过他们？”

简墨觉得这事情到明天该知道的人都会知道，于是也没有隐瞒。

“什么，你把小话剧的纸人带走了？”薛晓峰惊道，“别人写的纸人为什么会听你的话？”

“我也想知道为什么啊。”简墨闭上眼睛，感觉酒精的效力越发强烈了，“而且他们似乎都知道自己是谁。纸人不是初诞如婴吗，怎么会有原文中的记忆？”

陈元倒是给了他解释：“因为他们是一型纸人——那是传统派才会使

用的一种写造手法。传统派原文与现代派不同，它有三种人称。现代派原文，相当于它的第三种人称，因此称三型纸人。现在绝大多数纸人都是三型纸人。三型纸人确实如你所说，造生之后仅拥有原文赋予的三大天赋，没有任何记忆。但小话剧的纸人是以第一人称角度写造的，属于一型纸人。以‘我’的视角所见所闻的一切，会作为先天记忆提前储存在纸人的意识中。因此他们一出生，就知道自己是谁。对他们来说，先天记忆就是他们真实经历过的人生。因为传统派没落，加之以第一人称撰写原文的难度本就高于第三人称，所以你们以前没听说过一型纸人，也实属正常。”

简墨猛然睁开眼睛，脑中刹那间醍醐灌顶：写文可以用第一二三人称，造纸为什么不可以？他以前怎么就没想到过？不，这都怪欧阳，当初这个家伙跟他说，写造和写作是两回事，因此他才连想都没往这个方面想过。

只是，如果一型纸人拥有原文所记叙的先天记忆，这对叶青来说未免太残酷了。简墨的心又沉了下来。

陈元看到简墨的神情忽明忽暗，不由在心中暗暗叹息。楼船雪虽然没有说，但他刚刚在等谢首回来的时间里，已经打听过那篇原文。据说是一篇极精彩的传统派作品。一型纸人的写造需要强烈的人物情感构成和个体性格特征，才能促使纸人的先天记忆圆满建成，这是现代派手法根本无法达到的。谢首的那篇原文虽然是第三人称，被齐伟那个蠢货改编成第一人称写造却丝毫不见吃力，可见那人物原本的刻画是怎样的精致传神——如果谢首的天赋还在的话，不知道会是这届造纸系里怎样光芒四射的人物？

狂欢节结束后的第二日，学生会全体成员又聚集在活动中心。

“关于这次狂欢会我已经收到各学院的反馈，大家的评价一致很好。节目精彩纷呈，现场秩序井然，引导和指示清晰便捷，整个狂欢节氛围热烈。值得一提的是，本次新加入的志愿者为整个狂欢会各方面质量的提升做出了巨大的贡献。活动进行到一半的时候，我就陆续接到二十几个毕业校友的电话，表示想赞助明年的狂欢会——如果我们还是这样运作的话。”丁一卓微笑着说，“我今天上午向校长室汇报并为大家申请了奖励。校长室已经给了回复。”

他笑着环视了众人一眼才宣布：“学生会全体，包括预备新人，都会得到——碧海长鲸两周的通行证。”

简墨不明所以地看着会议室里的其他人爆发出一阵震天的欢呼声，连楼船雪都忍不住莞尔一笑，不由得对碧海长鲸产生了强烈的好奇。

“在这次活动中表现最杰出的一个人，不用我多说，大家都知道是谁——谢首，作为特别奖励，你将拥有三周的通行时间。祝你拥有一个愉快的寒假。”

接受着众人羡慕加嫉妒的目光，简墨自昨晚开始的低沉心情略好了一点。他正准备道谢，却被一个尖锐的女声打断。

“等等，丁主席。奖励的事情先放一放，我有一件重要的事情要说。”苏圆站了起来，双手撑着桌面，满脸阴郁地盯着简墨。

“谢首在这次狂欢会中的表现确实功不可没，但这并不代表他的恶行就可以因此抹平！”苏圆气势逼人地质问道：“谢首，昨晚夜宵结束后，你去哪里了？！”

会议室一下子安静了。

丁一卓脸上的笑容消失了，“苏副主席，发生了什么事情？”

“这次小话剧纸人的造纸师齐伟等四名同学，昨天离开唐宋后，在学校附近的小路上被打成重伤。其中齐伟同学的伤势最严重，肋骨断了三根，小腿骨折。”苏圆盯着简墨道，“这歹徒真是心狠手辣，无法无天！”

简墨心道，消息这么灵通，小话剧的事八成也有你一份。他笑了一笑，全身气质顿时变了一变，先前端坐的身体向后懒洋洋地一靠，规规矩矩放着的双腿肆无忌惮地架了起来，脸上毫无诚意地摆出一副惊讶的表情，“被打了？谁打的？看来他得罪的人真还不少，我昨晚若不是喝多了，也挺想好好揍他一顿的。居然被人抢先了——”

楼船雪有些惊讶于小师弟的变化，但却没有说什么。

“谢首！”苏圆见简墨满脸无辜的模样，双目中火焰更盛，“你敢说此事与你无关？敢做不敢当，算什么男人！”

“苏圆，注意你的言辞。”丁一卓皱起眉头，“你指责谢首打齐伟，有什么证据？”

“齐伟他们四个人都一致指证行凶之人是谢首。”苏圆立刻斩钉截铁地说，“他那个管家简要，是帮凶。”

所有的人眼睛又看向简墨，等待他的回答。

“可我昨天醉成那样，是多少双眼睛看着的。”见苏圆欲反驳，简墨立刻接着说，“好吧，苏师姐肯定会说，我可以装醉。但我喝醉了是提前走的。既然早走，肯定也会早回。苏圆师姐不妨问问，他们到底是什么时候被打的，然后问问我的室友，我什么时候回的。对比一下时间就可以知道我是装醉还是真醉了？”

“问你的室友有什么用？”苏圆气呼呼地说，“他们还能说真话不成，你们都是一伙的。”

“既然我室友的话不能作证，凭什么齐伟的话可以作证！”简墨面色一冷，收敛了笑容，“凭造纸系的学生比其他人都高贵一些吗？”

“你——”苏圆尽管心里是这么想的，但是却不可能当着这么多同学的面这么说。

丁一卓开口道：“苏圆，有其他证据吗？比如监控？”

苏圆更气，“他们早就蓄谋好了，怎么会在有监控的地方打人？”

“这么说，是没有证据了？”简墨冷笑道。

苏圆深呼吸了一下，慢慢冷静下来，“谢首，你不就是记恨齐伟他们用你的文章写造了小话剧的纸人吗？你自己魂力暴动失去天赋虽然很可惜，但也没道理迁怒别人。齐伟写造之前没有征得你的同意，是他不对。但他也给你道歉了，承诺给你补偿。可你却愣是不依不饶，把人家打成那个样子。你这心胸也太狭窄了吧！而且就算他有错，你也可以走司法途径去告他。再怎么，你也不能打人吧？”

除了楼船雪，会议室里的人听到苏圆的话，眼神都不由得生出了浓重的怀疑之色。

发生魂力暴动这种事情对于一名造纸师来说，确实是非常大的一个打击。原本的天之骄子最后变得连天赋者都不如，无异于从云端跌落入泥地。更不用说，在此之前谢首还写出了昨夜那样惊艳全场的故事。结果现在这故事却被齐伟用了，而且还是在未经谢首允许的情况下盗用的。

在造纸界，被盗取原文对于任何一名造纸师，都是极为严重的冒犯，是足以令手足反目的奇耻大辱。齐伟此举，不仅仅是对谢首曾经的造纸师身份的侮辱，更是对他失去天赋后无力反抗的无情奚落。

所以无论从哪一方面来看，谢首确实有报复齐伟的重大嫌疑。可苏圆这么刺啦啦地说出来，依照谢首那个不好说话的性子，岂不是要爆？

可简墨的表情却让众人有些失望。他的脸上并没有众人预料中的羞愤之色，反而大大方方地环视了众人一眼。这一眼，让众人不由得想起狂欢会筹备阶段他处理苏圆和林跃的手段，顿时后脖一紧，觉得自己的担心有点多余。

“不过是一晚上的时间，苏师姐就已经帮我把剧本写好了。”简墨轻轻一笑，“嘴皮一磕，就想污蔑别人，好像是你很喜欢用的伎俩。”

“你这话什么意思？”苏圆盯着简墨，“别说些含糊不清的话故意逗人猜疑，你给我把话说清楚！”

“《造纸简史》考场发生的事情，苏师姐不会不知道吧。”简墨望着他，“两名监考老师污蔑我作弊，可不就全凭一张嘴？可惜了，他们现在一个留职察看，一个开除走人。”

“这与今天的事情又有什么关系？”苏圆目光闪烁，倔强地抬起下巴，“你别以为随便给我扣个帽子，就可以洗脱你打人的罪名。”

“和师姐没有关系吗？”简墨夸张地摆出惊诧的表情，“我怎么听说那名被开除的监考老师，今天上午已经在某家造纸研究所入职报到，薪水比在学校翻了一倍。而那家研究所，苏师姐的母亲丁女士居然正好有股份。我真不明白，一名连基本的师德都不具备的老师，居然能在受完处分后，转身就找到一份待遇更加优厚的工作——他到底凭借的是什么？”

此话一出，情势急转直下。所有人都倒吸一口气，彼此偷偷交换着眼神，心照不宣。坐在主位的丁一卓目光也闪动了下，但很快就恢复了平常，只是望向苏圆的眼神多了一份厉色。

苏圆见状，眼皮连颤了好几下，手指在手心捏紧，强作镇定道：“他找什么工作，那是他的本事。说不定那家研究所早就在挖他了，现在不过是因为这件事提前离开了学校。你不能因为那家研究所正巧我母亲有股份，就怀疑我做了什么。”

“哦，是吗？”简墨笑了笑，“既然和苏师姐无关，那么你应该不介意我把这位老师的开除通知书传真给那家研究所的大股东们看一看，再看看研究所还能不能留他？我很好奇，如果他又被研究所开除，会不会一怒之下爆出害他落入这般田地的罪魁祸首？我好歹也是造设系的学生，和这位老师往日无怨近日无仇的，他干吗放着好好的日子不过，非要来陷害我？”

苏圆的脸色逐渐发白。她死死咬住嘴唇，指甲深深扎入手心，“你没有证据，不能光凭臆想——”

“说得好。”简墨打断了她，笑容收敛了一些，“我很赞成苏师姐的观点。凡事没有证据，就不能光凭臆想来妄加判断。”

他意味深长地看着这位额头冒汗，全身笼罩在不安和不甘情绪中的造纸系师姐，“所以在毫无证据的情况下，就判定齐伟是被我打的——这无疑是非常荒谬的。苏圆师姐，你说是不是呢？”

会议室里的气氛紧张得一触即发。

众人没有想到本来轻松欢乐的庆功大会，最后却变成了学生会副主席苏圆与预备成员谢首的对峙现场。更让人瞠目结舌的是两人在针锋相对中暴露出的信息，随便甩出一个都足够整个年级沸沸扬扬地谈论至少三个月。

“我一直以为苏圆很难缠，没想到谢首对上她居然还能略胜一筹。”一个学生会成员在笔记本上写了句话，推给旁边一人看。

旁边的人看了一眼，装作修改什么东西也提笔写上：“造设系出了这么一个人，以后造纸学院的局面恐怕真要变一变了。”

“谢首到底是什么背景，研究所招人的事情才几天就查出来了？”

“谁知道？看起来底气十足的，一点没把苏圆放在眼里，没准是哪个隐世大家族的吧。听说传统派在与现代派的争斗中落败后，有好多都蛰伏起来了。”

“对啊……难怪谢首的原文那么好。”

简墨对学生会成员在笔记本上进行的地下交流丝毫不知。见苏圆半晌不说话，他好心地提醒：“苏师姐？你怎么不说话了？”

苏圆恨得嘴唇都快咬破了。

这时，丁一卓终于开口：“好了，任何事情如果没有证据，就只是毫无意义的猜测。以后这种捕风捉影的事情，就不要拿到学生会来讨论了。苏圆，你留一下。其他人，散会吧。”

对于冷处理此事的学生会主席的立场，简墨还无法下结论。但是对方眼下的决断是他赞同的。因此听到丁一卓说完这句话，简墨便起身问身旁的楼船雪：“师姐，一起走？”

走出了活动中心，楼船雪才深深地看了他一眼，“小觑你了。”

简墨只是淡淡一笑，问：“丁一卓和苏圆的关系怎么样？”

楼船雪反问：“你连那位监考老师进的研究所和苏圆母亲之间的关系都查得到，还要问我？”

“就算是亲兄妹，想法也未必一致。”简墨不以为然，“更何况只是表兄妹。”

“这话倒是。”楼船雪若有所思地点点头，“不过，我知道的也不多。”

楼船雪告诉简墨，苏圆不但自己拥有特级天赋，她的母亲丁之珍也是一名特造师，父亲苏塘更是一名异造师。这样的天赋加上这样的出身，苏圆自然有骄傲的资本。但除此之外，她，或者说她的母亲丁之珍还有更大的依仗，那就是万山丁家。

“丁家是泛亚历史最久远的造纸世家之一，兴起时间要追溯到第一次纸原战争前。十二联席万山区域史上出了八个席主，丁家就占了四个，万山十三区几乎都在他家的势力范围之中。四大造纸工具的制造丁家都有涉足，丁氏造纸研究所在泛亚研究所排行榜上也常年占据前十位……我至今都不知道他家诞生纸的私人保管名册上到底有多少人。”楼船雪苦笑道。

私人保管名册？简墨神色微微一凛。纸人造生后，造纸师会将成品诞生纸上交，诞生纸档案局则会对其进行登记保管。但是不论何时，总有些人拥有旁人没有的特权，这就是诞生纸私人保管权。

这一条《造纸简史》当然不会记载，甚至在大多数公开文献中都找不到。简墨是在图书馆啃那本厚厚的《纸人管理法》时才发现了这个名词。条款的意思大概是：当纸人被判处死刑时，如其诞生纸保管权归私人所有，则保管权所有者有权要求免除本次死刑，但此后，其诞生纸上交诞生纸档案局管理。

楼船雪见简墨并无讶色，知道他听懂了自己的话，便继续道：“丁家上一代共有两子一女。老大丁之脊是非天赋者，在世的时候以经营家族产业为主，可惜因为车祸英年早逝。丁一卓的父亲就是丁之脊。父亲去世后，丁一卓一直由他爷爷，也就是现任丁家家主丁亦晴抚养。苏圆的母亲丁之珍排行第二，是丁氏的造纸研究所的中级研究员。至于，小儿子——”

她的表情郑重了些，“名叫丁之重，也是现任万山地区十二联席席主。此人不但造纸天赋出众，是一名三级异造师，而且领导能力同样出众。自他担任席主后，整个万山地区的造纸界运转平稳有序，鲜少纷争，得到了许多实权人物的支持。三兄妹中，丁之珍与丁之重关系更为亲密……有传闻说，丁之重和丁之珍因为哥哥并非造纸师，对他颇为轻视，所以彼此关系不睦，经常发生争吵。”

“不过关于此人，倒有一件奇怪的事，现在的人都不怎么提了。十多年前，就在丁之重就任万山席主不久，他突然被宣布从家族中除名。对于丁家这样的造纸世家来说，家族除名是非常严重的处罚，当时在整个万山地区引起了轩然大波。”

“知道是为什么吗？”简墨问。

“不知道。世家嘛，即便子弟做再多丑事，在外人面前，也是要维护自己脸面的。”楼船雪轻嘲地笑了一声，然后向简墨问道，“你是世家出身吗？”

简墨忽然记起简要给自己立的人设，不得不含糊其词：“师姐觉得我这样的人，像是大家族出来的吗？”

“那名监考老师的去向你能查到我不奇怪，但是那家研究所与苏圆母亲的关系你如何会这么快就知道的？那家造纸研究所又不属于丁氏，你是如何在大海里把这根针捞出来的？”楼船雪见他含糊其词，也不强求，“短短两日时间，能够搜罗到这样精准的情报，如果没有家族情报网支持你，我真的不相信。”

京华市某家医院的VIP病房中，齐伟对开着免提的电话怒道：“苏师姐，你说你收拾不了谢首是什么意思？没有证据？我们这么多人的话不是证据吗……算了，你不行，我自己亲自收拾他——嘶，啊，疼死了——”

看到儿子挂电话时不小心扯到伤口，齐母心疼道：“你都这样了，还折腾什么？把人丢给齐茵去处理，什么破烂货还值得你这样费心？”

“我是气不过啊！”齐伟扭曲着脸，一边喘气一边说，“一个魂力暴动的废料有胆子对我动手，是失心疯了吧！但这也就算了，最古怪的是，之前叶青明明对我言听计从，可他一出现，叶青居然就叛变了。我们四个造纸师，被自己写造的纸人打得住进医院，说出去谁信啊？!谢首是给这些烂纸片下了迷魂药吗？”

“那现在这些纸人呢？”这时，一个声音从门口传来。

齐伟看见来人，表情不爽道：“你来干什么？看我的笑话吗？”

“你当我很想来？”来人放下一个保温罐，看着齐伟身上的绷带和淤青，她皱起眉头，“这下手也太狠了。虽然你是很欠揍，但是学院里有能力揍你的，根本不可能去揍你。这谢首到底什么来历？”

“一个破烂货，我需要知道他是从哪个垃圾箱里拣出来的吗？”齐伟气呼呼道，“我就晓得，要不是爷爷开口，你这双脚恐怕都迈不进我的病房。”

“你知道就好。”来人连坐下来的意思都没有，“这个叫谢首的我会处理。你好好养伤。爷爷最近身体又不好了，你又不是不清楚，就少惹点事吧！”

“齐茵你什么意思！你当我喜欢被人打啊？”齐伟怒叫道，“你滚远点！看见你，我就没好事！”

“确实，若不是要给你收拾烂摊子，我也不会出现在你面前。”齐茵毫不客气地怼回去，“我走了。”

“快滚吧——等等，那个话剧团你要给我要回来。我写的纸人，凭什么便宜别人？喂，齐茵，你听到没有——”

丁一卓坐在学生会办公室，看着苏圆磨磨蹭蹭地走到自己对面坐下，才道：“电话打完了？现在可以告诉我，为什么非要针对谢首了？你不说也行。不过是多花两天时间，我自己也可以查得出来。”

苏圆低着头，嘴嗫动了几下，“其实也不是我要针对他。是，是……小舅他——”

“小舅？不是让你不要跟他接触嘛！”丁一卓面带怒色，“你不怕被爷爷打断腿？”

“我不就是怕被外公知道，才一直隐瞒着吗？”苏圆小声道，“表哥，你知道吗？谢首是连蔚的弟子。”

“连蔚？”丁一卓脸色微微一变，“哪个连蔚？”

“还有哪个连蔚会让小舅注意啊。”苏圆撅起嘴，“你说小舅向来对我不错，难得这次他主动开口一次，我也不好意思置之不理吧。只是我真的没想到，一个魂力暴动的家伙，居然这么能折腾！他怎么就不能安分点？”

“连蔚是什么人？他能收一个普通人做弟子？安分点，怎么安分？”丁一卓正暗暗为谢首的来历心惊，听到表妹的话，没好气地说，“安分地让你赶出京华吗？”

苏圆自知失言，赶忙低头抿了抿嘴。过了半分钟，她偷眼见丁一卓依旧眉头紧皱，若有所思，便忍不住小声道：“你说那个连蔚让谢首跑来京华市做什么啊？是不是想对小舅不利啊？可他连天赋者都不是，能干些什么？不是平白送来恶心人吗？当初席主的位置是连蔚自己主动请辞，又不是小舅抢的。他送一个谢首过来是什么意思啊？”

“你没招惹谢首前，人家对你做了什么吗？京华大学是你家后院？人家过来念个书碍你什么事了？”丁一卓气极反笑。

“你的意思，是小舅自己想多了？”苏圆疑惑道。

“我恐怕是他以前做的亏心事太多，现在怕鬼来敲门了。”丁一卓意味深长地说，“苏圆，别怪我没提醒你。丁家人为了利益，可以放弃立场，但不能放弃底线。我知道你只想让谢首离开京华，但你的手段已经有些过了。况且，前任万山席主绝对不会收一个仅仅只是天赋出众的人当弟子。你在谢首手上连吃了两回亏，也该明白他不好惹了。”

“他不过记性好一点，脑子好一点，那又怎么样？”苏圆不服气道，“我开始是有点轻敌，但我就不信，凭我们丁家大把的资源和人才，对付一个名不经传的小子还能输了不成？”

“这单只是谢首的事吗？！之前诬陷作弊那件事，你当院长真一点想法都没有？你平常小打小闹无人管，是他懒得出面与一个小辈计较。可你仗着丁家这点势力，唆使那些魑魅魍魉在他的地盘恣意妄为，当他是摆设吗？别忘了，院长他姓什么！没有院长在背后支持，谢首一个大一新生凭什么能请动那么多专业级的大佬出面，凭一个楼船雪吗？”

苏圆听到“院长”两个字，背上出了一层冷汗，“是啊……院长，我没考虑到他。”

“狂欢会是他给你的一个小小教训。趁事情没有闹到不可收拾之前，赶紧把自己抽出来。丁之重他自己的破事让他自己处理，别为一个被家族除名的人把自己搞得一身腥。”丁一卓斩钉截铁道。

“行了行了。”苏圆见丁一卓没有消气的迹象，赶紧卖乖，“我现在知道利害关系了，怎么还会去招惹他？表哥你就别生气了。不过，我刚刚跟齐伟通电话时，听到一件很有意思的事情……”

第六章

碧海长鲸

此时此刻的唐宋里，一个穿着牛仔服的青年用怀疑的眼光看着简要，“你就是重简方略的负责人？”

“不许对简先生无礼。”青年身后一个头发纠结的干瘦老头对着青年的后脑勺就是一巴掌，一边露出掉得七零八落的牙齿对简要殷勤地笑道：“简先生，这是我的干儿子郑铁。异一级，擅长控制金属。给简先生演示一下。”

被唤作郑铁的青年眼神在简要脸上打了个转，右手不情不愿地摸上左手上的三枚戒指，右手一画：无数金属丝随着他手指画出的痕迹，在半空中如同柔软的飘带一样飞跃、旋转，穿梭于彼此之间，又像有一只无形的手指拿着烟花在空中挥舞一般，细细的弧线，流畅地游走；手一握，金属丝顿时消失，一把两寸长的锋锐刀刃赫然夹在了中指和食指间，薄如浮冰的边缘，平直如线，冷冽的寒光仿若在平如镜的刃壁上滑得站不住脚，倾泻如水；手一挥，刀锋瞬间沉入手心，再猛地张开顿时化作无数牛毛小针向一边墙上扑去——装在橡木色画框里的蓝色鸢尾花油画顿时被扎成了筛子。

简要扫了一眼油画，目光在青年的手指、手腕、脖子、耳朵和衣服上走了一遍：上面都有着金属质的饰品，应该是为了随时能够使用金属预备的。

郑铁做完这些，便一言不发，但骨子里的倨傲溢于言表。

简要面色平静如常，“一定要手接触到金属才能控制，还是身体随便什么部位接触到了都能控制，或者在周身一定范围内都可以控制？对金属的控制有没有条件限制？比如一定要是某几种金属才可以，还有最长可以控制多久，控制的重量有多少，会不会被什么因素影响效果……”

这几个问题全部直戳要害。对于聪明人，只要知道了能力的具体数据，就等于有了制胜的策略。毕竟这世界上绝无无敌的能力。

郑铁闻言果然不悦，“纸人的天赋是能随便透露的吗？连这个规矩都不懂，亏你还混……”

郑铁话未说完，老头又是一巴掌拍过去，“你懂什么！听简先生说话！”

简要对于青年的诘问和质疑并没有生气，只是将椅子转了个方向，望着郑铁：“纸人之间默认彼此隐瞒天赋的规矩我自然知道。但那只限于没有什么交集的陌生人之间。如果你在我这里，问你会做什么，能做到什么程度，你却不说或者只说一半，你觉得我该如何用你？”

“听见没有！如果你自己藏着掖着，简先生将来怎么重用你？”老头连忙帮腔。

郑铁眉眼间依旧有些不耐烦，但却没有反驳老头的话。他盯着简要问：“在我回答这些问题前，我想先问简先生一个问题——重简方略成立的目的到底是什么？”

简要的目光直视着他，“重简方略，顾名思义，一切从‘简’。它是独属于我家少爷的私人组织，使命只有两个：第一，保护他的安全。第二，做他想做的事情。还有其他问题吗？”

直到郑铁扶着老头离去，简要一直没什么表情的脸上，才露出浓浓的思考之色。他拨通一个电话，“最近加入重简方略的异级数量又猛增不少，是您在背后推波助澜吧？”

他说的虽是问句，但用的却是陈述事实的语气。

话筒那边传来轻笑，“这样不好么？你不是正需要人手吗？小墨之前被人诬陷作弊，若不是我推荐的人，你怎么能这么快查到罪魁祸首？”

简要的手指在桌面上滑动，眸光更加精锐，“如果您真心实意想帮忙，我会举双手欢迎。但如果您别有用心的话，我可不会为他人做嫁衣。”

对方虽是他的入世之师，但这不代表他会对这个老家伙放松警惕。简要比简墨看得更透彻，这个老家伙看似毫无意义的举动背后，都蕴含着旁人难以察觉的意图。往往只有当事情被揭破的那一天，你才会察觉。

“你若怀疑我借机安插眼线，我保证以后不再与他们联系。”话筒那边的声音始终轻松而坦诚，“再说以你的智商，就算我有什么企图，还不是很快就被你看破？”

对于一个你怎么试探都感觉是刺到棉花里的人，简要也觉得十分棘手。虽然他自认不会吃这个老家伙的亏，但无法预测和控制对方的行为，总让他有一种淡淡的无力感。

“最好是这样。”把手机拿到眼前看了看，简要轻轻点下挂机。

这个时候，简墨刚刚走回寝室，有些心不在焉。他一路想着楼船雪在活动中心楼下说的那句话，心中也有些疑惑。

简要的天赋是很高没错，但做任何事情都是需要时间的。他造生至今，满打满算不过两年七个多月，说简要现在能够在楚中市呼风唤雨，简墨相信；说他可以在东二十七区手眼通天，简墨也能相信。可是简墨决定报考京华大学，也不过是去年五六月间的事情，到现在也不过半年多的时间。这半年时间建立起的情报网，就能把两天前开除的监考老师，今天去哪家公司上班，公司股东和学校里的谁有什么关系都能查清——这确实有点不合常理。

是自己对儿子的天赋认知太过不足？还是简要早就算到自己会有来京华的一天？简墨摇摇头，决定找机会去问清楚。

“你摇什么头？”薛晓峰奇怪地看着他，“想什么呢？”

简墨自然不能说真话，转念想到另一件事，于是问道：“陈元，你知道往年小话剧的演员最后都是怎么安置的吗？不会在狂欢会表演结束后就丢弃了吧？”

“丢弃？”陈元从笔记本上抬起头，眼神里难得出现了不可思议，“你不知道一个纸人话剧团能够创造多少价值吗？”

尽管泛亚将文学创作视作一种罪大恶极的浪费，但人们本能的精神需求却始终无法抹杀。新纪元没有电影、电视剧，也没有小说和动漫，勉强为大众价值观所能接受的，便只剩下作为造纸师练笔副产品而存在的话剧了。而这世界上，还有什么人比一型纸人更能完美地刻画人物的形象和内心——他们本身就是角色“原型”。一型纸人本就难写，受欢迎的故事在新纪元更是千金难求。

“我只记得小时候看过一部讲述旧纪元幸存者在大洪水中求生的话剧，主创不过是一名十级普造纸师。但这个话剧红了整整五年，所赚的财富让这个造纸师一度排入了泛亚造纸师财富榜前五十。你要知道造纸师财富榜上，连特造师都难见几个。”陈元瞥了若有所思的简墨一眼，“我看狂欢会那部小话剧，若运作得当，受欢迎的程度应该不会比它差。”

问题是，这世界上哪有几十年不退的热度？等故事被观众厌倦时，纸人所有的价值便被造纸师压榨殆尽。也就是说，如果叶青昨天没有被他带走，那篇文中的剧情就会一次又一次地在叶青未来的生命中重演，直到被人们厌倦，或死亡。

想到这里，简墨握着水杯的手忍不住收紧：昨天就应该让叶青他们把他揍个半身不遂。

这时手机响了一声，简墨看了一眼屏幕，然后也打开笔记本，登录点睛纸笔论坛——果然又是骆驼的留言。

“墨力，M8真的只做两支啊？”骆驼发了个讨好的小人头像，“你知道我一直很喜欢你的作品！”

两门考试加上狂欢会的活动，平常还要正常上课，简墨觉得自己能够挤出时间设计出M8已经够不错了。更何况M8本来改进就比较大。崔明告诉简墨，这完全可以视作一项新技术。作为首次采用这种技术的作品，M8系列的数量绝不能多。崔明决定申请了专利后，再采用拍卖竞价的方式来出售这两支笔。

于是，从M8被挂上点睛纸笔的拍卖台后，骆驼就开始天天留言骚扰他。

看在老顾客的面子上，简墨随手回复了一句“我知道了”以示看到。

“你到底知道什么啊……”骆驼又打了一大堆话过来，动之以情，晓之以理，“就卖一支给我吧，价钱随便你开。我会祈祷纸爹保佑你的。”

见骆驼又请出纸人之父，简墨知道再回应又要没完没了，不得不复制了崔明的电话给他，然后果断合上了笔记本。

薛晓峰好奇地继续问：“今天学生会发了什么奖励没？刚刚我还和陈元讨论，这次狂欢活动办得这么出色，学校到底会发些什么奖品呢？”

简墨见陈元的眼睛看都不看这边一眼，一副“我不感兴趣”的表情，就知道刚刚薛晓峰必定拉着他“单方面讨论”了许久。

“碧海长鲸？”薛晓峰大叫道，“你竟然有三周的通行时限！天啊！”

“怎么了？”简墨问道，“那个地方很好玩？”

陈元这时居然转过头，对他露出诧异的目光。简墨便知道自己不小心又暴露了常识盲的属性。

“你不知道碧海长鲸？”薛晓峰震惊地看着简墨，“你怎么比我还像是小地方来的？那可是全泛亚最有名的纸人集境之一！一年只开8000周。8000周，不是8000人！平均每日境内游客人数还不到两百。天哪，我好想去一次！”

陈元忍不住开口加入："那里我去过一次，但只待了一周。去过碧海长鲸，再去其他纸人集境，就会觉得索然无味。"

"什么，阿元，你不但去过碧海长鲸，还去过其他纸人集境……"薛晓峰抱头哀号，"你们怎么都这么好命？！"

犹豫不决之下，简墨决定打电话给连蔚，"如果只是纸原比例高些，我觉得也没什么必要去。虽然考完就是寒假，可一去就是三周，新年就得在外面过了。"

"纸人集境是指人为建造的纸人聚居地，不是你以为的像六街那样的地方。"连蔚解释道，"碧海长鲸确实不错，安全系数也高。既然学院给了三周时间，机会难得，你不如就在长鲸岛上过年吧。"

在连蔚的坚持和未知的诱惑下，简墨最后还是踏上了前往碧海长鲸的路途。

这次拿到碧海长鲸通行证的四十二个学生会成员，报到地点居然各不相同。背着简要准备了三天的旅行包，简墨站在指定地点——秋山风景区最高峰的峰顶，安静地等待着接自己去碧海长鲸的人。

只是，这里除了一面人工开凿的逶迤小道外，其他三面都是万丈深渊。简墨站在栏杆前，四下眺望了一眼，除了涤荡山涧的白色云雾和绝壁上隐约可见的迎客松外，连一只鸟的影子都看不到。所以，他在等的到底是什么？就算对方是开着直升飞机来接他，这山顶也没有停机坪啊？

第五次去看手机，屏幕上显示的时间为：6点55分。对方该到了吧，简墨心想。

就在这一刻，他眼前霞光万道，盛开如莲。

那柄蓦然而至的长剑，长约两尺七寸，其身湛然若有光，于翻涌的白色云雾中岿然不动。

轻踏剑身的是一道青色身影，衣袂翩翩，形容潇然。

简墨此刻脑子里如同《祝愿》里的祥林嫂一样，翻来覆去想：我单知道这个世界有异级纸人，却不知道有人已经把剑仙给写出来了。

踏剑之人见到愕然瞪大眼睛的简墨，脸上并无异色。他微微打量了简墨一番，含笑拱手问道：“在下贺子归，来此迎接前往碧海长鲸岛的历练者。阁下是否是谢首谢公子？若是，可否出示一下抚心牌？”

碧海长鲸？那不是琼华山昆仑派，不，昆仑山琼华派吗？简墨一边胡思乱想着，一边从卫衣袋里拿出通行证递了过去。

碧海长鲸的通行证是一枚青玉的平安无事牌，牌头是浪涌鲸喷雕纹，下挂墨绿色流苏玉穗，官方名字叫作抚心牌。

贺子归见到抚心牌，神色更加认真，衣袖一翻，跳下飞剑。

那柄飞剑于半空划出一道漂亮的弧线，准确无误地插回他背后的剑鞘中，同样的墨绿色剑穗来回跳荡了好几下，看得简墨满目艳羡。

“果然是谢公子。欢迎前往长鲸岛，请随在下一同出发吧！”贺子归检验一番后，将抚心牌还给他。

简墨依依不舍地收回盯着飞剑的目光，道：“可我们怎么去呢？我既没有飞剑，也不会御剑飞行啊？”

贺子归这才发现自己的飞剑竟已经自行回鞘，不由得苦笑一声告罪：“小家伙调皮，请谢公子不要见怪。连山——”

飞剑磨磨蹭蹭地从剑鞘里出来，宛若有灵性一般，讨好地挨了挨贺子归的胳膊，却把剑尖向简墨挑了挑。简墨看得满头黑线，这是对凡人的鄙视吗？

“连山，不得对客人无礼！”贺子归见状，板起脸呵斥，“立刻启程！”

简墨抱着贺子归的腰，小心翼翼地踏上宽不足两寸的剑身，有点担心这柄薄薄的飞剑能不能担得起两个人的重量——毕竟秋山之巅海拔超过一千八百米。

“谢公子不必担心。连山协助我接引历练者已有数百次，从未出过差池。”贺子归大概感受到简墨的忐忑，温和地说。

果然一等简墨双脚离地，飞剑便毫不费力地呼啸而去。

此时，太阳升起不久。层层云海之上，苍穹净若琉璃，呈现一片美丽的渐变色，从赤到橙，由白转蓝。耳边的风声呜呜，鼻间的空气清冽，简墨闭上眼睛，想象自己身如鸿鹄，穿越长空，感觉神奇而惬意。

云上的旅程不过二十分钟，他们便已经行至海上。出海大约十分钟后，简墨再未见任何人迹。飞剑的轨迹也开始变得自由随性起来了，一会儿贴着粼动的海波飞行，惹来海豚追逐；一会儿在天空穿梭，与海鸥嬉戏……简墨在看到第三条鲸鱼跃出海面后，不由得心想，叫长鲸岛也不是没有道理的。

大约又过了三四十分钟，简墨的新奇感逐渐消散，久立的僵硬感慢慢升起："贺……公子，我们还有多久到长鲸岛？"

贺子归笑道，抬手一指，"那里就是了。"

简墨精神一振，放眼远眺，便见广阔无垠的海平面上慢慢升起一座小岛。

小岛的西北是起伏的绿色山峦，东南是一座小镇。以小镇为中心，向外散落着许多房屋建筑。岛的外延是浅色的沙滩。周围分布着若干更小的岛屿，如同珍珠一样撒在海中。海中碧波跃金，白鸥散集，渔船星布。诚然人间仙境矣。

接近小岛的时候，仙剑的速度明显变缓。

"碧海长鲸包括一座主岛，六座副岛。主岛即长鲸岛，本地居民共有五百余，大多居住在此岛，其中九成以捕鱼和种植为生。"贺子归介绍道。

"那像你这样的——修仙者，岛上有多少呢？"简墨好奇地问。

贺子归笑起来，"谢公子以为，何为修仙者？"

简墨试探着回答："以成仙为目标或者学习仙术的人？"

"那成仙前呢？"贺子归摇头，"我们也要饮食休憩，耕耘劳作……修仙者其实与常人并无不同。"

简墨的脑子里立时涌出阅读器中上百篇修仙文的设定，即将脱口而出时又顿住了：那些不过是小说里的情节。

“我不知道。”简墨老实地回答，“我还没想过这个问题。”

“谢公子可在这二十一天里慢慢思索。”贺子归似乎也并不指望简墨能够答出个所以然来，继续介绍道：“来碧海长鲸的历练者多喜在长鲸岛的东隅城中落脚，一则环境热闹，消息灵通；二是物品丰富，生活方便。岛上海产与果品都属上佳，手工艺品也颇受历练者的欢迎。不过如果谢公子喜欢清幽闲逸的生活，亦可选择去林间、海边体验一番。”

贺子归话音才落，简墨恍然感觉自己好像穿过一道透明的屏障，顿感迎面的风力一减，眨眼间进入碧海长鲸的境内。俯眼看去，他们脚下一条宽阔的灰白色道路，正从海边悬崖处一直延伸到东隅城门口。

他身前的贺子归道：“此路名西来道。”

简墨只觉眼前一花，失重感骤生，但不过数秒，足底便传来脚踏实地的感觉。他定睛一看，发现自己正在西来道的起点上——背后是碧海狂波，身前却是平整如削的宽阔平台。平台中心地面刻着一只巨大的鸟，左侧立着一座古香古色的迎客亭。亭子檐走如飞，匾额上用隶书字体写着“青鸟亭”三个字。

简墨的目光顺着平台向西来道那边看，仙韵十足的东隅城如同石狮一般，盘踞道路的尽头。城上旌旗飘扬，城下人来人往。

“谢公子既是第一次踏入碧海长鲸，作为接引人，在下还需告知公子碧海长鲸的九大禁令。望谢公子入乡随俗，切勿触犯。”贺子归突然神色肃穆起来，不见之前的温和，“碧海长鲸一禁恶言辱人；二禁斗殴杀伤；三禁坑蒙拐骗；四禁偷窃强盗；五禁调戏奸淫；六禁强买强卖；七禁诬陷造谣；八禁私刑私囚；九禁夜间喧戏——节日除外。这九项禁令无论对本地居民，还是对外来历练者皆一视同仁。若在岛上发生任何纠纷，谢公子可至城中不可涉台提出申诉，会有我思峰的长老出面，公正公开地解决此事。”

简墨亦正色回答道："我知道了。"

"在下只能送公子到此。接下来的路，公子要自己走了。"贺子归见简墨把自己的话听进去了，神色微柔，"最后还有一事需要提醒谢公子，碧海长鲸流通的钱币乃是铜板和金银，本地居民不接受外界的钱币。"

贺子归言毕，一揖手便御剑离开，剩下简墨站在原地傻眼了。

他下意识地摸了摸全身，只有脖子上的银链——是绝对不能花掉的。但除此之外，哪来的金银呢？

步行了半个小时抵达了东隅城，简墨直接找到当铺，将背包里能当掉的东西都当掉了。手机当然是拒收的——碧海长鲸根本没有信号。魂笔是他以过去的自己为对象，以简要未来的异能写造为需求设计的，采用了最新的双槽导流，正在最后的修改阶段。他舍不得随时可能冒出的灵感，因此最近一直带在身上。点睛也配好了一份，方便随时调试。除此之外，大都是好东西：精钢的军刀、多功能水壶、急用药品、高能量巧克力……都是当铺愿意接受的。

既然要住三周，简墨索性买了两套本地居民的便装和一些米面盐油，借住在了一户渔民家里。不得不说古人思想纯良，房租不收，还提供被褥，只是每日清晨要跟着主人家一起出去打鱼半日，其他时间倒是可以自由支配。

听见外间隐约的动静，简墨便一骨碌爬起来，利落地穿上布衣，将抚心牌挂在腰上。可他一走出房间，主人家的娘子就对着他笑得直不起腰来："谢郎君，衣服应该是右衽，左衽是死人的穿法。"

简墨顿时赧然，心道难怪刚刚总觉得哪里不对，只好回房间去重穿。他这才发现衣服里是有带子的，刚刚黑灯瞎火的居然没有看见。

等上了渔船，简墨才发现，天是黑的，海也是黑的，几乎什么都看不到。他不明白为什么非要天不亮就出海，太阳出来再去不也一样吗？

渔民大叔笑答："也不是每天都这么早出来，潮水涨得太厉害的时候会出来得晚些。小郎君，你不做这一行不知道。这是老天爷定的规矩，遵守它就有鱼吃，不遵守就要倒霉。”

冷冽的空气已经把简墨的瞌睡赶得差不多了，这时他才静下心来打量周围的景色：可惜除了海水，还是海水，简墨再未见到一个如贺子归般的修仙者。难得到一个满是异级纸人的地方，却不能随心所欲地安排自己的生活，难道这次他要入宝山却空手而归？

“大叔，修仙者都住在哪儿啊？”简墨心想，也不知道这里的普通人知不知道修仙者的居住地。估计不是在什么奇峰险崖，就是被什么阵法掩盖着。

渔民大叔奇怪地看了他一眼，“什么住在哪儿？想住哪儿就住哪儿啊，长鲸岛所有居民都修仙啊！”

京华市湖平区，丁家别墅。

丁一卓正拿着一块洁白的毛巾，仔细地擦着一支通体漆黑的魂笔，对着放在笔架格板上的手机说：“上次我说的事情，试验得如何？”

“丁先生，试验结果已经出来了。”电话的外放中传来回答，“很让人吃惊。”

丁一卓微微蹙眉，“等等。”

他将毛巾放到一边，将魂笔小心地摆回原来的支架，看了一眼，然后关上玻璃门，接着拿起手机坐到一边的沙发上，“说吧。”

“我们召集了24名普十级以上的造纸师和8个非天赋者进行实验。第一组8个造纸师，8个非天赋者，将非天赋者创作的原文交给造纸师写造；第二组16人全部为造纸师，再分为A、B两个小组，A组造纸师创作原文，然后将原文交由B组造纸师写造。

“等所有纸人诞生后，我们发现，第一组中，所有纸人忠心暗示的对象都是造纸师本人。可是第二组里，A组造纸师写造的纸人，忠心暗示却在B组的造纸师身上。反之亦然。”

丁一卓心道果然如此。内容原创之人在创作之时是否拥有造纸天赋，这一点是关键。尽管谢首发生了魂力暴动，但是写下那篇小说时，他的天赋是存在的，因此造纸原理默认，谢首才是小话剧演员们忠心暗示的归属对象——这对那日苏圆所说之事，便有了很好的解释。

“我们还有一个发现。在第二组中，A组造纸师写造的纸人虽然更听B组造纸师的指令，但是如果B组造纸师不在现场，或者在第一次给予明确指示前，A组造纸师的指令也能够影响纸人。”电话那头继续汇报。

这是说忠心暗示的归属还存在优先级吗？丁一卓眸色一深：如果作为原文创作者B组造纸师不在这个世界上了，纸人的忠心暗示最高优先级是否会变成A组的造纸师呢？

他突然从松软的沙发上起身，来回走了几步，才对电话那头说：“我知道了。这次试验的结果尽快公布出去，但不要挂我的名字，和丁家也不要扯上任何关系。还有，”丁一卓握着手机的手突然一紧，“尽快让齐家人知道这个试验结果。”

过了几分钟，传来敲门声。一位头发花白的老者扶着手杖推开门，见丁一卓拿着手机站在房间中央出神，不由得笑道：“在想什么呢？”

“爷爷，实验的数据出来了。”丁一卓把手机放在书桌上，转过身将实验结果简单说了一遍，“和我猜想的基本一致。”

“这不是很好吗？告诉齐家就可以了。”丁爷爷在沙发上坐下，把手杖靠在一边，望着孙子挑起眉毛，“难道你怕他们不信你？”

“他们信不信，对我来说不重要。就算此事是苏圆挑的头，他齐伟得了便宜不收手，还要去挑衅谢首，挨打也是活该。”丁一卓轻轻摇摇头，“我实验的目的主要是为自己解惑。不过，谢首现在只是一个非天赋者。齐家不敢对我们怎么样，对付一个谢首却绰绰有余。”

“难得见你对一个同龄人如此在意，这个谢首真这么出色吗？”丁爷爷笑着拍了拍沙发，示意孙子坐过来，调侃道，“我孙子已经是目前学院里天赋最好的造纸师了，难道他比我孙子还出色？”

“就算谢首写造天赋还在，哪怕是异级造纸天赋，服务于我丁家的异级造纸师还少吗？”丁一卓无奈地翻了个白眼，走过去坐下，客观冷静地评价，“若他能够在造设系做出点成绩，我倒还能高看他几分。这至少说明他是个头脑清醒的人，知道眼下什么选择对他是最有利的，而不是一味地沉迷在过去——那些不可能再实现的辉煌里。”

说到这里，他顿了一顿，又解释道：“我只是觉得，这事到底是因为表妹而起，如果闹大了，我丁家多少名誉有损。”

“你担心齐家会为此杀了谢首，以取得纸人忠心暗示的最高优先级别？”丁爷爷问。

“一型纸人话剧团圈钱能力不弱。这笔钱对于齐家或许不算什么，可对于齐伟一个还没出校园的学生来说，还是颇有诱惑力的。再说这也不单是钱的问题，齐家也是要脸面的。”

“那你还让人把数据透露给齐家人？如果不知道忠心暗示优先级的存在，齐家虽然不会放过谢首，却未必会为此杀人。”丁爷爷看似在为谢首说话，但脸上却丝毫没有忧色，倒更像是在试探孙子心底的想法。

丁一卓沉默了数秒，还是没有对爷爷说出谢首是连蔚弟子的事，只道：“爷爷，你说得没错。我对这个谢首，是有些在意。虽说他的天赋已是过去时，但是不知道怎的，我的直觉提醒我，这个人有些底牌没有翻出来。所以，我想试他一试。”

丁爷爷拍了拍他的肩膀，“你父亲像你这么大的时候，也开始挑起家里的重担。放心去做吧，你会做得像你父亲一样好的。”

身处碧海长鲸的简墨并不知道有人已经试验出叶青异常举动的原因。此刻，他正瞠目结舌地消化刚刚获得的讯息。

都是修仙者？

碧海长鲸的所有居民，五百余人？

坐在荡漾的渔船上，简墨感到一阵华丽的晕眩袭来：竟有如此之多。

这手笔，只能用奢侈来形容了。

“谢郎君，你怎么了？”

简墨回神，忙道：“这么说，大叔你也会御剑飞行了？”

渔民大叔摸摸头，有些羞愧，“不，大叔只会一点简单的小法术。”说着挥动手指向渔船头一指。

简墨只见黑暗中火花一闪，穿透的火把被点着了。附近的海面顿时亮堂起来，水面上斑驳地倒映着火焰的颜色。

“能够御剑飞行的只有长老们的亲传弟子，比如送你来的贺先生就是。只有天资出众的孩子才会从小被长老收做弟子，传授更高深的法诀。”大叔解释道。

羡慕地看着船头噼啪作响的燃烧声，简墨真心诚意地说：“这样就已经很了不起了。可惜我没有修仙的资质。”

渔民大叔笑了笑：“谢郎君，有什么可惜的。其实修仙不修仙又怎么样呢？日子还不是一样过。你看我，每天出海打鱼，回家晒网。贺先生呢，每天上午劈柴煮饭，下午处理岛上各种事务，晚上还需要与其他人一起轮流巡岛。”

“难道你们没有让生活和工作变得简单一点的法术吗？”简墨问，“我以为修仙者不会被这些杂事所累，每天要专心修习法术，追求天道，尽快成仙呢？”

“谢郎君，那天道是什么呢？天道可不只是几个神仙法诀啊！”渔民大叔哈哈大笑，“四时变换，六道轮回，是天道。生老病死，吃喝拉撒，也是天道。你想做神仙，那想过成了神仙后每天做什么吗？饭来张口，衣来伸手，是粮食自己从地里长出来，还是鱼自己从海里跳出来？”

“大叔觉得，做神仙就是每天能够做自己想做的事情。比如像现在这样，每天出海打打鱼，然后换钱给老婆孩子买吃的穿的，全家人一起开开心心的……想要过神仙的日子，先要学会过人的日子！如果作为一个人，都不知道怎样的日子才叫快活，”大叔摇摇头，“那又怎么可能做个快活的神仙呢！”

简墨嘴唇微微张开，突然不知道怎么回答。他的脑子里几乎一瞬间就想起那段经典的台词：欲修仙道，先修人道，人道未修，仙道远矣。

水天一线处已经变成了淡淡的鱼肚白，很快下面会有一个红太阳跳出来，简墨眺望着那一抹朱红想，大叔的修仙生活如此，可自己的仙道又在哪里？

自小到大，他最喜欢的就是躺在自己的床上，享受那部老旧阅读器带给他的美好时光，还有就是坐在书桌边，将脑中流淌着的故事记录在本子上。这两件事情，给他的生活带来无穷的乐趣。后来，他知道了最初的纸人就是源于一个个精彩绝伦的故事，便对成为造纸师生出无限的遐想，期盼着将自己笔下的人物带入真实的世界——可是，他已经有多久没有动过笔了？

简墨望着渔民大叔站在船上，双眼圆瞪，蓦地把网撒了出去。那么大的一张渔网，居然在那两只胳膊的操纵下，于半空中平平地展开，然后向海面猛扑而去，下面无数银鳞攒动。

简墨盯着网缝中穿梭的鱼，渐渐有些明白了：无人不想追求自己的理想。可在这个过程中，许多人逐渐沉迷于用以达成梦想的各种手段，而忘却了理想本身，甚至做出与之背道而驰的事情。其实现在回想起来，他自以为备受白眼和欺辱的那十六年，或许才是自己一生最快乐的日子。那个时候，他每天都可以开心看书，自在写文，吃简爸做的饭菜，和三儿一起插科打诨，到处嬉耍……

可现在，为了自保，为了查到简爸的下落，为了查出杀死三儿的仇人，为了获得更大的力量，他研究魂笔，研究造纸原理，研究异能——他已经多久没有按照自己的心意写下文字了？

纵然负重前行，切记勿忘初心。

简墨忽然心头一轻，仿佛有一些长久压抑着自己、桎梏着自己的东西悄然粉碎，脑中一片空明，整个人仿佛身轻如燕。他站了起来，仰头对着天空："啊——啊——"

天空中的白鸥一边在他头顶盘旋，一边"欧嗷——欧嗷——"地回应着他。

船头渔民大叔扯着渔网大叫："谢郎君，还不快过来帮忙？"

简墨转头高声回应道："来啦——"

他忙于在渔船上奔来跑去，丝毫不知道半空中有两人正在讨论他。

"子归，你觉得这个少年有希望？"白眉长须道人打扮的老者望着下面的断眉少年，正是不过一周就被晒得黑黝黝的简墨。

"子归观察这位谢公子有数日。此人品行端正，待人诚挚，性格内敛持重，眼光悟性也颇高。那日他去市集当行李，盯着市集的石砖路看了两眼，便问当铺老板建立多久了。老板回答已经2500多年。后来他去王师叔家借住，我听见他一个人在院子里自言自语：'那本地理杂志上说丽江古城不过800年，地上的石砖路走着都打滑。2000年的古城地上居然……我看实际建成最多三四十年。果然都是一型！'"

"你曾说过，与他同一来处的历练者提过，谢首并非造纸师？"白眉道人疑惑地问。

"确实如此。但其中是否有其他缘故，子归就不清楚了。"贺子归摇头，"王师叔对谢公子也是颇为欣赏。他说这几日出海归来，谢公子都把自己关在房间里涂涂写写，整个人较初来时精神了许多。"

白眉道长点点头，"既然如此，有机会便试探一下。"

贺子归拱手应道："是，师父。"

白眉道长看着自己俊秀的弟子，叹了一口气，"'世人皆醉我独醒'，殊不知醒着的人又有几多烦忧。子归，为师真不知道告诉你这些，到底是好是坏？"

贺子归劝慰道："师父，谋事在人，成事在天。趋吉避害乃人之本性，但如果天不从人愿，坦然受之也是寻常。"

白眉道长摸着胡子，“哈哈，为师真是越活越糊涂了，竟不如你想得通透。”

贺子归谦道：“弟子少不经事，想法简单。师父历练千年，难免顾虑繁多。”

白眉道长哈哈大笑，“到底是千年，还是‘最多三四十年’，谁知道呢？”

如同云端上踏剑而立的两人，此刻长鲸岛本地居民亦神态安然地各行其是。但一种淡淡的不安之感，在所有历练者心头莫名而生。

幽暗的星海看上去似乎一切如常，但是身置其中的星星们，都感到海水传递来了不寻常的波动。它们开始身不由己地随着这波动轻微颤抖：发生什么了？看不见的什么地方发生了什么？

海水没有说话。在这片永恒沉寂的空间中，无数极细极小的存在开始缓缓移动，向百里之外的中心区域汇聚、收缩……它们就像宇宙中某片磅礴星云，突然在某个瞬间决意收缩演变为恒星，最后坍塌成黑洞。

夕阳渐沉，海边的小木屋中，简墨将快秃了的毛笔搁到一边，拿着一沓写满字迹的宣纸满足地翻了翻，半是得意半是无奈：“简要，为了你的新天赋，我也真是不容易。”

他胸前银色的链子，泛着幽幽的光。

放下宣纸，简墨推开紧闭的屋门走了出来，对着扑面而来的海风，伸了个大大的懒腰，仰头合眼，放开全部身心去感受这个世界。

一瞬间，漫天的星光黯然失色。

简墨却沉浸在万顷海波映霞光的美景里，全然没有发现这一点。

“明天让我去教书？”晚饭结束，听到这消息的简墨大吃一惊，“为什么？我什么都不懂啊？”

“最近私塾先生家里有点事情，需要一位临时先生代课数日。我见谢郎君每日写写画画，颇有文才，所以就向天风馆推荐了。”渔民大叔拍拍他的肩膀，“不用紧张，只是教他们认几个字而已，以谢郎君的才华绰绰有余。几个小屁孩，不听话就揍他们。”

“另外，这个给你。”一颗赤红色的珊瑚珠递到简墨面前，“来到长鲸岛的历练者只要得到本地居民的认可，都可以得到一枚泪如珠。谢郎君来到我家这么久都不提一句，倒让大叔好生着急。”

渔民大叔干脆直接拿下简墨腰间悬挂的青玉牌，将珊瑚珠穿在墨绿色的穗子上。

简墨拿着青玉牌，摸了摸那粒光滑流转的红珠子，“这是纪念品？”

“抚心牌上的泪如珠代表历练者在碧海长鲸获得的认同度。认同度积累到一定程度，离开碧海长鲸的时候，可以获得相应的馈赠。”

简墨好奇地问：“会送飞剑吗？”他对贺子归的飞剑可是眼馋得很。

渔民大叔大笑，“谢郎君声望足够高的话，飞剑也不是不可能。只是没有修仙资质，有飞剑无法驾驭，只能赏玩。馈赠之物多半是一些品质极佳的特产，或者留岛时限。我印象里历练者获得过的最高奖励好像是‘长老的承诺’。即在长老的能力范围内，只要不违反道德底线，不损害碧海长鲸的利益，历练者可任意提一个要求，长老都会为他做到。”

当晚简墨收拾好自己的行李，第二日下午就在渔民大叔的帮助下，搬到城内的私塾。

私塾并不大，头前一间大房做教室，侧面是厨房和杂物间，隔着小庭院的另一边是书房，最后面则是两间寝室，专给教书先生及其家眷住的。外面还有一个小院。院子里有一棵桂花树，还有一架葡萄。葡萄架下一桌四凳，看上去有些年月了。

可惜这个季节既没有桂花可以闻，也没有葡萄可以吃，连葡萄叶子都是枯黄的。但简墨还是很满意的，起码现在住的地方要宽敞许多，据说他还不用自己动手做饭。

这时有女声在庭院中喊：“新来的私塾先生可在？”

简墨闻声连忙快步走了出去，一见喊话的人却呆住了，“楼师姐？”

楼船雪也愣了一下，上上下下打量了穿着本地服饰的简墨一番，讶异道：“谢首，你怎么在这里？我这几天一直在打听你的下落，一书阁也留了讯息，你跑哪儿去了？”

“我第一次来，不知道这里只收金银，只好把行李都当了，换了米面油盐，找了一户人家借住，每天帮他出海半日来抵房钱。”简墨颇为不好意思地说。

楼船雪用一种奇怪的表情看着他，“把行李当了？你不知道蓬壶所可以兑换金银吗？”说完，见小师弟满脸愕然，不由忍俊不禁，“碧海长鲸的居留时间这么短，如果要靠打工来养活自己，什么时候才有时间玩啊？”

可阅读器里的穿越小说，现代人到了古代，不都拿随身带的首饰、行李之类去当铺换钱吗？简墨忍不住抚额闭眼：其他人知道货币不通用后，都知道问如何兑换。而他，头一个想法就是——当行李？

“说起来，师姐来找我做什么？”简墨强行转移话题。

“我来找新来的代课先生——”楼船雪停下来笑了，“不会吧，你就是？”

简墨点头，“我借住的渔民家王大叔推荐我来的，今天刚到。”

“那，你现在算是历练者还是NPC啊？”楼船雪半开玩笑半认真地说。

“NPC？”简墨疑惑地重复，“什么NPC？”

“碧海长鲸本来就是一处以修仙异级纸人为NPC的仙侠风游乐园。游客以历练者的身份进入这里，通过完成任务来获取认同度。不同等级的认同度可以获得不同的奖励。”楼船雪解释道，“丁一卓上一次就带走了一幅长达十米的手绣十美夜宴图，是六位绣娘花了一年时间绣成的。当时很是轰动了一阵，有人出价百万收购呢。”

简墨怔了怔，竟然……真的是游戏。心底的猜测被印证，一股说不出的味道在他的心头弥漫：王大叔知道他的理想其实只是别人笔下的产物吗？贺子归知道他的能力都是被创造出来的吗？碧海长鲸的五百余居民知道自己接待的历练者，只是把他们当成游戏中的Non player character吗？

不过纵然生而知之，一旦造生，此后的人生也是纸人自己的。生活在这座小岛上，用劳作换取自己的衣食，不时接待一些外来历练者，碧海长鲸与旅游城市并无区别。历练者用劳动换碧海长鲸的货品，也相当于支付了报酬。虽然肯定有历练者会因他们是纸人而歧视欺辱他们，但作为异级的修仙者肯定不会甘受欺凌，碧海长鲸九大禁令和不可涉台在那里摆着呢。只要碧海长鲸的人自己觉得没有问题，似乎也没有什么为他们悲哀的——至少比起叶青来，他们要幸福得多。

见简墨突然出神，楼船雪奇怪地问："谢首，你怎么了？"

简墨想通了这一点，心情稍稍平复，"没什么。楼师姐找我也是任务吗？"

楼船雪不像他穿着深衣，还是校园中的打扮。只是不知道什么原因，他心里总觉得楼船雪身上少了什么，却一时又想不出是什么。

"是啊，天风馆有给私塾新来的代课先生送年货的任务。我看着不远，就顺路来了。喏——"楼船雪递给他一只盒子。

简墨打开一看，里面放着一挂腊肠、一条腊鱼、一刀腊肉。这在古代也算是贵重的东西了吧，他问道："这是谁送的？"

"是我思峰统一派发的福利。看来碧海长鲸还挺重视教育的。"楼船雪笑着打趣，"对了，大家都约好了，若没有事情，每天下午4点在海寒楼见面交换情报。丁一卓比我们晚出发了一周，昨天也到了。这样一来四十二个人都齐了。今天下午你要不要来？"

简墨这才是第二次进东隅城，心里也很想到处逛一逛，于是点点头。

"也是该碰一下头了。"楼船雪想起一事道，"谢首，你昨天下午感觉到了吧？"

"感觉到什么了？"简墨莫名其妙地问。

楼船雪蹙眉不解道："你没感觉到？不可能吧！一书阁的留言板今天都写爆了。从昨天申时，嗯，就是下午3点后，岛上所有的历练者突然都感到心慌不安，但碧海长鲸的人偏偏没一人感到异常。谢首，你真的没感觉到吗？”

“你的意思是，所有原人都觉得不安，而纸人们却没有丝毫反应，这种情况怎么听着有点像是——”简墨猛然停住了嘴。他终于发现哪里不对了：楼船雪身边，他居然没有看到任何光点。

简墨闭上眼睛。不光是楼船雪的魂力波动，在他的灵台视角中，“星海”已经完全消失了。

此时在京华市某间医院的VIP病房中，齐茵不耐烦地说：“你听懂了？实验结果的意思就是，只要有谢首在，那个小话剧团你是要不回来的。”

“那就干脆点，让他从这个世界消失吧。”齐伟阴沉着脸，“只有他消失了，叶青他们才会重新听我的话吧？”

“可能会，也有可能不会。”齐茵说，“一个实验而已，别人总不能杀几个造纸师去验证这一点吧。”

齐伟露出一个阴鸷的笑容，“那不妨让我们代为验证一下吧。”

“行。那这事就这么办了。”齐茵站起来，拿起包，“你闲了多给爷爷打几个电话。我最近忙得很，没事别来烦我。”

“忙个屁啊，我是你亲堂弟！”齐伟抱怨道，“帮我教训个人还要三催四请。”

“点睛纸笔有个魂笔制造师前段时间挂出来一项新技术，现在不光是万山地区几个家族盯着，外面还有人打算伸手。我为了这项技术忙得焦头烂额，要照顾爷爷，同时还要收拾你这一屁股烂事，你觉得我时间很多吗？”齐茵毫不客气地骂道，“给我在医院安分地养伤。再惹事，别说外人，我都想让你在医院躺几天。”

简墨将行李一一安置好，楼船雪帮他打扫了房间。整理完毕后，两人就向位于东隅城中心的海寒楼出发了。

简墨首先看到的是被围得水泄不通的一书阁。阁内八块一米见方的白色玉璧，成八卦方位悬浮在成人腰腹的高度。璧面微微倾斜，方便观看。只要将抚心牌放置玉璧上，该历练者有权限查看的所有留言，便会原样浮现在璧面上。简墨看到玉璧侧面悬吊的玉质毛笔，心道，大多数留言的字迹惨不忍睹也是有原因的。

发布任务的天风馆共有两层。每层都有长达百米的木制任务栏，上面贴满了一张张写着任务内容的白色纸条。简墨见有人用抚心牌在纸条上轻轻盖一下，纸张便自动飘落，落入他的手中。

这时，楼船雪拿出同样的纸条对简墨道："正好我也把任务交了。你的抚心牌给我盖一下。"

简墨取下腰上的抚心牌在纸条上印了一下。然后他惊讶地看到，原本只有任务内容的纸条上，先后浮现两道抚心牌纹样的水印，第一道中间写着"楼船雪"，第二道中间写着"谢首"。

简墨看了看自己手心的抚心牌，不由得想：贺子归曾说碧海长鲸制作的飞剑自己是不能使用的，但这抚心牌却能够由历练者独立携带并且记录任务的完成情况。它到底只是异级纸人发动异能的一种远程媒介，还是能够完全脱离异级纸人为原人所用呢？如果是前者，一个纸人如何控制如此之多的抚心牌，并且还是不分日夜？如果是后者，这样的纸人该怎么写呢？

简墨虽然已失去天赋，但一遇到造纸方面的问题，总是不自觉地开始思考。

楼船雪看见简墨的抚心牌，却是大吃了一惊，"你做了什么，竟然拿到了珊瑚等级的泪如珠？"

"打了一个星期的鱼算吗？"简墨从思考中抽离出来，稍稍转头便看见天风馆斜对面的蓬壶所，楼师姐口中的历练者货币兑换所。相对一书阁和天风馆来说，这里的人要少许多。

楼船雪自然看出简墨内心的郁闷，暗笑着将他拉进了不远处的海寒楼。楼上已经有些学生会的成员坐着了，见到简墨后纷纷与他打招呼。

丁一卓也在其中，他一见简墨的打扮，笑道：“你倒是聪明，弄一套古装，想来和本地人沟通起来会方便许多。拿到多少珠子了？”

“没多少。”简墨随口道，他目光向丁一卓身边一扫：果然也看不到。

曾经那么清晰明亮的光团，现在也看不到了。这意味着他魂力波动的情况是恢复了还是更糟了？简墨忐忑不安地想，最近过得还算顺心，没受什么刺激，应当没理由恶化。那有没有可能恢复了呢？现在连蔚不在，他也没法确认——是不是因为恢复了魂力波动，辨魂能力被再度掩盖？

在楼船雪的怂恿下，简墨顺手将腰上的抚心牌拿出来放在桌上，在靠窗户的位置上坐下。他侧头俯视，假装看楼下的风景，顺便好好思考这个问题。

连蔚说，因为他魂力波动量级过大，掩盖了周围其他的魂力波动，所以过去他未曾发现自己的辨魂能力。可魂力波动到底是个什么样的存在呢？能不能主观去控制呢？如果可以，能不能调整魂力波动，让辨魂能力同时发挥作用？

昨日原人感到的不安，说不定就是他魂力波动恢复引起的。话说昨天申时他在干什么——刚刚完成一部新小说的大纲，接着开心地跑出去吹海风。岛上原人的反应与他魂力暴动时的相比，尽管程度上有所不同，但表现十分相似。前者发生时，他觉得十分开心惬意；后者发生时，他正处于极度紧张恐惧中。也就是说两者发生时，自己的情绪都处于一种不同于常日的激动之中。

不对，还有一点不同。简墨伸出手掌，就好像它是自己的魂力波动一样。他缓缓张开五指，然后慢慢握紧。前者发生时他是刻意放开意识，后者发生时他是受激集中意识。两者共同之处，是自己意识的缩放——不，情绪只是诱因。本质上，是魂力波动发生的异常变化。

想到这里，简墨开始想象着自己身边有一只特别大的光团，然后将自己的意识集中起来，不断地收缩收缩……

此时，丁一卓看见简墨抚心牌上的那颗珊瑚珠，不由得有些意外。

长鲸岛每完成一个任务可以获得一枚泪如珠。但普通任务只能换到一枚木质的，集齐五枚木质的可以换一个铁质。同此比例，依序可以再取得铜珠、银珠、金珠和玉珠。历练者要接银珠级别的任务，首先要集齐5个铜珠兑换一个银珠，才能去接报酬为银珠的任务。也就是说从木牌到玉珠，最快也需要完成21次任务。但这也已经是非常罕见的情况。首先任务难度逐级上升，等级越高难度越大。其次，就算升上了银珠级别，也不能保证接到的每个任务都是银珠级别，所以说在一周内取得玉珠的可能性几乎为零。

而谢首拿到的珊瑚珠，与玉珠是同一个级别，却比玉珠更加罕见。因为这类泪如珠的发布并不在天风馆——不知道任务发布者是谁，也不知道任务是什么，甚至不知道做了什么才算完成了任务。获得这类泪如珠的历练者，往往感觉自己好像什么都没做，然后莫名就得到了珠子。因此也没有任何规律可循。

其他人看见珊瑚珠，同样露出惊讶又好奇的目光：长鲸岛的最高奖励“长老的承诺”就是用五个玉珠兑换的！曾经有人砸了重金去收购玉珠，然后拿去兑换最高奖励却被拒绝了，理由是任务非本人完成的不能领取奖励。长鲸岛的本地居民们只需一封纸鹤传书就可以传递信息，历练者们很难钻漏洞。

丁一卓虽然获得过极好的馈赠品，但那是他将十余次碧海长鲸的奖励累积到一起才拿到手的，因此不由得问：“谢首，你——”

话未说完，他突然握紧了手掌——这感觉怎么又来了，昨天刚刚上岛的时候也是这样。丁一卓心生不祥的预感，看了一眼周围，见其他人也皱起眉头，好像有些难过。

谢首似乎正在想什么事情，没理会他的喊声，三四秒后才后知后觉地反应过来了，向他转过头来，“怎么了？”

丁一卓的瞳孔骤然缩起。

这一瞬间，他感觉到自己的灵魂仿佛被一道横空出现的巨浪猛然拍死在海面上，整个人立时化作无数粉末，被撒在无尽的海面上。眼前的世界，仿佛意外翻倒的摄像机拍下的画面，颠倒而混乱，逐渐远离他。

简墨正集中所有注意力收拢意识，突然被人打断，顿时前功尽弃。他心里有些恼火，却见丁一卓身边微光一闪，惊喜油然而生：这应该是——

然而他这想法还没完全成形，丁一卓就闭眼倒了下去。

几乎是同时，惨叫声和坠物落地声在四周迭起，惊得简墨站起来后退一步，却发现身边的学生会成员，包括楼船雪全部晕倒在地。他附近一个意识清醒的人都没有。

整个海寒楼二层，只剩下简墨一个人惶然地站着。

就这么愣了好几秒，他才意识到什么，连忙转头向窗边看去。

原本熙熙攘攘热热闹闹的大街，仿佛是末日来临了一般，从古意盎然的游览模式瞬间切换到癫狂混乱的地狱模式。昏迷的历练者整条街道都是。有的倒栽在水果堆里，有的横在路中央，有的靠着墙滑倒。不远处，五六个人抱着头哀号着逃窜，他们似乎根本看不见眼前的情形，不时被地上横七竖八的躯体绊倒，又爬起来继续。不论是在逃跑还是在昏迷，所有人的脸上都痛苦无比，如同刚刚经历了酷刑一般。

本地居民们纷纷从各家店铺里跑了出来，慌乱无措地看着周遭的情形。一时间上百只纸鹤从地面腾空，向不同的方向掠去，瞬间消失无踪。

那年，玉壶高中附近是不是就是这个模样？简墨的嘴唇哆嗦了一下，感觉手脚冰凉——当初距离他最近的复原社劫匪，无一人活下来。

简墨强迫自己镇定下来，颤颤地伸出两根手指靠近丁一卓鼻下。

心慌意乱的简墨并没有发现，此刻窗外霞光万道绽开，盛开如莲。

“他还活着，谢公子。”贺子归站在飞剑上，透过窗户，神情凝重地望着他。

接到城中居民的纸鹤传书后，贺子归立刻以最快的速度飞抵现场。站在高空的他稍一观察，便发觉异常者全部都是历练者，长鲸岛居民毫发无损。更奇异的是，这些异常的历练者分布得极有规律——以海寒楼为中心，几乎摆成一个正圆。

他立刻催动自己的飞剑靠近海寒楼一探究竟。然而入目所见，让贺子归非常吃惊，楼中同样躺满了昏迷的历练者，除了那位少年谢首。

作为唯一可能知道异状发生原因的谢公子却神情恍惚，面色苍白，始终一言不发。贺子归无法，只得将他带回我思峰，交由长老们裁决。

简墨第一次目睹被魂力波动波及之人的惨状，心神大乱，完全没注意自己被带到何处。直到贺子归连唤数声，他才发觉自己的双脚重新踏回了地面。

碧海长鲸长老的居所，位于长鲸岛北部山峦的我思峰上。此时，两位仙风道骨的老者正在一处清幽雅致的院落内等待他们。

其中一位青袍老者扫了简墨一眼，“子归，这是何人？”

贺子归恭敬地向两位老者行礼，答道：“君明师叔，师父，这位正是谢首谢公子。”说完又抬手为简墨介绍：“这位是君明长老。这位是君羡长老，也是我的师父。”

君明长老似乎听说过谢首，上下打量了他一番，然后向贺子归问道：“你不是下山去探查异状了吗？为何将这位谢公子带回了？”

贺子归立刻将自己在海寒楼附近所见的情况如实描述了一番。

两位长老神色微讶而凝重，两人看了简墨一眼，又交换了一下眼神。

君羡长老开口道：“听小徒提及谢公子多次，早就想与公子一叙。之前恐交浅言深，因此不曾贸然相邀。如今公子在碧海长鲸居住也有数日，可还过得习惯？”

简墨见君羡长老没有立刻提及海寒楼的异状，心中的压力稍稍减轻，回答道：“挺好。王大叔很照顾我。”

君羡长老微笑着说：“那谢公子是否发现碧海长鲸有怪异不谐之处？”

简墨不明所以，“不知道您所说的是哪方面？”

“比如——碧海长鲸号称有两千余年的历史，城中的石板路却丝毫没有被时光打磨的痕迹？”君羡长老意味深长地盯着简墨，“又比如我等明明有一千多年的记忆，却只有近几十年的记忆能与这里的一草一木对上号。”

简墨心中一惊，下意识地看了贺子归一眼。

“谢公子不必惊慌。谢公子不过是在碧海长鲸逗留数日，便能发现传说与现实有所出入。吾等在这里居住已经……数十载，又怎么可能对这些漏洞毫无察觉呢？”君羡长老叹了一口气，“不过是佯装不察而已。”

君明长老有些不耐烦地说：“师兄，这不过还是个孩子，你真打算把希望放在他的身上？”

“君明，碧海长鲸历练者虽多，可对我们心怀善意的却寥寥无几。便是那些初看德行端正之人，一旦事涉我等，态度也是截然不同。”君羡长老叹了一口气，“这么多年来，谢公子是头一个未去蓬壶所兑换钱币，且又不曾主动申请任务的历练者。他没有将我等视作玩偶而冷漠轻视，所作所为亦非为获得奖励。这样的人已是万中难挑一。而且，我观谢公子为人品行端正，就算我等托付不成，必定也能保守秘密。”

简墨微微皱眉，“君羡长老可能对我有所误解。我未曾如其他历练者一样兑换钱币，领取任务，不过是因为我第一次来碧海长鲸，并且之前无人告诉我这里的情况，所以不得已做出的选择。如果我事先知道这些，选择很可能就不一样了。”

君羡长老和君明长老大概没有想到他会给出这么一个答案。后者冷笑一声，没有说话，前者却又笑了，“那稍后老朽所讲之事，如果要求公子保密，公子能够做到，是吗？”

简墨沉默了两秒，“我不能保证，要看您说的是什么。”他顿了一下，“实际上，我希望您不要告诉我。毕竟我只是一个普通人，而您是修仙者。不管我是否愿意保密，您总有办法让我闭嘴，不是吗？”

“你小子这是什么态度？”君明长老不爽了，“你觉得我们在强迫你了？”

简墨看着他，没有说话。

“你这是什么眼神！”君明长老顿时暴躁起来。

君羡长老立刻拦住他，“师弟少安毋躁。”

他转向简墨，面带歉意，“是老朽的不是，要求公子对一件不明就里之事保密，确实强人所难。但老朽保证，这件事情一不背弃道德良心，二不会对任何人造成伤害，公子是否能够答应保密？”

简墨想了想，“可以。”

君羡长老笑了，又看了一眼君明长老。后者哼了一声，道了句：“随你的便吧。”然后走到两步外的石凳边坐下，自己给自己倒了杯茶，看也不看这边一眼。

君羡长老摇摇头又转向简墨，“让谢公子见笑了。此事关系重大，勿怪我等慎之又慎。”

说着他整衣正冠，神色郑重地向简墨行了一个大礼，“请谢公子救我碧海长鲸上下五百三十七人！”

简墨错愕了两秒，赶紧朝旁退了两步，“您这是什么意思？”

君羡长老笑容微带苦涩，“公子觉得老朽向你求救十分不可理解吧。其实，老朽是想请公子帮助碧海长鲸所有居民找回各自的诞生纸。”

这个意外之请让简墨愣了足有三秒，但他一回神便道：“我拒绝。”

君羡长老未曾想到他拒绝得如此干脆，面色微变，“谢公子，老朽能知道你拒绝的原因吗？”

历练者的口风并不都是那么紧，或者说他们根本不在乎碧海长鲸的居民听到会怎么想。有的历练者会公开嘲笑他们不过是几张“纸片”，有的历练者会在任务完不成或者奖励不如意的时候发出威胁：敢惹他们不高兴，回去就销毁他们的诞生纸。开始大家都是一头雾水，不知道他们是何意。但几十年来，类似的话从居民的纸鹤传书中看得多了，长老们也逐渐触及了真相。

值得庆幸的是，碧海长鲸的普通居民接触到的信息零碎纷乱。根据庞杂琐碎的信息分析至“诞生纸就是纸人命脉”这个程度的，目前也只有我思峰的长老而已。

简墨还未解释，君明长老便嗤笑了一声，“我就说了，一个十几岁的孩子能有多大的能耐？师兄，你太高看他了。”

简墨并没有被君明长老的轻视惹恼，坦然回答道：“我拒绝的原因有二。第一，如君明长老所说的那样，我现在的实力还没达到可以自由接触诞生纸的层次，更不用提把它们从诞生纸档案局里偷出来。就算我未曾去过档案局，也知道那里的管理必定非常严格，外人很难进入。”

“第二，”简墨顿了顿，“即便有这个能力，我也不会答应你们的要求。至少现在绝对不行。”

君明长老眼睛一瞪，茶杯往桌子上重重一放，“哼，原来谢公子也同那些人一般，把我等当成可以恣意驱使的仆从奴役吗？”

青袍老者胸口微微起伏，气流在他身体周遭急促地流转。

君羡长老忙喝止：“君明，住手！”

贺子归立刻旋身挡在简墨面前，恳切叫道：“君明师叔息怒。”

尽管如此，简墨还是被气流波及，胸口一窒，连咳了几声。莫名遭受无妄之灾，简墨却并不觉得气恼。“世界上多数原人对纸人，尤其是像碧海长鲸居民这样具备攻击能力的纸人，都怀着深深的忌惮。一旦发生冲突，五百多个异级对无缚鸡之力的原人来说是多么大的威胁，我想你们不会不清楚。若没有任何掣肘，原人怎么会放心修仙者这种逆天的存在活在这个世界上。就算我能偷出你们的诞生纸，只怕第二天就会有军队开进碧海长鲸，将此处夷为平地！”

两位长老的面色顿时齐齐变得难看起来。

君明长老怒道：“按你这种说法，我们就必须像乌龟一样，缩在这块土地乖乖地听任别人安排自己的命运？！一个人的自由如果不能掌握在自己手中，与奴隶何异？”

“那你想怎么样？”简墨语气冷下来，“我不知道君明长老对碧海长鲸现在的生活有什么不满？莫非这里的日子已经难过到你宁愿拿人命去换？”

“你——”

简墨打断了他的话，“我理解您的想法，谁也不乐意自己的人生控制在别人手中。但如果您只是打算让碧海长鲸上下五百三十七口朝闻道夕赴死，那么偷一偷诞生纸也无所谓。但是如果不是，我只能告诉你，此事无论成败，你们面临的必然是异查队毫不留情的反击和永无休止的搜捕。这样的后果，是您愿意看见的吗？是碧海长鲸能够承担的吗？”

“你莫要危言耸听！”君明长老喝道，“你不过是想叫我们忍气吞声，继续做供你们原人取乐的玩物！”

“据我所知，碧海长鲸的九大禁令和不可涉台并非摆设。若历练者有恶言恶行，碧海长鲸给予处罚，似乎也没有遭到过外力的阻挠。单只这一点，我认为碧海长鲸的缔造者并未将你们当作取乐之物的意思。”

“另外，你们既知自己是被写造出来的，那么就应该知道，造纸师既然能够造出一个碧海长鲸，一旦有一日你们成为了威胁，他们就能再造出十个碧海长鲸来镇压你们。”简墨面色不耐，“我只想提醒你们一点，如果单想着反抗后可能获得的好处，却没有觉悟和勇气去承担反抗带来的恶果，还是早点打消这个念头好。”

这场对话不欢而散。最后君羡长老让贺子归将简墨送下我思峰。

贺子归站在连山剑上，低声说：“谢公子，真的没有办法吗？”

简墨沉默了一会儿，“或许有办法，但是我并不希望出现那种情况。”

“什么情况？”贺子归满怀希望地问。

“第三次纸原战争。”简墨冷漠地回答，“把一滴水藏起来的最好办法就是把它放进大海。当整个世界都乱起来的时候，一个小小的碧海长鲸就不那么起眼了。”

碧海长鲸两位长老都未深入探究的海寒楼异状，此刻已经传入了京华市。

造纸师联盟总部的主席室中，一位头发花白的老者正接听一个电话，“碧海长鲸的历练者集体昏迷？”他的声调沉稳，虽是问话，却让人一听便仿佛找到了依靠，“到底发生了什么事情？”

“你说的这种情况和魂力暴动倒有七八分相似。”老者的目光落在自己办公桌上的一个相框上。相框上一个年轻女子抱着一个八九个月大的婴孩。两人大脸挨着小脸，眼里俱是开心快乐。

“好了，我会派人去调查的。莫担心，先安置好历练者再说。”老者挂了电话，又拨通了另外一个号码，“碧海长鲸有数十名游客突然集体昏迷。你去看看，到底是意外还是纸人在做什么……最近不太平，多带几个人，夏尔。”

贺子归的飞剑一离开，我思峰上的院落内从屋里走出一个人。

“他不肯答应吗？”这人望着少年乘飞剑离去的背影，眼中满是笑意。

“白先生为何看中这个少年？”君明长老气呼呼地说，“就算如子归所说，这少年品行俱佳，对纸人也并无歧视。但毕竟只是一个十几岁的孩子，将碧海长鲸上下五百三十七个人的性命攸关之事托付与他——如不是白先生强烈推荐，我师兄还真不能向一个孩子开这个口。”

“莫欺少年穷。他的将来不会简单。”白先生笑盈盈地在他旁边坐下，将自己的爵士帽放在一边，拿起一个小巧玲珑的茶杯细细品味。

“白先生既这么说，我等自然不会怀疑。只是他并不肯答应我们的请托，下一步该如何处置？”君羡长老问，“这少年虽然未曾应许，但他所言之事我却觉不虚。他日我等取回了自己的诞生纸，就真的获得自由了吗？只要原人对纸人的忌惮一日不消，就算诞生纸在手，生活亦不能如意！”

“君羡，时机未到，少安毋躁。碧海长鲸虽然身在桎梏，但眼下日子还算太平富足，并未到必须破釜沉舟的时刻。”见君明长老面有不赞同之色，白先生又道："君明，纵然你自己有朝闻道夕赴死的血性，可你有眼睁睁看着自己的亲朋好友一个个朝不保夕，随时随地死于非命的心理准备吗？你能保证长鲸上下五百三十余人都甘愿放弃眼下衣食丰美、家人和乐的生活，只为换取一张目前对他们来说可有可无的诞生纸吗？岛外即便是身处比长鲸恶劣百倍之境的纸人，也未必个个有与压迫者忘死一拼的决心。不到逼不得已，谁会走到拿性命相抗的地步？可反过来，如果连舍弃性命的心理准备都没有，就想以五百人去对抗强大于自己不知道多少倍的敌人，这不是痴人说梦吗？"

"那我们就注定只能这么窝囊地过一辈子吗？"君明长老愤愤道。

"一辈子？"白先生摇摇头，"不，距离第二次纸原战争已经过去六十余年，二次协定差不多形同虚设。现在原人能够忘记从前战争的可怕，而纸人却不能躲避日重一日的压迫。所以，那一日并不需要我们等很久。倾巢之下无完卵。什么时候连碧海长鲸都忍无可忍了，就代表时机已经成熟了。"

白先生拿起桌上的爵士帽重新戴回头上，慢慢走出院子。"我并未指望他会在此时答应你们。但他需要看到更多纸人的现状和心中所求。等到那一日真正来临的时候，希望他能站在我所想的那一边。"

贺子归将简墨悄悄地送到了东隅城一处医馆内。

"多数历练者不过半个小时就醒过来了，情绪虽然有些不稳定，但身体并无大碍。"贺子归轻声说，"与谢公子你同来的历练者都在这间医馆里休养。他们距离最近，受到的影响也最大，目前还在昏迷中。我已经单独为你留了一间房，对外假称你在里面。公子快进去吧。"

关于海寒楼的异状，从头到尾，贺子归只问过一次。见自己不回答，他不但再未提起，还为他做了如此周全的掩护。简墨微微动容，学着对方的礼仪，拱手深深一揖。

贺子归笑了起来，坦然受了这一礼，然后为他打起帘子。

简墨犹豫了一下，停住正要迈入房间的脚步，“我离开碧海长鲸后，贺公子若得空，可来京华大学寻我。我送一本《造纸简史》给你。”

贺子归怔了一下，顿时大喜，向简墨深鞠一躬，“多谢公子馈赠之恩！”

见贺子归如此郑重其事，简墨反而有些不安，“只是一本普通教材。来碧海长鲸的历练者大多都有，并不稀罕。”

贺子归摇头，“碧海长鲸抚心牌存数最高时超过五万，却从未有一人向我们提过此书。也未曾有一人，如谢公子那般设身处地为我等分析碧海长鲸的局势。对我而言，这并非只是一本书而已，而是谢公子诚恳对待我等的心意。”

与贺子归告别后，简墨合眼回到床上，脑子里却久久无法安宁。他拿出手机想给简要发信息，却发现还是没有信号，叹了口气又放了回去。

距离上一次纸原战争已经过去多少年了？这段时间够造纸师写造多少纸人？整个碧海长鲸就有五百三十七个异级，这个世界还有多少类似碧海长鲸的纸人集境？东方的修仙者，西方的魔法师，各国的神话童话、寓言传说……如果被写造出来，会有多少这样的纸人群体？

像碧海长鲸长老这般发现真相后试图找回诞生纸的纸人一定还有。可是，他自己不过是一个连自身安危都无法保障的人，又如何去保障如此多的人？既然做不到，那就不能给别人虚妄的希望。

简墨在床上翻了个身，盯着眼前木板墙壁上的花纹，想到隔壁病房里还躺着昏迷的同学，不由得叹了一口气：既然魂力波动已经恢复，那么再见简要时，就马上为他添加异能吧。这才是提升实力的最终保障。

而此刻在医馆的另外一间房中，丁一卓刚刚醒来。

“表哥，你醒了？”

此刻他的房间里守着好几个人：苏圆、楼船雪和几名学生会的成员。

丁一卓只茫然了一秒，很快找到昏迷前的记忆：不安的心悸，剧烈的头疼……最后画面模糊地停留在谢首回头望来的一瞬。

“你们都还好吧？”丁一卓揉揉额头问。

“我们早就醒了。只有你，还有那个谢首一直都没有醒过来。”苏圆抢先坐到丁一卓旁边，瞪了一眼同时起身的楼船雪。

丁一卓皱了下眉头，“谢首的情况如何？”

“还在昏睡。”楼船雪轻声道，“我去看过他两次了。大夫说脉象平稳，问题不大。”

丁一卓闻言心道，这动静虽说与魂力暴动十分相像，但谢首已经暴动一次，肯定不是他。

“你们有没有得到什么消息？”他问。

苏圆立刻道：“我打听过了。以海寒楼为中心，半径十米之内的基本当场就昏迷了；百米内的，都感到不同程度的痛楚。百米之外，也有轻微的不适。但这些都只发生在历练者身上，碧海长鲸的纸人没有一个有反应。”

楼船雪递给他一杯水，“给谢首诊治的大夫说，那条街上的历练者不过半个时辰左右就苏醒了。海寒楼里的人一两个时辰后也醒了。我们这几个，都是两个时辰后才醒的。一卓你已经昏迷了差不多五个时辰了。谢首到现在还没醒。按照这样推断，引发昏迷的根源很可能就在你和谢首附近。”

苏圆难得没有跟楼船雪抬杠，只小声说：“可你和谢首附近并没有人死亡或者仍在昏迷。谢首又已经魂力暴动过，难道表哥你——”

丁一卓掀开被子，冷冷道：“你觉得我因为谢首拿到珊瑚珠气到魂力暴动了吗？”他拿起外套，向外走去，“我去看看他。”

笼罩碧海长鲸的夜空从深蓝变成墨蓝，月亮越来越明亮。天空没有一丝云彩，星星也很少。

简墨在睡梦中被人推了几下，迷糊地微抬眼帘，看见一道人影站在床边：“谁？”

人影的声音充满调侃：“故人到访，不起来迎接一下？”

简墨揉着眼睛坐起身来，当他看清对方的脸时，顿时整个人都僵住了。等确认不是在做梦，简墨慢慢放松了呼吸，强自镇定道：“你怎么会在这里？”

“我可不是为你而来的。”夏尔见简墨的反应，对自己的影响力十分满意，“何况我早就不在六街了，如今我可管不到你——放松点，小家伙。”

简墨仍旧警惕地盯着他，他对这个人实在缺乏信任。

“我是为今天历练者集体昏迷的事来的。你是我在这家医馆见的最后一个人。说实话，”夏尔耸了耸肩，“我也没料到会在这里见到你。”

“碧海长鲸是你的产业？”夏尔这个理由勉强说得通。可惜作为昏迷事件的罪魁祸首，简墨并没有感觉更轻松一点。

“我倒是想，可惜不是。”夏尔遗憾地说，“家师秋山忆倒是在里面占了很大一部分股份。我只是代他来查探一下。”见简墨对于秋山忆这个名字毫无反应，他好心地加以解释，“家师目前任职造纸师联盟主席。”

造纸师联盟？简墨心中一跳，这才注意到夏尔的衣襟上别着一枚小小的三角形状的徽章——由金银铜三色魂笔首尾相连组成。这是造纸师联盟的标志。

为什么堂堂造纸师联盟主席的徒弟，会屈就六街一个小小的警长之位，并且一待就是五年时间？简墨想不明白。

除开三大局，造纸师联盟可以说在普、特级造纸师中拥有着排名第一的话语权。造纸师联盟的交易平台为无数造纸师提供了就业机会和生活来源，更不用说它最为人称道的造纸师援救基金——像祝鸿飞那种只能写造婴儿的造纸师，都能够靠着这个基金的援助养活一家人，水准在祝鸿飞之上的造纸师不知道又有多少受益。到目前为止，还没有哪个造纸师组织能够数十年如一日地维持类似基金正常运转，因此单这一项，造纸师联盟就将普、特级造纸师的人心尽收囊中——不要小看这一点，毕竟普级造纸师和特级造纸师加起来就占了造纸师总数的99.5%。

“三年前的事情，你知道多少？”简墨问。

既知夏尔不是为了当初六街的事情追踪自己，他稍稍放松了一些。最初的紧张过去之后，简墨发现自己有一肚子的疑问：“你好像一点都不惊讶我还活着。看来你很清楚当初死的人是三儿，不是我。那个时候你应该还在六街，你可知道为什么六街会谣传我已经死了，封三失踪了？还有，三年前无缘无故你为什么要清街？”

看着当年在自己治下战战兢兢卖魂笔的少年，现在居然也有胆子诘问自己一连串的问题，夏尔觉得十分有趣，“你真的想知道？”

简墨忍无可忍地说：“你特地留下来，只是想跟我叙旧吗？”

“为什么不可以呢？”夏尔索性坐在床边，脚反而搁在一边的圆凳上，“比如，你一直没有见过你老爹吗？”

“他从清街那天起就失踪了，这点你不是应该比我清楚吗？”

“真是无情啊，养了十六年，说丢就丢。”夏尔揶揄着简墨说，眼中却是若有所思，“这个老怪物做事总让人猜不透。”

他说完，直视着简墨，“你可曾想过我在六街一待五年，完全是因为你？”

简墨瞪着他，心里默默提醒自己，谨慎一点，不要被夏尔的胡言乱语糊弄了。

夏尔见简墨不说话，也不在意。“就算失去了造纸天赋，也不必妄自菲薄。这个世界上多的是没有天赋，却能够引动风云变幻的人物——”

“我失去造纸天赋的事你也知道？”简墨打断了他的话，“你知道我不是纸人？”

“要是早知道，我也不会清街。”夏尔说起这事就一脸恼火，“那场魂力暴动的影响有多大，你自己怕是不清楚吧？如果不是我刻意压了你的照片没在任何媒体发布，你以为自己还能安心地在石山念完最后半年书？”

夏尔反问。

“你压着我的照片不发？”简墨盯着他，“这与我在石山念书有什么关系？”

“你是忘记杀死封三的凶手了吗？”夏尔嗤笑了一声，“虽然那群白痴杀错了人，可六街认得你的人多了去了。如果六街有人知道你还活着，难道就没可能有一天把消息传到那伙人的耳中去？”

“你知道他们是来杀我的？”简墨瞪着夏尔，掀开被子跳了起来，“你知道他们是什么人？！”

“如果不知道他们是谁，你觉得我会有必要故意放出封三失踪，而你被杀的消息吗？”夏尔脸上露出一个玩味的笑容，看着简墨的反应。

“是你？”简墨果然被这句话震到。他盯着夏尔，突然感觉自己好像从来没有认清过这个人。他回过神来，追问道：“你为什么帮我？那些追杀我的人究竟是谁？”

夏尔正要回答，却扫了门外一眼，站起身来，“我先走了。”

简墨一把抓住他的胳膊，急切道：“等等，你先告诉我——”

这时，夏尔向门外看了一眼，仿佛他能够透过这道墙透视外面的景象一样。简墨下意识地也向那个方向扫了一眼，可除了墙面什么都没有看见。但他一瞬间就明白了夏尔在看什么。

夏尔竟是辨魂师！

他突然想起清街的前一日，夏尔曾经请他到咖啡店里喝一杯，曾经就用这种探查的目光看自己。难道那个时候，夏尔是在观察他的魂力波动？

“我还要在碧海长鲸待上几天。”夏尔道，“来找我时最好小心一点，我想你也不愿意太多人知道我们认识的事情吧。”

接连经过两场惊吓的历练者们，在苏醒后都离开了碧海长鲸。在事件发生的原因没有调查清楚之前，多数人都没有勇气继续再玩下去。谁知道这种事情是不是还会发生？如果再来一次，天知道命能不能保住？

学生会的成员多数也是这样的想法。如果不是有代课和找夏尔这两件事，简墨本来也想提前离开。此刻看着学堂里排排坐的小萝卜头，简墨的注意力不得不从各种纷繁复杂的事情中转移出来，他咳了几声，“夫子家中有事，我临时来为大家上几天课。不知道大家学到哪了？”

历练者的大批离去，并没有影响本地居民的生活。学生会的学生也并不是都离开了，至少丁一卓并没有。他不光留了下来，而且每天都要来私塾闲聊一会儿。简墨总觉得这位学生会主席在有意无意套自己的话，但偏偏每个问题听上去都很正常，这让他应付得十分不耐烦。

腊月二十四，小萝卜头们跟简墨依依惜别后，蹦蹦跳跳地回家扫房子去了。在经过几轮故事进攻后，私塾的学生们对简墨的热情与日俱增。而简墨对于每天看学生练上一个时辰的大字，再讲上半个时辰的故事就下班的工作也很满意。

等小萝卜头走了之后，简墨拿出前一天在集市上买的红纸，在写废了无数张之后，终于弄出了一幅勉强能看的对联和一张福字。他在厨房里找了点剩饭，糊在了门框和门上，正得意地欣赏时，身后传来声音：“你倒真沉得住气，我在岛上待了三天，你竟一次都不来。”

“最近私塾里有客人，不方便去找你。”简墨含糊地说，他相信夏尔知道自己说的是谁。

“半小时后我的船就要走了。走之前有几句话想跟你说。”夏尔像在自己家一样，走到小院子里葡萄藤下的凳子上，悠闲地品着简墨胡乱泡的茶水，“既然你现在已经走上了造设这条路，那就继续安静地走下去。没了造纸天赋，这个平凡的身份或许对你来说更好些。”

“另外，不要去找简东。就算他主动来找你，也不要理他。你现在也知道自己是原人——一个纸人告诉一个原人，他是自己捡来的弃纸儿，到底是什么居心？”

“你怎么知道他不是原人？我既然不是纸人，我爸也可能不是。”简墨无法保持沉默，“弃纸儿又如何？我从小就以为自己是纸人，也从来不觉得比谁低人一等。我爸说我是弃纸儿，也可能是一时搞错。被丢在六街的婴儿谁脑门上写着原人或者纸人两个字了？还有，我想怎么处理我们父子之间的关系，是我们父子之间的事情，不需要外人插手。”

夏尔听着，眼底爬满了阴霾，“父子？你爸？知道自己是原人，还这么叫？你知道你在说什么吗？把自己和纸人相提并论？以纸人自居……你脑子坏掉了吗！”他盯着简墨的眼神很可怕，仿佛看到了一个世纪大笑话。

简墨冷道：“我怎么做人不需要你教。”

夏尔将茶碗在桌上重重一放，起身嗤笑道：“我现在懂了，为什么那个老怪物要亲自教养你了。他真的是很成功。你既喜欢与纸人为伍……罢了，早知如此，何必浪费我那么多工夫！”

简墨拦住他，“你还没告诉我，杀死封三的凶手是谁？”

“你需要知道他们是谁吗？”夏尔勾起嘴角，讽刺道，“不，你不需要。就凭你这副自甘堕落的模样，不会有人费心思来杀你的。”

简墨盯着夏尔离开的背影，直到他消失不见，然后忍不住狠狠地捶了一下门板。这是几年来他距离答案最近的时刻，但他却没把握住。可无论如何，他是没法漠视有人在他面前侮辱他爸的。

既然夏尔不肯说，那他就自己想办法查。夏尔既然认识要杀自己的人，显然那人是在夏尔的交际圈子里。简墨下意识地摸出手机想通知简要，但手一碰到口袋，便想起这里没有信号。

他对着天空深呼吸了几次，平复了一下情绪，正准备回房间打扫，一股强烈得令人无法忽视的恶意在背后骤然升起。自从三儿被杀之后，简墨第一次预感到这样浓烈的杀意，脑子里一片空白，但求生的本能却让他迅速扑倒在地，打了两个滚，向房间里跑去。他没有听到任何声音，却感到一道尖锐的凉意从大腿外侧擦过。

来不及去看偷袭之人在何处，简墨啪的一声关上门，身体抵着门，快速把门锁好。他左右看了一眼：房子基本是木质结构，在古代说来算是不错的配置。可是如果对方拥有热武器，这层薄板比一张纸好不了多少。要是再加上红外镜，自己站在屋内和屋外可真没什么区别了。

简墨心跳极快，手按着胸口的银链快速思考：现在最好的选择是冒险从院子里跑出去喊人。碧海长鲸连小孩子都是修仙者，只要能引来一人，他就能得救了。

他小心翼翼地移到窗边，目光透过窗户缝隙向外搜索。无论是天空还是地面，都没有看到碧海长鲸的居民。虽然是在城中，但私塾为求清净，地段有些偏远，最近的人家距离这里都有一盏茶的步程。

怎么办？简墨忽然感到院子附近有人影快速晃动，他连忙一翻身，想躲到柜子后面，但这一动才发觉腿已麻，整个人直接摔倒。与此同时，中庭一声惨叫响起，紧接着有重物落地的声音。

外面有人被袭击了？难道敌人不止一拨？还是说有人来帮自己了？简墨恼火地按了按腿上伤口附近，已经完全没有感觉了。显然，刚刚伤了他腿的利器上涂了麻药。如今跑肯定是跑不动了，难道真的只能呼救？

简墨正在心中纠结，敲门声响起，一个熟悉的声音传来：“少爷，我来了。”

简要？

简墨从窗缝里看了一眼，心中一喜，一点点挪过去开门。

简要一见简墨的姿势，脸色便变得很难看。他反手迅速关上门，把简墨架起来，放在椅子上，检查起伤势。

“你现在感觉如何？”简要问。

“下半截都快没感觉了，我肯定是动不了。”简墨摇摇头，“外面还有敌人是吧？”

“嗯。”简要低声道，“碧海长鲸没有通行证极难进入。我是跟着一艘小游轮偷渡进来的。这几个人也是。只是未曾想到，他们的目标就是您。”

“东南百米处就有一户本地居民。”简墨赶紧道，“他们都是异级，你从后门出去，想办法求援。”

简要听完后，丝毫没有动身的意思。“没用的。刚刚那只是探路的。最多两分钟，一旦发现他没回去，剩下的人都会进来。等我回来，您早就死了。”

简墨心中一凉，不由得想起玉壶高中那时的情形，心中一狠，果断道：“把你的诞生纸给我。”

简要微微一愣，立刻将手插入自己的胸口。

简墨又指了指书架顶上自己随身带的那支魂笔和点睛。一等简要将东西给他，简墨便下笔若游龙，在一行行陈旧的青蓝色字迹后，填上在脑海里早已不知道琢磨了几百回的文字。

新鲜的点睛，是春天的嫩芽，在淡黄色的纸上不断绽放。熟悉的字迹，是给旧日写的上阕，配上了完满的下阕。

麻痹慢慢上升，腰部以下完全失去感觉，简墨左手扣住桌面，避免自己从椅子上滑下去，右手仍旧在奋笔疾书。额头的汗一粒一粒地渗出，他的眼睛盯着笔尖，不敢写错一个字。平常随手就能完成的五百字，成了简墨有生以来最艰难的一次书写任务。

不能睡，不能闭眼。简墨睁大眼睛，小心翼翼地画上最后一个句号。几乎没有感觉的手将魂笔小心地放在远处，避免污染诞生纸。

一行行，一道道，青蓝的水痕划过，一条新加入的游鱼，只一摆尾，就激活了整片大海。

院落里，简要用第一个刺客留下的弓弩放倒两人后，还没来得及喘一口气，便感到心口微微发热，接着迅速升温到滚烫。仿佛有火红的岩浆，从心脏的瓣隙里流淌出来，向四肢百骸迅速蹿过去。全身血液顷刻间蹿到一百摄氏度，在每一根动脉、静脉、毛细血管里沸腾起来。简要的意识蓦地模糊起来。与此同时，他感觉到某些看不见摸不着的东西，如同浓墨入水，悄无声息地融进了身体的每一个细胞里。

更奇怪的是，突发的异状不但没让简要感到恐惧和慌张。相反给他一种熟悉而安心的感觉。就好像记忆里有过这么一段时间，在某种浓稠而温暖的液体里，他整个人被紧紧地包裹着，无数信息缓缓渗透进生命的最深处。

这到底是什么？仿佛是在回答他的疑惑，简要的脑海中一瞬间便浮现出了答案，就像做乘法题时下意识背起九九乘法口诀，又像是做化学题时脑子里自动浮现元素周期表。答案早就已经在那里等待着他。

简要猛然清醒过来，眼中的光变得越发清亮。

他随意地伸出一只手在眼前拂过，迎面飞来的十余支闪着银光的弩箭，突然间无声地碎开。它们没有改变轨迹，却改变了状态，化作一蓬最细腻的风沙吹到他的身上，然后坠落到地上，和原有的泥土再分不开了。

简墨将六名杀手的尸体和他的武器交给了贺子归，并以安全为由，请求贺子归为简要申请一个留岛名额。不知道是出于对这次安全疏漏的补偿，还是看在贺子归的面子上，我思峰同意简要留在长鲸岛，直到简墨离开。

简要的出现，让丁一卓对于简墨的背景有了更深的猜测。丁一卓自认如果较真的话，丁家自然有能力找到碧海长鲸的所在。但这并不代表丁一卓愿意为了一件无关紧要的小事，去得罪碧海长鲸背后的势力。可谢首看起来完全没有这种顾忌。

丁一卓还知道夏尔临行前去找了一次谢首，去时脸上笑眯眯，回时脸上黑漆漆，连游轮都没坐，直接让剑仙把他送离，一秒都不愿多待。能给造纸师联盟主席这位睚眦必报的弟子气受的人，据他所知，也不会超过一只手。

简墨不知道这位学生会主席数日来的心理变化。简要到来之后，他的生活立刻变得讲究起来，尤其此时正是新年时期。简要愣是跟着碧海长鲸的风俗，把能走的流程都走了一遍：二十五，磨豆腐；二十六，炖羊肉；二十七，宰公鸡；二十八，把面发；二十九，蒸馒头；三十晚上闹一宿。

除夕夜里的大红灯笼，火光跳跃，耀眼而喜庆。它们从每一家每一户的门檐、廊下，一直缀到每一条街每一条巷。彩色的年画贴在古朴的木门上，工整的吉语立在火热的对联中，许愿的红绸带飘满了大树，成串的风车转成了一片彩色的虚影。孩子们穿新衣戴新帽，成群结队，围着火树银花欢呼尖叫，妇人们将美味佳肴陆续摆上桌，男人们将酒杯斟满，开始推杯换盏。可谓是户户飘香，家家热闹。

收拾完年饭后的残羹剩饭，简墨装模作样地坐到圆椅上，对简要道：“你过来。”

他从袖子里摸出一个大红封，对儿子笑眯眯地说：“磕头就免了，不过起码要说些祝词吧。”

“恭祝少爷新年大吉大利，心想事成！”简要却跪下来，仪态无缺地磕了三个头。

受了大礼的简墨摸摸鼻子，有点不好意思。

简要在手心倒出八个铜板，嫌弃道：“铜板啊。”

“你要喜欢，出岛后，我给你做个金锞子。”已经知道自己有些资本的简墨心安理得地放大话，“在这里时间太短，可挣不了几个钱。”

简要欲言又止，也从袖子里掏出一个东西，“这是给少爷你的。”

简墨感觉到手心沉甸甸的，定睛一看，是一枚梅花样的金锞子，顿时大惊失色，“你哪来的金子？”

简要轻描淡写，“我在附近水域里捞了一百多个蚌壳，出了一粒不错的大珍珠，卖给珠宝铺了。”

简墨拿着金锞子，有气无力地说：“这给我算什么？”

简要想了想，“孝敬钱？”

鞭炮声几乎响了整夜，但简墨还是安稳地睡到了大天亮，接着被空气中诱人的牛肉汤香气唤醒。

“你如何知道杀手是齐家派来的？”简墨接过简要递来的筷子，“他自己肯说？”

“少爷，碧海长鲸的修仙者虽然鲜少见血，但这种浅层次的问题，他们连刑都没上，就问出来了。”简要笑道。

“是因为我教训了齐伟？”简墨低头用筷子夹起裹满红油的牛肉，在碗沿刮去上面沾着的一颗葱花，然后放进嘴里。

“齐家是京华市的新贵家族，名下造纸研究所拥有造纸师二百余人，其中特造师五十三人，异造师十人，有齐家血脉的造纸师有十二人。仅有的两名特造师，就是齐伟和齐伟的堂姐齐茵。家主齐骏近年身体不好，齐家大权掌握在齐茵之手。这位大小姐是一个性格强势，雷厉风行的女人。齐家的主要收入来自两个方面，一项是向东一区的机械重工行业提供作为机械设计师、高级技工的纸人，几乎垄断了这一行业的劳动力市场；另一项便是魂笔制造，是东一区官方授权许可经营的十五家魂笔制造商之一。”简要边说边把自己那一碗也端了过来，然后看到简墨碗沿的一圈葱青色，抬头问道：“少爷打算怎么处置齐家？”

简墨感觉这个问题怪怪的：“处置齐家？我现在拿什么处置齐家？用眼神杀死他们吗？”话刚说完，他忽然想到自己的魂力波动已经恢复。既然魂力暴动可以取人性命，如果控制好了，是否也可以利用魂力波动来攻击呢？

简要注意到简墨一瞬间的闪神，但并没有猜到造父所想。他继续道：“不用少爷出面。M8新技术授权的十二个魂笔品牌里，就有齐家。暗地里让他们吃个亏，还不是您一句话的事。”

此时此刻，距离私塾不远处的高楼房内，贺子归掐指画了一面水镜，对那边的人道：“师父，私塾似乎被一种奇妙的手法与外界隔开了，纸鹤进不去。子归也无法探听到谢公子与他的管家之间的对话。”

“这位简管家看来是与我们同样的存在了。只不过，这位谢公子不是已经失去造纸能力了吗？”水镜中君羡长老的影像随着水纹微微波动。

“子归曾听说，谢公子有生以来只两次造纸都因意外被破坏掉了。”贺子归回答道，“或许，这位简管家并非谢公子的造纸。”

“明明没有造纸，却有这样厉害的纸人随身侍奉，又得白先生那般看重。为师觉得，即便他暂时拒绝了我们的请求，我们也不能放弃与之交好的机会。”君羡长老拈着胡子思考了一会儿，“子归，刺杀一事你务必与外事长老郑重汇报，为谢公子讨回公道。”

“子归知道了。”贺子归五指一开，水镜立刻消散。

简墨为简要精挑细选的新能力是——空间。这一方面满足了简要对自己提出异能的要求，也遵循了适用范围最广、克制因素最少、实用性最强这三项标准。空间属于自然类技能中的协律型，即操控自然规律的能力。

目前简要已经摸索出来的使用技巧有三。一是空间切割——对相连的空间进行分离，属于全体类异能。

“空间切割不但杀伤力大，操控形式自由，且手法隐蔽，异能发动前中后都不容易被人察觉。”简要一手拿着一个大大的白馒头，一根手指在馒头一侧轻轻划过，简墨便见五六片切口平整、宽度一致的馒头片落了下来。

但馒头片却没有落到地上，而是在快要碰到地面的时候突然消失，出现在桌子上的盘子里。

“这是空间置换，全体类异能。以后少爷要是再遇到麻烦，我赶过来就方便多了。不过也有些限制。”简要说，“比如少爷在碧海长鲸，我若想从京华市赶过来，就必须提前知道您此刻在碧海长鲸的准确位置，并在脑海里模拟出一个具体地点，否则我会随机出现在碧海长鲸的任何一个地方，比如海底，或者某个山洞，甚至是海拔百米的高空……但很难正好就出现在您身边。”

简要拿起装着馒头片的盘子，将它们一起倒进油锅。油锅立刻哗啦一声，自馒头片周身迸发出无数细小的油珠。下一秒油炸声就消失了，密密麻麻的油珠在锅里跳跃着，却始终没有超过油面上方一厘米处。

“在标的物周围建立隔断面，禁止隔断面内外的生物和物质的连通——空间隔断，单次类异能。强行突破隔断面的物体或能量，会直接跨越整个标的物，直接抵达隔断面的另一面。这个技巧用来防御外界攻击，或者禁锢敌人的行动，都非常有用。”简墨笑着挥去隔断面，用一双长筷子将炸得金黄的馒头片捞上来摆盘，“现在，单纯进行空间隔断，我已经能够维持一百五十分钟以上了。”

简墨正要伸手去拿一片香气四溢的馒头，却见一双筷子猛地敲了下来。他连忙手一缩，见简要冷眼盯着他：“少爷，洗手了吗？”

简墨只得讪讪地拿起筷子，在儿子的虎视眈眈下，压力巨大地夹起一片馒头。正要放进嘴里，一碟晶莹的白砂糖出现在他的筷子边。简墨面色一赧，夹着馒头片，在碟子里正蘸一下，反蘸一下，然后放进嘴里，笑嘻嘻地讨好儿子：“好吃。”

确实好吃，甜香酥糯，再配上浓浓的牛肉面汤，真是美味到可以连舌头一起吞下去，他心里暖暖地想。

简墨曾经无数次想过如何为简要添加新能力。

说明书般的现代派原文自然好办，反正内容不存在起承转合的关联。可对于传统派来说，就等同于为一篇已经完结的小说添加上新的后续情节。如果添加上续篇的原文存在着不为造纸三原则认可的疏漏，不但无法增加新的天赋，还会导致简要现有的状态改变。

对此简墨没存任何侥幸心理。他前后在简要原文的基础上续写了五个不同版本，从中挑出最能与原来的情节完美糅合的一版，然后进行了二十三次修改，做到了无论从故事主线支线，还是人物形象塑造……各方面都没有一丝错误和相悖之处。考虑到以后可能还会为简要添加别的天赋，简墨还特地在续写的部分保留了伏笔。

但作为一个六衔的常识盲，他所不知道的是，对纸人原文进行添加删改作为各大研究所的经典研究课题，已经保留了几十年了。甚至在第一次战争之前，就有人对这个课题进行多次试验，为已经造生的纸人进行新天赋的添加或旧天赋的删改，但至今无一成功案例。

第七章

齐家失手

正月初五，简墨离开碧海长鲸。此时还没有过元宵节，他便带着简要先回了楚中市。只是简墨习惯宅在家，除了与老同学欧阳、齐眉聚聚外，基本不出门。

简墨没有向连蔚隐瞒魂力波动恢复、辨魂能力消失的事情，然后又提出了操控魂力波动的可行性问题。短暂的惊喜之后，连蔚的表情认真起来，“可以尝试一下，但要控制好尺度。魂力暴动是因外力刺激造成魂力波动失序，甚至消亡。但主动操控魂力波动是否会造成同样的后果，我们都不知道。”

简墨点头，“我也是这么想的。”

连蔚果断决定：“既然你要在楚中市待几日，就由我看着你练，肯定比你自己乱搞要强。”

简墨犹豫了一下，如果有一名辨魂师从旁帮助，他的尝试就要容易得多。只是万一出现什么问题，待在附近的连蔚岂不是第一个遭殃？

连蔚哪里看不出他在担心什么，“你傻了吗，你的魂力波动隔得老远都能看见。到时候保持一定距离，电话联系不就行了？”

此时京华市造纸师联盟总部大楼的楼顶，贺子归正与外事长老汇报谢首被刺一事。

“这位谢公子也还是前几日昏迷的历练者之一。”贺子归补充说。

“叫谢首是吧？我知道。见过了。”外事长老的面色突然冷下来，“人死了吗？还是缺胳膊断腿了？”

贺子归不是第一次与这位金发碧眼的外事长老打交道，却难得见他一听到名字就变了脸，便将简墨管家潜入碧海长鲸相救的后续隐瞒了下来，改口道：“因谢公子机敏，很快找到机会示警，因此只是受了些许擦伤。”

“本以为没人会去踢一只死狗，不想这小家伙没了造纸天赋还敢搞三搞四，到处得罪人。”外事长老嗤笑了一声，“他既然嫌自己命长，碧海长鲸又何必多管闲事？你回去与你师父商量下，看着给些补偿就行。这种人胸无大志，不会计较的！”

贺子归哪能听不出这位外事长老与谢首不但认识，而且两人之间矛盾不小？他虽为谢首不平，却无法左右长老级别人物的决定，只好称是离开。

三天之后，简墨告别了连蔚，返回京华大学。

从碧海长鲸回来后，他就看到了点睛纸笔论坛上代理发来的邮件。邮件是在他前往碧海长鲸的第二天发来的，因为崔明那时已经打不通他的电话了。

双槽导流是简墨开发并首次在M系列的魂笔上运用的新技术。其核心作用是当一条导流线受到影响不能正常运作的时候，另一条导流线能够随时替补上，几乎百分之百避免了写造过程睛流中断的风险。

简墨发现十二家有购买使用权意向的企业中，果然有一家的所有人姓齐。他便给崔明打了电话：“齐家不行，其他的你看着办。”

“好的。”崔明的声音平稳，没有询问这么做的原因，只是继续说：“不过有七家接洽的负责人，希望能够与您见一次面。因为您的作品一向都是通过论坛发布的，又从来没有在人前露过面，他们心中存有一定的顾虑。”

简墨默默地考虑了一会儿，才向他的代理人解释道：“我势单力薄，与这些人谈判只会吃亏。你替我婉拒了吧。如果他们因此放弃的话，也由他们去。”

反正他现在也不差这个钱吃饭。简墨想起从碧海长鲸返回的船上，简要给自己列举的资产清单和可调用资源的明细，至今仍有一种不真实的感觉。不过好歹现在他知道，之前监考老师的信息之所以来得这么快，主要是得益于重简方略建立后日益汇聚的人脉。现在自己名下的资源，早不是简要一人能够运转起来的了。

位于京华市陆伸区的齐宅中，对简墨的决定一无所知的齐茵，正在认真地介绍双槽导流技术。

“目前市面上魂笔的导流槽结构都属于单槽导流。单槽导流与双槽导流相比，缺点就是一旦唯一的导流线受到影响，点睛的睛流量不但会变缓，同时还会造成部分成分的效果减弱，严重的话会导致写造中断，甚至失败。”齐茵说完，特地看了齐伟一眼。

“你那是什么眼神？”齐伟坐在轮椅上气呼呼道，“我也是造纸师，我不需要你科普。”

有试验数据显示，写造中断一旦超过三十秒，造纸结果就会受到严重影响，甚至直接失败，因此睛流中断发生率就成了衡量魂笔等级的重要指数之一。虽然所有的造纸师在正式的写造中都会准备两支以上的魂笔以防万一，但能将睛流中断发生率几乎降至零，无疑在魂笔制造史上具有革新意义。

“双槽导流对于魂笔设计的要求更高，成本必定也高过单槽许多。但对于我的客户来说，尤其是中高层客户来说，这个代价是他们乐意付出的。”齐茵对病床上的老人说，“这项技术我们一定要拿下来。”

病床上的老人面色发黄，精神十分萎靡。他听完齐茵的话，便合上眼睛："你既然看准了，那就去做。只记住一点，别丢了齐家的脸面！"

说完正事，齐茵收起文件，低声道："爷爷，手术的事情，您考虑好了吗？医生说，恐怕拖不了太久了。"

老人微微叹了一口气，"让我再想想，让我再想一想。"

齐伟拍着轮椅把手，肆无忌惮道："还有什么好想的，海德医院干这事已经是熟练工种了。再说就算曝出来，肝源又不是我们弄来的，一推六二五，谁还能怪到我们身上。"

"你闭嘴！"齐茵感觉爷爷的语气比以前松了许多，知道他多半心里已经同意手术，心中微微一喜，但手却毫不留情地拍向堂弟的后脑勺，"你能想到的，爷爷想不到？"

"齐茵，你想打死我啊！"齐伟抱着头大叫。

"好了，好了，你们没事都出去吧。让我安静下。"老人挥挥手，疲倦地闭上眼睛。

出了病房，齐茵把齐伟的轮椅推到无人处，双手交叉站在他面前，"你跟我老实说，那个谢首到底是什么人？"

"什么什么人？"齐伟一头雾水地看着堂姐，"不就是一块造设系的废料吗？你突然这么问是什么意思？"

齐茵板着脸，"废料？一块废料不但能够躲过我派去的特七级杀手，还让他们被碧海长鲸的人抓到。"

"造纸师联盟那边是什么反应？"听到碧海长鲸四个字，齐伟才意识到事情的严重性。一个谢首死不足惜，可若是得罪了秋山忆，那可是大大的不值。他不由得怪起齐茵，"你选什么地方不好，偏选他在碧海长鲸的时候动手！"

"现在知道怪我了，怎么不想想你当初杠上什么人了？"齐茵哼了一声，并没有继续责难下去，"不过奇怪的是，造纸师联盟对这件事竟然没有一点反应——连一个口头警告都没给我们。这不像是夏尔的作风啊。"

齐伟一听，转了两下眼珠，"姐，你说，会不会是谢首得罪了夏尔，所以人家才故意甩手不管？”

齐茵在他对面坐下，靠着椅背垂眼思索道：“没听说过夏尔跟这谢首有什么交集。不过看这事情的反馈，至少能够说明，他对我们动谢首是没有意见的。”

“那不就得了？”齐伟的眼睛里又露出凶狠之色，“这次不过是他运气好，碰上碧海长鲸的人救了他，下次就没这么幸运了。”

这时，齐茵的手机响了。

“你说什么，拒绝了？”齐茵直起后背，凝神皱眉，“没有拒绝其他十一家的谈判邀请，却独独拒绝了我们齐家？凭什么？！”

“代理人只说是委托人交代的。”电话那边战战兢兢地回答。

齐茵眼光微动，然后缓缓地靠回椅背，目光看向对面墙上挂着的宣传标语。“这个墨力的资料，你知道多少？”

电话那边更加紧张，“墨力向来是通过点睛纸笔的代理人出售作品。骆驼一直在套他的信息，可至今也没有套出有价值的东西来。”

齐茵的嘴角露出一丝冷笑，手指轻轻理着自己裙子上的褶皱，“查！去点睛纸笔的代理中心查！查墨力的代理人，查他的发货地址……我就不信查不到他的底细！不过是一个出道不足一年的魂笔制造师，居然有胆子拒绝我们齐家。等他的资料落在我手上，我会亲自上门去问他，是谁给他的勇气拒绝我们？！”

电话那边连声道：“是，我马上去查。”

“等等。”齐茵嘱咐道，声音明显放缓，“此事暂时不要跟董事长提。董事长现在身体不好，不要让任何坏消息打扰他。”

齐茵挂了电话，警告地看了齐伟一眼。后者撇撇嘴，“放心吧，我不会告诉爷爷的。我还是知道分寸的。”

齐茵回到自己的房间，打了一个电话，“如果我爷爷同意，移植手术什么时候可以进行？”

“齐小姐，最近纸人管理局查得很严。尤其像这种内脏移植手术，脏器的来源、捐赠人的信息都会调查得一清二楚，我们确实压力很大。”电话那边传来的声音仿佛十分为难。

齐茵声音犀利，“这是你要解决的问题，不是我要解决的问题。我当初让爷爷在你这里就医，是因为你拍着胸脯说你有办法。现在你跟我说有难处——把我当傻子糊弄？！还是你当我们齐家是好捏的软柿子吗？”

电话那边支支吾吾没有说话。

“再加一千万。如果你再跟我说什么搞不定之类的话，明天我就安排爷爷转院。”齐茵斩钉截铁地说。

“没问题。”电话那边声音顿时客气了许多，“只要经费充足，什么都搞得定。”

齐家家主齐骏的手术日期终于定了下来，这在消息灵通的家族中并不算秘密。

“齐家家主定在一周后手术，到时候你代我去慰问一下。”丁爷爷在棋盘上按下一子，嘱咐丁一卓。

“他们终于找到肝源了？”丁一卓微微有些意外，“运气不错。齐大小姐想必最近心情很好。”

“我看未必。”丁爷爷笑道，“刚刚收到消息，齐家被墨力拒绝了。”

“为什么？齐家好歹拿的是东一区魂笔授权许可证。”丁一卓惊讶道，“墨力和齐家有过什么矛盾吗？”

“这就只有墨力本人知道了。”丁爷爷笑道，“双槽导流技术失手，碧海长鲸那边也失了手，齐茵的心情怎么好得起来？”

提到碧海长鲸，丁一卓沉默了一会儿，将手里的黑色棋子扔回棋盒，“谢首身边的管家，应该是空间系异级纸人。”

丁爷爷笑着将手里的棋子也放回棋盒。“试出来了？”

“一个造设系学生身边竟然有一名空间元素的协律者侍奉，确实十分可疑。”从这一点看，丁一卓几乎可以确定，谢首来京华市是带着任务的。但连蔚已经退出多年，到底能不能报复成功，丁一卓并不确定。可此人曾经执掌万山二十多年，既然他动了这个心思，想来……应该可以给丁之重带来不小的麻烦。

他一边想着，一边清理着棋盘上的棋子。

"源于他自身的能力也好，源于他背后的势力也好。"丁爷爷看着心思显然在别处的孙子，"这对于丁家来说，并没有太大的关系。如果他对丁家没有恶意，你也不要太过寻根究底，免得惹人厌憎。"

"我懂的。"丁一卓没打算解释，他将棋盒盖上，顺着爷爷的话道："家族利益第一。我不会因为个人意气之争影响家族利益。"

丁爷爷哪里听不出孙子话语中的敷衍之意，轻轻叹了一声，站起来摸了摸孙子的头，"一卓，这么多年，你还看不明白吗？一个人，有没有优秀的造纸天赋，真的没有那么重要。"

丁一卓身体突然绷紧，没有说话。

"上次你自己也说过——'便是谢首没有失去天赋，丁家旗下的异造师难道还少了？'既然如此，确认他是否真的失去造纸天赋，又有什么重要呢？"丁爷爷继续道，以为孙子的沉默依旧是执着于对那位大一学弟天赋的探究。但他不知道此时，孙子心里所想的完全不是这件事。

丁一卓这次没有如同往常一样乖巧地点头。他轻轻笑了一下，然后抬起头，"爷爷，你说，如果我父亲当年也有异级造纸天赋，丁之重敢无视他的意见吗？"

丁爷爷正在抚摸的手蓦地停下。他惊讶地低头看着丁一卓，在孙子的眼睛里看见了自己以前从未察觉的阴郁。他放下手，叹了一口气，"你想说这话很久了吧。"

丁一卓继续道："如果我父亲有异级造纸天赋，丁之重敢骂我父亲'跪得太久了，已经忘记站着是什么感觉'了吗？如果我父亲有异级造纸天赋，丁之重敢不管不顾地跑去陆家，肆无忌惮地闯下大祸，最后反牵连我父亲遭了无妄之灾？如果我父亲也有异级造纸天赋，身边肯定会有异级纸人贴身保护，那他还会死在一场可笑的车祸里吗？”

他努力让自己的声音继续保持平静，“连姓陆的都说，他们根本没指望一点小手脚能够杀死一名异级造纸师。我父亲的死纯粹只是一个意外，一个谁都没想到的……意外。”

“一卓。”丁爷爷想起长子，不禁默然。

这位平常冷静高傲的贵公子把攥紧的手牢牢按在腿上，“我从十六岁起就是特七级。到现在，我还是特七级。可丁之重的初窥之赏就是异三级。我也不知道，”他的声音微微颤抖，“到底什么时候才能突破特级，成为一名异造师。”

“一卓，立于高位，让众人心服，并非只能依靠出众的造纸天赋。”丁爷爷缓声安慰，“造纸师联盟秋主席的例子难道还要我讲给你听吗？”

丁一卓闭上眼睛，整理好自己的情绪，绷紧的身体慢慢放松下来，但目光却避开了丁爷爷的眼睛，“我并非忌惮学院多出一个异造师。关注谢首……有其他的原因。齐伟的造纸失控，让我一度怀疑谢首根本没有失去造纸天赋。但后来试验又证明，那不过是原创优先级的缘故。可接着海寒楼的事件中，谢首身上又冒出重重疑点……我实在是无法不在意。”

“魂力波动并非肉体，可以用药物、手术来治疗。魂力暴动后造纸师失去天赋，未曾有过恢复的记录。”丁爷爷见孙子恢复正常，便也转开话题，“不过目前人类对魂力波动的认识还很肤浅，如果你真在意的话，大二上学期不是有很多参观活动吗？只要谢首去了诞生纸档案局，一切不都有答案？”

京华市洲延区的造纸师联盟总部中，同样有人讨论着海寒楼事件。

“没查出来？”秋山忆手握一份文件，抬头看着夏尔，有些意外。

“昏迷时间最长的丁一卓也不过10个小时就苏醒了，他的魂力波动虽然受到影响，但还是很稳定的。”夏尔说，“魂力暴动的人哪个不是魂力失序，昏迷几个月才苏醒？”

“这倒是怪了。”秋山忆语气漫不经心，但是眼睛里却闪烁着意味不明的光，“你没有发现什么特别的人吗？”

夏尔下意识地想到那个气得他七窍生烟的少年，以及他身边毫无光芒的星海。他知道这是镇魂印的作用。但有镇魂印又如何？那层屏障之下，必定是一片惨不忍睹的支离破碎。

于是他面不改色地回答道：“并没有发现什么特别的人。”

“没有的话，就先放着吧。”对于夏尔那一刹那的犹豫，秋山忆并没有继续追问下去，语气不变地过渡到另一个话题，“李老二家的那个小子从欧盟回来了，你知道吗？”

夏尔轻轻皱眉，略有些意外：“李微生要回来了？”

秋山忆淡然一笑：“总归是李家的人，不可能老在外面飘着吧。下个月就要举行亚欧造纸交流赛，他借组织赛事的名义回来，不但可以展示他这些年在欧盟建立的人脉资源，也可以与国内有心投靠的官员接触，以便将来名正言顺地进造纸管理局。你最近不是没什么事吗，不妨去看看。”

夏尔把一支雪茄在鼻子下嗅了嗅，嘴角扯出一个冷笑：“李家把三大局当成自己私家办公室已经是第三代了。从上一代李家长子李君瑜开始，总理府就成了被三大局这个牛鼻环牵着走的老黄牛。怎么着，这局面李家还打算千秋万代地传下去？”他顿了一顿，又嘲讽道，“李家四代家主好歹都是异造师，他李微生算什么——一个特六级？他去欧盟待着是对的，留在泛亚早就被人弄死了。”

“看样子你是不想见他。行吧，霍恩手上的事情也快忙完了。让他去吧。”

“那就太感谢了。师兄对操持这种大场面最有心得了。我还是一边喝茶凉快着去。”夏尔讽刺地说。

“可你总得找点事情做吧。别偷懒——你六街回来就没做几件正经事情。”秋山忆无奈地提醒自己的小弟子。

和老师告别后，夏尔一脸黑漆漆地走回自己的办公室。一路遇到的人，都是战战兢兢地跟他打招呼。

还是六街那种简单粗暴的生活哲理符合他的价值观，至少不会总是遇见让他讨厌却又不得不虚与委蛇的家伙。夏尔一把摔上办公室的房门，一屁股坐在椅子上：简墨那小子要是遇到的不是自己，会有什么下场？以霍恩的态度，一旦确认简墨是纸人，可不会只搞一回清街。就算后来得知他是原人，也未必会可怜他魂力暴动，为他打掩护。哼，光凭那家伙在碧海长鲸的一番胡言乱语，不弄死他也要弄残他。

想起那个断眉小子理直气壮地怒怼自己的样子，夏尔的目光落在自己书桌旁边的柜子上：里面整整齐齐地摆着六十七本新旧不一的硬面抄。

他诡异地一笑，拨通了秘书的电话，“之前让你打那六十七个本子打完了吗……很好，把这些小说的电子版用邮箱发给七星以上的造纸师，就说是本月联盟提供的福利——免费的。”

新学年开始，学生们陆续回到了京华大学校园。

返回校园的第一天，就是各地特产食物开会的一天。薛晓峰带回来了腊香肠和卤牛肉，陈元带了火锅底料和各种丸子。简墨想了想，拿出碧海长鲸学生爹娘所送的米酒和酥糖。

薛晓峰看见小酒坛眼睛就亮了：“你居然还留到现在没有喝，够意思！快打开快打开！”

三个人嚼着香肠牛肉，喝着米酒，对着小煮锅捞丸子。

“今天看到一件特有意思的事情。”薛晓峰酒有点上头，脸红彤彤地说，“黄毛还记得吗？他和我们系一女生吵起来了。明明电梯满了，他非嚷着自己是造纸系的，让里面的人下来一个。那女生大概赶时间，一急之下就把他踢出去了，大概又怕黄毛报复，便撂下话说是谢首的女朋友，有本事来找她——阿首，你现在可成了我们系女生的挡箭牌了。”

简墨默默无语。

“还是阿首争气！”薛晓峰醉醺醺地说，“我要向你看齐。我本就是小地方来的，又没背景。要再不努力，真是没活路了。”

薛晓峰显然还记得秋游那次林跃说的话。

“我记得你上学期的成绩都还不错，拿了奖学金的。”简墨回忆了一下。

“那也只是不错而已，比你差远了。”薛晓峰打了个酒嗝，双眼无神，“我性子躁，受不得造纸系那些人的鸟气，得罪的人多了去了。除非能像你这样，专业上无可挑剔，头脑力压群雄，身后还有人支持，才敢无所畏惧，想怼谁就怼谁。”

简墨心道，可你不知道，我也羡慕你这种只用为成绩和前程担忧的人。他脑海里浮起巷子里伏倒的封三、广告里哭诉的封玲、空空荡荡的家、阻拦自己报考京华大学的连蔚，手摸起装着酒的一次性纸杯，一饮而尽。“没有人可以无所畏惧，除非他什么都不在乎。”

陈元岔开话题，“我从这周开始就要进行预赛了。”

薛晓峰迷糊地回应：“是那个什么亚欧造纸交流赛吗？不是下个月才开始吗？”

“我参加的是25岁以下年龄组的。因为人数太多，需要先在校内预赛决选出5个人，然后京华市预赛再决出5个人，接着是东一区，最后是整个泛亚。与欧盟选手决赛的名额只有一百人，竞争非常激烈。”陈元表情不变，“以我的天赋，能够在校内预赛出线就已经算不错了。”

简墨知道陈元说的是事实，因此也并不说些空泛的鼓励，只道：“全力以赴即可。”

薛晓峰问道：“我听说欧盟交流赛规定，在校生参赛所用的造纸工具必须由同校的造设系学生制作调配。非在校生所用工具的制造者也不能超过25岁。你准备好了吗？”

陈元点点头：“我已经向四年级造设系的师兄预订了魂笔点睛、孕生水的配方配料。”

薛晓峰大力地拍着陈元的肩膀，“加油！等你参加比赛的时候，我和谢首会去给你加油的。”

直到其他两人都醉醺醺地躺上床午睡，简墨想起刚刚的聊天，在手机上给简要发信息。

“交流赛写造出来的纸人，一般会被怎样处置？”

“一般来说，除非事先约定好参赛作品属于特定某方，纸人的归属权都属于造纸师。若造纸师希望纸人留在自己身边服务自己，出于情感和忠心暗示的影响，一般来说纸人都不会拒绝。但如果造纸师觉得没有必要保留造纸，就会放纸人自行谋生，只收取‘奉养金’，或移交给专门的纸源劳务企业。”

“就像首家？”

“是的。专门收购纸人并为他们安排工作的企业。最普遍的情况是付一笔选置费就可以带走纸人。通常情况纸人在企业中工作满十五年，想要离开这家企业，造纸师不用负任何责任；其次是买断制，这种情况下纸人必须在这家企业服务到法定退休年龄，除非这家企业主动开除他或发生其他不可抗力的因素，否则纸人不可以主动提出辞职。一旦出现这种情况，企业会向造纸师提出索偿。当然相应的，买断制的费用会大大高于选置费，多用于天赋较高的纸人……”

简墨在手机上被儿子普及各种纸源行业常识，却不知道在点睛纸笔论坛总部中，正在发生另一件可能对他产生重大威胁的事件。

“崔代理，这是你和上司说话的态度吗？”

崔明哪里不明白对方是在拿权势压他，但是多年的名誉和职业道德不允许他退缩一步。何况职业敏感度也告诉他，上司之所以到他专用的邮件箱中去翻找包裹，很有可能就是为了最近墨力的双槽导流技术专利授权一事。背后指使人以被墨力剔除出谈判范围的齐家，嫌疑最大。

“总监，在指责我说话语气是否礼貌之前，您应该先解释一下为什么会无故翻查我委托人的邮件。公司自创立代理业务起，就明文规定：非代理人未经总经理特批，就算是直属上司也无权查探下属委托人的个人信息。如果我将此事上报，总监你是否站得住脚呢？”崔明毫不留情地说。

“哼，少恐吓我？如果事情已经发生了，你认为总经理是会处理我，将事情暴露出去，还是大事化小小事化了？”

“世界上没有不透风的墙。就算总经理压下去了，委托人迟早会发现泄密的事情。只要有一件，就足够动摇点睛纸笔的名誉。总监难道就只想到自己的个人利益，从来没有想到自己应该担当的职责！”

“你——”

“总监，我为公司已经服务了十年。以前从未发生过委托人信息泄露的事情，以后也不会有。”崔明面无表情地说，“如果您想从这里拿任何不该拿的东西，除非我不在这个职位上。”

“很好，你倒提醒我了！我马上打报告将你调离这个区。换上一个新人，你以为我就拿不到我想要的资料了？”

看来齐家出的价码还挺高，居然能让总监级别的人物如此铤而走险。崔明皱起眉头：公司的委托协议虽然有替委托人保密的义务，但实际上能保密到什么程度，还是依赖代理人本身的职业素养。毕竟委托协议是签给点睛纸笔，而不是签给职员个人的，如果总监一定要调换他所负责的区域，他还真的没有办法反抗。一旦资料落到其他人手中，他就没有任何权力干涉了。

见崔明沉默了，总监以为他放弃了，得意扬扬地笑了起来，打算继续翻查包裹。却被崔明一手拦住，“总监，您可以调换我的负责区域。但是在此之前，我还是要履行我的工作职责。”

“你——”总监气得面孔发白，“你给我等着。”

看着总监离开自己的办公室，崔明冷笑了一下：他在这个位置上做了十年，代理费在点睛纸笔能排进前三，可不是白给的。

他一一拨通了双槽导流技术其他十一家授权企业的对接人电话。

要玩，就玩1VS11吧。

京华市陆伸区，红顶别墅A区6号。

“齐家失手了？”一名中年男子用茶夹将两只杯子烫了烫，稳稳地放在台上，然后抹了一把额头，把疏不成林的几根头发梳得更靠后了，“那小子看来真有些能耐。”

“有没有能耐，问问你女儿不就知道？”对面的男士懒洋洋地靠在圆椅上，正把玩着手腕上的青金石手钏。他的姿态放松随意，虽然不在正式的社交场合，衣着休闲却仍旧精致考究，花纹简洁的针织衫套着白衬衣，胸口挂着一只精致的复古风黄铜怀表，一望便知是自小精心奉养出的金贵人物，把各种常人高不可攀的奢靡享受当成了日常。

看着姐夫把炉子上的茶碗取下来，他换了一个姿势歪在椅子上，一脸无可奈何地抱怨：“被一卓吓唬几句，就不敢再和我这个小舅舅联系了，亏得我还隔三岔五地给她买礼物，真是让人难过。”

这世界上，能被苏圆称呼小舅舅的，也只有丁家的三子，丁之重。

“圆圆年纪还小，心思又单纯。谢首既是连蔚多年来唯一看中的弟子，自然不是她一个小女孩能够应付得来的。”苏塘把茶放在丁之重的面前，提到女儿时神色充满宠溺，“不过，能让齐家与谢首结下梁子，倒省了我们不少事，圆圆也算是有功劳的。”

“行了，别在我这条单身老狗面前花式炫女儿了。”丁之重用三根指头拿起小茶杯，看了看，却没有喝，“老谭告诉我，最近有人在查张代英的造师了。”

“查到老谭身上了？”苏塘动作一顿，“会不会是谢首？”

“没有直接证据。”丁之重鼻子里哼笑一声，“但不是他的话，还能是谁？老谭身上摊得最大的就是连蔚那件事，其他的不过是毛毛雨。”

“那我们接下来怎么办？”苏塘抹了一把额头，饮下一碗茶。

“齐家这次在碧海长鲸动手被抓了现行。但依照齐伟的德行，是不会就此打住的。”丁之重这才将茶慢慢入口，“先观察一下吧，如果别人能代劳，何必惹自己一身臊。”

苏塘点点头，然后拍了一下脑袋："对了，齐骏已经同意手术了。齐茵加了一千万。"

"齐茵对自家人向来是舍得的。"丁之重嘲笑道，"连那个扶不上墙的弟弟，也肯费心思照料。"

说到这里，他对苏塘道："把齐老头的资料给我，这个单子我来做。这两千万算我送给二姐的生日礼物，她上次不是看中一幅说是旧纪元名家留下来的字吗？"

苏塘得意地笑起来，"那幅我已经买了，之珍很喜欢。你恐怕要另选生日礼物了。"

春天万物勃发，温度宜人，是适合野外作业的时间。今天是简墨入学来的第一次户外实践课。

实践课的地点在秋山国家生态保护区的七河谷森林。七河谷森林在秋山风景区的西面，位于京华市江宁区境内，仅供科研机构进行日常观察、取样和试验之用，属于非游客开放区。当然，教学类活动，比如造纸学院辨认造纸工具原材料的课程，也在这片区域的开放范围内。

简墨他们此行的主要目的是观察几种重要原材料的产地，并对它们进行鉴别和采集。与他们同行的，还有同系其他三个年级的学生。

"一年级和四年级班号相同的合成一队，二年级和三年级班号相同的合成一队。"带队老师站在石阶上面，拿着名单，"高年级班班长为队长，低年级班班长为副队长。给你们十分钟，快点组队！"

简墨找到造设4603班的位置，带着全班同学走了过去。

4603班班长是一个稳重热情的男生。简墨自我介绍后，对方笑道："我听说过你！带着全班同学与造纸系干架，在狂欢会筹备活动中表现卓越——我们造设系很久没出你这样出彩的人物了。"

旁边穿蓝色户外服的男生双手插在裤兜里，瞥了简墨一眼，不以为然地发出一声嗤笑。

“尤胜，没礼貌！”4603班班长呵斥完身边的男生，转身自我介绍：“我是4603班的班长，现在也是3队的队长。在这一周的实践里还希望副队长多多支持。如果师兄有什么做得不周全的地方，只管提，不要不好意思。”

简墨扫了一眼4603班的师兄师姐们，个个脸上漫不经心。也难怪，对大四生来说，七河谷森林早就没有吸引力了。忙于寻找工作的他们，对于这种实践课程自然是兴趣缺缺。

“……最后我要再重点提醒大家一次。虽然这次我们是集体行动，但是进入森林之后总难免会发生各种突发事情。如果与大队伍走散的同学，一定要待在原地，燃起篝火，我们会根据浓烟来寻找你。七河谷森林本身没有什么凶猛野兽，但与七河谷森林东南片接壤的六河谷森林有一种叫作雕豹的小型野兽。它们一般不会主动攻击人类，但如果是在极饿或者受到刺激的时候就会狂性大发。我们最好不要靠近那边——好了，大家还有什么不明白的地方？”

4603班班长十分称职，十多分钟就将任务分工和安全注意事项说清楚了。他环顾了一圈，最后目光落到简墨脸上，“没有问题的话，大家再整理一下行李。十分钟后出发。”

简墨拿着地图认认真真地核对位置。前几天他已经将这次户外任务的材料——灰伢木、红线鱼纹草、蓝铃花、磷斑苔藓四样材料的生长区域都勾画出来了。

“灰伢木要十年以上，十五年以上最佳。找到三根全班就都够了。”薛晓峰拿着实践手册道，“红线鱼纹草和蓝铃花还好，只要摘下来在低温盒中保存好就行了。但是这个磷斑苔藓——”

磷斑苔藓是这次任务中最难找的材料。它表面看上去与普通苔藓并没有什么区别，唯一区分的方法是，放在太阳光的照耀下会发出淡蓝色的荧光。但这太阳光却是有要求的，仅限于太阳跃出地平线后一小时和沉入地平线前一小时。也就是说他们每天只有这两个小时可以用来寻找这最后一项任务材料。如果这七天里，他们早晚那两个小时所在的区域里凑巧没有这种苔藓，那就只能无功而返了。

虽然简墨以前制作魂笔的时候在原料市场上混过好几年，但毕竟从未来过原料生长地，因此也是做足了准备。他曾问过简爸，是否能够在晚上打开手电筒寻找磷斑苔藓，毕竟手电筒的亮度也不高，可以在一定程度上模拟日出和黄昏的太阳光。简爸的回答却是不可以，目前还没有可以在磷斑苔藓面前伪装成太阳光的人造光源。

“什么奇怪的苔藓，太折腾人了。”薛晓峰抱着图鉴嘟哝着说。

一个女生眼前一亮，指着斜前方道：“班长，那个好像是红线鱼纹草！”

班上的同学精神一振，抱着图鉴围了上去，对着那一丛绿叶红线的草七嘴八舌地发表意见。有的说是，有的说不像。

简墨瞥了一眼旁边的师兄师姐们，见他们丝毫没有帮忙解惑的打算，便走过去从那草上摘下一片叶子来，对着光看了看，又撕开叶片瞧了一眼，道：“这不是红线鱼纹草。这是血袋草。你们看——”

他指着撕开的裂口处，“流出来的汁液是红色的。但如果是红线鱼纹草，你把它撕开，就会发现汁液是半透明的绿色。你们再把这枚叶片对着太阳光看看，有没有发现整个叶片的内部都是比较均匀的红色？如果是红线鱼纹草，你会发现叶脉部分是清晰的深红色，其他部分都是淡淡的水红。”

“哇，班长你好厉害啊！你怎么知道的？”一个女生崇拜地叫道。

“你们要是能够做好预习也会知道的。”简墨随口道。

“血袋草虽然不是我们这次的任务材料，但也是制作魂笔时需要用到的东西。九叶以上的血袋草颜色红中透紫，配合某些材料调制出来的溶液，用来浸泡三十年以上的红掌树树芯，可以极大地降低其在高温下开裂的概率。”

细细想来在六街那几年，他接触过的魂笔制作材料零零碎碎加起来大概也有几百种。市面上九成以上的材料他都亲手鉴别挑选过。当时他怎么没有怀疑过，为什么老爸一个普级纸人居然知道这么多魂笔制作的技巧和点睛调制的配方，更别提其中还有不少罕见又冷门的配方。有几次去选购时，那些上了年纪的原材料老板告诉他，这种配方里的材料二十几年前就已经绝种了，市面上已经找不到了。

大概当儿子的小时候都会理所当然地认为自己的父亲是超人吧。简墨这样想着，由己及人，顿时有些泄气。在简要眼里，他这个造父大概不是超人，而是超蠢。

在同班同学的欢呼声和赞美声中，简墨对路上所遇到的原材料属性、辨别方法、用途如数家珍。但因此被彻底无视的师兄师姐们，心情就不那么舒畅了。

当简墨阐述地下水的流向对牵星草生长走向的影响时，4603班班长几乎无法维持面部表情的淡定了——这已经不在造设系四年内任何一本教材之上了。他自己也是在前不久无意中听到一位六十多岁的材料老板提及的。那位材料老板的解释甚至不如简墨说得详细精辟。

只是看见同班同学都偷偷向自己挤眉弄眼，他只好硬着头皮搭讪："谢首，你真是让师兄师姐们汗颜。本还想着能在小师弟小师妹面前大显身手，没想到全无用武之地了。"

既然大四生没打算再端着，简墨便也从善如流："我预习的知识基本也倒空了。大四的师兄师姐们比我们多三年的经验，机会难得，大家有什么不懂的，一定要多请教。"

4603班班长心怀感激地看了简墨一眼，接梯子下台："两个大四生，两个大一生结成小组自由活动，5点钟前在这里集合宿营。不要走得太远，注意安全。"

薛晓峰和简墨一组。加入的大四生，却是对简墨嗤之以鼻的尤胜和另外一名胖师兄。

“难怪这么看不起师兄，果然有两把刷子！”尤胜围着他走了半圈，背身与他并排站着，侧头勾起嘴角道，“既然如此，自个去完成任务怎么样？”

说完，他拍了拍简墨的后背。在谁也看不见的角度，一只白色小包掉入简墨背后行囊的开口处，洒出些许深黄色粉末。

不等简墨回应，尤胜向胖师兄挥手：“我们走。”

“可是——”胖师兄有些蒙，看看尤胜，又看看简墨两人，一脸不知所措。

“你没见人家对这里比你我都熟悉吗？我们赖在这里，说不定人家还嫌我们拖后腿！”尤胜一把抓住胖师兄的胳膊，将他拖走。

“我看他就是嫉妒。”薛晓峰看着尤胜的背影，愤愤不平地说，“走了更好，不然一路上都得听那个家伙阴阳怪气。”

简墨本来想着大四生受过学校的系统教育，此行说不定能学到一些以前不知道的知识。但如今看来，只能作罢。

“先去蓝铃花的产地吧。”他看了实践手册后说。

另一边，已经走出一段路的尤胜尿遁到无人处，偷偷地打了一个电话。

“东西已出手。”他的声音显得十分得意，拿着手机的手却有些抖，“现在只需要等着看他的尸体了。”

尤胜交代完毕，挂了手机，站在原地朝他们刚刚分离的方向望了眼，心底感到一股莫名的亢奋，“还多一个小鬼陪葬。哼，也是活该。朝我翻白眼，当我没看见？真不知道死亡到来的那一刻，你们脸上会是什么表情？”

对潜伏的危机一无所知的简墨和薛晓峰很快就抵达了蓝铃花产地。这种花的颜色与周围的草木对比十分醒目，因而很容易发现。

“休息一会儿吧。”看到蓝铃花被简墨放入低温盒，薛晓峰提议，“第一天就已经完成了一半任务，我们没有必要着急。”

简墨同意了，“找一处有苔藓的地方安营吧，看能不能碰上好运气。”

下午3点后，他们找到了一处有苔藓的区域，一边等待着太阳落山，一边开始搭建帐篷，收集柴火，烧水泡面。秋山的秋冬季节禁止燃火。不过即便现在是春季，管理没那么严格，无人看守的时候，火还是需要灭掉。

靠着树干等待水热的简墨想着早上集合时自己的试验。三百余人在场，他数次催动魂力波动，在场的人却没有一个表现出异常的反应。寒假最后几日，连蔚帮助他反复练习如何操控魂力波动终于见了成效。

“记住这个临界值！当你需要辨魂时，只要将收敛魂力波动时的变化控制在这条线下，原人不会察觉到异常。”连蔚叮嘱他道，“还有，你新摸索出来的运行规律，虽然我目前还看不出个究竟，但从几次试验结果看，当魂力波动遵循这种规律时，对星海产生的共振影响很小。所以，哪怕你操控魂力波动进行大幅度的运动，附近的原人也几乎感觉不到。”

“如果我能够掌握这个规律，”简墨却想得更加深远，“是不是意味着我能把它当成一种攻击手段——甚至不会被辨魂师以外的人发现？”

“设想很好，但你必须多加练习。”连蔚玩笑道，“目前你的操控还算不上精准，真遇到这种情况，搞不好会误伤友军。”

对于当日连蔚的提醒，简墨并没有多少紧迫感。毕竟有简要安排的保镖，需要自己出手的情况实在太少了。但他不知后悔的时刻来得这么快。

一进七河谷森林，简墨就下意识地提高了警惕。这种警惕虽然并不能反馈任何具体信息，却有可能救命。

有什么让他感觉不祥的东西过来了。简墨蓦地睁开眼睛，向那个方向看去。

可眼前的景象似乎和刚才一样，没有什么特别。难道是他的错觉？还是那不祥之物是某种昆虫，体积不大？简墨没有观察到任何异样，但内心的不安却越来越强烈。他摸了摸胸口的银链，背起一边的行囊，起身向薛晓峰喊道：“我们马上离开这里。”

薛晓峰正围着火堆看能不能再烧旺一点，听到简墨这么说，紧张地问：“怎么了，你看到什么了？”

“来不及说了。”简墨将薛晓峰的背包扔给他，一脚踢翻吊锅，熄灭火堆，“赶快走，再不走就来不及了。”

薛晓峰的情绪被他感染变得紧张起来，背起行囊跟在他背后跑了起来。

就在两人看不到的高处，四五个接近透明的身影轮廓也跟着移动起来。

“他们跑什么？”年轻干脆的声音好奇地问。

“……不知道。”油腻的成熟男声懒洋洋地说，“或许是原人的第六感？你看见什么了吗？”

“没有。不，那是什么？跑得真快！”年轻的声音惊叹道，“等等，它们好像是追着小老板去的！”

“好像……真是。”油腻的成熟男声声音一紧，“跟上吧，上次在碧海长鲸外把小老板跟丢了，被简先生骂得那叫一个狗血淋头啊。”

莫名其妙地跑了大约三分钟，不时回头观望的薛晓峰惊叫一声：“那是什么？”

百米外，有东西正向这边奔来。它们靠近的速度极快，很快面貌就被辨认出来了：狼狗大小，豹纹，小耳，头微扁。

雕豹！听过4603班班长介绍的两人脑海里立刻冒出这个名字。

“不可能！”薛晓峰不敢置信。他们距离六河谷森林还有两三公里的距离，雕豹怎么会出现在这里？

“废话什么，快跑！”简墨喊道。

两人亡命狂奔。

然而雕豹仍旧在靠近。两百米……一百五十米……一百米……五十米……

不行，已经逃不掉了。简墨猛地停住脚步，回转，手中握着简要给他准备好的多功能军刀，亮出利刃。他心知保镖在身边，并不慌乱，只是若能够避免暴露，那就更好了。

薛晓峰只稍微犹豫了一下，也停下脚步，从背包一侧卸下小铁铲，一脸豁出去的神色。

下一刻，两人发现，奔来的雕豹竟然有六只之多。

薛晓峰下意识地骂了一句，眼睛瞪得更大了。

而简墨的脑海中却蓦地冒出一个毫不相关的古怪念头：动物存在魂力波动吗？魂力波动攻击对动物有用吗？

他不退反进，向前迈了两步，挡住薛晓峰，同时开始全力集中自己所有的注意力，汇成一点。

“阿首，你干什么？！”薛晓峰慌乱的声音响起。

简墨没有理会，雕豹的身形在他眼眸上的倒影快速放大，再放大。

幽暗的星海与森林的景物瞬间重叠在一起。他能够看到，薛晓峰明黄色的魂力波动此刻正以比平常高得多的频率震动着。远处或明或暗的星星点点，也正在无规律地游动。简墨甚至能够模糊地看到附近保镖们身边半透明的魂晶。

可雕豹身上，什么都没有。

是动物的魂力波动太特殊了，还是它们根本就没有？

心快要跳到嗓子眼，简墨正打算闭上眼睛仔细探查，但这个念头才冒出来，一个人影蓦地出现在他和六只扑来的雕豹之间。

几乎是一瞬间，仿佛是高速行驶的摩托撞上了极细的铁丝，六只雕豹在半空中突然变成完全对称的两半，在半空中划过一个弧度，掉落在距离他不到五米的地方。

简要若无其事地站在雕豹抽搐的身体前，身上的衣服没有沾上一滴鲜血，就如同平常站在唐宋他的书房里一般，微笑道：“少爷，要喝下午茶吗？”

与此同时，反对丢下两名师弟的胖师兄还在森林中继续争辩：“这样丢下那两个一年级的好吗？”

尤胜走在前面，头也不回，“怎么，你很喜欢那两个一年级吗？”那两个小屁孩现在已经被啃成一堆白骨了吧。他暗想，六只被饿了五天的畜生被药粉引诱过去，啧啧——

“倒谈不上喜欢。不过就算是讨厌，留两个第一次来七河谷的大一生在森林瞎逛，万一出了什么意外怎么办？”胖师兄忧心地说，“当年师兄虽说也戏弄过我们，可也没有扔下我们不管。我们还是回去找找他们吧，或许还没走远呢。”

“你要回去，我也不拦着。不过别怪我没有提醒你，到时候热脸贴冷屁股，可是你自找的！”见胖师兄想去找简墨，尤胜也不好太过阻拦。这个时候说得太多，将来被人怀疑可就得不偿失了。

胖师兄有些犹豫不决，转身望着他们分开的方向，“七河谷虽说没有什么猛兽，但是碰上什么蛇虫或吃了什么不该吃的东西也挺麻烦的。我第一次来七河谷只不过喝了几口生水就拉了两天肚子。”

“这是我们最后一次户外课了，如果为了这点事情被记过就划不来了。”胖师兄越说越坚定了想法，转身道，“我还是——咦，尤胜？尤胜！你跑哪儿去了？”

天黑之后，4603班班长终于知道，此行他们不但弄丢了两名师弟，还弄丢了一名同班同学。他此刻恨不得把眼前这个胖子的耳朵拧下来，“出发前我跟你们强调了多少次，要保证他们毫发无损地回来！好吧，你们不但先抛弃了师弟，最后居然——连自己也弄丢了！”

胖师兄忍不住开口申辩：“尤胜真的是自己不见的，我跟他说最后一句话的时候，他距离我不到五米。虽然当时眼睛没一直盯着，可他就那么突然消失了，就好像……好像是掉进了什么时空隧道一样。”

“时空隧道？你以为你是地球物理系的啊！”4603班班长看在胖师兄

找到傍晚才敢回来的份上，懒得再骂下去。

尤胜的户外采集经验是班上最丰富的。如果不是看在这点上，他也不会让尤胜和谢首一组。早知道还不如和自己一组好，他丧气地想，拨通了系主任的电话，“石主任，有件很严重的事情要和您汇报。”

被4603班班长认定失踪的三人中的两人，正在学校附近的那家唐宋之中，毫发无伤地待着。

薛晓峰坐在沙发上，瞟了一眼退出房间的简要，试探着说：“阿首，我昏迷前好像看见你的管家了。”

“来吃饭吧。”简墨不置可否，“天已经黑了。你不饿吗？”

薛晓峰见简墨顾左右而言他，“阿首，你是不是有什么隐瞒着我们？”

简墨停下手中的筷子，苦笑道：“说给你听倒也没什么，可有时候知道得多了，烦恼也会多许多。我只能告诉你，今天下午遇到雕豹不是意外。”

“有人想害我们？”薛晓峰掀开薄被，跳下沙发。

“准确来说，是想害我。”简墨并不打算隐瞒，将手机上一段视频点开。

画面上的尤胜仍在森林之中。他半侧身向着录制视频的人，表情紧张而戒备，一只脚向后，随时准备逃跑。

“是齐家。”他急切地向着镜头申辩，“是齐家派人来跟我说：如果能够除掉谢首，不，谢少爷，一毕业就会安排我在齐氏工作，保证我一年之内升到主管，三年之内升到经理……引雕豹的法子都是他们告诉我的，药粉也是他们给的，我发誓没想过害谢少爷，真的！我跟谢少爷无冤无仇，我怎么会去害他！”

薛晓峰本想看看后面，但视频到这里就没有了。他不敢置信道：“齐家，是因为齐伟？是小话剧的事？他为了这个，要杀你？”

“这是第二次了。”简墨拿回手机，“在碧海长鲸齐家就动过一回手。”

“什么？！”薛晓峰瞪大了眼睛，见简墨脸上居然没有应有的气恼，大声道：“不行，你得去告他们！现在你有证据，他们没办法抵赖！”

“光凭一段录影，不能把齐家怎么样，毕竟这只是尤胜单方面的说辞。”简墨摇摇头，“我相信齐家不会傻到给尤胜留下关键性证据的。”

薛晓峰一腔激情骤然被冻住，想了半天没有结果，只得颓丧地放下手，“那你打算怎么办？”

“反正他们一时半会儿也弄不死我，静观其变吧。”简墨重新拿起筷子，“先吃饭，一会儿还要回七河谷。”

薛晓峰这个时候才记起，自己现在身处距离七河谷几十公里外的海息区。见简墨不欲多解释，他只得拿起碗，感叹道：“你身上的秘密可真多。”

京华市江宁区，海德高级私人医院。

“按照规矩，我要先验货。”齐茵说。

医生态度高冷，做了一个请便的手势。

将停在手术间外一间房间里的人仔细端详了几眼，齐茵神色微松，问道：“他的身体各项指标都正常吧。”

医生笑了一声，“放心，做我们这一行，卖的不就是健康吗？”

齐茵终于点点头，不再发问。

医生将手术台一路推进最里面的手术间。门一关，手术间外的灯立刻亮了起来。

手术室里两架手术台。

上面躺着两个老头，一个面色红润，一个面色苍白，都紧闭着双眼。

天光渐渐变白。

齐家家族中最核心的一群人都坐在手术室外等候。几个小时过去了，每个人脸上的疲色清晰可见。

齐茵的手机突然响了，在无人说话的走廊里显得特别响亮。众人都看向她。齐茵扫了一眼来电号码，起身走到旁边的消防通道中，略有些烦躁地接通了电话："什么事……死了？"

电话那边的声音焦虑道："搜救队找了很远，在七河谷森林和六河谷森林交界的地方发现了他的残骸。"

齐茵的目光猛地定在虚空中，心里隐隐感到不安：上次杀手在碧海长鲸失手，可以说是谢首运气好，那这一次呢？

"法医说死亡时间是昨天下午5点左右，可他的同学却说尤胜失踪的时间是昨天下午4点50分左右。一个小时，正常人连七河谷森林十分之一的距离都走不完。"电话那边战战兢兢地汇报。

正常人当然走不完，但是如果有异级插手，莫说七河谷森林，就算把整个京华市走个来回都不是问题。齐茵现在有一点后悔，应该先把谢首的来历查清楚再动手的。

"去查谢首。"齐茵脸色阴郁，"查个清清楚楚。"

挂断电话，她回到手术室外。

齐伟问："有什么事吗？"

"公司里的一点小事。"齐茵不方便当着这么多人的面说谢首的事，随便敷衍了一句。

这时，手术室的门开了。

所有人精神一振，都站了起来。齐茵第一个迎了上去，"医生，我爷爷怎么样了？"

医生脱下手套，瞥了她一眼，"手术很成功，一切顺利。"

齐茵面色微松，"接下来再怎么安排？有什么需要我们注意的？"

"这种供体不可能有排斥反应。不过毕竟病人年事已高，还是要注意避免术后并发症。"医生不耐烦道，"已经送进重症监护室，先观察24小时。你进去看一眼就赶快出来。"

齐茵在监护室里待了一分钟便出来，脸色稍微好了些，“爷爷交给你们了。”

医生斜眼看着女人离开的背影，才重新走进监护室。

“主人，齐茵走了。”

一个身影从侧面的房间走了出来，戴着青金石手钏的手抬起，轻轻按在接着各种检测线的老头额头上。似乎感觉到手下的老人微微抖了一下，青金石手钏的主人弯下腰，在他耳边轻轻地说：“从今往后，你就是齐家家主，齐家家主——就是你。”

丁一卓在重症监护室外向齐家人慰问了几句，便告辞离去。监护室连家属都轻易进不得，更不用说他这个外人了。不过，来这一趟本来是象征意义大于实际意义，对于能不能见到齐家家主本人，丁一卓并不在意。

电梯才下了两层，便停了下来。门开的时候，丁一卓随意抬了下眼，顿时怔住了。门外的人表情也僵住了，顿了一下，还是迈了进来。

“好久不见，一卓。”丁之重笑道，“爷爷还好吧？”

丁一卓从来人进入电梯后，目光便定在前方电子屏上跳动的楼层数字上，动都没有动一下。

丁之重不以为意道：“还有一年就毕业了吧，时间过得真快。听说，你现在是京华大学的学生会主席，爷爷知道的时候很高兴吧。大哥上大学的时候，也担任过这个职位。你真的很像他。我听圆圆说，你交女朋友了？真巧，你父母也是大学同学……”

电梯门在一楼打开，始终一言不发的丁一卓走了出去。

丁之重垂眼叹了口气，重新整理好自己的情绪，却发现正在合拢的电梯门缝中，丁一卓居然正站在不远处，用一双冷冰冰的眼睛注视着自己。

回校后，简墨和薛晓峰被警方和校方分别盘问了好几次。好在两人早已经对过口供，咬定与尤胜分开后就再未见过，使得此事最终成了一桩悬案。

知道尤胜死讯后的几天，薛晓峰看简墨的眼神和从前有些不同，说话都十分别扭。但他很快就调整过来，更加热情地拉着简墨，风风火火地投入为陈元准备比赛的事务，这让简墨颇为佩服。

“邓某某，女，大四，擅长写造医药行业纸人，目前等级为特三级，造纸联盟四星级。”

“苗某，男，大三，擅长写造各种交通工具驾驶和维修的纸人，目前等级为特四级，造纸联盟四星级。”

“庄某，女，大三，擅长写造商务谈判、数据分析、营销策划的商务型纸人，目前等级特三级，造纸联盟四星级。”

……

薛晓峰一口气念了快二十分钟，最后用一种不怎么妙的表情看着陈元：“我现在才发现，你的对手还真不少。和你一样是特三级的，全校就有二十五个，比你等级高的还有五个，最好的一个是特七级——学生会主席丁一卓。最后只有五个入围名额，还真不好拿。”

陈元嗯了一声。

简墨关注的却是另外一件事，“我们学院造纸系连一个异造师都没有？”

“也不是没有，去年就有一个异造师刚刚毕业。”陈元解释，“异级天赋与特级天赋本就不是一个体系。因此除非有特别的需要，异造师反而不会在学校待到大四。大二完成基础课程后，他们一般会去造纸研究所继续深造。在那里能够见识更多精彩的作品，同时也有更多实践的机会，这对异造师来说是更好的选择。”

从七河谷回来后，薛晓峰一直在试探简要是否是简墨的造纸。此刻他又笑眯眯地把头转向简墨，“阿首，你有什么好建议？”

简墨想了想道：“陈元，如果你不介意的话，从前的原文能不能给我看看？”虽然他不认为自己的传统派思考方式一定能够帮助到现代派，但既然不管什么派在造纸三原则面前都是一样，或许自己能够找出一两点改进的地方。

“太好了，如果阿首肯帮忙的话，你一定能通过。”薛晓峰笑得有点夸张。

陈元并没有察觉到话中的微妙之处，只是点点头，把造出的一些原文交给简墨。

在简墨看来，决定纸人等级的因素无非三点。

第一是造纸师的天赋等级。如果一个人的天赋只有特级，想要写造出异级，是不可能的。

第二是原文。原文是定义纸人天赋内容的唯一方式。通过提高原文质量来提高纸人的等级，是造纸界公认的方法。就算造纸师拥有异级造纸天赋，但原文里并没有关于异级能力的描述，造生的纸人便只能是特级。

第三是造纸工具。著名的“沙漠集水”试验早已证明，造纸工具的适合与否对于纸人的等级高低有相当程度的影响。很多造纸师多年不得寸进，但如果遇到匹配度更高的造纸工具，便可能突破瓶颈。

“你的文字没问题。”看过原文后，简墨对陈元说。

比起传统派，现代派在文字操控方面提升的空间相对狭窄。毕竟比起手法千变万化的小说，说明书只要求文字表达清楚精准无误差即可。

既然从原文方面难以提升，这样只有从其他方向入手了。陈元的魂笔、点睛、孕生水配方配料是大四师兄早就准备好了的，想来问题不大。剩下唯一能够想办法的是天赋。可天赋这个东西如何去提高它呢?

造纸管理局多年来的统计数据显示，造纸师的天赋大体是一个恒定值。60%左右的造纸师终生造纸的最高等级没有超过自己初窥之赏。30%左右的造纸师曾经通过提升原文和造纸工具，实现了造纸等级小幅度的提升。仅有10%的造纸师在初窥之赏的基础上，实现了越级或破级提升。越级是指超出原有等级两级及以上。破级则是指从普级提升至特级，或者从特级提升至异级。

造纸学术界普遍观点认为，世界上并没有造纸天赋的有效提高方法。所谓的越级和破级，不过是造纸师本人找到了更契合自己的造纸方式，让造纸天赋得到了更大程度的开发而已。但最好的造纸方式因人而异，并没有固定的模式，只能碰运气去摸索。

简墨一直怀疑自己魂力波动之所以能恢复正常，是因为碧海长鲸那段在房间里笔耕不辍的日子。但是他也只是猜想，并不确定。而且自己当时是魂力波动受损，陈元却是一名魂力波动正常的造纸师。写作能够恢复他的造纸天赋，但能不能提高别人的造纸天赋，这也是两说。另外，自己当时写文，更大程度上是出于个人喜好。所以，魂力波动恢复的关键，到底是写文，还是写文带来的愉悦情绪?

“陈元，你最大的爱好是什么？”简墨又问。

“……电脑编程吧。”陈元想了想。

接下来三天，每当陈元在敲打他那台笔记本时，简墨就收束起魂力波动，认真观察他的魂力波动。

简墨能够感觉到，那只深绿色的小喷泉在陈元处于愉悦兴奋状态时，波动的频率会稍微变快一些，魂力波动的体积和亮度也提高了一些。而当陈元停下之后不久，小喷泉就恢复了平常状态。

这就是人处于兴奋状态时的魂力波动？亮度提高和体积增大是否意味着魂力波动在某种程度上真的处于增幅状态？这对写造能不能产生正面影响？简墨想。

“你试着写几篇文章。”简墨对陈元要求道，“小说、散文、日记，或者构思一篇原文也好——任何你喜欢的文学形式都可以。”

陈元虽然有些不解，但还是照做了。

这次深绿色小喷泉波动频率的增幅几乎可以忽略不计，但他看到一些极细的光线在小喷泉内外穿梭，好像一颗颗小流星拖着长长的尾巴四处游走。当陈元停下来的时候，那些简墨以前从未见过的线也消失了。

这些光线是什么东西？以前好像在星海里从没有见过，简墨观察了一会儿，只得出一个结论：写作对于陈元魂力波动的提升没有任何作用。这或许是因为写作并非他真正的爱好。如果魂力波动体积增大和变亮意味着天赋暂时性得到了提高，但这提高却不能用在写造时，对提高造纸等级也毫无意义。

简墨无奈地摇摇头，告诉两人自己可能帮不上什么忙。

“没关系。”这次轮到薛晓峰安慰简墨了，“要是造纸等级这么容易就能提高，这世界上异造师早就遍地都是了。”

陈元也表示赞同。

简墨有点不甘心，思索了好一会儿，最后提出一个建议：“你可以考虑写造一个天赋与编程相关的纸人，我觉得或许会有些不同。”

陈元想了想，答应试一试。

七天之后，京华校内预赛结束，陈元取得了参加京华市预赛的资格。他这次比赛作品的等级是特五级——这比陈元之前最好的作品高出两个等级。

薛晓峰惊喜至极，“你这是超常发挥了。真是太棒了，陈元你可是唯一一个入围的大一生！”

“不是超常发挥。”陈元摇摇头，向对面上铺的简墨道，“我现在理解你的意思了。我的爱好是编程，所以你让我把编程时的专注和兴奋带入写造中，虽然不能完全比拟我真正编程时的程度，但就是这样，我的纸人等级一下子也提高了两个等级。”

他深深地看了一眼简墨，“如果换成一个把写作当成自己爱好的人，我很好奇，他写造出的纸人会是什么等级？”

不过对陈元连越两级而出线的结果，有的人就不那么高兴了。比如说4901班的林跃。

“如果不是陈元，这个名额就是我的。我刚刚升了特四级。”林跃咬牙切齿地说，“明明他以前只能造出特三级的纸人，为什么突然升到特五级——他一定是作弊了！”

苏圆瞥了他一眼，“怎么个作弊法，你倒教教我？”

林跃顿时蔫了，“师姐，你怎么能偏着那个小子？那个家伙和谢首可是一伙的！”

“我知道他们是一伙的。”苏圆鄙视地看了林跃一眼，“但这并不能掩盖你的无能。”

“师姐——”

“行了，不用说了。预赛结果已经出来，就算是我也帮不了你。但我也不会让你吃亏。既然这次你参加不了京华市的预赛，哼，那他陈元也别想参加！”

京华市河静区，市造纸管理局。

“为什么取消我们制造魂笔的官方许可？”齐茵拿着一张盖着红章的裁决通知书，又惊又怒地问，“是我们生产的魂笔质量不合格，还是该交的税费没有交？”

“我们收到十一家东一区官方许可魂笔制造企业和三十七家市级许可的魂笔制造企业的联名控诉，齐氏企业常年通过操控原料市场和经销渠道，恶意打压同行，导致整个京华市的魂笔制造市场混乱。我们已经派人查证过，所诉内容属实，因此取消了你们的官方许可。”造纸工具管理科的资质审核组组长一板一眼地回答，将一份文件夹扔在她面前。

齐茵按捺着不满拿起卷宗翻看，其间眉头一直没有松开过。十多分钟后，她深吸一口气，“就算……里面的内容都属实。难道这些手段他们那十一家没用过？这里面一定有别的原因！”

审核组组长不疾不徐地收起卷宗，“既然你自己心里有数，我也不跟你打马虎眼。想想自己最近得罪了什么人吧——想要吃独食，也要看自己吞不吞得下去？你要是不满的话，也可以继续申诉。不过我劝你还是别费工夫。这道裁定既然批得下来，就不会那么容易被撤回。”

是因为双槽导流技术！齐茵不是傻子，下一秒就明白了对方暗示的东西。那是十一家知道了自己想要翻出墨力的底细，索性联合起来对付齐家。

“墨力！算你狠！”齐茵用力将裁决通知书揉成一团，狠狠地砸在墙上，垂下头慢慢走出造纸管理局。东一区的魂笔许可被取消对齐家有多大打击，她很清楚。而弄丢了这个许可，对自己在齐家的威信有多大打击，她更清楚。

“我把齐氏交给你主持，结果你竟然把最重要的魂笔制造许可都弄丢了？”果不其然，家主齐骏对这个噩耗反应十分激烈。虽然刚做完手术，但他脸色红润，精神矍铄，身体状态却比之前好了许多。

“爷爷，对不起！这件事是我操之过急了！”齐茵低下头，愧疚地道歉。

“道歉有用吗？我早就跟你说过，在商场上混，要谨慎谨慎再谨慎。你当墨力是你以前见过的那些只有丁点才华的魂笔制造师？你以为他单只有一个双槽导流技术，就不敢和齐家对着来？M系列魂笔里藏着的那套制作体系，就是他最大的依仗。人人都在设法拉拢他的时候，偏你的脑子进了水。没有一击必中的把握，就不要走歪门邪道。我们那些竞争对手都是死的吗？”

“爷爷，你知道他——”齐茵吃惊地看着老人。为了不让爷爷操心，她从来没提过墨力魂笔作品的特殊之处。

“我虽然老了，但还没死。”老人眼中含着威严，“在齐家，还没有什么是我不知道的。”

齐茵目光闪动了几下，但很快平复了情绪。她正要向爷爷说出自己接下来的打算，却听见老人继续道：“你一向表现优秀，本来想让你早几年接触公司的核心事务也好，没想到还是我对你的期许太高了。你暂且休息一段时间，沉淀一下自己。这段时间，把公司的事情交给你二叔打理。”

齐茵这次不是震惊，而是错愕，“您不是一向反对二叔他和丁家——”

“如果不是你草率行事，我们何至于走到这一步！”老人充满威慑的目光瞥了齐茵一眼，“你二叔在公司已经工作了二十几年，虽然闯劲没有你们年轻人足，但是贵在做事沉稳，考虑周全。如今就算是依附丁家，也是没有办法的事。现在的齐氏已经再经不起一点风浪了。”

“爷爷——”

“就这么决定了。你不用再说了。”老人的态度十分坚定。

相对齐茵的失魂落魄，这个结果的一手推动者自然是欢欣鼓舞。

“齐氏被取消了东一区魂笔制造许可？”崔明听到这个消息后，心情舒畅地笑了起来，“我知道了，王总。墨力的资料我一定会保管好的，放心吧。”

他看着另外十一家发来的竞价书，手指欢快地敲了敲桌面——看来可以谈个好价钱。

崔明不知道的是，电话那边的王总在挂断座机后，又拨通了手机：“简先生，墨力的事情解决了，接下来只等着和这十一家谈价格了。”

“做得很好，王临。”

第八章

京华市造纸预赛

赛后一周，陈元正式拿到了特五级证书，还有造纸师联盟的四星认证。薛晓峰怂恿着要他请客。下课之后，三个人便向学校附近最受欢迎的火锅店出发。

两瓶啤酒下肚，简墨也有了些醉意，向两人打了声招呼：“我去趟厕所。”

薛晓峰指着他嘲笑道：“不会是要吐了吧？”

简墨头重脚轻地走了几步，一转弯，不小心撞上一名快步而来的服务员。对方连忙把差点摔倒的简墨拉住。这时正好路过的主管模样的女士看见了，责怪道：“怎么搞的，居然把客人撞倒了。”

服务员面色难堪，简墨连忙道：“不是他的错，是我喝多了撞的他。”

主管走开后，简墨向服务员问了洗手间的方向。痛快地清空了内存后，他走到洗手池边，接了一捧水拍在脸上，发热的大脑顿时清醒了几分。简墨正要出去，外面却传来一阵喧嚣：“肯定在这里！四处搜搜！”

他心中正好奇，突然感觉到什么，退后一步，发现洗手池下面蜷缩着一个十一二岁的男孩。男孩见他发现自己，顿时面露惊恐，一双明亮的大眼睛里满是泪水和恳求。

简墨顿时明白外面的骚动八成是为了这个孩子。他侧耳听了听外面的动静，指指小隔间，“躲里面去。”

男孩犹豫了一下，便从水池下爬出来。简墨拉着他关上隔间的门，随后掏出电话打给简要：“我在校门口火锅店一楼的男洗手间里。”

七八个男子封锁了火锅店的各个出入口，开始分头寻找。

其中一拨人很快搜到男洗手间门口。他们毫不客气地踢开一个个隔间清查，没有找到想要找的人，于是骂骂咧咧地走了。走在这群人身后三四步远的，是一个头发及肩、左耳戴着两只小小黑色耳环的男子。他在洗手间门口，对着最后一个隔间凝视了两秒，然后一言不发地离开了。

薛晓峰皱着眉头，看着这一群来势汹汹的人抱怨道：“学校附近的治安也太差了，怎么让一群小混混跑到火锅店里来闹事了。”

陈元却道：“谢首还没有回来？”

薛晓峰有些紧张：“不会是和这群人起冲突了吧？阿首脾气硬，别跟人杠上了。我去找找，你在这等着。”

简墨松开手，男孩睁开眼睛，迷茫地看了看周围，发现自己已经不在火锅店里了。

“放心吧，你现在安全。”简墨说，“但是那伙人可能还在找你。你家在哪儿？我送你回去。”

男孩听见最后一句话，扑通一声跪了下来抱住简墨的大腿不放，“不要送我回去。我不要回去。他们要挖我的眼睛。我不要被挖眼睛……”

简墨有点措手不及，“谁要挖你眼睛？”

男孩抽抽噎噎地说：“……他、他们说，我被写出来，就是为了把这双眼睛挖给别的孩子。可我不想把眼睛给别人。我不知道什么责任义务，我只是不想被他们挖走自己的眼睛——”

简墨只觉一股凉气从脚底直蹿脑后，冷意从心口一直蹿到手指。他勉强自己镇定下来，小心地收束了魂力波动。果然，灵台视角中，一团淡蓝色的水雾静静地悬停在男孩身边。

“他们是谁？”简墨蹲下来，注视着男孩那双黑白分明的大眼睛问，“他们在哪里？”

京华市海息区，一处位置偏远的仓库。

一个中年男了站在一间天蓝色鲸鱼形状的小房子前，神色不虞地看着空无一人的房间和房外小花园里的秋千。

仓库里这样的房屋有二十多个，设计风格各不相同：有的典雅清幽，像是个书卷气满满的学者居所；有的精巧富丽，像是某个名媛的豪宅；有的酷炫奇特，像是年轻人充满个性的蜗居……有的只有一片空白的土地，暂时无人居住。它们如同羽毛一样，飘浮在空中，不时微微摇荡一下。

中年男子转身走了几步，从空中的鲸鱼屋落回地面。

所有人大气都不敢出。中年男子走到书桌后坐下，阴沉着脸抹了一把额头，这使得他的发际线看起来更高了。

一个胆子略大的小眼睛青年主动解释道：“我们有追踪到他的踪迹。可是……明明看见那孩子跑进去了，但翻遍了整个火锅店都没有找到他。”

中年男子嘲讽道：“你的意思是，他一个活人会凭空消失？！”

小眼睛青年壮着胆子回答：“这个，可能——火锅店里正好有一名异级在呢？”

桌面上一只烟灰缸飞了过来，在地上砸了个粉碎。

小眼睛青年登时打了个结巴：“镜、镜也去了，他可以作证！”说完，他用看救星的眼神向后看去。

距离这群年轻人大约两三米的偏僻角落，站着一名长发及肩、左耳戴着两只小小黑色耳环的男子。在中年男子问话的过程中，耳环男一直垂眼看着地板，仿佛所有事情都与他没有关系。

听到镜这个名字，中年男子原本烦躁的目光又带上了一丝不喜。他把目光投向耳环男，后者才开口道：“518号进的那家店，一楼的男洗手间里有异能发动过的迹象。”

中年男子微微眯起眼睛，停顿了一秒，然后向其他人道：“你们愣着干什么？！还不去查查那个时段进出的都是些什么人！”

十分钟后，中年男子得到了一个坏消息：“监控录像坏了？”

小眼睛青年战战兢兢，“店员说本来有的。可去找的时候，他们……他们就发现这段时间的视频文件都损坏了。”

中年男子的发际线再度面临后退的危险时，他的电话却响了。

“我正要给你打电话。”中年男子压抑着火气，没听两句眼睛就猛然睁大立刻道，“这么快？！好……我知道了！”

中年男人挂了电话，扫了一眼众人，“乌鸦来了。赶快夹紧尾巴滚！”

在场其他人听了，立刻争先恐后地清理现场，然后迅速撤离。

中年男子则快步走到书桌边。旁边做工精巧、价值不菲的十余架魂笔、点睛和孕生水材料在他眼里恍若无物。中年男子只将抽屉里一本黑色大书拿出来，夹在怀里走了出去。

耳环男的目光在中年男子怀里的东西上一触即离，他什么也没收拾，只回头望了一眼飘荡在半空中的房屋，以及屋内对外一无所知的人影，然后跟着其他人离开了。

看到所有人都从仓库里撤出，中年男子不慌不忙地发动路边的轿车。车里的后视镜里逐渐远去的仓库前，数辆造纸管理局的稽查车在已经完全漆黑的夜幕中，拉着警笛呼啸而至。待稽查员拔出佩枪向楼里冲，中年男子表情冷淡地按下手边的某个按钮。

十五秒后，仓库里传来惊天动地的爆炸声。

仓库对面一栋民宅楼房的天台上，两高一低的三个身影目睹了那栋建筑宛若沙雕般崩开的一幕。

男孩被巨大的爆炸声震得全身一抖，原本充满期待的目光顿时变得茫然不敢置信。过了一秒，他突然惊恐地喊道：“他们……他们都还在里面！他们都还没出来！啊啊——”

同样愕然无措的简墨立刻反应过来，一把抓住想要跑出去的男孩，将他的小脑袋用力按在胸前。男孩一边挣扎扭动一边号啕大哭，“他们都还没出来，还没出来！”

简墨用尽全力箍着男孩，眼睛却直直地盯着夜色中腾起的尘雾。巨大的落空感像一把锋利的小刀快速地划过心头。他知道这片规模不小的粉尘中，一瞬间被分解成无数微粒的不仅有那群非法造纸者的昭昭罪证，还有不知道数量为几何的鲜活血肉之躯。仅仅几分钟前，他还自以为可以让这些纸人如同这个男孩一样，从桎梏中脱离。但此刻，如果靠得近的话，自己或许就会看到，那些无辜的半透明魂晶在星海中消失的情景。

明明已经找到了犯罪窝点，明明造纸管理局的人已经赶到了，为什么还是这种结果？他的胸口仿佛有巨大的火焰喷涌而出，将全身瞬间点燃。烧得翻滚的血液在四肢百骸里咆哮，想要冲破血管的桎梏，迸向天空，将灼热滚烫的温度，暴雨一样地砸到敌人的脸上、身上。最好可以化身为最恐怖的强酸，将那群人一点点腐蚀、融化殆尽。

那边的烟尘慢慢飘过来，酸涩刺痛的感觉让简墨本能地想闭上眼睛。可眼睛似乎有自己的意志，它试图撑开更久的时间，好把眼前的场景一笔一笔地铭刻下来，让天真轻敌的大脑牢记住这个教训。

简要站在旁边，看见简墨的嘴唇开阖了好几次，似乎想说什么，但最后喉头上下滑动了一下，只红着眼睛道了一句：“我……早该想到的。”

三人待在天台上，眼睁睁地看着十多名稽查员拿着手电筒在一堆沙尘里扒拉了一个多小时，直到最终一无所获，满脸怨气地收队离开。

简墨蹲下来，对已经不再哭泣的男孩说：“我先把你送到一个安全的地方吧。”

男孩茫然道：“可是那个坏人跑掉了。我迟早会被捉回去的。”他顿了一下，抬起那双明亮清澈的眼睛望向简墨，里面升起一抹希望的光，但很快又低下头。如此反复几次，他终于忍不住道：“大哥哥，你能不能把那个坏人抓起来？”

见简墨只是一怔，没有马上拒绝，男孩眼里升起了希望，“我在这里待的时间是最长的，有好几个月了。那个坏人还有他们一伙的，带走了好多好多人。有一个高个子叔叔，他们要把他的肝脏挖给别人。还有个漂亮的大姐姐说，她的皮肤要给一个身体90%都烧伤的人。对了，前几天有一个老爷爷被带走了，也不知道是干吗去了。他们真的好可怕！”

简墨听着听着，只觉得后背汗毛都竖起来了，明明是初夏季节，却感到一阵阵挥之不去的寒意。男孩的描述，让简墨不禁想起六街凌晨马路上的那些婴儿，顿时觉得自己好像强行咽下了一整扇排骨，梗在胸口怎么都下不去。

男孩紧紧地抓着他的衣服，一双清澈明亮的眼睛盯着他恳求道：“那个坏人肯定还会造出很多像我这样的人，然后挖掉他们身体的一部分给别人。他就是一个魔鬼！大哥哥，我求求你了，你把他抓起来吧！求求你了！”

这男孩投来的目光就像正午最炽热的小太阳，直刺得简墨忍不住想移开眼睛。虽然他毫不犹豫地救下这个男孩，并跟着他去捣毁这个非法造纸窝点，却一点都没想过要将这些造纸师绳之以法。傻子也知道，这群人既然敢将非法造纸用于器官移植，且不提他们本身的凶残，其后台绝对不可能简单。

看见自家造师眼里的愧责越来越浓，简要走上前，轻轻按住男孩的肩膀说：“少爷，这个孩子交给我吧，我会安置好他的。”

简墨微微松了一口气，才要起身，却见已经被简要带离的男孩回过头，眼睛充满希冀地望着他。这一刻，他感觉自己肩上被什么重重压上，连站起来都觉得那么艰难。

回到寝室，简墨找了个借口向薛晓峰、陈元解释了自己为什么中途离开，然后便翻上床铺睡觉。

然而这一夜，他注定是要失眠的。

“我以为像柯晋那样以凌虐纸人为乐，已经是人类残忍的极限了。没想到，居然还有更过分的。”简墨来到宿舍楼的天台，望着沉沉的夜色，胸口有种想冲着什么咆哮一通的冲动，却又觉得连叫的力气都没有。

夏历5068年造纸管理局颁布的《造纸管理法》在第五条第一款首次规定：“禁止任何组织和个人，以原人为蓝本进行造纸，无论该蓝本是否同意、或者已经死亡。违者处以五年以上二十年以下有期徒刑，一百万以上罚金。”

夏历5101年，造纸管理局、纸人管理局共同对《纸人权益法案》进行第三次修订时，第一次明确规定：“禁止任何组织和个人，以医学移植、科学研究为目的，进行造纸活动。违者处以十年以上有期徒刑、无期徒刑或死刑，处以一千万以上罚金或没收全部财产。”

但是世界上总有法律的阳光照不到的阴影，在巨大的利益驱动下，总有人泯灭良心，去进行一些令人发指的违法行为。

“造纸管理局里有内线，仓库里提前设定了销毁程序。同伙众多，撤离时却井然有序。手段高明，经验丰富，预案周全，业务量稳定，说明他们在京华市的存在经年日久，绝对不是个别一两个造纸师小打小闹。你没答应那孩子是正确的。这群人的背景，不是现在的我们惹得起的。”早就等在这里的简要平静地分析，“我不是觉得少爷今天不该出手相救。但实际上，您救下了这一个，其实并没有多大意义。这个造纸师既然能写出一个，难道还不能写第二个？”

简墨握住胸前的银链，看着那根小小的魂笔吊坠，“是啊。我能救这一个，可我救不了所有。这个世道不改变，就算我把现在这个该死的造纸师抓起来，这世界上也还会出现下一批，下下一批。这个世界上绝大多数的原人，这辈子恐怕都不可能把纸人当成和自己一样的、活生生的人。”

放下银链，他自嘲道：“我什么都做不了。我已经用尽全力，也只是在自己遇到危险的时候，勉强有一挣之力，怎么能妄想与整个世界为敌？”

简墨不知道，他身后纸人的手一直紧紧攥着，背在他看不见的地方，但目光坚定而自制，无论他何时回头，都能看到一片仿佛永远不会被任何事务干扰的冷静。

静静地望了天空几分钟，简墨不知为何突然想起小时候的一件事：“我十岁那年的造生节，我爸带我到市里最有名的游乐场去玩了一次。”

“那里许多项目都是由异能来操纵的，很特别也很有趣。其中我最盼望的一个项目叫作‘热海潜翔’。异级操控员会用异能把人套进一个巨大的泡泡，然后送入水中，与众多热带水族一起玩耍。但是那天我去的时候，却发生了一个意外。”

“什么意外？”简要问。

“隔壁观赏区的一只虎鲨，不知道怎么被放进来了。当时场馆里的孩子有上百个，可操控员一次只能移动一两个孩子，无法同时顾及所有孩子。而泡泡又根本无法承受一只成年鲨鱼的全力撞击。第一个孩子被攻击身亡后，整个场馆的家长都疯了。”

“我当时想逃走，可是怎么也出不了泡泡。接着我听见一个女人喊：‘那个小孩我认识！他是个纸片！把他丢过去！一条鲨鱼吃不了多少。只要堵住它的嘴，其他孩子都安全了！’而她说的小孩，”简墨自嘲地用手指指自己，“就是我。”

简要顿了一下，“我记得鲨鱼是不喜欢吃人的，通常它只会咬一口就换其他对象……后来呢？”

“恐怕大多数人都不知道这点，又或者他们已经被吓昏了头。”简墨脸上带着淡淡的讽刺，“操控员开始没理她。那女人就满场馆狂喊：‘那个纸片今天死了，我出钱写一个！保证和这个一模一样！’她还煽动其他孩子的父母：‘只是牺牲个纸片，能够救这么多孩子，这还需要考虑吗？！’没过多久，场内差不多所有人都倒向那个女人，吼声都快把屋顶掀翻了：‘一个不够，我也出钱写一个！快把他扔过去！’”

“那后来呢？”简要大约在想象当时的情形，静默了几秒，接着问。

“后来场馆负责人赶来了，下令操控员用我来堵虎鲨的嘴，以便争取救援其他孩子的时间。然后，操控员照做了。”

简要难得用同情之色看着自家造父，“最后，是谁救了您呢？”

“我爸。”简墨笑了起来，“他跳下来，用随身带的工具刀，捅翻了那条鲨鱼。”

“简先生真是勇猛。”简要评赞道。

“是啊。”简墨笑了笑。

然而随着时间流逝，一直顽固且清晰地驻留在简墨记忆里的，并不是听见满场馆的人叫着“我出钱再写一个”时的惶然，也不是泡泡破碎面对血盆大口时的绝望，而是他缩在他爸怀里，被抱着走出场馆的那一路：周围还是那些人，可空气静悄悄的，连一个大声呼吸的都没有。他爸仿佛老旧阅读器里童话中那个震慑住所有恶龙、踏灭所有宵小的勇士，带他逃出了血色和恐惧弥漫的深渊。

这个时候，天空大概起了风。乌压压的云层被撕开了一个口子，正巧让一颗星星把自己在亿万光年之外的光芒投射了过来。

简墨讲完了往事，便望着这唯一的一颗星星，打量了良久，“这颗星真亮。”

“是啊。”简要附和道，“确实挺亮。”

“乌云那么多那么厚，其实这颗星它也不知道，自己从那么遥远的地方投来的光，到底能不能让我们看到？可如果，它先不走出这一步，我们便永远不可能知道星光是怎样的，对不对？”

简要顿感不妙，正欲开口，便见简墨深吸了一口气道：“简要，去查这伙人的来路，查昨天去火锅店的人，查这所仓库的使用者，查那个最后离开仓库的男人，还有纸人男孩复刻的对象。”

他的造父目光一点点地坚定起来，“从所有能查的线索上去查。”

简要立刻反对道：“少爷，我们要量力而行。京华市不仅可能有连蔚的仇敌，还有六街杀手的背后指使者，再招惹上这么一伙丧心病狂的家伙……这太危险了，我不同意！”

风更大了，乌云聚散游移，似乎很想继续霸占这块领空，不想离去。

“我知道会遇到很多危险。我也知道，”简墨正面直视简要，“以我们现在的能力，要做到这事情很难。可它已经摆在我面前了，我无法视而不见，我相信你也不能。或许我们能做的只是杯水车薪，最终无济于事。但就像这颗星星，或许我们也会成功呢？”

“这颗星星失败了，它还是这颗星星。”简要斩钉截铁道，“可如果我们失败了，会有什么后果？！”

“我向你保证，全程一定听你指挥，谨慎行事，绝不冲动莽撞，任性妄为。”简墨举起手掌。

简要闻言一笑道：“就单你想的这件事，难道还算不上冲动莽撞，任性妄为？！”

他说完这句话，直接走到天台的那头，把后脑勺冷冷地对着他。

“简要。”简墨喊了一声，简要没理会。他只好走过去，想要哄哄儿子。想起自己好像很久没有摸简要的脑袋了，他正要抬手，却感觉高度有点不太对。

简要是不是又长高了？一个模糊的念头从简墨脑子里划过，他看见旁边有块台阶，索性踩了上去，俯下身体轻轻地把手放在儿子的头上，揉了揉头发，“简要，去做吧。”

简要的头侧了侧，甩开简墨的手，沉默得很倔强。

“那颗星星一定很美。”简墨并没有放弃，双手按在简要的肩膀上，认真而郑重地说，“我想看一看。”

这次简要没有再甩开他的手。两人就这么足足站了十多分钟，简要先愤愤地开了口：“我一定是疯了！”

他板着脸把简墨的手从自己肩膀上一把扫下来，转过身面无表情道：“说好了，这件事情你得全听我的。我说怎么做，就得怎么做。我说什么时候终止，你就必须什么时候终止。没有什么是值得拿命来拼的。”

简墨赶紧答应：“我保证。”

简要继续补充：“还有，这件事情要机密进行。重简方略现在的人手不能直接用。你得给我增加帮手。”

风持续不断地吹着，乌云最终不甘心地被吹走了一半。两人的头顶上露出半边闪闪发亮的夜空。

海息区的一处仓库在造纸管理局稽查组抵达的时候爆炸，这个消息虽然并没有在广大市民中引起大的反应，但还是引起京华市许多高层人士的关注。

此时此刻，在京华市造纸师联盟总部的执行主席办公室里，褐发欧裔男子面前的浏览器上，正显示着这则新闻。此人便是造纸师联盟的执行主席——霍恩。

“市级预赛马上就要开始，竟然还出这档子事。”他语调轻松，并没将这个小插曲放在心上。

“不幸中的万幸，只是一处非法造纸的窝点，与纸人独立组织倒没关系。”一个二十五岁左右的年轻男子坐在沙发上，不以为意道，“仓库里早就布置好了。一旦引爆，所有的犯罪证据都没了。没有诞生纸，就分析不出购置人。没有定制魂笔，就查不出造纸师。痕迹打扫得这么干净，我倒有点佩服了。”

“不是针对这次比赛就好。你回国的第一件事若办得不漂亮，后面难度就更大了。”霍恩放下鼠标，“我就担心像七八年前的点睛爆炸案，闹得京华造纸界差点停摆了三个月。”

“那次案子我也听父亲说过，当时好像闹得整个万山的造纸师都得跑到千湖、观日地区去买点睛。”李微生对这件旧事还有些印象。

“你说通山的那些纸人是怎么发现的，”霍恩双手搭在膝盖上，右手食指一下一下地敲，“往萤石矿粉里掺一点海化岩的粉末，制出的点睛温度超过30℃就爆炸？当时整个学术界都还没发现这事，几家点睛企业更是死活查不出原因，都以为是竞争对手捣鬼，闹得不可开交。”

“听说后来是十二联席万山地区的席主出面调停的。”李微生不以为然，“其中五六家企业背后都是万山的老牌造纸世家，一般人说话不管用。”

“是啊，丁之重这人倒是有些能耐，很快发现出问题的只有万山本地出产的点睛，又扛着大大小小十几个家族的压力公布了这个消息，硬是让造纸师们先恢复了写造，紧接着就查到了通山那边，快刀斩乱麻地将那批纸人都处理了，才让一切回归正轨。”霍恩感慨地说，“据说当时丁之重去通山的时候，那些纸人正打算把所有的矿坑都撒上海化岩呢。”

“万山80%的点睛原料都出自通山，他查那里也是理所当然。”李微生淡淡道，“这么说来，这人在万山还很得人心？”

“比你想象的要难搞，我不建议先从他身上入手。”霍恩说，“你三叔四叔那边最近如何？”

年轻男子哼了一声：“李君珏从前就看我不顺眼，如今我回来，自然更是把我当成了眼中钉。若非我那位堂弟的智商实在是不在线，我还真要有点担心了。”

年轻男子正是如今造纸管理局局长李君珲的独子李微生，也是李家现任家主李德彰的长孙。他的眼睛细长，即便是被眼镜挡着，但看上去仍旧充满神采。虽然五官不算出彩，但皮肤白皙，加上总是见了人习惯性带上三分笑，因而整个人看上去阳光清爽，像一个刚从象牙塔里出来，斗志昂扬准备踏上社会的大学生。

“李微言眼高手低却又刚愎自用，确实难成大器。虽然他成事不足，但若是铆足了劲去坏你的事，也不能轻视。”霍恩提醒李微生，“你三叔李君珏心胸狭隘，私心深重，为人狡猾多疑，野心勃勃，这十多年来在三大局中人脉已经不逊色你父亲。若非你爷爷目光清醒，始终站在你父亲这边，你如今的情况就没那么乐观了。”

“是啊。”李微生叹了口气，取下眼镜，捏捏鼻中，然后又重新戴上，“我爸的政治敏锐度实在是有点低，能够维持这样的局面，对他来说实属不易。”

“你也不要太小看你父亲，他虽然政治觉悟略逊一筹，但好在意志坚定，又肯听人建议。若小心谨慎，李君珏未必能够从他身上讨得了好。倒是你那四叔，我总觉得看不透他。”霍恩蹙眉道，“我只知道他年少成名，人缘极好。有人曾说，若非他晚生了十年，恐怕就是第二个李君瑜。当初也不知道为什么就从李家跑出来，改了名字在教育系统里扎了根。实在令人捉摸不透。”

“这事我还真不太清楚。那时我也才三四岁不懂事，后来又去了欧盟。我爸很少跟我提四叔。”李微生摸了摸额头，“不过如果我四叔真像你说的那么厉害，能与我大伯不相上下。我觉得他这么做，也不是不能理解。毕竟一山不容二虎。”

“既然你四叔早早就对那把椅子没什么兴趣，我觉得你倒可以多接触一下，说不定会有意外的收获。”霍恩建议。

李微生凝神想了想，顶了下眼镜：“我觉得你这提议不错，值得一试。”

这次欧亚交流赛京华市预赛的比赛地点，就在京华市河静区的独立造纸学院。

独立造纸学院是泛亚第一所专门培养造纸师的学院。虽然每年招生规模不大，但教学等级可以匹敌泛亚大部分造纸研究所，在所有造纸学院中的地位超然。当然，这并不仅仅是因为它的第一任院长是李青偃的长子李春和。

据说，独立造纸学院刚刚创建时面积并不大，但随着不断地修缮和扩建，如今足以匹敌任何一所贵族私立学校。光从占地面积来看，大概没人相信它四个年级的造纸系学生加起来只有六十人，还不到京华大学造纸学院的一半。但这里的学生造纸天赋级别最差的，都是异一级，完全是造纸师精英中的精英。冲着这一点，难得主动出一次门的简墨也同意了薛晓峰为陈元送考加油的建议。

小心地收束起魂力波动，简墨闭上眼睛。幽暗的海洋中，无数星光在他身边畅游，量级比他平常在京华看到的大多数都要高出很多，其中有几颗简直可以把人包裹进去。

最近的一颗在前方十多米处，主人是一位四十多岁的中年男子，藏蓝色正装西服打领带，还挂着工作牌，显然是这次比赛方的工作人员。

向左边三十度，距他二十米左右的地方，是一个成人等身大小的淡黄色大光团。光团的主人是一个扎着辫子的文静女生。女生身边一个目光温柔，穿着白色西服的男子，在他的身边简墨能隐隐看到一片银色的水雾。

向右边六十度，距他五十米处的超大光团，是目前校园里他发现的量级最高的魂力波动。几乎将它的主人以及附近一群保镖都包裹了进来。超大光团的所有者是一个满脸傲色的青年男子，精致不凡的衣饰展现了他优渥的生活水准。

正观察着身边这几个大光团，简墨便听见有人喊他："谢首！"

回头一看，简墨便看到穿着京华大学校服的一队人走了过来。招呼自己的正是学生会主席丁一卓，后面还跟着两男两女。简墨向丁一卓点点头，便向陈元走去，正欲说话，却被另外一个男生截住，"说起来，我们三个能够参加比赛，还要多谢谢同学。"

陈元面色微沉，面带怒气瞪着男生，显然来的路上就起过争执了。

那男生一看便知是大四生，怎会将一个一年级师弟的威胁放在眼里，"如果不是谢同学将小话剧纸人的造师打得现在还躺在医院，怎么会轮到我们这种二流货色参赛？"他说完斜眼看了一眼陈元，不屑地哼了一声。

简墨明白了，男生暗指自己打伤齐伟几人，导致他们无法报名参赛，就是为了给陈元腾出名额。

"如果齐伟是我打的，说不定师兄还真得好好感谢我一下。对于师兄现在的天赋等级，这样的运气未必会有第二次。”简墨早就听陈元说过这次参赛选手的天赋等级：丁一卓特七级，他与另外一名女生特五级，其余两个特四级。显然这个出言刻薄的男生肯定是特四级。

“你——”男生面色铁青，回头向不远处喊了一嗓子。两个魁梧的男子立刻奔来，一脸凶色地瞪着简墨——他们显然是男生的造纸。

“邓翔，这里是赛场，你难道想被取消参赛资格吗？”丁一卓警告道。

邓翔得意地说：“丁主席，我不过是把与比赛无关的闲杂人等‘请’出去而已，又不是打架，怎么会被取消资格呢？”

然而他的两名纸人才有所动作，下一秒从附近各个角落迅速钻出几个人，眨眼间便将邓翔三人铁桶般包围起来。这群人穿着不一，装扮各异，有的打扮得像送考老师，有的像参赛学生，有的像卖饮料的商铺店员，有的像学生家长。

“你们是什么人？你……你们想干吗？”邓翔不由得退了一步，发觉事情有些不对。

这班人齐齐从自己衣内掏出一张胸牌，挂在自己的左胸前。胸牌上的LOGO是一个红色的手书狂草“首”字。

“首家纸源派遣。”一位学生家长打扮的中年妇女面无表情地说，“你已经威胁到我们雇主的安全。请保持安全距离，否则后果自负。”

邓翔脸色大变，他作为一名四星造纸师，自然知道这家一年来异军突起的纸源劳务企业：首家纸源传闻资金十分雄厚，决策眼光精准。虽然购置纸人的准入门槛略高，但在纸人权利保障上却声名在外。很多自由纸人都乐意挂靠在这家企业下工作。只是他怎么都没想到，一个看起来普普通通的造设系学生竟会舍得雇佣首家纸源的便衣保镖。便衣保镖不同于贴身保镖，通常隐藏在暗处，一般是不乐意正常生活被打搅的公子哥儿们才会请的。

这一举动也引起了周围参赛者的侧目。他们惊异地看着京华大学的这群人，窃窃私语起来。

组织方的工作人员本来只是在一边旁观。毕竟这种参赛团队内部的小纷争，只要不影响比赛秩序，他们管不着也犯不着管。但是眼见阵仗要闹大，两名工作人员立刻赶来，“发生了什么事？”

在丁一卓的斡旋下，比赛方的工作人员总算没有做出什么处罚，只要求他们这一队先行入场做准备，说完还特地看了简墨一眼，显然对于未曾发现这么多便衣保镖而感到恼火。

陈元他们进去后不久，简墨明显感觉在身边巡视的人多了不少。他不由得自我打趣：自己好像总跟造纸比赛的安保人员搞不好关系。

这个时候跟着另一辆校车来的薛晓峰总算到了。

“路上堵车了。”他一走到简墨身边，就四处张望，“陈元他们不是走在前面吗？还没到？”

“他们提前进去了。”简墨解释道，将刚刚发生的事情简单说了一下。

经过七河谷森林事件，薛晓峰没有表现得过于惊讶，只是好奇地打量了一下周围，似乎想分辨出哪些是简墨的保镖。

这时，简墨的灵台视角又观察到四只光团在向自己靠近。他定睛一看，正是他们的系主任石正源、院长李铭，还有一对夫妇和一个青年向他们走过来。

“主任，院长。”简墨礼貌地问好。

石正源哈哈一笑，“谢首，你的排场不小啊。”

简墨无奈地笑了笑。

从七河谷森林回来后，经过和简要的商量，他决定将一部分实力适当地展现出来。虽然对京华市的大家族来说根本不够看，但威慑一下那些威胁不大却喜欢恶心人的小人物还是可以的，比如邓翔之流。

李铭笑着说：“见了主任、院长知道招呼，怎么见了校长倒一声不吭了？”

石正源打趣道：“这孩子怕是连校长长什么样都不知道吧。”说完指着那位儒雅的中年男子道，“这是谭副校长和他夫人，还不快打招呼？”

眼前的男子大约五十岁出头，气质平易近人，未语先笑，令人不由得心生好感。

谭副校长？谭长秋？简墨忽然想起，简要有一次说过，十六年前与张亚关系紧密的人中就有此人。简墨心里琢磨着，脸上表情如常，只微微向此人鞠躬行礼，“谭校长好！”

但当他直起腰，把目光转向旁边的谭夫人时，瞳孔不由自主地缩了一下。

此时简墨的魂力波动仍然处于收束状态，因此当她靠近时，他一眼就看见了那块淡紫色的半透明玻璃体。起先，他还以为中年美妇的魂力波动太小，被周围四人的魂力波动所掩盖。可现在仔细一看，这中年美妇分明是一个纸人。

原人和纸人结为夫妇虽是法律允许，但即便在规矩混乱的六街，简墨也未曾见过。他看了一眼挽着谭夫人的青年。这青年不是中年美妇的亲生儿子，但与她的亲昵表现却与正常母子无异。简墨将疑惑暂且收起，又礼貌地喊道：“谭师母好，谭师兄好。”

谭夫人笑道：“真是个懂礼貌的孩子。现在的孩子大一点，都不愿意喊人了，不知道害羞个什么劲。”说着斜眼看了一下儿子，掩嘴笑了笑。

旁边的青年恼了般看了母亲一眼，仿佛在说别扯到他身上，随后也对简墨点头，“师弟好。”

谭校长笑呵呵地说：“你们主任和院长跟我多次提到过你，很是看好你。你可不要让他们失望啊。”

“你们是来送陈元的吧。”李铭知道他俩关系好，“他最近进步挺大的，一下了从特二级跳到特五级……欸，一卓比赛，怎么没看见苏圆来送呢？”

石正源明显不大喜欢苏圆，“那小姑娘不在也好。年纪不大心思不小，有她的地方总少不了是非。”

“孩子们长大了，有自己的想法。还是让他们自己处理吧。”谭校长不以为意，淡笑着说。

石正源瞧了谭校长一眼，哼了一声，别过头去。

李铭呵呵两声，“我说你们两个人年纪加起来都超过一百岁了，别在孩子们面前耍脾气啊。”

正说笑着，薛晓峰忽然说：“陈元怎么出来了？”

这话引起了所有人的注意。简墨向入口看去，果然见到陈元与丁一卓走了出来。

“发生了什么事？”李铭作为造纸学院的院长最是关心，首先开口问。

陈元阴着脸没有说话，丁一卓开口解释：“陈元刚刚发现他的魂笔不见了。”

“不见了？”李铭诧异道，“怎么会不见呢？你最后一次见到它们是什么时候？”

“离开寝室前我还检查过一遍，直到刚才进了赛场，才发现背包被刀片划开。其他的东西还在，只有魂笔不见了。”陈元一边说一边翻过背包，“不知道是什么时候被偷的。”

大家一看，果然背包有道一指长的破口，边缘齐整，顿时心里一寒。如果是走前忘拿或者中途丢失还好说。但这显然是蓄意偷窃，想让陈元无法参赛。为了防止意外，学院还专门派车辆接送，因此同车的都是一起参赛的学校同学。

丁一卓看了陈元一眼，“我带了两支，说借陈元一支，他又不肯。”

李铭摇摇头，“你们带的魂笔不是M8，一支不保险。你借给了陈元，可能最后两个人都拿不到好成绩。”他叹了一口气，“事已至此，一卓你先进去参赛。还有半小时才开考。我们在外面再想想办法。”

话虽这么说，但是25岁以下组选手要求使用同校造设系学生的作品，因此魂笔都是请造设系的大四生提前根据原文制作好的。临时去找，哪里正好就有现成匹配的。大家对这一点都心知肚明，只能听着石正源给几个大四生打电话。

这时简墨走到一边，给简要打电话："……能找回来吗？"

简要否决了这个可能，"不知道两支魂笔的具体坐标，无法置换。"

简墨想了想，低声道："我魂笔笔架上第三排第七格，有两只M7的试验品，属性与陈元的原文属性大致契合，应该勉强能够应付一下。"

简要提醒道："少爷不担心暴露了吗？"

"那份试验品和完成版只有七八成相似。"简墨低声说，"再说现在点睛纸笔上模仿M系列的魂笔多的是，应该无妨。"

石正源打了一圈电话一无所获，忍不住骂道："比赛不就是为了发挥造纸师最好的实力吗？为什么不能选择自己能弄到的最好的魂笔呢？"

陈元在旁边低着头一直没有说话，突然感觉到有人拍他的肩膀。

简墨摊开手掌，"这是我练手的作品，与你的原文属性大致相同。如果你不嫌弃的话，死马当活马医吧。"

陈元黯淡的眼神瞬间亮了起来，"真的是你做的？"

薛晓峰也惊喜地大叫："阿首，你真是大救星！"他这一喊，石正源、李铭、谭校长的视线也都转了过来。

石正源有些不相信地伸手从陈元手中拿起一支魂笔，"你做的？给我看看！现在大一生就能开始做魂笔了吗？不是到大二才开始教画导流图的吗？"

他拨开保险环，小心地向里查看，神色逐渐严肃起来。

"怎么了，主任？"薛晓峰以为石正源发现了不好的地方，紧张地问。

石正源过了好一会儿才从魂笔上收回目光，盯着简墨的眼睛道："谢首，你老实说，这魂笔真的是你亲手做吗？如果不是的话，你知道会有什么后果吗？"

作为造设系的主任，目光自然歹毒。简墨并不意外石正源说这话。"我以人格担保，是我亲自设计，亲手制作的。"

石正源深深地看了他一眼，将魂笔还给陈元，然后重重地拍了拍他的肩膀，“进去吧。”

此时此刻，远远躲在一边的林跃几乎要跳出来：怎么陈元那个家伙还是进去了？谢首怎么会正好带着两支魂笔，属性还是匹配的。这也太巧了吧。

“师姐，这怎么办？要阻止他啊！”林跃急道。

“住嘴，你脑子坏掉了吗？”苏圆皱着眉头说，“你没看见院长和校长都在吗？这个时候去阻止陈元，不是摆明是我们设计陈元？先让他们多高兴一会儿吧。谢首不过是一个大一生，怎么可能做出魂笔？这魂笔八成是他买来准备仿制的。待会儿我们就去比赛方的纪律监督会投诉，这可是他们自找的！”

“对啊。本来我们只是让陈元参加不了这一场比赛，可如果被纪律监督会发现作弊，那可是要禁赛三年的。”林跃兴奋地说，“这可是送上门来的把柄。”

因为出了这档子事情，本来打算只是来看看的三位校方领导，都决定等到下午比赛结束后再离开。不过比赛时长八小时，他们便决定找个地方喝茶打发时间。简墨婉拒了三位师长的邀请，和薛晓峰继续在赛区外等候。

比赛正式开始，赛区外的校园空荡荡的。简墨觉得有些无聊，正准备玩会儿手机，目光无意间扫过门口，瞬时呆住了。

门口站着三个人。

准确地说，是一个原人和两个天使——一个金色长发，手持红色十字架，眼神锐利，俊美无俦。另一个浅银色短发，冰蓝色眼眸，沉静而高贵。

米迦勒。

加百列。

简墨第一次亲眼看到异体者，不由得多看了两眼。然后目光落到中间的原人身上。这名男子褐发褐眼，欧裔相貌。魂力波动仪仅比陈元略强些，显然不是这两名天使的造师。

这一行特别的组合不只引起简墨等人的侧目，比赛方的工作人员迎接的态度更是殷勤。

过了几分钟，那名欧裔男子向简墨走来，“我是霍恩·格兰，负责欧亚造纸交流赛的安全监管。不知道这位同学怎么称呼？”

“谢首，京华大学造纸学院的学生。”简墨回答道。

“刚刚的事情我已经了解，责任不在你。不过职责所在，工作人员不得不出面干涉，请你谅解。”霍恩态度十分温和，“如果谢同学有什么问题，也可以向我提出来。”

这让简墨有些意外，毕竟霍恩·格兰刚刚与工作人员交谈时看起来十分严厉。简墨本想说没事，但突然改变了主意，把陈元魂笔被偷的事情说了出来。

霍恩点点头，“谢同学，这件事情我会进行调查。有了结果我会通知贵校的。”

简墨不知道，以造纸师联盟执行主席的身份，这种小事根本不必霍恩亲自出马。只是正好他和李微生约在附近，一时兴起，来看一眼。

“正好路过考场，处理了一点小事情，所以过来晚了。”霍恩笑着说。

李微生亲手替他倒了一杯茶表示慰劳，“辛苦了。”

“我已经与联盟里九星造纸师接触过。其中有七名表示不想插手李家事务。有五人明确表示愿意支持你进造纸管理局，有三个人想和你面谈。其他五人目前态度暧昧——我知道其中有两个人是倾向你三叔的，其他的就不知道背后有没有人了。”

“那三个人就麻烦你帮我安排一下合适的见面时间……不知道秋主席，他对我的看法如何？”李微生问。

“老师对李家的态度，我想你是知道的。”霍恩摇摇头，“你的事情我都是背着他去做的。哪敢在他面前提，那不是找骂吗？”

“都这么多年过去了，秋主席还没放下啊。”李微生叹了口气。

“有什么办法，老师可就那么一个女儿。”霍恩说，“再说当初的婚事，老师本来就不赞成。”

正说着，霍恩的手机响了。

“格兰主席，有两名学生来纪律监督会，投诉京华大学一名叫陈元的选手使用不符合比赛方规定的魂笔参赛。这种层级的事务本不必惊扰您，但刚刚您恰好提过这位选手，所以特地通报您一声。”

陈元？霍恩马上想起了那个少年，于是吩咐道：“比赛先正常进行。等结束后，通知他们校方领导，将陈元和那两名举报的学生一起带到监督会办公室，我亲自处理。”

下午5点30分，比赛结束。简墨与薛晓峰在场外等陈元出来，但一直没有看见他的身影，连丁一卓都没有出现。两人正疑惑，却看到石正源、谭校长等人一脸霜色地走了过来。

“谢首，你跟我们来一下。”石主任声音冷漠，显然是镇压着怒火。

简墨心中诧异：“是陈元出什么事情了吗？”

“陈元有没有事情，就看你的了。”石正源愤愤道，“我就知道那个小姑娘不是个省事的！”

等到了赛场内的纪律监督会办公室，简墨才知道发生了什么事情。

“是你们投诉陈元使用不合规定的魂笔？”丁一卓色厉词严地责问苏圆，“你是怎么知道他的魂笔不合规定的？”

在院长、副校长的目光下，苏圆哪还敢随便开口，满脸通红，一副快要哭出来的模样。

林跃一见到院长，就知道事情坏了。他先是畏缩着不敢开口，但见原来一向高高在上的师姐也退缩了，反而不屑起来，破罐子破摔道：“怎么知道的？我们亲眼看见谢首把自己的魂笔给陈元。当然就是违规！”

“亲眼看见？你们也在赛场附近？”丁一卓果然把目光投向林跃，“你怎么知道那魂笔不是陈元的？他们俩是朋友，谢首帮陈元带套备用魂笔也是完全有可能的。”

“不可能，魂笔是谢首的，不是陈元备用的。”见到鲜少主动与他说话的丁一卓居然亲口来提问，林跃顿时激动了起来。

“你怎么知道？”丁一卓又问，“你跟他们又不熟。”

在丁一卓的一再逼问和众多目光的盯视下，林跃被逼急了道：“陈元分明是被偷了魂笔，没有办法才离开赛场的。他根本没有其他备用的魂笔！”

他气急败坏地转向陈元，冲着陈元的脸说：“陈元，你不用师兄和老师帮你编造谎言。你用的就是谢首的魂笔，绝对不是本校师兄师姐制作的魂笔！我可以百分之百确定！”

陈元冷眼看着色厉内荏的林跃，“我的魂笔被偷了，并不能说明谢首拿出来的就不是备用魂笔。除非你提前打探过，我只带了两支魂笔。从开始到现在，丁师兄从没说过我的魂笔是被偷的。比赛魂笔是定制物品，虽然价值不菲，但就跟眼镜一样，属性不配，偷之无益。一般人不更应该猜测，是我忘拿或者遗失在哪儿了吗？”

“我，我——”林跃被陈元问得哑口无言，眼珠乱转，最后忍不住又偷偷看向苏圆。见苏圆低着头，完全没有搭救自己的意思，道：“这……这和我没有关系，都是师姐的主意。她让我买通了邓翔，让他的纸人找机会偷陈元的魂笔，让他比不成赛。我，我都是听她的。”

这一下苏圆成了众人目光的聚焦点。

真是个蠢货！苏圆恨恨地瞪了林跃一眼，知道今天的事情算是彻底失算，但内心的骄傲还是让她抬起头，委屈地看着大家，“陈元突然越级，让林跃失去了参赛资格。他气恼不过跟我抱怨，我们便商量着与师弟开个玩笑。我们本没有打算真的破坏他的比赛，所以一直在外面等着。只要陈元一出现，我们就会把魂笔还给他。如果不是谢首先把魂笔给了陈元，我们早就把魂笔还回去了。我只是一个特二级，陈元能不能参加比赛和我又有什么关系！”

“你打算把魂笔还给陈元，那魂笔呢？”丁一卓冷冷地问。

魂笔一到手，苏圆就扔了，现在哪里还有。她急得额头冒汗，“我看见陈元拿了谢首的魂笔，见计划落空，一气之下就扔了。”

“就是就是，我和师姐不过是开个玩笑而已，并没打算真的不让陈元比赛。”林跃连忙跟着附和，但眼睛却盯着陈元，“却没有想到陈元居然违规使用了非本校学生制作的魂笔，这对其他比赛选手，就太不公平了吧。”

石正源脸上的肌肉都抽搐起来，若不是比赛方负责人在现场，他就要骂人了。谭校长的表情也十分尴尬。比赛前他还和石正源因为苏圆起了口舌，现在却打了自己的脸。

唯有李铭面上虽然没有笑容，却已经维持着从容淡定。

丁一卓向冷眼旁观的霍恩道：“此事的前因后果现在已经水落石出。但陈元所使用的两支魂笔是我校造设系学生谢首亲手所制，并没有违反比赛的规定。”

林跃瞪大了眼睛，不服气道：“他说是自己做的就是他自己做的？大二生才开始学习画导流图，大三的学生才学会完整的制作流程。谢首不过是一个造设系的大一生，说魂笔是自己做的，真是信口开河！”

霍恩看了看在场众人各异的表情，“你们各执一词，我也无法评判，还是请这位谢首同学亲自解释。”

这时，一直在众人背后默默旁听的简墨才被让了出来，霍恩拿出两支魂笔，“这两支魂笔是否是你亲手制作的？”

简墨不置可否，向工作人员要来清洗液，戴上手套，将残留的点睛冲洗干净，然后打开那两支魂笔的保险环，仔细查看了内部结构，才向霍恩回答：“这两支笔是我的作品。”

“装模作样？”林跃嘟囔着，“一看就知道是不是了。”

“既然知道有人喜欢玩些阴人的手段，我自然也要小心一点。万一我给陈元的魂笔中途又被谁调包，我就莽莽撞撞地认了，就算事后分辩，又有谁信？”简墨瞅着林跃，不急不躁道。

“你——”林跃也不是傻子，自然知道简墨在含沙射影地骂他。

苏圆到底比林跃还是多一点智商，没有浪费时间在无聊的唇舌之争上：“你怎么证明这魂笔是你亲手制作，而不是买的或者别人送的？”

简墨向霍恩道：“格兰先生，比赛里有让选手证明魂笔是谁制作的规定吗？”

“每一个人都检查，自然是无法做到的。”霍恩此时公事公办的严肃态度，反比之前的温和让简墨感到更正常，“但如果有人举报，纪律监督会也不会置之不理。”

“应该怎么证明，要我亲手做一次吗？”事情到了这一步，拒绝显然是不行的。简墨便问，“材料和手工倒好说，但溶液调配和浸泡不是一两天可以完成的。如果不考虑魂笔实际使用效果的话，我可以现场演示一次。”

魂笔制作师的真正实力虽然不能说窥一斑而知全豹，但只是检测一个大一生是否可以制作出一支完整的魂笔，霍恩认为这种程度的证明已经足够。作为本次比赛的高层负责人，他直接拍板道：“这样就可以了。”

为了尽快确定陈元的成绩是否作数，在赛方提出要求后，独立造纸学院很快给出答复：出借学校的一间制作室和全套制作工具、器械，并提供所需全部原材料。

简墨提供给陈元那支笔的原材料不算名贵，因此他清单上的材料很快就被送来：五十年生的宋振木、已经车好的空白笔芯、内嵌弹片、隔离纸、外壳，还有保险环等小配件。

他先将桌面上的原材料、工具等全部整理齐备，一一过目发现没有任何遗漏后，方在众目睽睽下不慌不忙地洗手、擦净、穿工作服、戴上口罩。

先取了两个厚度不过1.5毫米的半环形笔芯，用卡尺量了一量，用铅笔做了记号，拿到小铡刀上截了理想的长度。然后取了一只加热炉烧了一小锅开水，将两只空白笔芯丢入其中，待水沸12分钟后，用镊子小心取出，用棉布吸干水分，又以炉火内焰将表面烘烤干燥。他用中指指腹轻轻在内壁捏了一个来回，感觉柔软度可以了，方才又取出角尺，将内壁上下沿弧度分作6等分，每30度为一份。

将两个半环形笔芯都做好记号后，他便将笔芯固定在工作台，不断以卡尺比对上下对应的等分点，在内壁中用直径0.1毫米的木柄刻针刺出细细的标记点，然后将它们连成一条线。他没有用初学者常用的记号笔，以减少笔芯吸收的墨水杂质。

……

简墨一旦开始工作，注意力就不在身外。他没有注意到，开始还有人窃窃私语的工作间慢慢安静了下来，整个房间只剩下他拿放工具时发出的细小声响。而他自然而然也错过了周围的人脸上不自觉地流露出意外、不敢置信乃至震惊的表情。

刚才临近发飙的石正源，此刻竟然完全不生气了。眼前这个他自以为了解的学生，正用实际行动刷新着自己在石正源脑海里的印象：

对材料很熟悉，清单列得很仔细。年份、部位、尺寸、采集时间、处理工艺都有注明。书写之规范，即便他带的研究生，也没有几个能够坚持做到。

对工具很熟悉，工作习惯很好，甚至有些太苛求细节。但对于一个优秀的魂笔制造师来说，这是极为珍贵的品质。须知最好的作品需要最完美流畅的工作状态、最严谨端正的工作态度。现在即便是已经小有名气的魂笔制造师，又有几个会在工作的时候，细致到戴上口罩，以避免无意中将唾沫咳到材料上？

手法非常娴熟，各种测量、标记手法干净利落，步骤没有偷工减料，也没有任何多余的个人习惯性动作，标准到可以直接录制成教学视频，而且看他随意自如的姿态，显然是长年磨炼出来的。

他甚至知道，使宋振木柔软易雕刻却又不易开裂的技巧——用冷水煮沸12分钟，再低温烘烤至表面干燥。石正源正心情舒畅地盯着简墨的一举一动，突然见他的这位学生开始在内壁上用刻针刺记号点，不由得叫道：“你连导流图都不画吗？”

石正源的叫声在安静的工作室里显得十分响亮，然而工作中的少年连手都没有抖一下。他完全沉浸在自己的世界之中，手中的刻刀稳而有力地在内芯上勾勒。

导流槽仿佛广袤田野上的田埂，一会儿直行，一会儿偏斜，一会儿分岔，一会儿聚合……又仿佛是小树生长过程的视频快放，从一根小小的苗，快速地成长，然后生成两个枝丫，两个枝丫又生成四个枝丫或者六个枝丫，枝丫生枝丫，以一种充满生机的韵律，一种勃发美感的姿态不断地向外扩展，扩展……纹路有条不紊地布满了内壁。

李铭、谭校长、丁一卓和陈元此刻眼睛都不由自主地睁大了些，霍恩淡漠的脸上也闪过一丝惊异。唯有苏圆和林跃相视而笑，面露得意之色。

“魂笔制作师都是先在纸上画好导流图，然后对照导流图在内芯画出导流槽，最后用刻针或者刻刀雕刻导流槽。”林跃压低的声音里是藏不住的冷笑，“为了过关，他也是豁出去了。”

苏圆鼻子哼了一声：“希望他的这份自信能够坚持到最后。”

丁一卓瞥见两人这副表情，不由得暗叹了一口气。这个表妹虽然与他一起长大，但受姑姑和姑父的影响更多，过分看重造纸师的荣耀，以至于对其他任何职业都懒得付出关注。就像现在，连大一的陈元都从简墨的操作中看出他的高明之处，已经是大二生的苏圆居然还会误解石主任的话是指责简墨在偷工减料。

简墨刻完一支，如法炮制另外一支。直到两支都做好，他将两个半环笔芯对好，轻轻打入插片，将它们连接成一只环。至此，魂笔最重要的环节，完成了。

接下来装好外壳，灌入点睛，合上保险环，简墨方才合上眼睛，深深舒了一口气。等他将目光从魂笔上移开的时候，看见周围人都一动不动地盯着自己，愣然了一秒，方才把魂笔递给霍恩。

霍恩将魂笔交给纪律监督会的工作人员。三分钟后，得到肯定的回答后，他扫了一眼面色如墨的苏圆和林跃，然后把目光转向其他人，宣布道：“本次比赛选手陈元所用的魂笔符合比赛方要求，参赛成绩有效。”

第九章

墨力的真相

比赛结束当晚，简墨并没有像薛晓峰建议的那样，回寝室庆祝一番。而是去了与简要事先约好的某个地方。

这是京华市陆伸区的一栋小建筑。这栋全身白色的小建筑才刚刚装修好，花草树木错落有致，看上去颇为赏心悦目。

“今天的事情最后处理得如何？”简要关心后续进展。

“……折腾了一下，但还算圆满。对了，今天我遇见一个人。”简墨将谭校长妻子的异常告诉简要，“也许是谭夫人意外去世，谭校长担心儿子接受不了，偷偷写造了一个与谭夫人相似的纸人。说不定，还是一型纸人。”

“回头我会调查一下这位谭夫人。”简要点头表示记下，然后指着建筑和庭院问，“您觉得这个地方如何？”

在简墨打量周围的时候，简要继续说：“首家纸源虽然能够提供人才储备，但是为了以后长远发展，我觉得应该成立一家属于自己的造纸研究所。”

“安静宜人，是个适合创作的好地方。”简墨满意地评价。

“少爷给取个名字吧。”简要笑道。

简墨想了想：“文无第一。那就叫第二造纸研究所吧。”

“那么，欢迎光临第二造纸研究所。”简要推开一扇玻璃门，做了一个请的手势，“少爷，化生池往这边走。”

“你是不是早就打算，让你弟弟做这里的第一位化生池体验者了？”简墨从自己背包里拿出一张半成品诞生纸。

诞生纸上青蓝色的字迹，犹如成千上万双形态各异的翅膀，在无边无际的苍穹下翱翔。

“自由之意志，冒险的心，于万千世界中化身万千，于万千化身中始终如一。”

“得意失意，勿忘回家。”

看了一眼躺在化生池边等到睡着的简墨，简要轻轻推门而出，踩着楼梯上了研究所的天台。

“您既然已经来了。”简要说，“为什么不和他见一面呢？”

倚在栏杆上抽着烟的中年男子闻言，目光从闪着微光的化生池旁边收回，微微一笑，“就在这儿看着，不是一样吗？”

“重简方略实力提升得太快，少爷已经察觉到一些异常。还好他不清楚常规纸人组织扩张速度是怎样的，勉强被我糊弄过去了。”简要淡淡道，“少爷一直没有放弃找你。”

中年男人没有说话，只是缓缓地吐出一个烟圈，看着它慢慢变大，然后又吐出一个，快速地从第一个环中钻了过去。他颇有兴趣地打量自己的杰作，然后笑了一笑。

“雏鹰长着翅膀，迟早要飞上天空。”中年男子说，“就算是狮子喂养大的，也不可能一辈子跟着在陆地上猎食。”

“我走了。”他伸手捞起放在一边的爵士帽戴上，左手虎口的斜十字疤痕格外明显，“其实，从你诞生的那一刻起，他就不再需要我了。”

从今年3月起，亚欧造纸交流就成了泛亚民众最热衷的热门话题之一。虽然简墨觉得那天恶意举报的事情，相对全泛亚比赛中发生的种种，只是一朵不起眼的小水花。但相对于其他题材，内容重复且乏味的报道，这种突发的非常规事件反而更容易为普通民众所关注——尤其是当它还拥有一个令人喜闻乐见的反转结局时。

谢首这个名字因此也在京华市造纸圈中有了一定的知名度。陈元作为当事人之一，哪怕以特六级的成绩落选，一出门也被各路记者围追。以至于这几日，两人只要没课便寸步不离寝室，全靠薛晓峰带饭。

不过这种舆论的持续关注带来的压力也并非全无好处。苏圆和林跃在市预赛结束后的第一次学生会例会上，就被公投剥夺了学生会成员的身份，并报送学校处分。校长室立刻批示两人记大过一次，留校察看。

造设系的学生们几乎奔走相告，举手相庆。如果说去年曙光狂欢会中，苏圆和林跃因捣乱被简墨赶出筹备组的事情让整个造设系精神一振，那么这次官方盖章的处分，则彻底让他们开始正视自己：造纸系又怎么样？不但无耻地陷害同学，还丢人丢到学校外面去了。你们有什么资格对我们整天趾高气扬，指手画脚？

最高兴的人当数造设系的主任石正源。他大摇大摆地坐进李铭的办公室，毫不客气地打开主人最好的茶叶，泡了一壶茶。“我就说这小子不错！不行，他这么按部就班地上课太浪费时间了，我得找他谈谈……尽快修完四年学分，马上考研究生。我先预定了，可不能让这小子跑别人手里。”

李铭低头捧着杯子闻了闻茶香，慢条斯理地给老同事泼凉水，“你傻了么？那孩子的手法是两三年能练好的吗？你看看学校里大四的学生哪个有这种水准？”

“你的意思是在这之前就有人教他制作魂笔了？”石正源彻底冷静下来，“十年前这孩子只有八九岁吧？”

“你还是先问问谢首吧。”李铭拿起茶杯，一向淡然的神色露出一丝惘然，“不知道是不是我的错觉，这个孩子认真起来的样子，总觉得有些眼熟，好像从前在哪里见过？”

恶意举报事件带来的影响不仅仅是对京华大学，事件中的相关人员也受到了不小的冲击。

“你这次市内预赛不但突破特级升到异级，还直接越了两个等级拿到京华市预赛的出线资格。”丁爷爷送走了一位访客后，回到客厅向孙子意味深长地问，“这么多人上门道贺，我原以为你会很高兴。”

丁一卓挤出一个笑容，强行转开话题：“本来确实是一件值得高兴的事。不过苏圆闹出这样的事情，我实在是开心不起来。姑父前天打电话过来，说她正在家里闹脾气，连学校都不去了。虽然没有直接指责我，可我听得出，他在怪我没有维护表妹。”

“那你怎么说的？”

“我建议他让表妹在家冷静几天。”丁一卓冷笑，“人可以蠢，可不能认不清自己的立场。虽说她这次损害的不是丁家的利益，但为了一己私欲，拆自家墙角，这种习惯可不能让她养成。”

“有机会我会找你姑姑谈谈。”丁爷爷望着孙子，笑容里是欣赏和满意，“趁早把根子给她掰正。”

这时有人敲门进来，是丁爷爷的贴身助理。他向丁一卓点了个头，然后向丁爷爷汇报：“董事长，双槽导流技术的授权合同已经签好了。”

丁爷爷点点头：“既然已经拿到了，那就尽快投入生产吧。”

“墨力还是不肯与我们见面？”丁一卓问，得到肯定的答案后又道：“他的代理崔明倒是不错，重诺守信，头脑还灵活，胆子更是大得令人赞叹，居然敢利用我们对墨力的拉拢之心，挑起我们十一家联合起来对付齐家。他就没想过，我们会趁火打劫，逼墨力现身？”

“你可想与其他十家一起分享墨力？”丁爷爷笑眯眯道。

“这就是他有恃无恐的地方。”丁一卓叹了一口气，“明面上我们还真没别的方法，只能另辟蹊径了——这个崔明，我们有没有拉拢的可能？”

“你当爷爷没有想过？这件事后，崔明接替了他前总监的位置，进入点睛纸笔的高层。墨力的代理协议依旧由他保管。别的不说，光是双槽导流这一项，合约期他就可以拿到一年八十万佣金的提成。另外，点睛纸笔的总监级别年薪也在百万以上。虽然这笔钱丁家不是不能给他，但如果崔明真是个聪明人，就不会为了一时之利卖了墨力，毁了自己下半辈子的名誉和前程。”

照例在唐宋度完周末，简墨回到了宿舍，却没想到有人正在等他。

“东一区预赛8月1日举行。”丁一卓直述来意，“我想向你定制两支魂笔。”

简墨还未回答，薛晓峰先激动起来了：丁一卓先前参赛的魂笔是大四师兄中最出色的学生制作的。如今他居然转而向阿首定制，必是因为在市预赛时亲眼见识过阿首的制笔水平了。这说明阿首的魂笔水平已经达到了大四生的水平！

陈元也没有意外之色，但他心里对谢首制笔水平的判断比薛晓峰还要高一些。作为目前唯一使用过谢首魂笔的京华学生，就他数年的经验来看，谢首不仅超过校内学生水准，也超过了一般市面上制式的魂笔水平——或许只比自己成年礼上，父亲送的那支魂笔大师定制的作品略逊一筹。

只是有一件事情陈元有点想不通：经过十六岁时的天赋测试，才会被确认是否拥有造纸天赋。如果拥有造纸天赋，谁会去学习魂笔制造？谢首高二时才发生魂力暴动。在此之前，他是不可能预知自己会成为造设系的学生的。那他是如何磨炼出这样超群的制笔能力的？

当两人都满以为简墨会欣然应允，却见他表情迟疑了一下，道：“丁师兄，这件事情可以让我考虑一下吗？”

纵然丁一卓稳重，但面对如此出人意料的回答，面色也微微一变。他收起脸上的错愕，温和道：“我能知道你顾虑的原因吗？”

简墨为难地说："不是我不愿意为你制作魂笔，而是不能。"

前日，他的代理人崔明才将自己把齐家拒之门外后引发的一系列事件告知他。挂了电话，简墨便找来目前最新版的《泛亚导流槽结构大全》，彻夜未眠翻阅到今天凌晨才堪堪结束。他这才深刻意识到，过往十六年他爸教给他的那些魂笔制作知识，到底有多么珍稀宝贵，令那么多人垂涎欲滴。借给陈元的魂笔，或许勉强还能以仿制为借口来解释。但定制魂笔不同于制式魂笔，必须做到精准匹配，一旦全力以赴，他是否会暴露墨力的身份？一旦暴露后，丁家又是否会对自己做出不利的举动？

丁一卓在市级预赛中破级成为二级异造师的消息，简墨早已经知道。这个消息虽然在大众舆论中没有产生太大反响，但在整个京华造纸师的圈子里，引起了极大的震动。须知陈元在特级基础上连越两级，都能引起无数特级师的嫉妒，甚至引来苏圆和林跃的陷害。丁一卓却是在特级的基础上破级，再在异级的基础上再越一级。在业内人的眼里，这完全可用"匪夷所思""不可思议"来形容。简墨听楼船雪说，这段日子前往丁家拜访的异造师络绎不绝，搞得这位学生会主席几乎要闭门谢客了。

异造师主动上门请求定制魂笔，对曾经的简墨来说，是求之不得的机会。但如今他却有些犹豫了。这个时候，简墨才深刻怀疑，简要从那么早就开始为自己伪造人设背景，是不是早就料到了有这一日。

丁一卓不知道简墨此刻内心所想，他脑子里推测了所有简墨可能拒绝的原因，道："如果你是担心造设系的高年级对你不满，我可以用丁家的名誉向你保证，就算我毕业了，学校里也没人敢欺负你——至少造纸学院里没人敢。"

此刻已经有了计划的简墨还摇摇头，"不是这个原因。不管是丁师兄还是其他人，因为一些暂时不能公开的原因，我目前还不能接受任何订单。当时把魂笔借给陈元，只为救急。如今若是陈元再向我定制，我也是做不了的。"

丁一卓半信半疑，思考了几秒钟，将本来打算放在下一步进行的筹码拿了出来，“谢首，我不知道你有什么难处，但还是希望你能郑重考虑一下。现在你声名在外，想必过不了多久就会收到不少定制请求。倘若你都拒绝，只怕于你的前程不利。我知道你有首家纸源企业做依仗，但是纸源企业同样也要依仗造纸师。况且你作为魂笔制造师，总是要接单的。那么我希望你能够选择我，或者说，选择丁家这个盟友。”

听到首家纸源与简墨关系匪浅，薛晓峰又吃了一惊。陈元却没有太大反应。

对于这位学生会主席这么快就打听到首家纸源是自己的，简墨并不吃惊，万山丁家的本事他从来没有小觑过。只是丁一卓就这样递来了橄榄枝，让他还是有些意外。

思考了很久，简墨回答道：“丁师兄的诚意我心领了，但这件事情我不能马上做出答复，希望丁师兄给我一天时间。”

第二天下午放学后，简墨又回到唐宋。简要已经把晚餐摆好了。

“这是什么东西？”简墨好奇地指着其中一盘问。盘里的菜叶颜色艳丽，他还从来没见过。

“万千加急寄回来的，说是当地的土特产，经常食用可以去火排毒，清肝明目。”简要笑着，拿起旁边的纸巾。

简墨犹豫了一下，拿起筷子夹起一片放入口中，才嚼了一下，一种像是胆汁和芥末混合在一起的味道立刻席卷了整个口腔，接着又直冲上鼻腔，立时弯腰全吐了出来。

“呸呸呸——”他接过简要递来的纸巾，擦去被刺激出来的眼泪鼻涕，马上意识到自己被简要耍了。“你是不是早知道这玩意儿是这种鬼味道？！”

“略尝了一小口。”简要笑得更开心了，“真难为他找到味道这么古怪的食物。”

“上次寄回来的小鱼干味道也是——”简墨皱起眉头，“他在外面就找不到能吃的东西吗？”

“我猜，他大概是想和您分享一下，吃到这些东西时的感受。”简要的揶揄让简墨忍不住翻了个白眼。

晚餐结束，简墨问：“你中午打电话说晚上有一个人要和我见面。是谁？”

简要看了看手腕，“他应该已经到了。”

一分钟后，一个约莫三四十岁穿着宽大外套的男子，在简墨对面坐了下来。他取下墨镜、口罩，还有帽子，清秀的脸庞显得有些紧张。简墨隐隐闻到对方身上淡淡的药品味道，却没有在记忆里找到这个人的影子。“您是哪位？找我有什么事情？”

男子的回答却让简墨猛然瞪大了眼睛。“我是京华大学医药学院实验室的一名研究员，我叫张代英。我想，或许你有听说过……连英这个名字。”

一个小时后，这位研究员重新乔装，离开了唐宋。

简墨从窗户看着张代英远去的背影，回想着刚刚对方所说，内心难以平静。“他说当年怂恿张亚写造自己的人，是谭长秋。而谭长秋这么做的原因，是因为挪用了学校科研的专项资金，所以不希望连英独立出来新建实验室，导致罪行暴露。你觉得这话有几成可信？”

简要摇摇头，“前面一半可信七八成。后面一半可信一两成。早前我查过谭长秋，他手上权力不小，类似的传闻从来没断过，但也从来都没人拿到过切实的证据。张亚这么说，可能是他自己捕风捉影，也可能是谭长秋故意误导张亚。”

“我们现在基本可以把调查重心挪到谭长秋身上，但需要解答的问题还有很多。”他顿了一顿，“张代英说他是由谭长秋带给张亚的。如果这是真的，他的造师是谁？在整件事中，这个人到底仅仅是一个工具，还是一个举足轻重的角色？谭长秋的妻子会不会也是这个造纸师的作品？到底是谭长秋本人主导了谭夫人的复刻，还是别人复刻了谭夫人来偷换本尊？谭长秋怂恿张亚的真正原因，会不会跟谭夫人的复刻有关？”

简墨听到这一长串问题，不由得皱起眉头，“还有一个问题，张亚为什么会主动找我说这些？”

“因为少爷到京华这么久，不但没被赶出去，还活蹦乱跳的。”简要嘲笑道，“张亚知道他自己是肯定摘不出来了，又害怕您，或者说连蔚报复，所以交代出一个目前不知道是真是假的怂恿者，好减轻他自己的罪行。”

看到简墨脸上不屑的表情，简要笑了笑，“连英的事情今天先告一段落吧。你救的那个男孩的写造蓝本找到了。”

“找到了？”简墨不由自主地坐直了身体，“是谁？”

“蓝本名叫宋朗，今年十一岁，东三区未城人。去年十二月份在学校发生意外，眼部受伤失明，只有进行眼球移植才能重见光明。宋朗的父亲是东三区纸人管理局副局长。母亲因是李家旁系，手上握着李氏造纸研究所在东三区的采购权。万千采集了那个男孩——姑且叫他宋小朗吧，采集了宋小朗的DNA，然后通过防走失基因库的信息对比到宋朗，接着去未城核对了两人的相貌年龄，并调查了宋朗的近况，最终确定了此事。”

简墨问：“能通过他们追查到那些造纸师吗？”

“万千查了宋家自去年12月起的异常动向和所接触的人员，还有自那时起他们的资金流向，发现宋朗母亲李依云名下有两笔较大数额的款项，在今年1月和2月，辗转汇入了峰起区万晨大厦一家叫作东盛的纸源公司。这家公司夏历5139年成立，到现在有十一年了。生意一直不上不下，内部管理也是一塌糊涂，但账面却很好看。有风传说，它是专门用来洗钱的一家公司。业内曾经有人向工商部门举报，但查了两三次没查出什么，就不了了之了。”

“这家公司的老板是谁？”简墨面色发冷。

简要摇摇头，“法人代表叫张盛源，但估计只是被推到台前的伪装。万千眼下重点在查这家纸源公司和他们主要成员的资金流向。结果还需要等一段时间。”

两人都清楚，他们追查这个非法造纸团伙的时候，对方很可能已经造生了另一个宋小朗，用以继续完成这笔交易。

“万千手下的情报网正严密监视着宋朗的行程。”简要安慰道，“一旦发现他有离开或者入院的动静，会立刻通知我们。”

此时此刻在京华市谈论着宋朗这件事的，还另有其人。

“3月份以前的单子都结了，除了李依云那个。其他的都很顺利。”如果简墨、简要，或者宋小朗在这里，肯定能认出这个将窗帘拉起的中年男子，正是从海息区仓库离开的那个中年男子。

浅米提花窗帘遮住外面的重重暮色。灯光漫反射回房间，室内反而更加明亮了。

中年男子说话的对象正躺在书桌后的椅子上，双脚交叉放在桌面，手里把玩着青金石手钏问：“518号还没找到？”

“没有。”中年男子的声音有些无奈，“火锅店门口的监控也毁了。镜虽然察觉出卫生间有异能发动的痕迹，但又无法感应出异能的类型，也无法追踪对方的去向——跟以前一样，关键时候一点用也没有！”

“你这要求可有点过了，他的天赋不在于此。”那人斜睨了他一眼，“虽说你自己的造纸，怎么对待他别人无权置喙。但你和镜也没必要搞得跟有仇一样。”

“是我想这态度吗？”中年男人冷淡道，“他整天要死不活，不踢不动，好像我欠他什么一样。当初天性赋予是哪里出了错吗？！”

“我记得他以前不是这样的。”那人想了想问，“是不是后来他对你有什么误会？”

“谁知道是怎么回事？”中年男子无所谓地道，“我可没那个闲情逸致，时刻体察一个纸人的心思。我可不像你，纸人造生日还要送礼物。”

“好了，说正事吧。”那人放弃劝说，问道：“李依云的单子没再动吧？”

“前脚人不见，后脚乌鸦就来了，我哪里敢动？”中年男子的声音里透着不悦，“虽然海息区的工作室里没留下什么，但我们不知道惊动乌鸦的人到底是谁？到底知道多少？所以还是以静制动的好。”

“这段时间，其他单子也在做，乌鸦并没什么反应。我觉得，对方意外撞上的可能性更高些。”那人放下双腿，站起来走到窗户边，透过两片窗帘间的缝隙向外看。此刻夜幕降临，大地上的灯光有若繁星，勾勒出繁华的街道和华美的建筑。最显眼的便是，此刻位于这栋建筑南方的星光塔，也是京华市最高的建筑。

“宋朗的复刻品只是三型纸人，对自己的蓝本一无所知。单凭一张脸，想要查到宋朗身上，不知道要到何年何月。单纯只是泄愤的话，毁了那个仓库也差不多了。但想要继续查下去——”那人眼睛里映射着星光塔美丽的身姿，瞳孔里却透着漫不经心又危险的光，“需要付出的代价，就不是什么人都能够承担的了。他们要是足够聪明的话，想来也会知难而退吧。”

“如果他们脑子不好使，非要抓着不放呢？纸人组织中的极端分子可不少。”中年男子的声音没有那么乐观，抹一把额头，不觉让发际线越发靠后，“要不，这段时间我们先停一停？”

那人摸着手腕上的青金石手钏沉思了几秒。“也行，谨慎起见，就先停一段时间。李依云那边安抚一下。那女人脾气不好，得想点办法让她把嘴巴封紧点。另外，派人盯着东盛纸源——白闪和黑关你都可以安排。必要的时候，让书冢名单上的人配合一下。”

“我现在就去安排。”中年男子起身要走，那人却叫住他，“等等，这件事不急。最近……谢首那边怎么样？”

“他最近得意得很。”中年男子语含讽刺，“齐茵眼下正忙着自救，根本没精力来整治他。圆圆前段时间想教训个大一生，结果被他横插一杠，挑到了他们院长面前——就这样，一卓居然还想抬举他做自己的魂笔定制师！”

“除了这些，谢首还有其他异常表现吗？”那人的神色不耐，懒得继续听这些校园纷争，“查老谭的人找出来了吗？”

“暂时没什么收获。”中年男子回答，“只听说张亚最近情绪有点不太稳定。我已经让老谭去警告他了。”

“圆圆那个层次已经掀不动那个断眉小子了。看来只能我们这些老家伙厚着脸皮出面了。”那人淡淡道，“造纸学院的学生按例大二会来总部参观，你设法提前一下。”

简墨提出的一天考虑时间很快就要过去。此时此刻的丁家别墅中，丁爷爷揶揄起自己的孙子。

“哟，考虑考虑——这小子的谱还摆得挺大的。我孙子一位二级异造师都放下身段主动邀请了，他居然如此不知趣……哈哈哈。”

丁一卓面无表情地岔开话题：“崔代理不是说墨力对邀请没有兴趣了吗？今天怎么会主动上门？”

丁爷爷笑着强调：“说起来不是约我们，是约你呢。”

丁一卓愣了一下，“约我？”

这时助理走进来，“崔代理到了。他还带了两位客人。”

丁爷爷拿起手杖，指了指门，“走吧，去看看。”

搀着爷爷走进房间的丁一卓目光猛然定住了：坐在左边单人沙发上，一身深灰色职业装束的中年男子显然是代理崔明。但坐在中间沙发上的少年和他身边侍立着的年轻人，却是他认识的——谢首，以及他的管家简要。

崔明一见来人，立刻笑容可掬地站了起来，“丁董事长好，丁先生好，我是崔明。很荣幸见到两位。”

他微微转身抬手，郑重其事地介绍：“这是我的委托人，谢首。同时，他也是双槽导流技术的研发者——墨力。”

丁一卓的嘴唇微微开启又合上，过了两三秒才意味深长道：“谢首同学，你真让我吃惊。”

“原来你常提起的谢首同学就是墨力？”丁爷爷眼中的惊讶一闪而过，笑意更浓，“年少有为啊。一直想与你见一面，却没有这个荣幸。不知道是什么事情，让你改变主意亲自上门，真是让鄙宅蓬荜生辉。”

“丁老先生见笑了。”简墨礼貌地回答，“一年前起，我将自己制作的魂笔全权委托给点睛纸笔代为出售。按照协议条款，我不可以私下出售作品给其他人。崔代理一直是我的代理人，在这一点上他最清楚不过。”

崔明立刻说：“这些我可以证明。墨力是一个很遵守协议的委托人，我们的合作一向很愉快。昨天他主动联系我，希望能够在协议之外再签一个补充协议——因为涉及贵府的丁一卓先生，所以今天特地一起登门拜访。”

“丁师兄，墨力的身份公布出来，会给我带来很多麻烦。”简墨解释道，“之前在学校里不能坦然相告，希望你不要介意。”

丁氏渴求的魂笔制造师墨力主动登门和墨力、谢首其实是同一个人，这两个消息同时到来，丁一卓一时搞不清楚自己是该高兴还是该警惕，反应不免有些冷淡，“自然不会。”

崔明是个会察言观色的，连忙插嘴说：“不如我们先看看这份补充协议吧。”

他拣重点说明了一番后，将协议递给丁一卓，“如果您有其他的想法，我们可以马上商议。”

崔明拿着这份协议足有五秒，丁一卓才接过来。他垂眼去看纸上的文字，目光一行行地滑过，表情几乎没有变化。只有熟悉他的丁爷爷知道，此刻丁一卓是心不在焉的。

三分钟后，丁一卓放下协议，直视着简墨，“如果我要求与你签订一份专属定制合同，你愿不愿意接受？涉及点睛纸笔这边的违约费用，我会一力承担。”

简墨有些意外。专属定制意味着合约期内他只能为丁一卓一人制作魂笔。除非丁一卓同意，简墨的作品不能卖给其他人。当然相对的，丁一卓会付更高的报酬——专属魂笔制造师基本上可以说是由其所属的造纸师供养的，他们的生活一般都非常优渥。

见谢首只是望着自己没有说话，丁一卓心里冷笑一声，嘴角勾了起来，微微抬起下巴，“你是觉得丁家提供不了这份保障，还是我的未来达不到你对自己前程的期许？”

当魂笔制造师的能力到达一定高度，造纸师就不再拥有绝对的选择优势。魂笔制造师认为某位造纸师的天赋已经不足以匹配自己的能力，就有可能选择放弃，转而服务另外一位更优秀的造纸师。

但就一名二级异造师和一名“初露头角”的魂笔制造师而言，前者明显占据了压倒性选择优势。此刻只要丁一卓公开宣布想签订一位专属魂笔制造师，毛遂自荐者立刻就能踏破丁家的大门。面对送上门来的良机，简墨如果拒绝，在外人看来，未免就有些不知好歹的意思了。

然而在场所有人都看得出来，简墨并没有对这份邀请感到欣喜若狂，甚至没有太多开心，反倒像是被出了一道难题。

崔明觉得自己有点了解这位委托人的心情：谢首不过十八九岁就小有成就，未来自然更加不可限量。二级异造师虽然是天赋不错，但与其早早把自己绑死在一棵树上，等到羽翼丰满时，再来好好挑一挑，岂不是更圆满？类似双槽导流这样的技术，以后再来一项，就足够他的委托人吃一辈子的了。

简墨垂眼不说话，身后的简要更是只笑不语。

丁一卓目光傲然，并没有半丝商量的意思。这位素来低调的学生会主席，终于露出他世家子弟盛气凌人的一面。

局面一时有些僵持。

丁爷爷不明白自己的孙子为什么会突兀地提出这么一个要求，轻轻咳了两声，“一卓，你的要求是不是有点……太突然了？让你的这位小师弟考虑考虑吧。崔代理还在，你这样当面挖墙脚，是不是有点太失礼了？”

丁一卓仿佛这个时候才想起这么一个人，矜持地转向崔明点点头，“抱歉，我有些太心急了。但是我这位师弟的才华确实太让我惊喜了。有冒犯之处，请崔代理见谅。”他虽然重读了“惊喜”两个字，但旁人从他的语气里实在感受不到这两个字的味道。

崔明见多不怪，连尴尬一下都没有，十分善解人意地说：“没关系。我能理解您的心情。”

丁爷爷打起圆场道：“一卓，墨力是你的师弟，也是第一次登门的贵客，不如你带他去参观一下你的造纸工作室吧。”

丁一卓的造纸工作室有两间房。一间用于造生，一间用于写造。

写造室和书房很相似。一面是明亮的落地窗户，一面放着宽大舒适的桌椅，一面全是柜子，里面摆满了各式各样的魂笔、点睛，最后一面则是书架。

简墨还是第一次见到私人收藏的魂笔，不由得停留了好一会儿。不得不说，专业的定制魂笔要讲究许多，不光要考虑魂笔的实用性，还要兼顾它的美观程度。这面柜子里摆了少说有五六十套魂笔，造型各有千秋。

外表最抢眼的是一双外壳镶满碎宝石的魂笔，宝石的颜色从深蓝、蔚蓝、浅蓝、月白过渡到无色透明，用材奢华，却并不俗气，反给人一种晶莹明澈的清新出尘之感。

另外一双的设计让简墨觉得更加惊艳。魂笔外壳应该是采用了特别定制的透明材料，因此加入点睛后，在内芯导流槽的分割下，魂笔的外壳看上去就仿佛贴上了一张青蓝色的剪纸。在写造过程中，不但能随时查看点睛存量，在点睛流动产生热量时，笔身还会从内向外发出青蓝色的荧光。简墨光是想象一下，都能感受到那份美丽。

思及自己制作的魂笔，简墨不仅有些汗颜。他向来只考虑魂笔的使用效果和手感，外观方面一向能多简单就多简单。就算在点睛纸笔注册后，也只是在笔身上加了一个简要设计的草书“墨”字Logo。不过欣赏归欣赏，他并没打算朝这方面发展。

至于点睛，存放的方式花样就更多了。最常见的点睛存放容器，不过是六角或八角的圆口玻璃瓶，至于是透明的还是不透明，则依所盛点睛的存放条件来定。丁一卓的收藏里，材质从拙朴的紫砂到明净的水晶，从典雅的陶瓷到华贵的黄金，造型从简约大方的立体几何到栩栩如生的蔬果花木，从姿态婉约的美人到萌态可掬的动物，令人大开眼界。

简墨赞叹地看了一会儿，便从收藏柜前走开。另一面墙的书架上陈列着许多书册和手稿。他扫了一眼，发现上面不是造纸书籍，便是各类专业书籍，没有一本文学作品，不免有些失望。

“很失望？”丁一卓站在简墨身侧，敏锐地发觉到他的情绪。

“相对来说，我还是更喜欢以前的文学作品。”简墨如实说。

“听说你以前用的是传统派的手法。可惜我这里没什么这方面的资料。”丁一卓顿了一下道，“下一次比赛的原文我已经准备好了。你要不要看一看？”

既然对方主动开口，简墨自然从善如流。

在造纸工作室里，丁一卓和简墨第一次以造纸师和魂笔制造师的身份近距离交流。而小客厅里，崔明、简要、丁爷爷三人正在喝茶聊天。

“简管家，你跟着你家少爷很长时间了吧？”丁爷爷笑眯眯地问，“我看他很信任你。”

简要微笑着回答：“少爷人很好。”

“我听一卓提过他很多次了……小小年纪就才华横溢啊。”丁爷爷挥手自得道，“想来谢家是家学渊源，教子有方。不知道你家少爷师承何人？”

“少爷天资聪颖，是自学成才。”简要笑答，毫无胡说八道的尴尬。

丁爷爷旁敲侧击了半天，简要都巧妙地避开了话语中的套，愣是没让对方查探到一点实质性的信息。

“简管家如此小心谨慎，看来是防着老头子咯？”丁爷爷板起脸，似乎因为连连被敷衍感觉到被冒犯了。

简要不卑不亢，“家规如此，即便是少爷也不得不遵照。我奉命侍奉少爷，自然更要谨言慎行。丁老先生作为一家之主，想来也会赞同这个道理的。”

丁爷爷拿滑不溜秋的简要没辙，只好随便拿些风俗趣事、吃喝玩赏的话题来打发时间。

没想到不管谈到什么，这位简管家都能聊上几句。话虽不多，但句句显真章。俗话说三代富才知吃穿，五代富才晓文章。丁爷爷隐隐也有些相信传闻——谢首是出生于某个传统派隐世家族。

像丁家这样从造纸术诞生初期兴盛到现在的家族数量并不多。有因后辈天赋不足而逐渐没落的，也有因传统和现代两派之争而凋零的。后者在造纸术诞生初期大多极为兴旺，有的甚至与李家有着千丝万缕的牵扯，因此手中藏有别人不知道的造纸技术并不为奇，谢首手中的魂笔制造技术显然就属此列。回想这个少年的言谈举止，丁爷爷又莫名感叹，没落的世家教养到底还是差些。虽没有什么特别失礼之处，但身上却少了世家子弟自小熏陶出的那份矜贵之气。

三人一直聊，直到简要摸出怀表，“快9点了。”他向丁爷爷笑了笑，“少爷大概谈得太尽兴了。”

简墨确实在写造室里与丁一卓谈得忘记了时间。话题一扯到造纸和魂笔上，两人就立刻感觉到多了很多话题。

“……越是没有限制的能力，失败的可能性就越高。”丁一卓坚决地反驳，“你这种设定好归好，但是赋原指数能有多高？”

赋原指数？简墨这次不能手动回复“呵呵”，只好不动声色地问：“听说你上次市内预赛的作品是异二级，赋原指数是多少？”

“80%。”丁一卓听到他提及市内预赛，神色忽然有了些微妙的变化。他的眼神在简墨身上稍触即离，有些不太情愿地吐出了这个数字，然后用一种轻描淡写的语气说："是低了些。所以现在正想办法提起来。"

简墨还在想这个新名词，便听到简要敲门问话。简墨知道儿子在催他回家，虽然觉得刚刚与丁一卓谈得十分投缘，但还是起身告辞："今天时间也不早了，我们改天再接着聊。"

丁一卓刚从一场畅快淋漓的争辩中回神，再看眼前的少年，不由得生出一股棋逢对手的惺惺相惜之感。回想起自己之前提出的要求，丁一卓也觉得自己有些强人所难了，当下不自然地咳了一声，"让你的代理人把协议留下吧，我先看看。"

简墨露出一个释然的笑容，"好。"

回寝室的路上，简墨用手机登了点睛纸笔的后台，给联系人表里的骆驼留言："赋原指数怎么判断？"

过了一个小时左右，骆驼才登录，例行嘲笑了一番后给了回复。

赋原指数是指诞生的纸人对原文三大赋予的还原程度。同一篇原文由不同的造纸师来写，造出的纸人也会存在差异。比如写造一位出色的钢琴师，有的人只能写出普通钢琴教师的水准，有的人却能写出闻名世界的钢琴大师的水准。写造出来的纸人越接近原文中描述的，则赋原指数越高，反之则越低。

目前公认的影响赋原指数的因素有两项：第一是造纸师的等级。当造纸师的天赋无法满足原文中某项天赋赋予的深浅度要求，那么纸人就无法100%表达这份天赋赋予，而当这种表达程度低于60%，那么造纸就会失败。第二个因素就是造纸工具。如果造纸工具无法最大限度贴合三大赋予属性的要求，同样会导致赋原指数低下。

早期赋原程度的判定在实际操作中存在着很大的难度，因为多数原文对三大天赋的描述并非可量化的词句。后来，经过诞生纸档案局的长期观察，发现赋原指数的高低与诞生纸上点睛的浸入程度和颜色息息相关。

将诞生纸翻至背面，观察到的点睛浸入越彻底，颜色越接近点睛原色的诞生纸，纸人的赋原指数越高。反之点睛浸入越浅，颜色与点睛原色差距越大，纸人的赋原指数越低。诞生纸档案局根据这两个指标，将赋原指数划为十个等级：低于60%即造纸失败，60%以上每增加5%为一个等级。为了方便辨别，造纸管理局规定点睛制造商，产品颜色不得为黑色。而在天赋测试和正式比赛中，必须使用青蓝色的点睛。

“诞生纸上点睛的浸入程度以及与原色的差距。”简墨心道，难道这就是所谓的“力透纸背”。

“简要，将你的诞生纸给我看看。”简墨说。

青蓝色的字迹如同景泰蓝上的掐丝，深深嵌入纸中，与诞生纸完美地融合成一个整体。翻到背面，青蓝色的字迹虽然没有正面那么清晰浓艳，但每一笔每一画都完整地透过来，阅读起来毫不费力。

满意地点点头，他正要把诞生纸还给简要，不经意却看见背面左上角一串小小的数字——“A-E027-5147-0525-0384”，像是编号之类的东西。

简墨上一次见诞生纸的时候并没有注意到这个，“这是什么？”

简要解释道：“这是诞生纸的编号。”

“什么？”简墨顿时紧张起来，“你的诞生纸被编过号吗？不是说造纸管理局不知道你的存在吗？”

简要不由得笑道：“少爷不用担心。官方许可的制造厂家生产的诞生纸都有编号——就相当于原人的身份证号。它不过是造纸管理局为记录纸人数量，管理造纸配额的手段而已。凭借这个编号，三大局就能知道这张诞生纸对应纸人的状态和信息，是空白的、半成品还是已造生，是哪位造纸师写造的，并且还能查到原文内容。”

“这个编号有没有，对纸人本身意义不大。您在六街长大，最清楚不过。只是大部分企业在录用纸人时会要求拥有编号。如果遇到需要编号的情况，只要让造师拿着诞生纸去造纸管理局配额科补个号就行了。当然了，造师也需要承担一笔罚款，作为私造诞生纸的处罚。”

第十章

追查纸人蓝本

位于京华市峰起区的万晨大厦是一座建成十年有余的写字楼。因为楼层颇高，在附近也算是一处地标式的建筑。

“我扶你上去吧，张总。”司机座上的助理机灵地打开车门，扶出一位醉醺醺的蓝色西服中年男士，“要不您就在车里等着吧。要什么东西，我上去帮您拿。”

“不行。”张总满脸通红，一边打着酒嗝一边摆手，“那文件放在保险柜里呢，你又不知道密码……放心吧，我最多五分钟就下来了。送完文件，我们一会儿……一会儿回去继续嗨！”

“唉，您说这都12点了，什么文件要得这么急，还要您从KTV急匆匆地赶回来。”助理愤愤不平地说。

“好了好了……小王，你就在这里等我，我马上下来。”张总摇摇晃晃进了写字楼的电梯，按下39层的按钮。

万晨大厦39楼整层都属于东盛纸源，装修也颇有档次。虽然这栋写字楼里的人都知道它在业界名不见经传，但这并不妨碍他们断定这家公司的老板十分有钱。

张总在写字楼里待了二十多分钟还没出来，他的助理便找了上来。“张总，您还在吗？”

“在这里，我在这里……你过来扶我一下。”张总模糊不清的声音从办公室里传出。

助理连忙跑了进去。不知道为什么办公室里的灯都没开，里面一片昏暗，只能通过从落地窗透进来的微弱光线，看到保险柜旁靠坐着一个人。

他快步走过去，才一挽住张总的胳膊，整个人便如同触电一样，全身不由自主地颤抖起来。

“张总”缓缓抬起头，明亮的眼睛里哪有一丝醉态，“小王，不是让你别上来的吗？真是不听话。”

助理用尽全身力气挣脱“张总”，踉跄摔倒在地上，一脸惊恐，“你不是张总？你是谁？！你把张总怎么了？！”

眼前穿着蓝西服的人虽和张总身材也有几分相像，但当他站起来时，脸上那份桀骜不驯，绝对不属于东盛纸源的老板张盛源。

“我不是张盛源，可你也不是小王。”蓝西服站到他面前，五指摊开，中间悬浮着的一个拳头大小的电球发出恐怖的噼啪声，炽白色的光芒在昏暗的办公室中将他的脸色映衬得阴森恐怖，“说吧，你到底是谁？谁派你来的？！”

冒牌助理瞪着他手里的电球，手肘支撑着身体拼命向后退去，惊叫：“异异异级，你……你是异级？！”

蓝西服并没有因冒牌助理的窝囊表现放松警惕，“少在我面前装模作样！有胆子来查我们，就应该预料到有今天——”

冒牌助理摆脱了最初的震惊，没等蓝西服说完，立刻翻身向外跑去。

蓝西服冷笑一声，手中的电球扔了出去。冒牌助理慌忙躲避，陆续撞上旁边的两把办公椅，再摔到地上。炽白的电球落到地面，一路将木质地板灼出焦黑的痕迹，直到撞到墙面才消失。被电球蹭到的冒牌助理龇牙咧嘴，不敢有丝毫停滞，连滚带爬地向外逃去。

也不知道是运气好，还是求生欲激发了逃生潜能，冒牌助理接下来又躲过两个电球，逃到了员工办公区。这期间，有两块玻璃墙被电球炸裂，三盆绿色植物被灼掉大半，还有五六张办公桌上的文件被点燃……原本黑暗的办公区，被纷纷点点的火苗映亮。

蓝西服脸上起初的不屑稍稍收敛，眼神变得认真了些。他双手五指伸展，在胸前重叠，向下压去。与此同时，办公区天花板出现了一道电网，密密麻麻的网眼不过硬币大小，向助理头顶扑下。

后者反应惊人，在头顶的噼啪声响起的一瞬间，以更快的速度向公司大门的方向冲去，最后整个人贴着地面，在电网和地面的夹缝中滑了出去。

电光消失在地板下，办公区域的火苗变得更多了。

“跑得还真快！”蓝西服嗤笑一声，“以为这样就可以逃掉了？”

伴随着这句嘲弄，冒牌助理突然来了个急刹车。一张炽白色的电网展开，将去路封住。他立刻转身，发现退路也被电网堵死。冒牌助理就像被夹在两扇电蚊拍里的一只苍蝇，无路可逃。

“怎么不跑了?”蓝西服嘲弄的声音，随着皮鞋底在地砖上敲出的节奏，缓慢而有力地传来。一下一下，仿佛不是敲在地面上，而是敲在人的心头。

随着他的走近，两张电网也缓缓靠近，一步步加重猎物的心理压力。当蓝西服停下脚步的时候，冒着银色火花的电网也堪堪贴着冒牌助理的前胸后背停了下来。

“还不肯说？”蓝西服隔着电网，审视着自己的猎物，“给你最后一次机会——把你知道的一五一十地交代清楚，谁派你来的？你们想做什么？”

冒牌助理的脸被电光映得雪白，原本普通的眼眸变得异常明亮，满脸的仓皇转为诡异的微笑，“你猜？”

蓝西服眼神一沉，倒映在他眼眸上的两张电网猛然闭合。

剧烈的炸裂声同时响起，整个走廊瞬间被爆出的火花照得宛若白昼。然而等到视力恢复如常，蓝西服发现，除了天花板和地板上清晰可见的灼痕外，走廊里什么也没留下。

他的面色一瞬间变得非常难看。

这时，蓝西服背后的公司大门突然打开。玻璃大门后明明没有一个人，可门开之后，却走出来一个长发及腰的高挑女子。

“白闪，他从安全通道下去了。”

莫名消失在电光之中的冒牌助理此刻在这座大厦的第32层。他正顺着楼梯快步下移，第31层的安全通道门毫无征兆地打开。一名长发女子拉着蓝西服走了出来。

冒牌助理蓦地停住脚步，扫了两人一眼，转身向楼上跑去。可他才过半层楼，便见32层的安全通道门打开了。一模一样的两人再度出现。冒牌助理微惊，回头一望：此刻的31层空无一人。

收回目光，他半是讽刺半是赞叹地说：“东盛纸源的资源真不错，又是一个异级。”

蓝西服这次没再指望能简单撬开这位冒牌助理的嘴。为了确定对方的异能，他左右手掌五指对插，手心合紧。六张银色电网瞬间展开，将位于31层的那个冒牌货，从三个不同象限切了个对穿。

他本以为冒牌货会再度凭空消失，然而眼前的这个家伙竟然任凭六张电网穿身而过，连抖都没有抖一下。

“空间系的协律者。”长发女子冷静地做出判断，“电网在接触到他身体一侧时消失，同时出现在他身体另一侧。你的电流并没有触碰到他的身体。”

眼睁睁地看着冒牌助理再度凭空消失，蓝西服脸上出现一丝恼怒，“难道就这样让他逃了？”

“不用担心。他的异能没有你想的那么强。”长发女子声音淡然，“空间系异能最常见的用处就是位移。他却没有直接逃走，甚至连这栋大楼都没有出，你不觉得奇怪吗？”

“你是说，他要么另有所图，故意误导；要么就是根本做不到长距离以及连续的空间传送？”蓝西服又露出了笑容，“那就好办了。”

冒牌助理在一层大厅第二次停住了脚步。他抬起头，电流的噼啪声如同拉响的警报由远及近，万晨大厦一层大厅里所有的电线眨眼间被高压电流覆盖。

如果站在大厦的外面，他便会发现不仅是一层大厅，整个万晨在这一瞬间如蝶破茧，褪去黑暗赠予的黯淡外衣，变得通透莹亮，耀眼夺目，宛若新生的一座海中琼楼。而建筑内部，成千上万条炽白色的丝编织出一张张网，彼此缠绕，彼此重叠，构建出一处力量强大、诡谲怪异的盘丝洞，阻拦着他这只唯一的小飞蛾逃离。

与此同时，他还会发现，此时此刻万晨大厦外围的电力，也都被这里吞噬。无论是街边的路灯、商场的电梯，还是工厂的机器、住宅里的电视机，在这一秒都全部停止了运作。二分之一的峰起区，毫无征兆地陷入了黑暗。

长发女子和蓝西服无声无息地出现在大厅之中。

“现在半个峰起区的电力都在这里。”蓝西服的瞳仁此刻都变成了电光的颜色，“我倒想知道，你的空间系异能能不能突破我这座电墙？”

这一刻，液态钻石般萦绕着大厅四周的电光仿佛有了智慧生命的思维。它们在上空以不受拘束的、怪异的姿态，围绕着小飞蛾三百六十度地流窜着、拉扯着、攀爬着，同时不断地观察着、审视着、琢磨着……看上去令人迷醉又十分骇人。

冒牌助理仰着头，摸了摸下巴，“那就试试吧。”

话音才落，一道电光从头顶的水晶灯落箭般劈下，击穿他原本站立的那块大理石地砖，留下一个被高温灼得焦黑的小坑。接下来，随着冒牌助理在大厅中不断地闪现、消失……原本典雅华贵的大理石地面，如同雨落沙地，变得坑坑洼洼。

长发女子观察了几分钟，对追击中的蓝西服大声道："白闪，他空间位移的距离最长不超过五米，空间隔离的体积不超过五个立方。只要你建立厚度不小于5米的电场，有半个峰起区的电力包围，他是逃不出去的。"

蓝西服傲然地点点头，头顶的电光如同听到笛声召唤的蛇群，又像是听到食物鸣叫的怪兽，自天花板纷纷向冒牌助理游去。它们的速度极快，十分之一秒的时间，便能从大厅这头窜至那头。起初冒牌助理还算游刃有余，但随着加入的电光越来越多，他的动作越来越谨慎，位移的范围越来越短。电光圈的厚度却稳步地在增加，一米、两米、三米、四米……然而就在这个时候，蓝西服突然面色一变，转身将长发女子扑倒。

与此同时，原本扑向冒牌助理方向的电光，这一次居然汇聚到长发女子的头顶。随着无数道喷泉般的水滴倾泻而下。蓝西服一手撑地，一手头顶画圆，十多秒后才将所有的电光在掌中泯灭于无。

"该死的，他到底怎么做到的？"蓝西服喘着气，抬头向上看去。

烟雾报警器不知道何时被触动，自动灭火喷淋头正在喷水。大厅中被点燃的物品并不多，按道理是不可能触发报警器的——就算能够，也不会那么凑巧，正好触发长发女子头上的那个。

冒牌助理看着进入一层大厅后就再没发动过异能的长发女子，有些得意地摸摸下巴。

"他用空间隔离制造出一个看不见的通道，将所有的烟雾引到了这个报警器下面。"长发女子冷冷道，"自作聪明。"

"若不是为抓活口，分分钟弄死他。"蓝西服怒道，"行，既然喜欢玩水，那就好好玩吧！"

他将手中的电光砸向大厅中所有易燃的物品，顷刻间火光大起。不过数秒，所有的烟雾报警器都被触发，大厅中顿时下起了小雨。

只见冒牌助理站在原地，宛然无恙。以他为中心，半径大约三四米的半球空间无声展开，仿佛一把无形的绝缘大伞，将能够传导电的水流全部隔离在外。

长发女子目光微闪，不知道从蓝西服口袋中掏出了什么，两人突然消失在大厅中。

冒牌助理见什么东西从两人消失之处掉落到地上，定睛一看，却是一只被打开的名片盒。盒子质感精良，里面却空无一物。他心中顿时警铃大作，还来不及转身，便感觉一股巨大的电流从背后袭来，立时席卷全身。

长发女子低头扫了一眼全身抽搐不已的冒牌助理，确认对方已经失去了行动能力，脸上的表情才略放松。

“我带他回书冢，看能不能问出点什么。”她将一侧的头发撩到耳后，露出一只蓝宝石耳坠。

“难怪苏先生提醒我们要警惕，这家伙也算难搞。”蓝西服将背后消防箱的门重新关上，转眼瞧见女子璀璨夺目的钻石耳坠，挑了挑眉毛，“造生日的礼物？”

“嗯。”长发女子脸微红，“记得打电话给镜，让他给市电力局那边打声招呼。半个峰起区断电事小，东盛不能暴露。”

蓝西服弯腰捡起地上的名片盒，“虽然名片盒方便又不打眼，但我觉得主人的怀表还是更有品位一些。”

长发女子一手抓住冒牌助理，另一只手伸进名片盒，整个人立刻变得如同液体一般，快速向名片盒中流去。不过两秒，人便完全消失在名片盒里，包括她手中的冒牌助理。

蓝西服关上名片盒，重新放进口袋里，接着拿出手机，“镜，有件事情需要你……行，快点来吧，我困死了。”

才挂完电话，他便低头看了看口袋，皱了皱眉头，“这才两分钟……不会是人跑了吧？”

将薄薄的名片盒打开，一道黑色的液体自其中流出，蓝西服果然看到长发女子两手空空地站在面前。

他有些不可思议地问："那人这么快就恢复——"话音未落，蓝西服脖子上出现了一道细细的血线，鲜血如雾般喷薄而出。名片盒再次掉到地上。

看着一脸不敢置信的蓝西服捂着脖子倒下，长发女子只是抱起胳膊，摸了摸下巴。

此时，一个声音从大厅门口方向传来："你是谁？"

声音的主人是一位长发及肩的男子，左边耳朵上戴了两只小小的黑色耳环，打扮看上去颇有几分艺术家的气息。目睹一场凶杀案，耳环男的脸上不但找不到惊讶，连一丝愤慨都找不到，好像长发女子划破的只是蓝西服的脸，而不是气管。

"你不是黑关。"耳环男冷淡道，"为什么要伪装成她的样子？"

"你和他们是一伙的？"长发女子一脚踩碎名片盒，声音里的威胁意味十足。

"算是吧。"耳环男回答。

长发女子上下打量了他几眼，歪头试探道："我要走了，你要拦我？"

耳环男的声音毫无波动，"我拦不住你，你想走的话就走吧。"

半个小时前，当万晨大厦还是荧光闪烁的时候，红顶别墅A区6号的主人正与客人喝着红酒。

"我记得你以前不会做饭，如今的手艺都可以去开餐厅了。"丁之重拿着红酒坐在阳台的秋千椅上，揶揄道。

"之珍不喜欢去餐厅吃饭，我就学着做。这么些年下来，也算小有心得。"苏塘靠在栏杆上，眺望着星空，脸上浮现出温柔的笑意。

"她不是讨厌去餐厅。"丁之重脸上挂上一丝轻嘲，"只是她和你交往的时候，家里已经负担不起那种层次的消费了。"

苏塘怔了一下，"我那时几次请她吃饭，她说不喜欢……没想到竟然是这个原因。"

“二姐自尊心强，你又不是不知道。”丁之重双手摊在椅背上，望着星空，“她曾是那些场合的常客，去了万一遇到从前的朋友，肯定会觉得尴尬。”

“是我想得太简单了。”苏塘有些惭愧。

“你不用觉得愧疚。你陪二姐熬过了她有生以来最艰难的那段日子，”丁之重说，“虽然二姐肯定不会说出口，但我知道她是很感动的。”

“我有生以来最艰难的时刻也是之珍帮我度过的。”苏塘面露回忆之色，“当年不过是陆家一个旁系子弟，便仗着家主是万山席主，抄袭我的原文不算，还倒打一耙。若非之珍相救，我一个徒有天赋却毫无背景实力的穷学生，只能在监狱里过下半辈子。”

“丁家那时与陆家已经不对付了。任何不利于陆家的事，二姐都很乐意去做。”丁之重也仿佛想起了什么事，神色黯淡了一瞬，又恢复如常，“这件事你也不用一直放在心上。”

“我知道。”苏塘叹了口气，“所以我追求之珍，也不只是还那份恩情，我是真的觉得她很好。”

“时间过得很快，眨眼就这么多年。”丁之重低头摸着手腕上的青金石手钏，犹豫了一下，“过几天是大哥的忌日，爸有没有跟你们说怎么安排？”

苏塘正欲回答，却看见有人影出现在自家庭院。

“镜来了。”丁之重顺着他的目光望去，“是有什么事情找你吧？”

与此同时，位于京华市海息区的唐宋中，正在睡觉的简要忽然睁开眼睛。下一秒房间光明大现，他站在门口，手按在照明灯开关上，眼睛警惕地望向卧室另一侧地板上突然出现的长发女子。

简要观察了两秒，表情一变，“万千——”

地上的人听到声音，意识似乎清醒了一些，慢慢舒展身体，变回成年男性的模样，身上的伤口也显露出来。他微微动了动想起来，然后“嘶”

的一声又躺了回去，“……差点回不来了。”

简要立刻通知重简方略的异级纸人医生赶来。这时，简墨推开卧室的房门，“发生什么事了？”

说实话，简要并不想惊动简墨。万千肯定也这么想，否则也不会选择他的卧室作为空间置换的地点。

听到万千受伤的消息，简墨面色一变，向简要的卧室跑去。一眼看见床上的人，心头猛然一缩：肩头、胳膊、小臂、后背、大腿……处处有伤。伤处焦黑的皮肤如同被烤干了水分的红薯皮裂开，仿佛一剥即离。后背那一处最严重，皮肉生生地掉了一大块，焦黑的边缘中间裸露着鲜红的内部组织和森森的白骨。偏偏受伤之人只是紧闭双眼，眉头皱起，小口小口地抽气缓解着疼痛，明显是不想出声惊扰到他人。

“万千，”简墨抬抬手，却不敢碰触他，“疼不必忍着，没人会笑你。”

万千微微掀开眼皮，见造父手足无措地站在床边，脸色十分难看。他嘴角抽搐着扯出一个笑，断断续续地说：“就是怕……看见老头子你这副……要给我奔丧的表情，才特地忍着没叫的。何必呢，又不是没救了。”

“别瞎说。”简墨不想万千多说话，只向简要焦急地问道：“医生什么时候到？”

“已经到了。”简要打开门，将突然出现在房间外的一行白大褂让进来，“伤者在这边。”

两人站在一边默默地看医生治疗，直到万千的伤口全部恢复原貌，神色才都微微放松。

简要送完医生回来，简墨正往万千的背后塞第二个大抱枕。

“我还是第一次见你受这么重的伤。”简要挑了挑眉。

“有什么办法？若不是为了诱他们多使些手段，我何至于弄这么一身伤？”万千摸着下巴上微微冒出的胡楂儿，半真半假地抱怨，“‘异能窃取’这能力虽然好用，可惜最高只能达到原主异能效果的七成。如果与‘变化万千’同时使用，更是要降到五成。最让人糟心的是，我对窃取对象异能的理解如果与实际情况差太多，窃取还会失败。”

“今天遇到的敌人很厉害？”简墨问。

“两个异级，一个是电系的天授者，不但可以自己生出电流来攻击，还可以借用供电系统中的电力。另一个则是空间系的法令者。开始我以为她的天赋只是以门为媒介来进行位移。结果没有想到，凡是具有‘门’概念的东西，她都能借用——从电系天授者的名片盒进去，又从我身后的消防箱里出来，若非我当时恰好已经成功窃取了天授者的异能，对电系攻击免疫，否则真要阴沟里翻船了。”

“你这异能虽然发动条件苛刻，可凡你窃取来的异能，能够在同一时间里调用三种。并且只要你的异能量级足够支撑，三种异能发动时，效果都能达到原主的五层。算上‘变化万千’，这意味着你能够同时发动四种异能。”简要给弟弟一个白眼，“我很想知道，这世界上还有第二个能同时使用四系异能，并且拥有无数异能备选的纸人吗？”

“老大，你这么说，是嫉妒我吗？”万千眼珠转过来，似笑非笑地看着简要。

简要斜眼给了他一个白眼，没有说话。

简墨见两个孩子起劲地抬杠，只好缓声解释：“万千负责情报系统，要面对五花八门的场面和人物，异能越多，能应付的危机类型也越多，同时改换身份也不易被人怀疑。但简要每天遇见的人，处理的事相对稳定，他只要将空间异能的效用发挥到极致，就足够了。”

万千手臂交叉枕在脑后，望着天花板，“其实今天有机会探到对方更多的底细。只不过——”

他脑海里想起那个长发女子将一本书摊开在桌上时的情景。那时候万千也不知道为什么，这么一个普普通通的动作，居然让他感觉毛骨悚然，于是果断放弃了伪装，动手偷袭。

“明知有危险还要硬逞强才是愚蠢。”简墨很赞同万千的决定，“现在离天亮还早，你好好睡一觉吧。简要，你今天跟我睡一间房。”

简要轻轻关上门，回头见自家造父一出门脸色又沉下来，仿佛在思考什么重要的问题。他没有发声惊扰，直到对方手握着银链坐在床上发了快半小时的呆。

“已经快4点了。”简要提醒道，“再不睡就天亮了。”

“嗯。就睡。”简墨背对着简要躺下，拉了拉薄被，盖住自己的肩膀。

第二天一大早，简墨便离开唐宋。简要在桌上找到一张纸条：“我回学校去了。”

他回到自己的卧室，“少爷早上来看过你没？”

万千打着哈欠道：“天快亮的时候来过一趟，在我旁边至少坐了一刻钟才走。老子尿都快憋不住了。”

“我就知道他又要纠结。”简要叹了口气，“想要查复刻纸人，又觉得对不住你。”

“可他最后还不是什么都没说就走了。”万千只稍稍掀了一下眼皮又闭上，“轻易动摇目标的人走不远，毫无畏惧的人容易跑偏。老头子这种人，也没什么不好。”

拿到助理交给自己的调查报告，丁爷爷已经一个人在书房里坐了一个多小时。

关于谢首的资料上记载着，三年多前，这个少年作为远房晚辈住进连蔚家，后被安排就读石山中学。第一学期，其传统派原文就得到石山中学师生交口称赞。半年后的天赋测试中，初窥之赏在凝形阶段被意外烧毁。虽然被补偿了造纸名额，但此后未曾使用。高二下学期，楚中市中学生造纸比赛上，谢首被复原社恐怖分子劫持，发生魂力暴动。昏迷七个月后苏醒，半年后考入京华大学造纸材料与设计专业。

而简要的资料上，他第一次出现在众人眼前，是作为谢首班级的英文老师。从石山中学辞职后，两人也并未断开联系，谢首的魂笔设计在欧氏集团的红利受益人就是简要。两年前，简要创建了唐宋连锁餐饮，在千湖地区有六十三家分店；一年前，也就是谢首高考前夕，京华市第一家唐宋入驻，如今万山地区共分布十二家。同年，首家纸源成立，以中高端纸人的纸源业务为主，在千湖和万山两地开花，发展势头迅猛。

这两个人共同点很多：三年前的个人信息都查不到，都是才华横溢之辈。谢首发生过魂力暴动，肯定是原人。那才华更为惊人的简要，简直越看越令人怀疑是纸人。

其实，简墨曾经的天赋也好，简要是纸人也好，这都不是丁爷爷最关注的，尽管他最初的目的就是为了印证自己这份猜测，然而结果让他最震惊的是文件中多次出现的那个名字——连蔚。

谢首是连蔚的弟子，他居然到现在才知道。前任万山席主沉寂了多年，突然送了一个弟子到京华市，真的只是单纯来念书吗？当年的事情，连蔚已经有所察觉了吗？他到底知道了多少？

丁爷爷的目光下意识地落在客厅里多宝阁上，那里摆着一只孤零零的青花花瓶——另外的一只，被他拿去将那个孽子砸出了家门。他突然又意识到，一卓之所以一直盯着谢首的根本原因，恐怕不是因为谢首的神秘和出色，而是因为知道了这一点，但这个孩子却选择了隐瞒。

他到底是想做什么？他是害怕我阻止谢首帮连蔚报仇，还是……

“去看看一卓在哪儿，让他过来一趟，我有事问——”

丁爷爷叫来助理，话说到一半忽然又停了下来，脸上的皱纹更深了。他反复摩挲着自己的手杖，最后下定决心道：“商量一下明天忌辰的事情。”

接近夏日的秋山陵园笼罩在一片郁郁葱葱中。这里面既有小桥流水，也有湖上亭台，有白鸽广场，也有四季花海。除开随着地势起伏的那一道道肃穆的黑色墓碑不算，秋山陵园完全就是一处收藏级别的园林。因此，能够长眠于此的人，身份也不同寻常。

丁之重将一束天堂鸟放在一块墓碑前。碑前已经放了一束白菊花，另外也有一束艳丽夺目的天堂鸟——那是大哥丁之脊最喜欢的花。

“哥，我来看你了。”他直起腰，看着墓碑上的相片，“最近遇上点小麻烦，不过也没什么，只是些讨厌的小虫子，不是什么大威胁。爸爸还好，二姐也好，一卓和圆圆也都好。嗯，我想你刚刚已经见过他们了。”

“你是不是觉得挺好笑的？一家人来看你，还得分两批。”丁之重苦笑了一下，“可爸不会同意我一起来。我先来了也不成，回头他看见我给你带的花，肯定会让人给扔掉。”

“我想来想去想了很多年，觉得这事还得怪爷爷去世太突然。”他低头握住手上的青金石，半蹲了下来，“不然陆家人不会霸占席主之位七年，也不会生出不该有的妄想，还给爸爸挖了无数的坑。害得爸只任了一期就被迫退了下来。不过好笑的是，陆家人自以为从此高枕无忧，却没想到费尽了全力，最后不过给李家做了嫁裳！真是蠢到极点！”

“什么？你说我更蠢？”丁之重索性一屁股坐在墓碑前，瞪着碑上那张笑眯眯的脸，“蠢的是你才对！陆家要害的明明是我，为什么偏偏你要开走那辆车？我早就跟你说了，陆家人都不是好东西！我不过是让黑关小小地教训了那个嚣张的小子一下，你非要拉我上门道歉。陆家那老不死的本来一条腿都进了土，却硬要出来搅和，结果一口气喘不上来没了——这难道都怪我？！”

他仿佛跟谁争辩了一通，又笑了起来，声音嘶哑：“是啊，真正蠢的人是我。我早该看出来，这不过是李家人的阴险手段。我们斗得两败俱伤，他们自然可以借连蔚的手继续掌控万山。可凭什么？！凭什么我们已经失去了你，还得眼睁睁看着自己的仇家笑？！”

“李家是不好对付。可我斗不过李家，斗垮一个连蔚的本事却还是有的。”丁之重的眼睛慢慢地被霭霭的天色染得更黑了，他的目光虚凝，仿佛有无数记忆画面从眼前掠过。目不转睛地看了很久，他才垂下眼帘，“只可惜，我耗费了无数心思，煎熬了那么长时间才得来的东西，在爸的眼里竟一文不值……一文不值。”

风吹了过来，推着一片白菊花花瓣滚过地面，停在他的脚边。

“为了利益，丁家人可以没有立场，但不能没有底线。这是爸从小教我们的。”丁之重的目光移到这抹白色上，仿佛丁之脊的魂魄正停在它的身上，“可我的底线是：丁家人的利益绝不能受伤害。你说，我错了吗？”

“呵，就算我错了，我也不后悔。”他抬头望着天空，“至少现在，再没有人敢来你灵前放肆了吧。”

京华市海息区，唐宋。

“那天忘记问了，上次寄回去的东西老头子吃了吗？”

简要听出这声音里的期待，嘴角略挑了挑，“才一口就全吐出来了。”

“是吗？可惜我没看到。”电话那边的人低沉的鼻音中夹杂着一点沙哑，嗓音仿佛具有张力，明明没有笑却让人感觉到了笑意。听的人脑海里不由得浮现出这样一幕，一个满脸胡楂儿的大叔，裹着卡其色风衣，戴着宽檐帽，正懒洋洋地靠在路灯下的长椅上打电话。

“少爷当时让我问，你是不是对‘特产’两个字有什么误解？”简要的声音里带着调侃，“特产难道不是‘当地特有的物产’，而是‘特别难吃的产品’？”

“呵呵……过几天，你就会收到新包裹。”电话那边的人毫无愧疚之心，“说正事吧。宋朗那边暂时没有动静，他的父母依旧在正常渠道四处打探眼球供体，看上去一点问题都没有。不过那个东盛纸源就不简单了。它的资金来源初看都是正常交易，但实际上大多数都是辗转了多个渠道过来的，然后又分别以费用、奖金、分红、固定资产购入等五花八门的方式流出……最终汇集到这十二个账户中。”

“十二个？真够谨慎的。”简要冷笑一声，“有特别的发现吗？比如这些账号中，哪些是属于造纸师的？或者是医生、医院的？既然要做器官移植，总得有医药器械和手术场所。”

“嘿嘿，还真被你料中了。这里面有一家叫作海德的高级私人医院，就在你们现在所在的海息区。这几天我正把这家医院十年来的385例移植手术的资料进行分析，发现了两个规律。第一，这些病患要么本身，要么有重要的亲属不是普通人。或者有钱，或者有权，或者有能力，或者有社会影响力——”

“私人医院的病人有几个是普通的？”简要打断他，“讲重点。”

电话那边笑了两声，“关键是，他们中九成以上都是混造纸界的。造纸师的比例只占原人总数的0.5%，除了造纸师以外的权贵富豪多了去了，他们却只接收比例这么小的一部分病人，不值得怀疑吗？

“第二，从病人分布来看，他们九成以上又集中在万山地区。所以我有理由怀疑，这组织的目的，恐怕不单单是为钱。”

“造纸界，万山地区。”简要重复了一下两个词，“万千，你觉不觉得，我们最近查的这两件事怎么这么巧，都与复刻纸人有关。这个非法造纸的组织会不会和谭长秋背后那个造纸师有关联？”

万千那边沉默了一下，才道：“老大，你这样让我很没有成就感。”

“你有什么发现？”简要很无情地表示不予配合。

“我不是接在你后面查谭长秋的老婆吗？结果发现谭长秋与他老婆原本感情不错。但从生了孩子后大概一年起，两人就开始经常发生争吵。这种情况持续到孩子六岁的时候，两人突然和好如初。外人传言是谭长秋在妻子孕期有了外遇，后来又回心转意。为了验证一下这种说法，我接触了一下他们的儿子小谭。”

“小谭说他并不记得爸妈为什么吵架。但他记得六岁那年有一天，爸妈不但吵得非常厉害，妈妈还气得离家出走。小谭当时以为被妈妈抛弃了，惶恐了好几天，因此对这次吵架印象十分深刻。不过值得庆幸的是，几天后妈妈就回来了。更可喜的是，小谭再也没见过爸妈吵架——这转折听起来，是不是很惊喜？”

“那么真正的谭夫人，可能就是那段时间被替换了。”简要肯定，“谭长秋对此完全知情，甚至很可能主导了它的发生。”

“可能性很大。”万千回应道，“虽说谭夫人的复刻并非用于器官移植。但既然都发生在万山，又与造纸界有着千丝万缕的联系，我觉得你不妨往这个方向推测一下。”

等到简墨放学后来到唐宋，简要便将万千探查到的情报告诉他。

“你觉得，这个非法造纸组织的真正目的，是想从暗处控制万山造纸界的人脉？”简墨还是有些疑惑，“但这种人脉的随机性太大了。毕竟病到需要更换器官的人是极少数，而这极少数的人中是造纸界的人，就更少了。”

“我们目前重点查的只有器官移植这一块。但不是说他们除了器官移植，就不会通过其他方法，来获得对万山的掌控权。就比如连英的死，不就让连主任主动辞去了万山席主的职务吗？”简要意味深长地说。

简墨过了半分钟才会过意，惊道：“你的意思是说——”

“是的，我现在怀疑，这个非法造纸组织和写造张代英的造纸师很可能是同一伙人。我猜测，他们通过谭夫人的死控制谭长秋，又让谭长秋诱惑张亚，导致连英的死亡，从而将连蔚从万山赶走。”简要表情肃穆，“这样既能避免自身暴露，又让连英看起来完全是‘因张代英而死’，因而才能动摇连主任身为造纸师的信念。对方如果是这样的谋划，那么身处其中的连英即便不想死，也得死。”

简墨感到手指阵阵发凉，“你觉得，连老师会想到这种可能吗？”

“这就要问连主任自己了。”简要的声音稍微轻松了一点，“我这些推论暂时还建立在假设之上，需要进一步核实。但如果方向正确的话，就可以大大缩短我们的调查时间。”

“你觉得谁的可能性最大？”简墨盯着简要。

“万山地区的人脉，连蔚的离开，这两件事中，谁是最大的受益者，谁的嫌疑就最大。”简要回答。

第十一章

初会丁之重

简要和万千这段时间忙着收集情报，抽丝剥茧，简墨也没有闲着。石正源与他协商后，将他的学制改为本硕连读。本来正常情况，简墨只需六年中修满本科学分和硕士研究生学分就可以了。但石正源认为按照目前的进度学习完全是浪费时间，他对简墨进行考评后，让他跟着大二大三一起参加专业课程的考试。

因此简墨这一个多月下来整个人瘦了七八斤，让简要大为不满。不过他自己对这种密集型的学习并没有觉得不满，反而觉得十分充实。令他头疼的是，考试告一段落后，石正源频频带他出席各种企业、团体举办的商务酒会、私人沙龙、俱乐部之类，美其名曰为简墨提前拓展人脉。他本来不善于人际交往，也不喜欢热闹。三次里有两次找各种借口推掉，被石正源骂了好几次。

“阿首，我们班有一个参观行程定下来了。”薛晓峰说，“6月5日，十二联席万山地区总部。本来学院把参观实践都安排在9月开学后的，但据说万山总部那段时间不方便开放对外参观，所以干脆就提前了。”

简墨一边听一边在日历上圈了这个日子。“班上同学都知道了吗？”

“已经在群里发了。”薛晓峰有点丧气地说，“时间正夹在期末几门考试中间。”

陈元一边敲击着电脑一边难得地发声：“起码你没有跟一群脑子里只装了孕生水的家伙一起去。”

这个时候电话响了，简墨接通，“石主任……嗯，我知道了。我会好好准备的。”

薛晓峰幸灾乐祸道：“是石主任又叫你去应酬了吧。别说，你西装革履地打扮一下，小模样还挺俊的，虽然比不上陈元，但比起石主任还是绰绰有余的。”

简墨面无表情地看了他一眼，“我电话还没挂。”

薛晓峰一把捂住自己的嘴，拼命挥手，让他赶快挂掉。

简墨挂掉电话然后道：“石主任说，6月份有一个青年魂笔制造师的比赛，点睛纸笔组织的。让我好好准备一下。”

“这个比赛我知道，点睛纸笔每年都会举办，是专门针对三十岁以下魂笔制造师的新秀赛。在校生必须得到两位教授级以上的老师推荐——肯定是系主任和院长推荐你的吧。”薛晓峰羡慕不已地看着简墨。

“……学生本人的导师不在推荐范围内。给我做推荐的是院长，”简墨顿了顿又道，“还有谭副校长。”

距离简墨同意为丁一卓定制魂笔快两个月的时候，丁一卓参加东一区预赛的原文终于确定了下来。

简墨看过后点点头，“不错。”

“既然你也觉得不错，那么我就开始了。”丁一卓从书桌上拿了一支魂笔，摊开诞生纸，开始抄誊原文。

简墨坐在一边的小沙发上品茶，暗暗收束魂力波动，闭上眼睛假装小憩。

鬼工球模样的大光团仿佛被上了润滑剂，加速运转起来，在他的灵台视角里变成完全分辨不出层次的一团光影。这一刻，简墨有生以来第二次观察到那些细小的光线——他试图提高陈元造纸等级时曾经见过的那种细线。

但这次它们不是在光团附近悠然地游窜，而仿佛是从星海的每一个角落——看不到尽头的远方和伸手可及的近端，争先恐后地以一种极高的速度，纷纷汇集到光团的中央。就像是亿万年所有被地球吸引而来的微小陨石，此刻集体从茫茫太空坠落，只为在此刻做一场畅快淋漓的奔赴。

“小陨石”本身是淡淡的白色。但不知道为什么，当它划过的时候，轨迹的尾部却不时呈现出其他颜色。这就像是在一张巨大的黑色卡纸上，用银色的荧光笔，以纯白描的手法划下无数线条。这些线条以或笔直、或弯曲的轨道奔腾而来，又偶尔会变幻成优雅的紫、热情的红、宁静的蓝……

连蔚在辅助他练习魂力攻击时曾说过：“造纸师进行写造时，魂力波动的频率会快速飙升，并维持在一个较高的水平。早期的辨魂师观察到这种剧烈变化时，为之取名为魂歌。有极少数辨魂师能观察到，在魂歌时发生的灵湍现象。可惜我辨魂能力不够，你以后有机会倒可以试着观察一下。我曾经听闻，凡是亲眼一睹过的辨魂师都说，灵湍是星海里最瑰丽绚烂的景象，没有之一。量级越高的魂力波动，灵湍越是美丽壮观。”

随着时间的流逝，光团的亮度越来越高，波动的频率也越来越高，很快变成一个剧烈燃烧的小太阳，璀璨夺目。而在小太阳的中央，简墨发现那些被魂歌召唤而来的银色光线汇聚成数条亮银色的细流。细流沿着某种渠道慢慢流动，接着汇聚到一点。通过点的描绘，这道细流化作了一行行、一段段的文字。它们仿佛一串串被充电的小灯泡，直到最后一个句号画下的时候，便陡然黯淡下去，只剩下些许残光。

简墨忽然有一种感觉，有什么即将发生，全身绷紧，动都不敢动一下。

无数文字的中央出现了一个若隐若现的形体，随着魂歌的结束，形态越来越清晰——那是一个金字塔形状的透明玻璃体。渐渐地，透明的玻璃体逐渐染上了薰衣草一样的紫色，从淡变作浓，美艳不可方物。

这一瞬间，简墨简直不敢呼吸了——这就是纸人魂晶的诞生过程吗？

如果他没有猜错的话，那些细小的光线应该就是构成纸人魂晶的源物质。写造的本质便是通过魂力波动，从星海中汇集这些源物质，并将它们凝结成——魂晶。如果无法看到这一幕，他根本无法知道写造是这么一回事。无怪连蔚说，辨魂师是最接近造纸原理的人。

简墨睁开眼睛，那金字塔状的紫水晶正紧紧地附着在丁一卓手中的诞生纸上。

“写完了。”丁一卓将诞生纸递给简墨。

接过诞生纸，他忍不住伸手轻轻摸了一下。指尖没有任何接触的实感，但一种说不出来的感觉从心底传递了过来。很细微，但分明是一种有规律的波动，潮水一般不断地在他的指尖涌动。那是一种婴儿式的娇嫩又伴随着极可爱的纤弱感，如同一根细细的菟丝子小心地伸过来，努力地攀爬着他的手指，缠绕着他的手指，弱弱地告诉他，它对这个世界的感受，它对这个世界的需求，它喜欢什么，它讨厌什么。

可是——魂晶明明是静止的，为什么他却感到这魂晶的内部有波动？简墨疑惑地想，难道是他的错觉？

简墨过了好久才将自己从这种令人沉迷的感觉中抽离出来，然后意识到自己似乎浪费了太多时间，不由得抱歉道：“不好意思啊，这是我第一次为别人量身定制魂笔，还不太熟练。”

丁一卓的嘴角抽了抽，似乎对他如此坦白十分无奈。

简墨再度回忆了一遍丁一卓原文中三大天赋赋予，联系自己刚刚的体会，一张魂笔导流图慢慢地在他的脑海里展开——无数线条从主干上延伸，如同小树遇到雨露，枝丫一层一层缓缓地舒展开。

他从书桌上抽出一张白纸，拿起铅笔，弯腰开始涂画。因为一切都清晰地印在他的脑子里，不过五分钟一张完整的导流图就跃然纸上。简墨拿起白纸，端详了几遍，然后对两处稍稍做了修改。不等丁一卓开口，他又抽出一张白纸，一项一项列出制作魂笔所需的原材料，点睛的调制原料和存储方式，孕生水的调配原料和调制步骤——这回是一气呵成，没有做任何删改。

写完两张纸，简墨将它们递给丁一卓，“导流图，还有制作魂笔和点睛的材料我已经定下来了。孕生水的调配这是我目前能想到的最佳方案。后续如果有更好的，我再来调整。”

“这已经不单单是魂笔定制师的工作了。”等简墨走后，丁爷爷拿着这两张纸感叹道，“最早期的造纸师们除了要会写造外，四大工具的制作和调配能力都是必须具备的，因为只有造纸师本人才懂他的造纸到底需要什么。如果他能够掌控造纸所有的环节，将它们全部优化到最高级别，便能使作品最终达到臻境。不过我所知的造纸世家，包括李家，现在也没有人再坚持这种传统了。”

“我知道。”丁一卓眼睛没有看这两张纸，眼底难得露出一丝茫然，“我只是在想，如果他没有发生魂力暴动的话——”

“这孩子是可惜了。”丁爷爷微微叹了口气，“我一直怀疑谢首是出自哪个没落的传统派家族。现在种种迹象，都验证了这一点。只是那套魂笔技术他们既然肯放出来，却不拿来抬高声望，谋求合作，反让一个孩子挂着化名制作魂笔，这也太古怪了些。”

“还不止是魂笔技术。实际上，”丁一卓深吸一口气，吐露了隐藏快两个月的秘密，“校内预赛时，他的室友陈元突然连越两级升到特五级。我去打听了才知道，谢首曾指点他将自己的兴趣爱好，融入所写纸人的天赋赋予中去。”

丁爷爷果然吃了一惊，“所以你才在比赛前几日临时换了参赛原文，让人匆匆赶制了魂笔——你就这么相信谢首的方法能让你破级？”

“失败了也没什么。反正达不到异级也不可能进入东一区预赛。只是五年来，我从未间断过原文练习，精选造纸工具，也向许多人求教过，但直到前些时候仍旧是特七级。可是，他一句话，一句话就——”丁一卓停顿了一下，话语再度流畅起来，“在造纸方面，我相信谢首确实有着超乎常人的造诣——即便他已经失去造纸天赋，但我仍旧认为，若能够与之交好，对丁家的未来必定大有益处。”

七天后，丁一卓就拿到了简墨为他定制的魂笔。外观看上去平平无奇，只是在笔盖上雕刻了那个“墨”字的Logo。他拿起其中一支掂了一下：轻重适中，粗细适宜，手感很好。接下来便装上点睛，开始写造。

丁一卓的眼睛越写越亮。他能清晰地感觉到，抄誊的过程中有一种异于以往的轻快感，仿佛有什么从灵魂深处倾涌而出，畅意自由，毫无凝滞。青蓝色的点睛一落下就被诞生纸欢快地吸收了进去，就好像薄薄的纸面正好有那么一个字的凹槽搁在那儿，只等着他正好把那么一个字填进去，然后便融成一个毫无缝隙的整体。

此时丁一卓不由得想起两天前，自己将导流图和材料清单交予魂笔大师梁少麟过目，并告诉他，这位魂笔定制师是在自己写造后半个小时内画出来的。梁大师一脸笃定地告诉他：“单看设计图，就知道此人在这行浸淫的时间不少于十年。”

现在拿到了魂笔，丁一卓只想用“恰到好处”这个词来评价。

简墨轻轻笑了下，“把这次写的诞生纸给我看看。”

他所观察到的魂晶的颜色和形状都没有变化。唯一变化的是玻璃体中传来的波动，比上次更加清晰，更加有力——这与简墨两日来的推断是吻合的。

原文负责存储天赋信息。原文不变的情况下，玻璃体的颜色和形状不变。魂笔的导流路线应该相当于某种阵法——当魂力波动通过魂歌召唤符合原文属性的源物质，在落笔的写造步骤中，源物质流淌过导流槽，最后通过点睛与诞生纸的结合，将魂晶固定在了诞生纸之上。写造的每一步，源物质都需要与魂笔、点睛、诞生纸接触。因而不同设计、不同材料的魂笔、点睛、诞生纸，自然会造成赋原指数的不同。

可惜简墨无法继续观察丁一卓造纸的后几步，所以无法亲眼确认孕生水是否也是通过影响源物质来发挥作用。

还有一点，源物质应该只有在进行人物创作的过程中才会出现——陈元在做自己最感兴趣的事情时，虽然对魂力波动有增幅作用，但因为不是创作，所以无法产生灵湍，最终还是让源物质消散在了自然中。

“简要，我们走走吧。”结束了这场魂笔定制，简墨心情很好。虽然连续几天的高强度工作让他很疲倦，但此刻兴奋的情绪让他丝毫没有睡觉的想法。

“好。”简要笑着答应，示意司机先开车到前面等着。

“简要，造纸真的是一件很奇妙的事情！”简墨踩上路边的石凳，眺望着天空上的星星，“可以把自己喜欢的人物带到真实的世界，可以感受到创造一个新生命的美妙，然后和他们一起生活在这个世界上——尽管这个世界对纸人并不那么友好。可我还是觉得，能成为造纸师，真的很好。”

他仰起头，微微张开双手，沐浴着朦胧的夜色。

“我要这天，再遮不住我眼；要这地，再埋不了我心；要这众生，都明白我意；要那诸佛，都烟消云散！”

“你能想象，会有我这样的人，如果在这个世界上消失，没有人会发现，就好比这个世界上从来就没有我存在过一样，一点痕迹都不会留下吗？”

“没有你说的这么夸张，你要是消失，至少我会发现。”

“凡人的智慧。”

“兄弟的女人就不是女人，和兄弟有关的麻烦就不是麻烦。”

……

可惜，简墨遗憾地想，他们都不在这里。

如果有人问，京华市最美的建筑是什么。除了泛亚最高政府机关所在的总理府，能赢得最多投票的绝对是简墨此刻所在的星光塔。

他站在落地玻璃窗前，俯视着楼下的车水马龙。黑夜中，一条条明亮的橙黄色光点描绘着道路和桥梁的形状，五颜六色的霓虹勾勒着鳞次栉比的高楼大厦。移动的是汽车的车光，看不见的是行人的身影。

“星光塔是京华市的最高建筑。”李铭笑道，“也是泛亚第二高的建筑。”

他的院长不知道来了什么兴致，居然给他介绍起附近的地标建筑，“看见那边了吗？我们现在所在的是峰起区，过了这座长天桥，往北是陆伸区。那栋闪着青色光芒的建筑，就是十二联席万山总部。再往东北，就是你们秋游去过的秋山风景区。”

简墨定睛看了那栋尖顶建筑，在黑夜中被反射灯映照得仿佛翡翠制成的一般。下个月5号，他就要到那里参观了。

“秋水河以西，就属于湖平区了。”李铭指着远处一处隐约闪着银光的建筑，“那里是纸人管理局总局。再过去一点，就是李氏造纸研究所的总部。”

他叹了一口气，“东一区是泛亚最先建立的三十六个大区之一，不过现在已经大变样，基本看不到当年的样子。我家倒是有不少老照片，有机会拿给你看看。”

“我看过一些。”简墨接过话题，“刚来京华的时候，我参观过一次幸存者避难所遗址，那里存有不少老照片和纪念品。讲解员说，京华市第一次整体重修时，市长请纸人之父为八行政区命名。李青偃先生用‘延伸起立’匹配‘洲陆峰岛’，描绘洪水退出的景象，‘宁静平息’四字匹配‘江河湖海’，祈祷灾难不再来临，意在让后人珍惜如今的安宁生活。”

“你倒听得仔细。”李铭轻轻一笑，“那你知道纸人之父后来葬在哪里吗？”

简墨摇头，“这个倒是没查过。”

“秋山陵园。”李铭点了点秋山风景区的方向，“景致不错，秋水河一条支流正好从中穿过。有时间可以去看看。现在每年的造师节，还有很多人去祭奠。”

两人正闲聊着，一名衣着考究的年轻人笑着走了过来，向李铭喊道：“四叔。”

李铭见到年轻人，似乎有些意外：“你也来了。好久没有看到你了，又成熟了不少。”

“回国已经有些日子了，早想找四叔聊聊天，可四叔总是忙。”年轻人半是认真半是抱怨地说，然后把目光投向简墨，“这一位是？”

“石主任的得意弟子，让我带出来见见世面。”李铭并没有向年轻人介绍简墨的意思，然后侧头向简墨道，“那边有魂笔大师的作品，应该是你感兴趣的。我与家里子侄聊几句，等会儿再去找你。”

李微生向李铭笑道：“四叔，石主任的弟子也不是外人，不妨事。”

简墨却道：“我早想去那边的展览看看了。院长您随意聊，我看完来找您。”

看着简墨远去的背影，李微生脸上的热情不变，眼中的笑意稍减，“这孩子倒是知道分寸。”

李铭慢慢朝旁边走了几步，“你来找我有什么事？”

离开了李铭，简墨感觉反而自在了。刚刚完成丁一卓的魂笔，他自觉对魂笔制作又有了新的领悟，连带看作品的眼光也更刁钻了。以前他评估魂笔只能单看魂笔的工艺技巧、结构融合度、睛流稳定性之类，大致估摸出它所匹配的原文三大天赋赋予所需的属性。现在他却能够从导流图上反推出造纸师本人的信息：比如魂力波动的量级，比如魂歌时魂力波动的活动峰值及其稳定性……

简墨一边看，一边暗忖，对造纸师在魂歌时所引动的源物质感应，是否就是骆驼所说的“魂力感知”呢？

魂力感知虽然很早就被造纸学术界提出，但至今仍是一个笼统且模糊的概念。有人认为，它是类似造纸天赋的一种天生资质，因为纸人的魂力感知明显要弱于原人。证据就是魂笔制造师中纸人的数量要明显低于原人，而纸人魂笔定制师更是凤毛麟角。还有人认为，它是制造师在长期魂笔制作过程中形成的一种直觉，或者是经验——用哪种材料、哪种处理方法、哪种导流结构才能够让纸人更理想地呈现某一项特定的赋予。

可拥有辨魂之眼的人那么少，并且即便拥有，也未必能够看到灵湍。所以，简墨认为魂力感知更多的还是源于成百上千次实践所形成的经验和直觉。

他一支支魂笔看过去，一旦看见新奇的设计，眼睛便亮了起来。这种为造纸界名流举办的聚会上展出的魂笔多是宣传性质的陈品，顶级大师的定制作品只有两三件，但对于素来不爱交际的简墨来说，这些展品算是这场应酬之行中，唯一能让他提起兴趣的东西。

简墨对于这场聚会能遇见什么大人物并不关心。但更多人来这里，就是为结识大佬，拓展人脉，结果却往往不尽如人意。此刻，向着这边满脸郁怒而来的年轻人，显然就属于这种类型。

“哼，你们今天对我爱理不理，明天我让你们高攀不起。”年轻人嘀咕着，眼角的余光扫见正独自在看魂笔的少年，满腔的愤恨都转换成了戏弄的念头。

年轻人走了过去，拿起少年刚刚放下的一支魂笔装模作样地瞧了瞧，然后一副考究的模样对少年道：“你觉得这支魂笔怎么样？”

少年正在出神，被年轻人打断后诧异地看了他一眼，目光落在那支魂笔上道：“还好吧。”

“口气挺勉强啊。”年轻人心中乐了，表情却严肃起来了，“你知道这是谁的作品吗？”

少年扫了一眼魂笔笔架前的解说牌——月华之章，BY狄江。

年轻人见状，就知道少年对魂笔大师并不熟悉，不由得将他又看低了三分。稍稍有点名气的魂笔制造师都会在自己的作品上留下专属标记。大多数造纸师一望笔上的专属标记，就知道是哪位大师的作品了。

“月华之章是为三级异造师苏塘先生定制的魂笔，它的制作者是近年来的新锐魂笔制造师——狄江老师。狄江老师两个月只接一单，预定都排到两年后了。” 年轻人如数家珍地解说，仿佛对造纸圈内的知名人物了如指掌，“你知道狄江老师目前的定制费是多少吗？”

“不知道。”少年老实回答。

“两百万！”年轻人得意扬扬地说，“排在东一区魂笔定制费的第三十七名。是不是很厉害？”

少年又看了那魂笔一眼，“哦。”

“哦什么，难道你就只会人云亦云？说说你自己的想法啊，说错了纸爹又不会怪你！”年轻人抬了抬下巴，满脸轻蔑。

少年闻言突然抬头看了年轻人一眼，上下打量了他两眼。后者被看得莫名其妙，正想说看什么看，便见少年居然真的开口说：“如果第二主干顺时针方向的鱼骨结构改为树形结构，会更好一点。”

“……”年轻人目瞪口呆，说不出话来。

少年见他不说话，礼貌地点了点头离开了。

正当年轻人感觉心情雪上加霜时，一位中年男子和一位二十岁左右的青年走了过来。

他瞬间双眼放亮，上前招呼：“梁大师，您今天也来了。见到您真是荣幸，我是……集团的骆晨。”

梁少麟望了离去的少年一眼，对骆晨笑道：“你们刚刚在讨论魂笔？”

骆晨立刻激动地回答：“是啊。我们正在探讨狄江老师的展品。”

梁少麟身边的青年闻言，扫了一眼月华之章，“他说了些什么？”

骆晨心道，东一区定制费排名第一的梁少麟大师，如果知道刚才那少年如此评价月华之章，肯定会怒斥他不知道天高地厚，搞不好还会亲自去教训那少年两句。他内心幸灾乐祸，却摆出呵护晚辈的语气道：“说第二主干顺时针方向的鱼骨结构应该改为树形结构……那孩子大概也就是随口一说，大师不要生气。”

梁少麟接过月华之章看了两眼，眼光渐亮，“一卓，那孩子就是你新签的那个魂笔定制师？”

丁一卓点点头：“是他。”

“我现在有点相信，那两张纸上的东西是那孩子做的。”梁少麟感叹道，“真是长江后浪推前浪，浮事新人换旧人。”

骆晨结巴道：“梁大师，您觉得……那孩子说得对？”

梁少麟耐心地回答：“鱼骨结构的优点是平稳。对于普通材质和内壁平滑度一般的魂笔来说，鱼骨结构可以有效降低睛流速过慢带来的沉积现象，或睛流速过快导致的发热。但这支魂笔材料极佳，笔芯内壁处理得当，睛流沉积概率小，低度发热也扛得住，因此鱼骨结构的作用就略显鸡肋——不如换成树形结构，反而可以起到增强导流槽下游结构的效应。”

说到这里，他又朝丁一卓感叹道：“其实这支笔的设计已经算是完美了。鱼骨结构虽然不是最佳选择，但也称不上瑕疵。不过，苏塘是三级异造师，他的灵湍体量必然庞大。魂笔的下游结构哪怕增强半分，纸人的赋原指数都能获得明显的加成提升。能看出这唯一的、不算问题的问题——这孩子要不了多久，在魂笔制作行业内就会声名大噪了！”

骆晨隐约觉得丁一卓此刻的目光闪了闪，欲言又止。但他并未深想，只着急接下来切入什么话题能够引起两人的兴趣。可还没等骆晨有结论，便见丁一卓的目光转向别处。

“梁大师，失陪一下。我去和熟人打个招呼。”丁一卓礼貌地告退，向星光塔的琉璃回廊走去。

见此情形，骆晨只好把注意力都放在梁少麟一个人身上。

星光塔每隔一定楼层，就设有大面积的半户外露台，可以让久处室内的人们放眼远眺四周的美景，享受身处高空的奇妙体验。由于星光塔的露台和塔身外层一样，都由特殊材料制成。在不断变幻的灯光的映照下，质如冰凌水晶，通透明澈，色若琉璃彩宝，光华流转，因此，游客们都习惯称之为“琉璃回廊”。

丁一卓站在通往琉璃回廊的通道上，前面一座木质雕塑后站着两人，还隐隐传来对话。

“……打击非法的纸人组织是异查队的职责。一旦发现任何不轨行为，我们都会严厉制裁，绝不姑息。丁席主，您可以放心把任务交给我们。”一个成熟稳重的男声斩钉截铁地说。

“我一向相信异查队的能力。不瞒您说，最近骚扰我的那些纸人令人十分头疼。”丁之重笑道，“不知道贵局的数据库里是否有这样天赋的异级纸人，比如能够快速学习其他纸人的异级能力。”

“学习其他异级纸人的能力？这怎么说？”

“我的两名造纸前些时候与一名异级纸人交手，结果一死一重伤。”丁之重表情凝重，“幸存的造纸告诉我，起初这名纸人仅表现出易容和空间两项异能，但在接触了他们后不久，居然就能够发动他两人的天赋能力。我不相信这世界上有能够拥有四项异能的纸人，并且还这么巧，其中两项恰好与我的造纸一模一样。所以我推断，他的天赋应该是——”

说到这里，丁之重猛然转头，向琉璃回廊外厉声喝道：“谁在那儿？”

丁一卓深吸一口气，定了定心，正准备走出去，却听见一个声音道：“我。”

他大吃一惊，从另一侧通道上走出的少年，不是谢首又是谁？

“是你躲在那里偷听？”丁之重的声音变得充满威胁。

“偷听？”谢首脸上不知为何残余些惊愕之色，但很快恢复如常，“据我所知，这里应该是公共场合。况且，我并没有看见‘闲人止步’的牌子。”

“巧舌如簧，不愧是连蔚的弟子。”丁之重眯起眼睛。

旁边的成熟男子闻言吃了一惊，打量了谢首两眼，“你是连……先生的学生？”

谢首向这人微微一礼，目光终于在丁之重身上落定，“我以为，位高权重的十二联席万山席主，应该不会认得一个素未谋面的小人物。”

成熟男子见两人之间波涛汹涌，很有眼色地抽身告退：“丁先生的嘱托我记住了。回去我会好好查一查，尽快给您答复。先失陪了。”

琉璃走廊上只剩两人后，丁之重哼了一声，“你老师让你来京华，真的只是来上学吗？”

谢首否认道：“你想多了。要来的人是我，不想我来的人才是他。”

“是吗？”丁之重一脸不信。

“事实上，我不来京华才奇怪吧。京华是泛亚的首府，集中了造纸界最丰富、最顶级的人才和资源。纵然我眼下只能念造设系，京华大学对我而言，也是很好的选择——我又不是考不上，他为什么要反对？”谢首说着，眼中渐渐充满笑意。

“你为什么不听你老师的话？”丁之重的声音逐渐透出危险，“随便待在哪里——只要不是京华。”

“为什么？”谢首的笑容逐渐收起，抬起下巴，身上的气质发生了一些改变。这变化让丁一卓忍不住想起曙日狂欢会后，谢首面对苏圆的逼问，矢口否认殴打齐伟的那股痞劲。

“为什么不能来京华？这是关乎我前程的重要选择，想让我随便放弃，怎么可能？！总得给我一个充分必要的理由吧！”他歪着头勾起嘴角，盯着丁之重的目光愈渐锋利，“我老师不肯给，你能给我吗？”

丁之重意味深长地警告道：“不听长辈的话，是要吃大亏的。”

谢首望了他两秒，像是听到了很有趣的笑话，“你有资格说我吗？”

丁一卓的心中隐隐觉得要糟，却已经来不及去打断谢首，只听见他这位小师弟毫不客气地讽刺道：“一个被父亲赶出家门的人，有什么资格说我！”

丁之重果然一瞬间变了脸，眼神变得阴沉而深邃。他盯着谢首看了好几秒，仿佛一只秃鹫盯着一具死尸，思考到底该从哪里下嘴。

“这么说，你是执意要留在京华了？”丁之重说。

他说这句话的时候，远远旁观的丁一卓都感觉到一股说不出的压力。与爷爷那种温和厚重却难以动摇的威势相比，这个男人的威胁更锋利直白，因为这句话从他口里说出来，与“你是执意要找死了？”实在是没什么区别。

谢首却似乎完全没有感到这种压力，连片刻的犹豫都没有，“怎么，丁席主不欢迎？”

“欢迎——欢迎之至！”丁之重嘴角微微勾起，眯起眼睛，用挑剔的目光打量了一下谢首的领结。接着他上前一步，仿佛一个疼惜晚辈的长辈，伸手给对方整理了起来，然后低声说了一句什么。

谢首的目光陡然一冷，当丁之重的手再伸到胸前的时候，他猛地扣住手腕，顺势一拉，以迅雷不及掩耳之势将对方狠狠摔了出去。

“轰”的一声重物砸地的声音响起。这一下震动极大，连丁一卓都恍惚觉得地板震动了一下。他见过齐伟躺在医院的惨状，一直以为那是纸人群殴的结果。眼下这一幕，让他对谢首的杀伤力有了新的认识。

或许是动静过大的缘故，安保人员很快赶到，一眼看到躺在地上咬着牙的万山席主，还有一脸怒色的少年。

为首的安保队长立刻蹲下来查看丁之重的状况，“您怎么样？”

丁之重摆手示意暂时不要扶他，他一边喘气一边说：“谢首同学，你无缘无故攻击我，是不是该给我一个充分必要的理由？”

谢首面无表情，“位高权重的万山席主，谁敢攻击？我只是正当防卫。”

谢首说完这句话，丁一卓发现这个小师弟似乎向自己这个方向望了一眼，但停留了不到一秒就移开，以至于他都不确定是不是被发现了。

“呵，正当防卫？”丁之重气笑了，“要不要调监控看看，你对‘正当防卫’这个词有什么误解？”

“我想知道，上一句话咒我死下一秒就向我伸手的人，凭什么觉得‘正当防卫’一词不妥。”谢首冷道，“如果你不满意，我不介意让你理解一下‘攻击’这个词的意思。”

“这位先生！”安保队长见状，立刻厉声喝道，“请您控制一下自己的情绪！虽然我不清楚两位之间有什么矛盾，但这里并不是两位解决私人矛盾的场所。”

这时，一名安保队员上前，在他耳边小声说了几句。安保队长望向谢首的目光明显失去尊敬，“谢首同学，为了受邀客人的安全考虑，请你立刻离开会场。”

作为京华大学造纸材料与设计系一名普通的学生，谢首自然是不可能收到这里邀请函的。他只可能是跟着某个有邀请函的人一起进入会场的。只是不知道那个人是谁，能不能帮谢首解决这次麻烦。

丁一卓思忖间，有两名安保人员已经拿下腰间的电棍，满脸警惕地向谢首走过去。他扫了丁之重一眼，此刻这个人的脸他看不到，但丁一卓知道，那上面绝对不会有让自己愉快的表情。

“谢首是正当防卫。我可以作证。”

丁一卓走了出来，挡在谢首和安保队员之间，“我亲眼看见，是丁之重先动手的。”

现场静了一静。

谢首望了他一眼，没有说话，但脸上也没有意外的神色。丁之重则是错愕地转过脸，盯着自己的侄子两秒钟，但随即闭上眼又转回头去，此后再不发一言。安保队长显然也认出他的身份，苦笑道：“两位丁先生，你们——”

“丁席主看起来伤得不轻，有必要去医院检查治疗一下。”丁一卓冷淡地说，“所有的账单请寄往丁宅。我想地址丁席主是知道的。”

第十二章

万山总部的陷阱

“以后再遇到像今天这样的事情，不要害怕。”李铭加重语气对简墨道，“说得清楚就说，说不清楚就报我的名字。莫要学那些心高气傲的年轻人，觉得报长辈或者家族的名头好像显得自己没用。你要知道，仗势欺人的家伙，靠的无非也是家里的势。大家都拼后台，谁都别不好意思。”

简墨听着听着，忍不住笑了起来，“您还是第一个教我遇到挑衅，不靠本事，却要靠后台的人呢？您可是院长啊！”

李铭却没有开玩笑的意思，“那是因为我们站的位置不一样，看到的东西也不一样。我让你这么做，不是教你仗势欺人，而是让你不要把自己的精力和时间浪费在这些无聊的人际纠纷上。如果你的后台可以帮你打发掉那些麻烦，让你把精力放在你的头脑最适合做的事情上，那么为何不用？”

简墨不由得想起薛晓峰说过，院长李铭姓的这个“李”，就是纸人之父李青偃的那个“李”。难怪啊，出身于造纸界的泰山始祖之家，位于泛亚权势顶层的大家族，看问题的角度就是不一样。哪怕不过是用来招揽示好的说辞，听起来也是那么合情合理，而且熨帖人心。即便是鄙视权贵的清高之人，也不会觉得厌恶。

“听起来……像是有些道理。”简墨随口道。他瞟了一眼那位被院长安排在前面副驾驶上，一直含笑不语的“李家子侄”，又收回了目光。

“你就在这里下车吧。”李铭看着学校侧门门口的路灯，“我就不送你进去了。”

目送着谢首进了宿舍楼，李铭才开口让司机开车，这个时候李微生也换到了后座。

“您对这个学生还真是关心。”李微生望着宿舍楼的方向，“不过，他真的是连蔚的学生吗？”

李铭看了他一眼，意味深长道：“连蔚已经不是万山席主了。”

“说得也是。”李微生收回目光，不再提连蔚，“没想到今天因为您这个学生，倒是看了丁家子侄的一场好戏。丁家这孩子对上小叔叔居然一点都不怵！”

“丁家也算是后继有人。”李铭随口应道。

“四叔说这话是认真的吗？”李微生淡笑道，“我听说了，这么些年，丁家对我们的态度可是不冷不热。他们莫不是把丁老大的仇，也记了一笔在我们身上吧？”

“莫非你想去跟他们道歉？”李铭看着他。

“道歉？冤有头债有主，丁家老大的死又不是我们做的。”李微生不以为然，“不过，他们非要记恨的话，也没什么。恨李家的人多了去了，可那又怎么样呢——李家，不需要讨好任何人。”

“你能有这个见识，我很欣慰。”李铭说完这句话，闭上眼睛，开始养神。

简墨并没有如李铭所以为的那样乖乖回寝室休息，而是一进楼就被简要接到了唐宋。

“这段时间，宋朗这边一直没有动静，东盛纸源和海德医院也一无所获。”简要放了一杯温牛奶在他面前，“万千上次被袭击后，他们的警惕性明显提高了。”

“我今天无意中听到丁之重与异查队的人交谈，他提起一个纸人，我感觉说的就是万千。”简墨将今天的经历简单交代了一遍，“你的猜想看来是对的。”

“没想到少爷去一趟星光塔还有这样的收获。”简要思索道，“从目前我们所获得信息看，丁之重为获得万山席主之位而蓄意谋杀连英已经有五成可能成立。动机和能力他都具备，现在我们需要的，是确实有力的证据。”

“是啊，证据。”简墨轻轻地附和简要。这一刻，他终于对自己可能要面对的局面有了一个清晰而具体的概念。

论天赋，丁之重是三级异造师，造纸界中天赋最高的那一批人；论出身，丁之重生于泛亚首府的百年世家；论实力，丁之重身为十二联席万山席主，手握十三个行政大区数不清的人脉和资源。但最可怕的是，论心性，丁之重敢将纸人用于活体器官移植，甚至可能用来掩盖杀人的罪行。这种疯狂和残忍，简墨自认为这一辈子都不可能做到。

曾经，他还对简要信誓旦旦地说要端掉这组织。可实际上，如果丁之重要对付自己，他应该认真想想该怎么做才能活下来吧。

简墨闭着眼睛，双手合十抵着额头，脑海里浮现万千身上触目惊心的伤，然后是那份移植名单上密密麻麻的人名。他仿佛看到一双手，从十多年前就开始，将贯通京华造纸界各行业各阶层的脉络一条一条编织起来，形成一张几不透风的网。而这张网现在就悬在他头上，随时随地可能扑下来。

宋朗是这张网其中的一个结，谭长秋或许也是一个，还有三百八十三个，可能还不止。他们是谁？现在在哪……难怪连蔚那样反对自己来京华。原来不是他太过小心，而是自己太过无知而已。简墨握着银链，自嘲地想。

简要感觉简墨的呼吸变得越来越沉重，仿佛有什么压得他喘不过气来。

几天前，他对万千说："其实这都与他没有关系。连英的死和他没有关系，连蔚也不愿意他来京华。宋朗的复刻纸人与他也没有关系。那男孩的性命都是他救的，他不欠任何人任何东西。没有人有权力叫他去承担这样的危险！他只需要现在放手，一切就能像没有发生过。他自己身上的麻烦就像他柜子里的，不需要再增加一些了。"

万千反问他："如果老头子真的决定放手，你高兴吗？"

和上次坚决反对不同，简要这次什么态度都没有表达，只用眼睛守望着自家造父的一举一动。他听见不知道谁叫的救护车发出由远及近又远去的"呜呜"声，听见吃完夜宵回校的学生路过唐宋时脚步虚浮的"吧嗒——吧——嗒"声，听见墙上时钟的秒针在空气中走动时发出的"咔""咔""咔"……直到听见了自己等候的那个声音响起。

"如果他们一直不动怎么办，我们岂不是永远找不到证据？"简墨抬起头，满脸发愁。

——他还要查下去。

简要的手指在背后蓦地收紧，然后慢慢放松。他忽然发现，自己知道怎么回答万千的问题了。

"如果少爷决定放手，我理所应当会高兴。但如果少爷决定继续……我会高兴，也是理所应当的吧。"

尽管思绪繁多，但简要脸上始终没有显露半分异样，冷静地打消简墨的担忧，"如果怕被人发现就不敢作恶，这种人一开始就不可能走上这条路。他们只是搞不清楚我们的来历，所以才暂时消停几天。但暗地里，正如您今日所见，他们也在紧锣密鼓地调查。"

见简墨点头，他又不慌不忙地说出接下来的计划。

"我现在计划三管齐下。第一，设法煽动宋朗，通过他向父母施加压力，迫使他们主动联系器官的提供人。第二，仍然不放弃东盛纸源和海德医院，看能不能找到些有用的蛛丝马迹。”

“最后，我打算从已经完成器官移植的那些病患入手。”简要露出一个神秘的微笑，“我突然有了一个猜想，想借您的辨魂之眼去确认一下。”

“确认什么？”简墨好奇地问，随手拿起桌上的牛奶杯，凑到嘴边。

“我只是怀疑，单凭一桩见不得人的地下交易，建立起来的人脉真的牢靠吗？若人家术后不想与这个组织有牵扯，无论是那些辗转而来的钱，还是已经被植入体内的器官，似乎也都不能成为有力的威胁。但谭夫人的存在提醒了我，让我觉得有必要确认一下，人心是否真的黑到那种程度？”简要盯着他，笑容可掬。

“噗——”简墨一口将牛奶喷了出来，“咳咳咳——这，咳，这是什么东西？咳咳——”

简要从容地把早已准备好的餐巾递了过去，“哦，万千新寄回来的。说是某个地方特有的奶质饮品——煮的时候气味还有点大，我特地磨了点杏仁加了进去，闻起来就和牛奶差不多了。”

今天去了星光塔的人里，夜过子时还醒着的并不只有简墨。被他狠狠摔了一跤的丁之重同样尚未入睡。

“不过去了趟星光塔，怎么搞成这样了？”苏夫人恼怒道，“背上青了那么大一块。”

丁之重趴在床上，用无所谓的口吻道：“没什么，只是不小心摔了一跤。”

苏夫人见他不肯说，把药膏重重地往桌上一放，“你把不把我当你姐？”

“当然是我姐。我就你这一个姐，还能有别人？”丁之重舌灿莲花，好容易哄得苏夫人笑了，帮他把药擦完。

“你休息一会儿吧。”苏夫人关上灯，“有什么事就喊我。”

苏夫人走出房间，进了书房。

苏塘放下手上的书，问：“之重说了怎么回事吗？”

“他不肯说。长这么大，我还是第二次看他受伤。”苏夫人摇摇头，“你们最近都在忙什么？”

“还不是那些杂七杂八的事情？”苏塘走到苏夫人面前，握着她的双手，笑道，“怎么了？”

“我最近不知道为什么，总有一种心慌慌的感觉，好像有什么不好的事情要发生。”苏夫人见苏塘不以为然，急道，“我上一次有这种感觉，就是在大哥出事前——之重被陆家小子的纸人差点扭断了肠子，在医院躺了好几天。这次，恰好之重又受了伤，我怎么能不害怕？”

苏塘的神色稍微认真了点，但还是安慰道：“那个时候怎么能和现在相提并论？如今万山局势平稳，政通人和，业内一片欣欣向荣。这一切之重功不可没，他的威望谁能够轻易动摇？今天的事情，或许真的只是个意外。”

“但愿如此。”苏夫人无奈地说，“我觉得他还不如像以前那样，但凡有了不痛快，马上就说出来，三分钟都藏不了。可如今他不想说的，你磨他三个月都磨不出来。这都是大哥不在以后——”

她突然顿了一顿，声音轻柔了下来，“我看他手上的青金石，还是大哥走时戴的那串。都这么多年了……不过就算是我，一想到大哥出殡当日，陆家还借祭奠的名义来闹，最后牵累大哥的骨灰盒都摔了。我心里就像有一团火，想把他们全烧个干净才好！！”

“如今你若高兴，也可以去陆家，把他家老爷子的灵位给砸了。看他们敢不敢说一句？”苏塘拥着妻子，半开玩笑地说。

夜越发深了，红顶别墅区内，只有路灯还静静地投射着朦胧的光。

哄妻子睡着后，苏塘来到客房，见丁之重还睁着眼睛，似乎在想事情。

“二姐睡了？”丁之重问。

“陪她回忆了一些往事，哭了一场，才睡着。”苏塘在床边坐下，“李依云今天又派人来找了我。她想尽快手术。”

“别管她。”丁之重今天心情不好，也没有往日的耐心，“再闹就把钱退给她，让她另请高明。”

苏塘点点头，说起另外一件事，“518号失踪的那个火锅店，今天有一个服务员联系了我们，说那一日谢首也去过他们火锅店。”

丁之重一下子坐了起来，“这件事情确定？”

“谢首成为一卓的魂笔定制师后不是有很多报道吗？那个服务员看到后才想起来。”苏塘肯定地说，“不过那天客人很多，这个服务员并没有留意谢首做了什么。”

“也就是说，谢首很有可能碰到了518号。”丁之重仔细想了想，突然笑了笑又重新躺回了床上，“就算碰到了，也没什么大不了的。用纸人器官进行移植的事，除了纸人，原人谁会管这档子闲事？连李家都不管。他谢首要为连蔚报仇，哪会操这份闲心？既然他不可能去管，便不会追查下去。不追查下去，便不会知道518号与我们的关系，所以更不可能利用这件事情来扳倒我们。”

苏塘想了想，也觉得自己有些太紧张了。他拉过凳子坐下，“你今天怎么会遇到谢首？”

“是李铭带进去的。”丁之重哼了一声回答。

“李家不会是想——”苏塘皱起眉头，摸了摸额头。

“一个魂力暴动的废料，李家要他做什么？”丁之重不以为然道，“不过是摆出顾念旧情的做派，给别人看看而已。连蔚离开京华太久，年纪也大了。李家就算想在万山再扶植人，也不可能再选他。我之所以想让圆圆把谢首赶走，并不是觉得他会威胁到我，而是不想当年的事情被翻出来，对丁家的颜面有所损伤。”

“退一万步说，翻出来又能如何？”他轻蔑道，“我不是以前的我，丁家也已经不是以前的丁家。这十六年来，我们殚精竭虑，步步为营，甚至牺牲掉对某些底线的坚持，就是为了把万山打造成固若金汤、无人可撼风搅雨的地方。任何想要破坏万山秩序的人，都会付出惨痛的代价。莫说一个谢首，即便是李家人，也一样。”

“不过这谢首年轻气盛，若是任他这样恣意妄为，终究是个不小的麻烦。”苏塘提醒道。

“就算是没有威胁，我也不想看他继续蹦跶下去了。”丁之重感受到后背的隐隐作痛，眸色布满阴霾，“我记得你上次说，他来参观的时间——”

“下个月5号，还有10天。”苏塘回答。

丁之重沉吟了一会儿，“那个被开除的造设系老师，对他们系主任应该比较熟悉吧？他是不是还在二姐那家研究所上班？明天安排他到我这里来一趟。”

京华大学造纸学院的教学楼里，参加考试的学生陆陆续续地入场了。

“后天就要比赛了，你的设计方案打算什么时候拿给我看？”石正源在电话里发着脾气，“我今天下午都在办公室，你赶紧给我滚过来，不然看我……”

简墨面无表情地把手机拉开一段距离，等里面的训斥结束，才又放回耳边，“我要进考场了，关机了。”

站在他旁边的薛晓峰偷笑起来。有了上一次的教训，等简墨电话挂了后他才开口：“只有在这个时候，我才会觉得自己这样庸庸碌碌的也挺好。起码我只需要考完五门就可以放假了，而你却不仅要在十天内考完十八门，同时还得准备新秀赛的设计稿。”

薛晓峰说完，突然想起一件事，“对了，大二的《魂笔制作（二）》好像和我们这场都是10点开考。你怎么参加啊？事后补考吗？”

“《魂笔制作（二）》的考场就在这栋楼的二楼。”简墨把手机关机后放进书包，“石主任跟监考老师打好招呼了，我前一个小时考完《魂笔制作（一）》，再到楼下接着考《魂笔制作（二）》。”

薛晓峰似乎受到了会心一击，紧紧闭上嘴，再也不说话了。

与此同时，电话这边还打算叮嘱得意弟子两句的石正源听到“您拨打的电话已关机……”，不由恼火地骂道：“臭小子！”

这时一个人敲了敲门，“老石。”

石正源抬头一看，“谭校长，您有什么事情吗？快进来坐吧。”

谭长秋笑着说：“我有点私事想找你聊，中午你有时间吗？我在附近的餐厅订了个包间。”

石正源揶揄道：“什么事，还这么郑重！我先说好了，我能帮忙的就帮忙。不能帮忙的，可别指望一顿饭就能收买我啊！”

“行了，我还不知道你是什么脾气吗？”谭长秋苦笑道，“一点小事而已。”

简墨下午走出考场的时候，已经是4点了。

看了眼手机，发现还有一个小时才到教职员工下班的时间，简墨想起石主任早上的死命令，只好朝系主任的办公室出发。临走前，薛晓峰塞给他一沓表格，“既然你要去系主任办公室，那就顺便带过去交了吧。”

简墨到的时候，石正源正坐在书桌看文件。

“石主任。”简墨敲了敲门。

石正源抬头见是他，高兴地把手里的东西一放，“你来了，快坐下。”起身给他倒了一杯水，放到手边，“设计稿带了吗？给我看看。”

简墨本来一进门就准备把设计稿拿出来。但不知道怎的，他总隐隐觉得哪里有些不太对劲。眼角余光瞟了眼手边的水杯，简墨抬头瞧向石正源，见对方正微笑地看着自己，于是不动声色道：“今天上午考试的时候突然有了个新想法，有处地方还要修改一下，明天我再来交。”

他从双肩包里翻出薛晓峰塞给他的表格，递给石正源，“我过来交一下我们班下学期参观实习的申请表。”

石正源伸手接了过来，不以为意地说：“没事，明天交过来也行。”

简墨握着双肩包的手忍着没有收紧，礼貌地起身告辞：“不打扰您工作了，我先走了。”

石正源起身把他送到门口，嘱咐道：“明天一定要把设计稿带过来，别忘了。”

这个时候，简墨已经收束好了自己的魂力波动。

这位造纸材料与设计系系主任的身边，一块淡黄色的玻璃体静静地悬浮着。

简墨尽可能表情如常地走出办公大楼。但一离开学校，他的步伐就越来越快，最后干脆跑了起来，一直跑进了唐宋。

“简要——”简墨猛地推开简要办公室的门，正要随手关上门，却看见惊人的一幕。

简要站在书架边，手里翻着一沓资料，眼神平静而专注。一个身穿酒红色旗袍的娇媚女郎，正半抱臂靠在旁边。她侧着头，一双光华流转的杏眼似笑非笑地看着简要，万种风情中带着一股不容忽视的霸道。

简墨脑子里冒出一行字：简要谈恋爱了！

他一时完全忘记了刚刚要说的事情，只觉得场面十分尴尬，下意识地抓向门把，想重新退出去——原文年龄加上造生年龄，简要也有二十八了。这年龄谈恋爱好像也不算早恋。简墨脑子里混乱地想着，自己为什么现在才意识到这个问题？

这时，简要已经看到他。娇媚女郎也回过头，微微含颐，柔柔一笑，然后离开书架，站直了身体——大概是看到外人来了，决定暂时放过简要。

“你站在门口做什么？”简要像是完全没有意识到气氛的古怪，若无其事地望着他。

简墨只好说：“没什么，不想打扰你们而已。”

为了化解尴尬，他僵硬地向她抬抬手，干巴巴地说：“不介绍一下吗？”

简要这回是真的皱起眉头，盯着简墨看了两秒，又斜眼瞧了瞧女郎，然后闭上眼睛，无奈地摸了摸额头。

女郎妩媚的眼睛里笑意更盛了。她轻盈地走了过来，一把将门关上，然后用涂着深红色蔻丹的修长手指戳向简墨的胸口，“老头子，居然认不出人家了，真是令人伤心啊——”

万千？

次子难得主动回家一次，简墨本该高兴的，但此刻他脑子里只剩揍孩子的想法了。好在此刻迫在眉睫的事情让他暂时按下了这个冲动。

“石主任被替换了。”简墨对石正源身上的那股刚正之气颇为敬佩，此刻不由得有些焦躁，“我刚刚发现，现在也不知道是生是死。”

“又是原人复刻，看来对方要出手了。”简要示意简墨少安毋躁，自己则通过电话对重简方略的人快速下达了一系列命令，“现在只能等消息了。”

简墨点点头。

“先别丧气。”简要道，“万千有一个好消息要告诉您。”

娇媚女郎得意道：“宋朗在我们不断挑唆下，终于成功逼得李依云联系了‘那边’。这让我们终于锁定了那个组织里的一位具体人物。”

说着，他把一张照片递了过来。

“苏塘，三级异造师，十二联席万山地区的席位长老。同时，他也是丁之珍的丈夫，苏圆的父亲。当然最关键的，他是丁之重最倚重的一个人。”

简墨一见便认出来，“这不就是那天仓库里最后出来的人吗？”

“就是他。”简要点头。

“我已经确认过了，”娇媚女郎继续道，“这十年来，东盛纸源不断有大笔资金辗转流入苏塘的账户。他们的关系绝对不同寻常。”

“但这只能证明他们之间有经济往来，顶多只能算作行贿受贿。”简要对娇媚女郎道，“李依云的那通电话只能视作邀约，你还得继续查查，看能不能找到苏塘这边履行过邀约的证据。”

“我相信宋小朗应该很愿意做这个证人。”简墨肯定地说。

“我也相信。可是人微言轻。让宋小朗指证一个位高权重的造纸师犯下这样严重的罪行，分量还是太轻。”简要继续说，“我们还需要更有分量的证据。”

“若是能捣破他们写造的场地，现场搜出用于复刻宋朗的资料，甚至宋小朗的诞生纸就好了。”简墨说到这里不由得停了下来。

两人目光相触，都想起了那天在郊外，眼睁睁地看着那座仓库在一秒内灰飞烟灭的情形。

娇媚女郎见状咳了两声，打破房间里突然压抑起来的气氛，“除了宋朗那边有所进展，海德医院和东盛纸源仍旧没有收获。这段时间，通过老头子你的辨魂之眼筛选出来的那339人，我已经挑选了最容易攻克的，派人在接触了。不过，我对他们同意出庭指证造纸师基本不抱希望。”

“毕竟身份是否曝光对他们来说，也是性命攸关的抉择。”简要叹了口气，“只看能否借助被替换掉的蓝本的人际关系，觅到见缝插针的机会。比如谭长秋的儿子，如果他知道自己母亲可能……或许能够成为我们的突破口。”

“只要有一丝可能，我们都不妨去试一试。”简墨点头道。

“到目前为止，丁之重参与这项罪行的可能性已有八成。”简要说到这里，神情郑重地望着简墨，“若是到了证据确凿的那一天，却仍旧无法将丁之重绳之以法，少爷，你想过怎么办吗？”

简墨沉默了半晌，“如果真有那么一天，我只能自己动手，讨回这个公道。”

娇媚女郎竖起大拇指，“老头子，威武！”

简要也笑了起来，“我想不会有那么一天的。”他顿了一顿，回到最开始的问题上，“对方从石正源入手，又这么着急要您的设计稿，目的已经很明确了。寻找石正源的事情就交给我与万千，您还是把重心放在比赛上。”

三人才讨论了两句，简墨的肚子却叫了起来。简要马上起身去厨房安排晚餐，娇媚女郎则因为嘲笑了一句，被简墨赶走。

“赶快去换衣服，要我顶着你一身香水味吃饭吗？”简墨恼羞成怒地说。

娇媚女郎正用细细的五指给自己扇风，一听到这句话，立刻不悦地撅起红唇。黑亮的眼珠顺着精致的眼线滑到眼角，狠狠地瞪了自家造父一眼，才哼了一声，蹬着三寸高跟鞋，气呼呼地走进旁边简要的卧室。

半个小时后，一个三十岁左右头发湿漉漉的浪荡男人，摸着略泛青的下巴走了出来。他的身上套着简要的一套淡灰色格子居家服，脚上趿着一双薄棉拖鞋，毫无形象地在地板上“吧嗒吧嗒”地走着。

“我说老头子，当初你怎么不在我的原文里设定一下，变女人的时候不长胡子？”万千一屁股坐在简墨旁边，抱怨道。

“你变女人时什么时候有胡子了？”简墨斜了他一眼。

“女身的时候确实没胡子，可是一变回来，那段时间没长的分量一下子全都长出来了。”万千无奈地说，“我随身携带小刀片已经成习惯了。”

“难道你还不能控制胡子的长度吗？”简墨对老二的无故找碴儿已经习以为常了。

“怎么控制，让它变成胸毛长出来吗？”万千咧开嘴，露出白花花的牙齿，“我该感谢老头子你没让我像真女人那样，每月有好朋友到访吗？”

简要端着盘子走进来，听见这话不由得笑了笑。

万千翻着白眼，“老大，你注意点。你端的是菜盘，不是痰盂。”

简要含笑瞟了一眼弟弟。万千后颈蹦出几粒鸡皮疙瘩，呵呵笑了两声，然后一拍手，“对了，老大，我今天带回来的酒呢？”

这次轮到简墨表情僵硬了，“以后不要买些乱七八糟的特产。”

但过了一会儿，他就开始后悔自己说话太生硬了。

“万千，不要翻盘。”简要脸黑黑的。

万千的筷子在盘子里拨了两下，夹起一片香肠，放进自己嘴里，目光又盯住另一个盘子，“你别管我，我只要这个——那个你们还吃吗？”

“……不吃了。”简墨和简要一起说。

“那好。”万千起身拿过盘子，把碗里剩下的米饭全扣了进去，“我跟你们说，别觉得这样粗俗。这种菜汤拌饭，吃起来最得劲了！”

看着万千一边跟简要抬杠一边大快朵颐的样子，简墨不知不觉地放下了筷子，因为他脑子里忽然冒出一个念头：这孩子是不是在外面连顿像样的饭都吃不上，所以寄回来的东西才总是那么让人难以下咽？

简墨不知道万千出入各种千奇百怪的场所，上吃得珍馐玉馔，下不弃排档野味。只是他大多数时候身处险地，又背负着重重任务，精神和身体没有一刻是放松的：一面与人推杯换盏，一面要提防着有人给自己下套；倒酒的时候思考着怎么套话，放杯的时候想着怎么脱身……唯有此时此地，在这两个人面前，他才能畅快自在，放飞自我，不需要绞尽脑汁，也不用思前顾后。

最后，简墨和简要一起把醉醺醺的万千架回卧室去睡觉。

万千的睡相与吃相完全不一样——非常安静，极少翻身，甚至连个呼噜都不打。他知道这是自己写给他的天性赋予：身为一个情报人员，任何时刻都要警惕小心。除非任务需要，时刻记得降低自己的存在感，避免成为敌人的注意对象。

简墨不免有些难过，伸手想摸摸这个难得回家的次子的头发，却被睡梦中的万千闪电般地扼住了手腕。但下一秒后者似乎意识到这只手没有威胁，迟疑了一下，手指便松开了，眼皮下转动欲醒的眼球又停了下来。

关上卧室门，简墨对着客厅的地毯叹了一口气，“‘自由之意志，冒险的心’。我这段时间总在想，当初自己那么写是不是对？至少我不会感觉随时都可能会收到消息，说他永远也回不来了。”

“那你当初为什么要那么写？”简要反问。

简墨看着简要，迟疑了几秒，才讪讪道："因为'何时何地，不离不弃'。如果没有这句话的束缚，你应该会更自在快活一些吧。"

"所以你希望万千能够自由。"简要调侃道，"然而现在又后悔了？"

简墨揉了下额角，皱着眉头没有说话。

简要勾起嘴角，"您觉得像我和万千这样的异级纸人，若是不乐意做什么，就凭您这身板和智商，能强迫得了？还是您觉得，我们是因为忠心暗示才待在您身边的？"

见简墨张了张嘴，简要抬手阻止了他，"不用提叶青。我不否认这世界上有忠心暗示的存在。但您认为，如果齐伟命令叶青无故害人，他会去做吗？"

简墨赶紧摇头，"当然不会。叶青不是那种人。"

"他应该是哪种人？"简要认真地注视着简墨的眼睛，"造纸师决定先天赋予，纸人决定后天选择——这是您在碧海长鲸对我说的。无论您在原文中赋予了我和万千什么，我们造生之后做什么事，走什么路，都是我们自己的选择。这是我们的权利，也是责任，却唯独不该是您的义务。"

最后，两人终于在造父的担当这个问题上基本达成一致，然后又接着讨论起晚餐前的话题，这样一谈就谈到了10点。等到简墨再进去叫万千出来吃夜宵时，只看见叠好的薄被、灰格子睡衣和摆放整齐的薄棉拖鞋。

叹了一口气，简墨又轻轻关上门，就好像他的第二个儿子还睡在那里一样。

新秀赛的第二天，就是参观十二联席万山地区总部的日子。

简墨仰头打量着这栋华丽的浅青色建筑。建筑的大门上有一枚威严而神秘的六角星，由十二支魂笔首尾相连而成。他想，这徽标与造纸师联盟的倒有些相似，只不过魂笔颜色是金色。

"班长，你昨天比赛的情况怎么样？"一个女生凑过来问。

“还行吧。”简墨心不在焉地回答。

“班长是什么水平，难道你还需要担心？你还不如关心待会儿会不会遇到什么大人物？”薛晓峰昨天已经缠着简墨把比赛情形说了一遍，此刻自然没有好奇心，“阿首，你了解十二联席吗？”

“知道一些。”简墨看着周围几十双好奇地看向自己的眼睛，不得不微微提高了些音量，“从功能上看，十二联席的区域总部类似一个区域型的造纸师联盟。在这个区域内，它同样承担着造纸交易、造纸师利益维护、造纸技术交流、造纸产品推广等作用，只不过它更大程度上强化了与本地资源和造纸师之间的合作。相比起一视同仁的造纸师联盟，十二联席的区域总部对特、异级造纸师更加重视。”

“十二联席的区域总部主要由席员、席位长老，以及最高首领——席主组成。席主每五年重新选任一次，最高可以续任六次，也就是三十年。可以说席主只要能力出众，就有可能半生独占这一位置，拥有这区域所有的优质资源，尤其是造纸资源的最大调配之权。”

简墨说到这里，停了下来，脑海里响起简要为自己科普十二联席时说的话。

“所以无论哪个区域的造纸世家，对于席主之位都是非常眼热。而席主的人选不但需要卓越的造纸天赋以服众，还要拥有足够的资源和人脉，才能震慑住区域内其他蠢蠢欲动的家族。但是想要成为席主，却不能毛遂自荐，而是由十二联席中更超然的存在——长老会成员提名。”

“长老会又是什么呢？”简墨当时问。

“这就要提到十二联席的由来了。据说十二联席诞生前，造纸界是李家一家独大，没有一个家族能与之匹敌。后来各地造纸世家为了打破这一局面，成立了十二联席，协议在必要的时候联合起来共同抵抗李家。为了保证这种联盟形式不会轻易地分崩离析，十二联席规定，每个区域从各自的席位长老中选出三人进入长老会，处理联盟公共事务。

“任何区域的下一任席主，都必须经过长老会中非本区域，且分属三个不同区域的三名席位长老的提名。正常情况下，长老会不干涉席主处理自己区域的事务。但当席主的行为导致十二联席整体利益和名誉受到重大损害或威胁时，可由长老会任一区域的席位长老发起长老会公投。一旦公投成功，席主将被剥夺席主资格，甚至被开除出十二联席。”

简墨没有说下去的内容尽管都是公开的，但是在这种场合说出来，不免有点挑衅的意思。他今天只是过来参观，并不是来踢馆的。

然而，似乎就有人等着接这个话题。简墨声音才落，一个声音就响了起来，“这位同学看起来对十二联席颇为了解啊？”

简墨抬头一望，一名中年男子走了过来。他衣着得体，气质儒雅，让人很容易产生好感。唯一遗憾的，大概就是发际线略高了些。

“我叫苏塘，是你们今天的接待员。欢迎大家来到这里，今天就由我带领大家来参观——有任何问题请随时提出来。”

他的话虽是对着所有人说的，但目光百分之八十的时间都停留在简墨的身上。

十二联席万山地区总部的席位长老，亲自接待一个造设班学生的例行参观，要不要把黄鼠狼给鸡拜年的意图表现得再形象一点？简墨心想着，目光跟着落在苏塘身边，瞳孔微微一缩——灵台视角中，一只足可以将四五个人笼罩进去的棕黄色大光团正有规律地波动着。

这光团他曾经见过。它曾经出现在那爆炸的郊区仓库中，并且在爆炸发生前，安全撤离现场。当时看到这只光团的体量，他就吃了一惊，这次近距离感受，自然更加震撼。简墨正试图让自己的面部表情看起来像第一次见到苏塘，却发现自己身后某处一个更大的光团正在波动。

丁之重。

那天星光塔上，他就记住了这人魂力波动的形态。丁之重出现在这里，说不定正是在观察他。简墨控制住自己的眼神不乱窜，因为苏塘正目不转睛地盯着他。

“大家排好队，我们第一个参观地点是万山区域的造纸交易大厅。”

苏塘举止彬彬有礼，看上去是十分温和的绅士。为了避免撞到人，他甚至还细心地拉着大厅沉重的雕花木门，直到所有人都进入。

如果不知道此人暗地里做了什么，自己大概也会和身边的同学们一样，对他心生好感和敬意。简墨的目光扫过大厅，青白相间的大理石搭配和谐，让整个环境看起来有一种荷塘月色的清雅柔美，十分赏心悦目。此刻，大厅里只有两位客人，但接待室却有十二处。

“即使一位客人也没有，接待员也不会离开岗位。他们需要随时调整接待室的温度、湿度、光线、通风，检查客人可能要用的饮水、茶叶、咖啡是否齐备，上一批烤出来的点心是否已经需要更换，水果拼盘的新鲜度是否处于最佳……以便随时以最好的状态迎接客人。”苏塘笑道，“当然，如果预约的话，那就可以准备得更加周全，比如音乐、香薰、正餐或者给头发做个造型——哪怕你希望整个接待室的布置换成旧纪元的曲水流觞，又或者让接待人员都变成外星人的模样。”

“真是财大气粗。”薛晓峰听完对简墨感叹道，“唉，哪怕只是在这里做一个席员，也很幸福吧。”

“这里的席员天赋等级不会低于特级。”简墨很诚实地说，“不过对于一名特造师来说，这种享受或许就不算什么了。”

此言一出，周围同学原本闪亮的眼睛纷纷暗下来，简墨收获了副班长的一个白眼。

“接下来我们要去的地方是造纸技术展览厅——这里也可以称为万山造纸师的荣誉展厅。”苏塘自豪地说，“这里面是历年来，十二联席万山总部的造纸师在各个领域做出的杰出贡献。这些人可以说是全泛亚，乃至全人类的骄傲。”

随着一声声惊叹，简墨也被勾起了好奇心，看向玻璃橱窗内一张海报，上面正好是一个新型异能阵的介绍。

世界上没有哪一种异能的效用是毫无限制的，也没有哪一个纸人的异能储量是毫无限制的。为了突破这两道上限，很多年前，有造纸师提出了异能阵的概念——让多个异级纸人联合发动异能，以求突破个体的异能发挥上限，或者产生新异能效用。

观察到简墨对橱窗中的东西有兴趣，苏塘靠近一步，娓娓解说道：“这是多年前京华市整体重修时，为了探测清楚京华市的地质分布，以及水、电、气、网络线路而发明的异能阵。”

他指着里面那份复杂得堪比蜘蛛网的地图道：“京华市作为泛亚首都，面积极大，又是最早成立的三十六大区之一，旧有建筑繁多，地下情形十分复杂。单一异级根本无法完成这项工作，多个同类异能的异级合作，也可能会出现交流衔接上的失误。为了避免失误带来的重大损失，这位造纸师专门针对这一需求，写造了十六名异级纸人，完美地完成了这一项任务。”

简墨的手指在玻璃窗上轻轻摩划：如果单单只是设定十六名与地下探测相关的异级纸人，然后让他们一起工作，和普通造纸又有什么区别。异能阵要求的是这十六名异级纸人，不但在异能上要相互辅助，同时还要达到沟通默契，心意相通的效果。也就是说，他们的思维方式必须是“同出一源”。

他脑中灵光一闪，联想到曙光狂欢会上的小话剧。话剧中的每个纸人在舞台上搭档得天衣无缝，或许并不只是因为表演内容源于一型纸人自带的“记忆”，更是因为他们各自的原文都是改编自自己的那篇小说——对客观事物或同一事件拥有标准一致的认知、判断和表达，这应该就是异能阵能够成立的基础。

想明白了这个道理，简墨对苏塘道：“如果想更好地发挥异能阵的效果，写造这十六个异级所用的魂笔里，影响认知、判断和表达的导流槽结构最好也能够完全一致，这样才能做到自始至终的‘同出一源’。”

苏塘惊异地看了他一眼，随后笑道：“你的确有些出乎我的意料。”

接着他抹了一把额头，向展览厅的出口走去，“不过我们最好先跟上大队伍，下面一站就是总部的资料馆。资料馆一共有三层，内容十分庞杂——你最好能够跟紧我，千万别走丢了。”

上午11点30分，造设系4903班终于结束了全部参观行程，在万山总部一楼集合。

“37、38、39——哎，班长去哪儿了？”薛晓峰一下就发现少了谁，“谁看见班长了？”

“没看见啊？”

“展览厅的时候他好像就掉队了。”

“哪有啊，资料室里我还碰见他了呢。”

“是不是看书看得忘了时间啊？”

大家七嘴八舌地说。

薛晓峰只好给简墨打电话，才嘟嘟两声，便听见熟悉的手机铃声在不远处响起。他抬头一看，他们的班长大人正在大厅的一个通道口处，低头看向响起的手机，接着突然停下脚步，眼神四处搜寻。

薛晓峰连忙大力地挥手示意：“这边。”

简墨大步走了过来，笑了笑，“我去了趟厕所，让你们久等了。”

薛晓峰难得从简墨口中听到一句客气话，简直受宠若惊，“没事没事，大巴车也刚到而已。”

“既然车到了，那我们就准备出发吧。”简墨看见一直在旁边等候的苏塘，微笑道，“今天辛苦苏老师为我们解说。希望以后还有机会向您请教。”

苏塘轻轻拍拍简墨的肩膀，无比亲切地说：“放心吧，以后会有机会的。”

从万山总部回来已经是中午12点30分，简墨和薛晓峰直接去了食堂，顺便给沉迷电脑的美少年室友带了份午饭。

“票订好了吗？”薛晓峰一进寝室就看见电脑上的订票网页。

“嗯，考完最后一门当晚的飞机。”陈元回答。

“真羡慕你，造设系最后一门比你晚一天考。”薛晓峰无奈地说，但看见自己上铺的简墨，感觉又安慰了不少，“还好有阿首陪我。哈哈，他比我还要多待一天，而且明天就有《点睛调制（二）》《孕生水配制（二）》《造纸管理法概论》《纸人管理法概论》四门课要考。”

简墨表情僵了一瞬间，然后又恢复原状，“真羡慕你们。”接着在书桌前坐下，扫了一眼书架，抽出一本书。

薛晓峰诧异道：“阿首你在干吗？”

“复习啊。”简墨瞥了他一眼，“我明天要考几门你不是知道吗？”

薛晓峰古怪地看了他一眼，然后凑到陈元面前小声道：“太阳是从西边出来了吗？他什么时候会考前复习啊？”

陈元瞥了一眼简墨，然后对薛晓峰道：“你也试试一天考四门看看。”

薛晓峰乖乖闭嘴不说话了。

凌晨1点的京华大学造纸学院宿舍楼，所有的寝室内都是一片黑暗，除了走廊上还有昏黄的灯光。

简墨拿着书轻轻关上门，刚找到一个光线比较明亮的地方，便听见一个声音笑道：“少爷终于舍得出来了。”

简墨回头，简要正站在走廊的尽头，一脸笑意地看着他。

见简墨望着他不说话，简要干脆走过来，瞥了一眼他手中的书，笑道：“在复习吗？”

简墨点点头：“嗯。”

“少爷还是去唐宋吧，起码不用这么干站着。”简要体贴地说，“要不要用点夜宵？边吃边看吧。”

简墨盯着简要看了两秒，然后移开视线，“好吧。”

简要走到窗口，利落地翻了出去，然后把手递给简墨。简墨迟疑了一秒，也跟着翻了出去。

两人很顺利地从二楼窗户爬下来，除了简墨不小心在一块裸露的角铁上划破了手背。

“少爷翻了这么多次窗户，居然还会划伤。”简要的脸藏在黑夜的影子里看不清，但声音里饱含着嘲弄。

“人有失手。”简墨平静地说。

二十分钟后，两人终于到了唐宋。简墨复习了十多分钟后，简要端了咖啡和饼干过来。

简墨拿起咖啡，才入口就噗的一声吐了出来，“咳咳——咳，搞什么，这是什么玩意儿？！你故意寻我开心吗？”

简要满脸歉意道：“大概是把朋友上次寄来的特产咖啡豆和您常喝的那种弄混了，我重新去冲。”

“不用了！”简墨此刻面色冰冷得就像在看一个陌生人，“让我一个人安静地复习吧。我没叫你就别进来了！”

简要轻轻关上门，脸上的微笑瞬间消失。

简墨不会不知道自己会在这个时候来接他，不会半夜偷偷起来复习，不会不奇怪他为什么要翻出寝室楼而不是空间置换到唐宋。简墨也不喜欢喝咖啡，不会猜不到咖啡是万千寄回来，更不会因为一点小事发脾气……

简要现在能清楚地感受到，自己的中枢神经系统在接到新的认知后，将它传递给了他的下丘脑和中央灰质。后者让他产生了恐惧、焦虑的情绪，而前者在“应战”和“逃离”两个选项中，选择了前者，同时开启肾上腺素的释放。飙升的肾上腺素促使葡萄糖快速进入血液时，为下丘脑的选项提供了额外的能量，同时也导致他的腿部因为失去这部分能量，而有了轻微程度的发软。而因为此刻血液集中供给了以上脏器，他的身体其他部分因为供血不足，温度陡然下降。

简要一个人在灯光昏暗的走廊足足站了五六秒，才重新抬起头，回到自己的办公室，“确实不是少爷。”

"是我的失误。"透明的空气里逐渐显露一个轮廓，年轻干脆的声音充满愧疚，"我感觉到资料室里老板的气息消失了三秒钟后又重新出现，以为是受到附近的某种异能干扰，但之后我又察觉他的行为举止有些异常。昨天您已经提醒过我最近一段时间要提高警惕，可我还是没能足够警觉。"

"不是你的错。是我对这群丧心病狂的家伙轻敌了。"简要声音低沉，"不过，现在不是沮丧的时候，我们要想办法以最快的速度找到少爷。你现在继续带人监视万山总部的异动，包括进出的所有人员、车辆、大型物件……搜罗一切可疑的线索。首家纸源待命的异级纸人供你挑选，选择任何需要的人手来配合你的行动，人数……无上限。"

"是。"身影重新消失，门关上了。

简要深吸了一口气，从书桌里拿出一只紫檀木盒，打开看了一眼，然后又放了回去。

"万千，石正源下落如何？"简要拿着手机问，过几秒钟他继续道："我知道了，暂时不要动作，以防打草惊蛇。现在有一件事情，你冷静地听我说……"

挂上电话，简要整个人便消失了。

第十三章

雷同的设计稿

唐宋里，简墨书房里的人仍旧在为第二天的考试做准备，不知一墙之隔的房间里，人已经来去不止一批了。

“是纸人。”连蔚站在简要的办公室里，脸色异常难看，“他应该是以阿首为蓝本复刻出的纸人，与阿首的基因完全一致。保镖感知到他们的生物痕迹一致，才会认为阿首是消失三秒后重新出现。实际上三秒后出现的，根本就不是阿首——现在距离那消失的三秒钟，有多长时间了？”

“有十四个小时了。”简要说，“我已经让人把万山总部所有的出入口，以及苏塘和丁之重的行踪盯死，但是到目前为止仍旧一无所获。”

连蔚摇摇头，“这还不够。你们小看了丁之重和苏塘，你们以为他们依靠原人蓝本造纸来敛财和聚拢人脉，却忽略了他们本身是极出色的异造师。一名思维灵活的顶级异造师能够做到的事情，远比你能想象的要多得多。我举个最简单的例子，如果对方写造了一个异级纸人，能够瞬间将简墨变成蝼蚁大小，那么在人来人往的资料室，他能够存活多长时间？”

简要的脸色瞬间变白了。

“除非你的敌人思维僵化，行为有固定的模式，让你能够一定程度预判他的下一步决策，否则你永远想象不到他会用什么方法来对付你。”连蔚说。

简要点点头，“我明白了，我知道接下来该怎么做了。”。

“你明白了？”连蔚诧异地看着他，“你打算怎么办？”

“这是一场异造师的战斗。”简要目光坚定，“既然敌人用自己的造纸能力宣战了，那我们就用造纸师来应战。”

简墨失踪的第十五个小时，陆伸区第二造纸研究所的一间小型会议室灯火通明。

一名穿着旗袍的娇媚女郎站在研究所最精英的十名造纸师面前，“现在我需要一名异级纸人，他能够还原24小时内某个区域内曾经发生过的所有事情。”

“24小时情景倒放？所有事情？”一个短发、穿着白色POLO衫的精悍中年男人摇头道，“不，这做不到。时间和空间异能不像其他自然类异能。比如天授型，是对自然现象的利用，这些对于异造师来说，都是常见的并且能够灵活融入原文中的概念。可协律型是人类对于自然规律的认知，它的利用上限是人类对自然规律最深层次的认知。同时，异造师对该自然规律的理解程度，也限制了天赋赋予的实际上限。而时间与空间，是自然规律中目前人类公认探索程度最为浅薄的领域，哪怕只是融合的时间元素或空间元素的法令型，写造难度都可能超乎您的想象。”

他这一番话说完，娇媚女郎瞧了他一眼，“先生，我是外行，但我现在需要的不是科普，而是有效的建议。”

中年男人脸色微微涨红，没有说话。

一名穿着黑色职业套裙的女士这时笑着说：“这位女士，您可以告诉我们您需要这名纸人做什么，或许我们可以给出一个有针对性的方案。”

娇媚女郎沉吟了一秒，“在过去24小时内，发生了一件古怪的事情——我们不知道当时发生的情况，也不知道什么原因导致。因此我希望能够还原当时的现场情形，以便找到需要的线索。”

“您知道事情发生的具体地点吗？”一个穿格子衬衫的小伙子第一个问。

“知道。”

“地点范围多大？”

“一千两百平方米左右。”

“连续24小时，一千两百平方米所有情景倒放，以我们研究所目前的水平无法完成。”穿着黑色职业套裙的女士给出判定，“情景倒放时间段限制在3分钟内，倒放区域直径十米，可任意选择时间段和区域，异能发动冷却不超过10分钟，无限次发动次数。这种程度我们可以做到。”

娇媚女郎思考了两秒，“异能发动后，倒放区域是否可以移动？”

黑色职业套裙的女士只想了一秒就摇头。

“有标的物吗？”穿格子衬衫的小伙子再次发问，“比如是丢失了什么贵重物品，或者是发生了什么凶杀案，要锁定凶手……嗯，您别介意，我就举个例子。我的意思是，我们可以有一个明确的引导目标，不至于漫无目的地寻找。”

“他的意思是，您所说的事情，对我们而言都是未知。它可能发生在过去24小时的任何一个3分钟，可能发生在一千两百平方米的任何一个角落。”黑色职业套裙的女士解释道，“这就像我们现在有一只可以穿越时间的望远镜，能够观察过去，却不知道该观察什么时间，观察哪个角落。如果能够有一个标的物，就能够提高我们选择观测时段和地点的准确性。比如是一个人的话，可以利用生物痕迹牵引……”

娇媚女郎听完不置可否，低头看了看手中的造纸师信息表，上面记录了在场所有人的姓名、天赋等级与特长，“很好。现在两位——黄仰先生与戴雯女士，请跟我来，我需要你们的帮助。”

就在重简方略最核心的一批人进入前所未有的高速运转时，简墨也醒了。

幽暗的星海中，无数星光载浮载沉。他静静地躺着，感觉自己好像海底的一块石头，静止而沉默，五感似有若有。唯有思维尚能正常运作，证明他是一个有生命的个体。

简墨想，他现在是醒着，还是在梦中？如果是醒着，为什么只能看到灵台视角里的景象。可如果睡着，他为什么会觉得全身无力，连呼吸都有些费力？这是哪里？发生了什么？

过了一段时间，他的感觉慢慢恢复了一些，后背体会到了地面的冷硬。与此同时，脑子里也迟钝地回想起：他之前应该在十二联席万山地区总部参观，接待人是苏塘。他们去了交易大厅、展览厅、资料室……然后他停在一排书架旁，看到一本黑色的大书，上面烫金的书名写的是《魂力波动的诞生与消亡》。他一直很好奇魂力波动到底是原人什么生命阶段出现的，是在出生后，还是在母亲肚子里就有了，所以想都没想就拿了下来。

可当他打开这本书的扉页，还没有看清一个字，就发现所有的墨字都融为一体，覆盖了整张书页，与此同时书页中传来一股巨大的吸力，而他的身体就像处于旋涡中的一叶扁舟，还来不及有任何反应，就被卷了进去……

很显然，自己被暗算了，简墨苦笑了一下。明知道丁之重要对他出手，居然还仗着保镖团的保护，胆大包天地跑到敌人老巢去参观，以为对方不敢在大庭广众下对自己如何。明知道苏塘是丁之重的得力助手，非法造纸组织的重要角色，居然还对他引导之下的书籍产生好奇心。他的警惕心是被狗吃了吗？

知道现在不是在做梦，简墨便尝试着移动自己的手脚，爬了起来。无奈才走了几步，他就开始头晕胸闷，只好坐下来休息。就这样走走歇歇，大约半个小时后，简墨逐渐判断出来，这是一个大约七八平方米的空间，里面空得有些不正常：没有家具，没有开关插座，没有窗户，没有通风口……只有一扇没有锁眼的门。

门打不开。简墨试着敲门，但敲了很久，依然没有任何回应。他只好靠着门旁边的墙壁缓缓躺下来，双手握着胸口的银链。原本麻木的感知逐渐复苏，比如，越来越强烈的饥饿和干渴正在屡次打断他的正常思考——他到底被抓进来几天了？简要在外面是不是已经抓狂了？他该怎么逃出去呢？好渴，好饿，什么都懒得去想了……

简墨很清楚，这种发自身体本能的诉求只会越来越频繁，直到占据自己的全部意识，成为最终唯一的欲念。

幽暗的星海中，无数星光闪烁。尽管他已经无力睁开眼睛，但这些星光并没有因此而变得黯淡。某些靠得近的光团，简墨甚至还能清楚地观察到它的波动规律。比如那个棕黄色的大光团，就像一只超大号的肉松面包，正在附近来来回回地巡游……

简墨失踪的第二日，丁家别墅里丁爷爷正在与客人下棋。

"一卓的比赛准备得如何了？"梁少麟在棋盘上落下一个黑子。

"还行吧。我看他还挺胸有成竹的。"丁爷爷跟着落下一个白子，笑道。

"你这次用的魂笔，还是让那个叫谢首的孩子制作的？"梁少麟皱起眉头，望向一旁观棋的丁一卓。

"您不是已经看过他的设计图了吗？"丁一卓察觉到对方语气不对，"为什么这么问？"

"你确定是他亲手做的？"梁少麟颇有深意地问。

这回对方的意思表达得再明确不过了。但丁一卓并没有动摇，"他的设计稿是我给他原文后的第一时间，在我家当着我的面完成的，材料方案也是现写的。原文连爷爷都没看过……我不认为他有条件作弊。"

梁少麟叹了一口气，"点睛纸笔邀请了我担任今年新秀赛的主审评委。昨天评委组发现两名选手的魂笔设计雷同，其中一人便是谢首。"

丁一卓沉默了两秒，“您今天就是为这件事来的？”

“我与你爷爷是多年朋友，所以不能不来提醒你一句。”梁少麟摇头，“今天我特意去看过，这两份设计何止是雷同——他们的导流槽设计图根本就是一模一样！”

简墨失踪的第三日，京华大学造纸学院教学楼里的考试刚刚结束。

“阿首，你这几天的状态越来越差了。”薛晓峰看着靠在教室外面闭目养神的上铺室友，“昨天晚上又失眠了吗？”

“嗯，有点。”简墨张开眼睛，眼里布满了红血丝。

“你要不要与石主任说说？”薛晓峰有些担心，“你这三天考了十门，这压力是不是太大了？”

“不用。”简墨大概累得不想说话了，“我先回寝室睡会儿，晚饭不去了。”

薛晓峰看着简墨的背影，总觉得有些不太对劲，但又不知道哪里不对劲。

“谢首有些不对劲。”陈元的声音突然在他背后响起。

“瞎子也能看出他不对好不好？”薛晓峰被吓了一跳，没好气地瞪了一眼陈元，“十天考完十八门，换谁也受不了。”

“我不是说这个。”陈云看着简墨的背影，“感觉不大对，就好像换了一个人一样。”

不知道自己正被两名室友讨论着的简墨才走到宿舍楼下，便听见有人喊他。

“丁师兄？”简墨回头看见这位学生会主席，神情有些意外，“你找我有什么事情？”

丁一卓打量着简墨的脸色，微微蹙眉，“你最近身体不好？”

“考的科目有点多。”简墨回答。

丁一卓清楚石主任对这位小师弟的安排，并没有多想，直奔主题道：

“你新秀赛的魂笔作品，到底是怎么一回事？”

简墨一脸茫然，仿佛完全听不懂丁一卓话里的意思。这时手机突然响了。他歉意地向丁一卓一点头，接了电话，“石主任……什么？！我知道了，我马上过来。”

简墨慢慢按挂电话，脸色十分难看。

“原来你现在才知道。”丁一卓早已习惯自己这位小师弟的沉默少言，也理解他此刻的心情，“我陪你一起去看看情况。”

简墨摇摇头，“不，我自己去就行了。”

半个小时后，他到达了系主任办公室。石正源、李铭以及谭副校长都等在办公室中。

一见到简墨，石正源神色严肃地问：“谢首，你过来！你老实跟我说，这次新秀赛的方案是你自己亲自做的吗？”

李铭拿着杯盖，冲茶叶的手停了一停，望了石正源一眼，然后又望向简墨。

简墨对院长的小动作一无所察，只微微握紧手，直视着石正源，“石主任，到底是怎么一回事？”

“上午新秀赛组织委员会发来消息，你参赛的作品，导流槽设计和另一位魂笔制造师的，”石正源叹了一口气，“完全一样。”

简墨这次没有刚刚接电话时那么震惊了。他白着脸缓慢而坚定地回答：“这不可能。”

谭校长担忧地道：“谢首，我们亲眼见过你制作魂笔，对你的实力是了解的。只是新秀赛是东一区每年的热门赛事，纪律管理以严苛著称。参赛作品雷同的事已经多年未曾发生。因此这次事情一出，短短两日几乎半个京华造纸圈都传遍了。现在组委会要求公开审理这次‘抄袭事件’……我们很难拒绝。”

简墨的脸色越发白了，但他还是回答：“我没有抄袭。”

“这其中肯定有人在搞鬼！我们一定要查个清楚！”石正源愤慨地

说，“绝不能放过这种人！”

“查自然是要查清楚，但现在首要的是，谢首要拿出有力的反驳证据。”谭校长严肃地提醒简墨，“如果不说清楚，即便最后给了一个模棱两可的解释，对你以后的事业发展也会造成非常严重的影响。”

一直没有说话的李铭放下茶杯，“情况这么不利？与谢首设计方案雷同的人是谁？”

石正源神色更担忧道：“是狄江，近两年的新锐魂笔设计师，东一区定制费排行榜第三十七名。情形对谢首很不利。”

所有魂笔定制师的作品都是针对原文进行量身打造的作品。如果魂笔制造师抄袭，等于是对此人的设计能力判了死刑。他今后不是不能制作魂笔，但只能沦为最底层的制作工匠。即便是最普通的制式魂笔品牌，也不会请一个有过抄袭案底的魂笔制造师为他们提供设计方案——这一招若是成功了，谢首这个名字在魂笔制作这条路上，将不会有未来。

“什么时候公开审理？”简墨深吸了一口气。

石正源拿起桌上的通知：“6月11日，也就是三天后的早上10点，在点睛纸笔的一号会议室。”

简墨失踪的第四日，失踪者本人正在灵台视角里不厌其烦地测试着他的新玩具。

幽暗的星海里，看不见的禁锢中，极光般变幻着的环形波已经不见了，取而代之的是一个旋转着的、光芒璀璨无法直视的莹白色球体，而随着这种旋转，光球继续被压缩，其中的一部分则被拉长、再拉长……最后凝束成一根细细长长的刺。

这魂刺看上去无比脆弱，仿佛一掐即断，但其内在波动的频率却高到了一个极度恐怖的程度，甚至比起两年多前那次魂力暴动时还要超出几个等级。然而因为遵循着某种规律的运行，波动并没有向外散逸，而是紧紧地抱成一束，不过轻轻一戳，就突破了那层看不见的禁锢，来到了围墙之外。

躺在小黑屋里的简墨心情很平静。虽然饥饿和干渴一开始令人心情烦躁，注意力难以集中，但熬过了最艰难的那段时间，身体的各项感觉也逐渐麻木起来，思维反而清晰起来。小黑屋里没有光线和声音，他的体力也不允许他随意移动，便只能对着灵台视角里的事物转着心思。

魂力攻击他只试过一次，但因为意外打断，还误伤了薛晓峰。归根究底，这是因为攻击的范围过大，缺乏精准度导致的。既然如此，在这段什么都不能做的时间里，简墨便把全副心思用于凝缩魂力波动。经过不知道多长时间的努力，他第一次在灵台视角里看见了自己的魂力波动。

魂刺在星海之中撒欢地四处乱窜，一会儿犹如一根细细的海草，随波起伏到很远很远的地方，一会儿像流星一样嗖一声窜了回来，留下长长的残影。

拿谁当魂刺第一次出手的试炼对象呢？简墨打量着自己周身的星海中，那只长得十分像肉松面包的棕黄色大光团，又开始在附近游弋了……

简墨失踪的第五日，新秀赛中大一生参赛作品与他人雷同的消息，在京华大学校园中如同冬日的山火一样迅速蔓延起来。

“胡说，班长怎么可能抄袭！”薛晓峰指着林跃，“你少污蔑人！”

“哼，不是谢首抄狄江，难道是狄江抄谢首？”林跃嘲笑道，“你的意思是一位定制费排行三十七名的魂笔制造师抄袭了？”

“我没这个意思。”以狄江在魂笔制作圈子的地位，薛晓峰自然说不出他抄袭的话。

“不是这个意思，那是几个意思？”林跃得意地看着沉默不语的简墨，“谢首，你这个人就是喜欢投机取巧，玩些旁门左道。看，这回玩脱了吧？！”

“这中间肯定有什么误会。”薛晓峰愤怒道，“连组委会都还没有最终判定，你们这样随口胡说，未免太没道理了。”

从来没有不透风的墙。更何况造纸学院中参加魂笔大赛的并非只有简墨一人。几乎一夜之间，整个学院都得到了三天后公开审理比赛抄袭事件的消息。好巧不巧，今天又是造设系和造纸系学生的最后一门公共课考试。

面对众人的冷嘲热讽，造设4903班的学生毫不犹豫地一致对外。但身为抄袭事件的主角，简墨却始终没有做出任何回应。

“今天是最后一门考试，希望所有的学生都能遵守考场纪律，不要做出有辱校风的事情。”监考老师意味深长地看了一眼简墨，然后开始分发试卷。

简墨失踪的第六日，第二造纸研究所中新的异级纸人终于造生，重简方略所有人蓄势待发。

连蔚对简要说：“我今天还是留在唐宋吧。如果有什么突发情况，也好随时查探。”

简要点点头：“抄袭事件的消息已散播开，您这个时候出现在京华市倒也不算异常。”

连蔚深吸了一口气，“我现在有点后悔。当年就应该把阿英的事情查个明白。把该清的债清了，该报的仇都报了再走。”

“十二联席的席位长老居然会罔顾身份对少爷一个学生动手，这几乎可以百分之百确定丁之重对当年连英的死有责任。不心虚怎么会如此紧张？”简要脸上没有常见的微笑，这使得他那双黑亮的眼睛此刻看起来隐隐带上了一种犀利的冰冷，仿佛冬天的所有凛意都储存在瞳孔之中。

“虽然凭借少爷的辨魂之眼，苏塘非法造纸的罪行我们已经可以下定论。可惜法律规定，辨魂师在灵台视角所见不可作为证据。我们还要进一步找到更有力的证据，但在这之前，”他斩钉截铁地说，“我得先把少爷找回来。”

“我恐怕谢首被救出后，丁之重只会更加警惕。”连蔚叹道，“想要搜罗到实打实的罪证，希望渺茫。”

简要正要说话，电话响了。

“要见我？”简要微微地皱了一下眉头，“我现在没有时间……什么？好，我马上过去。”

连蔚问：“谁要见你？”

简要皱起眉头，“宋小朗，少爷救下的那个纸人男孩，说有一个人知道怎么救出少爷。”

如此认真地讨论简墨生死之事的人，并不只有简要与连蔚，还有十二联席万山地区总部席主办公室中的两人。

“谢首抄袭的消息已经放了出去。借这次新秀赛的东风，东一区魂笔制造业内的人该知道的都知道了。京华大学造纸学院内上有老谭，下有圆圆，要不了多久，也会传遍校园。”苏塘意味深长地说，“想必楚中市那边也会很快得到消息。”

“真想看看连蔚现在脸上是什么表情。他难得收个徒弟，还没出师就变成废料也就算了，结果这块废料还心高气傲地跑到我面前碍眼。明天就是公开审理了，你说——”丁之重脸上露出阴森森的笑，“如果收到谢首羞愤自尽的消息，连蔚会不会像当年从京华消失一样，从这个世界上永远消失？”

“他十六年前就该如此了，或许还不至于多拖累一个人。”苏塘轻轻一笑，“听说明天岳父和一卓，还有齐家的齐伟、齐茵也会去。”

“我听说李铭和梁少麟也会去，去的人越多越好。”丁之重满意地笑道，“谢首已经处理好了吧？”

听到这句话，苏塘脸上的笑容淡了许多，“还没有。”

丁之重眯起眼睛：“怎么回事？”

“这小子意志坚韧的程度确实惊人。以前被关进小黑屋的，大多数一天之内就会精神崩溃。意志再坚韧，最多就是三天，更不用说还断绝了食物和饮水。可这小子居然硬撑到了现在，虽然气息微弱，神智却很清醒。说实话，如果不是敌人，我都想给这小子鼓掌了。”

“既然这么厉害，那就绝对不能让他活着出来。”丁之重淡淡道，“你今天回家之后就把他解决了吧。记得把后续事宜都处理好，明天就不用来公审现场了。”

简墨失踪的第六日晚上9点，三道身影悄然出现在了十二联席万山总部的资料室。这里的警报装置像是对他们集体失效了。

“6月5日上午10:48，大概在这三排书架附近。”黑暗的资料室中，一个身影轮廓慢慢浮现。

娇媚女郎看向身边的一名相貌普通的小个子青年，“从6月5日10:46开始情形回放。”

小个子青年点点头，一支巨大的毛笔出现在手心。他顺手一挥，毛笔以他前方三排书架为中心，画了一个直径十米的圆。当起点和终点连接起来时，圆中的空间逐渐明亮起来，光线看起来似乎正好是上午10点左右的样子。原本空荡荡的书架之间，人影开始浮现。

娇媚女郎直接翻上书架，俯视着下方的动静。

时间一分一秒地接近10:48，忽然她眼睛一亮：黑发的断眉少年出现了。他身边衣着斯文儒雅，发际线偏高的中年男子正向他介绍：“这层资料室的内容比较高深，通常只对异级以上的席员造纸师开放。不过对于来参观的学生，倒是没有这层限制。”

黑发断眉少年目光落在书架上，眼睛里涌动着羡慕的光。一开始还忍着，可当他的目光落到一本黑色大书的烫金书名上时，就忘记了其他所有，伸手抽出这本书。

娇媚女郎隐隐觉得这本书有些眼熟，但一时想不出在哪里见过，便暂时把这个念头放一边。然而就在此时，中年男子眼中的得意之光不易察觉地闪过，娇媚女郎心中暗叫不妙。果然，下一秒，少年手中大书一开，只见扉页的黑色文字立时液化，瞬间布满纸面。展开的黑色纸张仿佛打开的异世界大门，少年脸上的表情都还来不及改变，整个人就如同一团液体，被吸入了书中。

黑发断眉少年消失的过程不到一秒，加上儒雅中年人身影的刻意遮掩，周围竟没有一个人注意到这诡异的一幕。少年消失后，黑色烫金大书失去了支撑点，立刻坠落。儒雅中年人一抬手，稳稳接住大书，轻轻抚摸了一下封面，然后若无其事地带着它走出了小个子的观察区域。

“跟着这本书。”娇媚女郎立刻道。

“冷却时间6分钟。”小个子青年无奈地回答。

娇媚女郎心中暗骂一声，却也只能耐心等待。

接下来近三个小时中，三人看着那本黑色烫金大书被中年男子带到借书处办理借出，然后在办公室的柜子里静静待到上午上班时间结束。在娇媚女郎的要求下，小个子青年将观测时间直接跳到下午下班时间，三人便看到那本书躺进停车场一辆白色轿车，紧接着便离开了万山总部。

小个子青年沮丧地问：“接下来怎么办？观测区域一旦确定，无法移动。”

娇媚女郎站在路灯下打电话：“郑铁，查下6月5日下午5:05离开万山总部的一辆白色轿车，车牌E001-888999，车主是谁，最终目的地是哪里，中途是否停车，如果停车，是否与人交谈或传送物品？”

电话那头大约两分钟后给出回答：“车主苏塘，中途无停车，最终目的地——陆伸区红顶别墅。苏塘在这里有一套住房，户号A区6号。”

“能否查到苏塘进入A区6号的时间是？”

“5:44。”电话那头说，“另外简先生让我告诉您，稍后会有一个人协助您进行营救，他人已经在红顶别墅等着了。”

红顶别墅A6号的时钟里，分针和时针即将在今天第二次重合在12的位置。苏塘给妻子拉好身上的薄毯，微笑着在她的嘴角吻了一下，然后蹑手蹑脚地走出卧室。

从书房的保险柜里拿出黑色烫金大书，轻轻放在桌面，他在真皮转椅上坐了下来，然后把书翻到第464页。书页才摊平，第464页上的字瞬间墨化成一片伸手不见五指的漆黑。大约三秒后，浓重的黑逐渐淡化，书页上出现了一条向下延伸的阴森台阶，仿佛是等待着谁的脚步踏入。

苏塘丝毫没有踏进去的意思。他左手按着前面的书页，右手抓住第464页，开始一寸一寸地向下撕。随着书页逐渐与装订线分离，阴暗的台阶开始一阶一阶坍塌，裂开的碎屑向它原本通往的幽冥之所坠落，仿佛要断绝地底灵魂重回人间的道路。

此刻苏塘的表情，冷静而无情。

而仍旧不知道自己身在何处的简墨这时发现，肉松面包模样的棕黄色大光团又靠近了并且静止了下来——是这段时间以来，靠得最近的一次。

苏塘在干什么？小黑屋里的简墨眼皮颤动了一下。他想要睁开眼睛，却发现自己要完成这个动作，似乎要用尽全身力气。

快到极限了，简墨无奈地想，既然没有别的出路，那就试试最后这种方法吧。倘若自己得手，苏塘死了，首先察觉此事的是他们的人，自己当然必死无疑。但如果第一个发现的是自己人，哪怕是非敌非友的无关之人，那么自己至少能够争取到一线生机。

幽暗的星海中，看不见的黑暗角落，一根银亮的魂刺显露出身影。它的刺尖直接对准了这只喜欢在附近巡游的棕黄色大光团，然后如同一道电光，轻盈地穿越过去。没有遇到障碍物的触感，也没有被缠绕包围的凝滞感，就像只是刺穿了一块豆腐。

灵台视角中，肉松面包仿佛忽然被人掰成了几块，接着肉松散落开来，变成一瓣一瓣，一丝一丝，最后仿佛没入了最浓重的墨汁，不复存在。

简墨的呼吸猛然变得急促起来，然后随着时间的增长逐渐恢复平静：肉松面包，似乎没有再出现的意思了。

事实证明，魂力攻击确实能杀人，他有些激动地想。

红顶别墅A6号的时钟里，分针终于跳过12，迈向新一天的第一格。

别墅的主人苏塘仍旧坐在他的真皮转椅上，身体却无力地向前倾倒。他的整个脑袋消失在摊开的书页中，如同没入一潭黑水之中。

而已经被撕下大半的第464页中，阴森的台阶只剩下五六级，但已经停止继续坍塌。

第十四章

出人意料的审理会

东一区每年的魂笔设计新秀赛都是由点睛纸笔论坛全程赞助，并且由论坛中德高望重的魂笔大师组成评委组，保证了比赛的公正性和权威性，成为了魂笔制造业青年一代中含金量最高的赛事之一。

简墨一进来，整个一号会议室都静了一静。听众席上近百个旁听者的面孔都不约而同地向他转过来。属于不同的性别和年龄的目光，夹杂着坦然或晦暗的心思和目的，带着客观或偏颇的评估和掂量，好像无数道锐箭齐齐投射过来。

在左侧当事人的席位上站定，简墨一眼扫过，发现听众席上的人居然大半是自己认识的。

听众席中央席位第一排的是比赛管理处的人，包括那天的监考老师以及点睛纸笔论坛的几位高层，其中之一就是崔明。

第二排则是齐家和丁家的人。齐伟简墨是认识的。而齐伟旁边，一名三十多岁面相精明、衣着干练的女性，应是他的堂姐齐茵。前者的眼中满是幸灾乐祸，后者却是带着思索和审视。再向右是现任丁家家主，也就是丁一卓的爷爷丁亦晴。旁边坐着的是丁一卓，以及那位始终看他不顺眼的苏圆师姐。

第三排坐着的主要是京华大学的老师：造纸材料与设计系系主任石正源，京华大学副校长谭长秋，造纸学院院长李铭。李铭的身边还坐着一位年轻人，是和简墨有过一面之缘的李家第五代之一——李微生。

第四排坐着的则是简墨今天的重点关注对象，十二联席万山地区席主，丁之重。

丁之重投向简墨的目光平静淡然，时不时还环顾一下场内其他人员，显得十分轻松随意，仿佛今天只是来看一场无关己事的热闹。

听众席的左翼席位主要坐着京华大学造纸学院的学生们，第一排是他的室友薛晓峰、陈元、同系学姐楼船雪，也有令人讨厌的造纸系学生林跃、邓翔等人。造纸系和造设系的位置基本泾渭分明，很好地表达了他们的立场；听众席右翼席位则坐着另一方当事人——狄江的亲属和朋友，他们向简墨投来的目光，显然也不怎么友善。狄江亲友团的背后还坐着一些简墨完全不认识的人，应是对这场抄袭事件感兴趣的社会人士。

会议室的正前方是审理员席，坐着两男一女。审理员对面坐着的一列人是新秀赛的六位评委。会议室的两侧，四五架摄像机赫然摆着，几个记者正举着单反对着场内狂闪。

此时，审理会尚未正式开始，场内众人或是小声交谈，或是四处打量，并未安静下来。

丁爷爷瞥见后面的丁之重，面色极为不善："他今天怎么会到这里来？难道今天谢首的事情他也有一份？"

丁一卓摇摇头，"暂时还没有查出狄江背后的指使人是谁。"

苏圆却是惊诧于外祖父与表哥居然会认为谢首是受害人，"外公、表哥，你们是不是搞错了什么？就算谢首在魂笔制作上确实不错，但他到底只是一个在校生，如何能与狄江相提并论？"

"确实不能相提并论。"丁一卓懒得解释。毕竟谢首就是墨力的事情是他答应过要保密的。当然，就算谢首没有这样的要求，为了丁家的利益，他也不会把这么重要的消息泄露出去。他完全可以想象出，这个消息公开后，会有多少势力蜂拥而至，争抢这个香饽饽。

当黑发的断眉少年站上左侧的当事人席位时，丁一卓不由得皱起眉头："谢首今天怎么看起来……瘦了那么多。"

苏圆瞟了一眼，不以为然，"做亏心事，寝食难安，自然会瘦。"

"我昨天还见过他，虽然状态看起来不好，但不是这样。"丁一卓疑惑道，"哪有人一夜之间变化这么大的？"

坐在第三排的院长却是看着场内，问身边的年轻人，"最近不忙？"

李微生笑道："东一区的交流赛在八月，霍恩也很得力。我眼下又只有这一件事做，想忙也忙不起来。"

李铭瞥了他一眼，"你父亲难道还没给你安排事？"

"爷爷说让我先把交流赛做完，再给安排别的工作。"李微生眼中掠过一抹不易察觉的苦笑，"我爸那人您是知道的，他最听爷爷的话。"

"你没事蹲我这儿也没什么好处。"李铭不客气道，"家里面的事我不管。教育圈里的好苗子虽有，但也都是嫩苗，没个十年八年培养根本用不上。"

"就算用不上，先过过眼也不错。不然您让我蹲哪儿去？"李微生表情不变，声音却显得有些可怜，"韩广平？穆英？关山？董禹？总不能是三叔那儿吧？"

李氏造纸研究所所长、政府军元帅、诞生纸档案局局长、纸人管理局局长，这几个在泛亚造纸界打个喷嚏就能引发地震的名字，在李微生舌尖排队轻飘飘地转了一圈，就像是他家邻居一样稀松平常。

见李铭没有说话，李微生换了个话题："四叔，你看今天谢首与狄江，谁能赢？"

他顿了一顿，评价道："狄江虽然不是什么魂笔大师，但在万山地区的魂笔制造圈还算小有名气，服务过的异造师也有上百人。不出意外的话，他的赢面应该更大一些。”

“是啊。”李铭随口道。

李微生微微愣了一下，又笑道：“您也认为谢首今天会输？但我怎么觉得，您好像不是这么想的？”

“不，我确实认为谢首的赢面很小。”李铭淡淡道，“但是，我又不是个政客。今天他是输是赢，和真相到底如何又有什么关系？作为造纸学院的院长，我只在乎我学生的能力是不是货真价实。至于他今天有没有这个能力让审理员相信他拥有这个能力——那不是我最关心的事情。”

“不过你说得也没错。”李铭望着左侧的当事人，“我还是希望他今天能赢。”

上午10点，审理会正式开始。

“……本次比赛本着公平、公正、公开的原则，对参赛作品雷同事件进行审理。”坐在中间的一号审理员将事情的始末简单阐述了一遍，然后指向右侧当事人席，“请狄江选手先发言。”

狄江看都没看简墨一眼，神情高傲地回答：“尊敬的审理员、评委以及今天到场的女士们和先生们，我是本次事件的当事人之一——狄江，自由魂笔定制师。本人从事魂笔学习和研究已有12年时间，其中制式魂笔制作经历10年，定制魂笔经历6年，四年前获京华市青年魂笔设计大赛第一名，三年前获得东一区魂笔创新专项奖……今年是我第二次参加点睛纸笔论坛主办的新秀赛，在上次比赛中，我获得了第二名。为了取得更好的名次，我提前两个月就开始了准备工作。本次魂笔设计的思路如下……”

不得不说狄江是一个非常聪明的人，他没有对简墨本人做出任何评价和攻讦，只单纯客观地介绍了自己的魂笔制作经历，并讲解了本次参赛作品的设计思路。这种客观而克制的态度赢得了全场人的好感。而他流畅、专业的讲解更是引得评委们频频点头。听众席上便是听不懂的人，通过评委们的表情，也明白狄江的陈述获得了极大的认同，因而对另一位当事人的态度变得更加鄙夷和不屑。

狄江说完后，礼貌地微微鞠躬。

一号审理员点点头，转向简墨，“现在请谢首选手发言。”

简墨点一点头，打开自己面前的资料盒，拿出几份文件夹，看看这份又看看那份，似乎对用哪一份资料到现在还犹豫不决。

随着他犹豫时间的增加，原本安静的会议室也躁动起来。许多人起初只是目光交流，后来却忍不住开始交头接耳、窃窃私语。

“安静。”一号审理员敲了两下锤子，加重语气提醒道：“谢首选手，请抓紧时间，对本次参赛作品进行陈述。”

简墨的手一顿，只思考了一秒，索性放下手中的文件，抬头环顾了一下四周，然后将目光落回审理席，“本人谢首，京华大学造纸材料与设计专业大一生。魂笔设计经历不做介绍，相信大家也觉得没有必要听。”

“来此之前我想过，如果今天的审理会上，狄江被安排先行发言，那么轮到我的时候，该说些什么？”简墨轻轻笑了笑，“是把他说过的重复一遍，还是简单三个字——‘我也是’？”

三位审理员想起会前两位论坛高层的嘱咐，没有出言打断，只是原本就没什么表情的脸看上去更空白了。

“在大多数人眼中，狄江选手经验更丰富，获得荣誉更多。这次参赛作品雷同事件中谁抄袭谁，是显而易见的。”简墨环顾了一下会议室，“有了这个先入为主的观念，我今天无论说什么，都不是解释而是掩饰。”

“既然如此，那我就什么都不说。”他一只手轻轻合上资料盒的盖子，然后抬起头，郑重向三名审理员提出要求，“尊敬的审理员，我申请将选手狄江和我两人的参赛作品进行现场魂笔质量检核。”

简墨的目光坦然而明亮，“人会撒谎，魂笔不会。不如就让魂笔自己说话，如何？”

他这番话一说出口，听众席上顿时又是一阵嘤嘤嗡嗡。

“他这是想做什么？”齐伟诧异地说，“难道他还真以为自己的魂笔会比狄江的更好不成？”

“听说前段时间的星光塔酒会上，谢首对狄江的月华之章大放厥词，结果那番言论竟受到了梁大师的夸赞，这件事传得整个圈子沸沸扬扬。”齐茵自失去了对齐家产业的掌控权，想查谢首的来历便有些艰难。今天的审理会，是她眼下了解这个少年的最佳途径之一。

“他肯定是无意中偷听到哪位大师的点评，然后假装是自己想的说出来。他也不想想，能骗得了一时，难道能骗一世？如今可不就栽跟头了！”齐伟不以为然道，“不过能够拿到狄江的设计稿，也算是有点本事。只不过这家伙大概没想到，狄江正好会拿这份设计稿来参加新秀赛。现在哑巴吃黄连，有苦说不出了吧！”

狄江这个级别的魂笔制造师会让自己的作品轻易被人偷走？齐茵瞥了齐伟一眼，对弟弟的头脑完全不抱任何期待。如果谢首真有这个本事，那只能重新估算他的后台了。今天这件事情的起因，应该多半还是狄江不甘心被人踩了名声，才用了钓鱼的办法来报复。

谢首不知道设计稿属于谁，但肯定能看出这设计稿的出色之处。可但凡他动了心思，不管只是借鉴一二，还是全部照抄，最后都会被狄江设法扣上抄袭的帽子。谢首就算最后明白自己被算计了，但路是他自己选的，也只能自认倒霉。就算日后狄江算计他的事曝光了，谢首同样也洗不清自己。

左翼听众席上坐着的大多是京华大学造纸学院的学生。

“他以为魂笔质量检查就能救自己？”林跃一脸幸灾乐祸，“垂死挣扎。”

“我们治不了他，总有人能治他。”邓翔跷起的二郎腿也开始抖起来。

薛晓峰瞪了两人一眼，向陈元低声道：“你觉得阿首这关能不能过啊？我这几天脑子里都是这事，怎么想都想不明白。阿首怎么可能抄别人的？但是，狄江也不可能抄阿首的啊！这到底是怎么一回事？”

“设计稿不会莫名其妙雷同。”陈元垂眼看着座位之间狭窄阴暗的地面，语气寡淡，“有时候，你心里的不可能，就是某些阴谋诡计最强有力的保护伞。”

对于简墨提出的请求，三名审理员快速交换了意见，然后将询问的目光投向对面的评委席。

坐在最中间的主审评委梁少麟最后给出意见：“制式魂笔正常质量检核的项目有二十四项，需要花费三到五天时间不等，并不适合现场测试。”

“可以只做基础三项的检测。”简墨回答，“这三项检测只用花费一小时左右的时间，所需设备也很常见，点睛纸笔总部一定会有配备。”

三位审理员再度交谈了几句，接着由一号审理员问：“即便基础三项也需要花费一个小时左右，对今天的审理进程有重大影响。谢首选手，你必须说明这样做的必要性，否则不能答应你的请求。”

简墨回答道：“三位审理员还有诸位评委，请问诸位是否认同这样一个道理：一个合格的魂笔制造师，是不会提交基础质量都无法保证的魂笔的？”

对于这种理所当然的问题，一号审理员理所当然回答：“是。”

梁少麟肯定道：“当然。”

简墨又转向狄江，“狄江选手，你是否也认同？”

狄江还是第一次认真打量简墨，眼睛在后者的脸上停留了好一会儿，似乎想从简墨脸上看出背后的真实意图。最后他回答道：“当然认同。”

“狄江选手是东一区年轻魂笔制造师中的佼佼者，想来你提交的作品必然是经过千锤百炼。那么，你是否敢让你我的作品当场进行基础三项的测试？”简墨直视狄江，“如果你坚持认为自己是这份方案的真正设计者。”

魂笔质量检核基础三项：融通性检测，即造纸师能够通过魂笔触发造纸原理，这是最基础的要求，如果不能通过，这支魂笔就与普通的书写工具没有本质区别；安全性检测，即魂笔的整体结构要保证使用者不受伤害。因为大多数点睛都会对人体皮肤产生一定的腐蚀。比如，如果结构不合理，点睛就可能出现渗漏；耐久性检测，即魂笔对点睛流动所产生热量的负荷程度。如果设计不合理，连续书写到一定时间后，积累起来的热量就会使魂笔的内芯变形，从而导致导流槽报废。

“你这是认为我制作的魂笔无法通过基础三项的检测？开什么玩笑？”狄江脸上露出羞辱的表情，他对审理席怒气冲冲地说，“我同意进行基础三项的检测。这正合我意。”

本来对这项提议还存在些许犹豫的一号审理员见状，只考虑了一秒钟便宣布：“既然双方当事人都同意进行测试，本审理员宣布：休息十五分钟。十五分钟后，现场进行魂笔基础三项测试。”

在审理员宣布休庭的那一刻，简墨没有理会狄江虎视眈眈的眼神，而是把目光投向了中央听众席的最后一排。

丁之重正站在自己的位置前，一双仿佛蕴藏着暴风雨的眼睛也正盯着简墨。

两人隔着大半个会议室彼此对望。简墨知道从自己提出魂笔测试的那一刻，丁之重就应该明白了。此刻这个眼神，便是他对自己的警告，当然也可能是——宣战。

简墨张开嘴唇，无声地说了一句话：“来吧。”

丁之重嘴角微微勾起，似乎觉得他的表现十分可笑，连回应都懒得给，转身大步迈出会议室。

简墨收回目光，发现一只玻璃瓶被打开放在他的面前，里面盛的不知道是什么煮的，满满一整瓶红彤彤的糯烂汤水。他冲简要笑了笑，赶紧拿起瓶子一口倒入，手心和胃部顿时都感到浓浓的暖意。

简要提醒：“注意时间，尽快结束。”

“我知道。”简墨点点头，冰凉发白的手指贪恋地在余温尚在的玻璃杯上紧握着。

京华市陆伸区红顶别墅区中，两名异级正在天台晒着太阳聊天。

“你怎么知道用空白的书页修补被撕毁的书页？”娇媚女郎趴在一座空无一人的别墅天台上，歪着脑袋无聊地打着哈欠，“你该不会就是那本大黑书的制造者吧？”

她身边的男子盯着不远处的A区6号，“书冢。”

“什么？”娇媚女郎将头发撩到耳后，眨眨眼睛。

“那本大黑书，”男子无动于衷地继续，“叫书冢。制作书冢是百叶的异级天赋。”

“百叶是谁？”娇媚女郎问。

“她……们是苏塘的造纸。”男子目光虚凝，仿佛在回忆什么。

“她们？百叶是两个人？”

男子显然不想再继续这个话题，他向娇媚女郎道：“你不是可以学习其他人的天赋吗？想不想知道百叶的天赋是什么？我可以全部告诉你。”

“求之不得。”娇媚女郎故作惊喜道。

“制作书冢是异级天赋的高阶运用方法之一。异级的高阶运用有不少，比如异能阵，是需要多个异级纸人共同发动的大型异能。再比如异能键，是由异级纸人通过媒介发动且又能脱离制作者由他人继续使用的异能。书冢便属于异能键。大家熟悉的碧海长鲸的抚心牌、飞剑，也属于异能键。”

“不对吧，抚心牌是异能键我能理解，飞剑不是只有剑仙才能使用吗？”妩媚女郎反驳。

“那是因为飞剑这种异能键就设定只能由剑仙使用，从广义来讲，异能键属于法令型的异级天赋。”男子脸上掠过一抹淡淡的不耐，“好了，还是说书冢吧。”

“昨天晚上你说过的那些就不用再说了。”娇媚女郎道，“我都记得。”

男子忍耐地看了娇媚女郎一眼，“书冢的能力强大，所以苏塘在原文中限定，一个制书人一辈子只能制作一部书冢，修改书冢的设定三次。”

“等等。你不是说，除了那本大黑书外，还有一本吗？”

男子闭了闭眼睛，深呼吸了一次，“所以，有两个‘百叶’。”

娇媚女郎怔了一下，还没想好说什么，便发现对面的别墅有了动静。

丁之重和一名长发及腰的女子的身影毫无征兆地出现在别墅内。此刻房间内只有苏夫人一人。她正坐在单人沙发上喝着红茶。

“苏塘人呢？”丁之重劈头就问。

苏夫人被弟弟的突然到来弄得有些蒙，“昨天晚上他说你交代他有些事情要办，今天早上会早走，所以我早上醒来就没见他人影了。”

丁之重的眉头拧得越发紧了。

“发生什么事情了？”苏夫人隐约觉得不对，“你今天不是去点睛纸笔总部了吗？”

丁之重对苏夫人做了少安毋躁的手势，对自己身后的长发女子道：“黑关，你现在立刻去总部和几个工作室看看苏塘在不在？如果在的话，你知道怎么做的。”

“是。”长发女子点头离去。

与此同时，丁之重转身向楼上走去。

苏夫人抬头喊道：“你要找什么……苏塘不在书房里！”

丁之重此时根本没有心思理会苏夫人。他一进入书房便立刻反锁了房门，拉上窗帘，然后走到书桌边，握住第一个抽屉的铜色圆把手——却不是拉开，而是顺时针拧了一圈半，接着打开下面第二个抽屉。里面只有一本黑色大书。

丁之重迟疑了一下，还是拿出了这本书，手指在封面烫金的字上轻轻拂过，翻开才看了一眼，旁边保险柜的门就打开了。长发女子从里面钻了出来，“主人，那几个地方都没有找到苏先生。”

丁之重抬头深深地看了她一眼，轻轻合上书，摸了摸胸口的怀表，“书呢？”

“也没有。”长发女子回答。

“是吗？”丁之重一手按书，一手突然拉下怀表，朝她扔了过去。

怀表在半空中翻了一个身，铜色的表盖仿佛是被离心力甩开，一道长长的黑色流烟汹涌而出，落地就变作数道人影，将长发女子包围在其中。而这数道人影中的第一位，居然和她长得一模一样。

“我说的，”丁之重冷然提醒，“是昨天你们拿走的——关着谢首的那一本。”

假冒的长发女子见状也不抵赖，好奇地摸了摸下巴，“你怎么看出来的？”

真正的长发女子冷道：“这你不需要知道。你只需要告诉我们，你们带走的书在哪里？”

“你的天赋是学习其他人的天赋吧。”丁之重不屑道，“现在这里除了黑关，还有五名异级纸人。就让我看看，到底是你先把他们的天赋学会呢，还是他们先把你撕成碎片——当然，你也可以选择第三条路，乖乖交出那本书，然后毫发无伤地离开。”

“长发女子”嘿嘿一笑，“那就试试吧。”说完就消失在书房中。

“黑关、镜留下。”丁之重扣着书的手指猛然握紧，“其他人追，死活不论。”

其他异级纸人离开后，丁之重对镜问道：“昨天你主人有没有交代你什么？或者他有没有什么不对劲的地方？”

镜正在捡地面上的怀表，听到问话，面无表情道：“没有。”然后将表盖合好，放回书桌上。

丁之重此刻有点理解苏塘面对镜时的那种恼怒和无力。他闭了闭眼睛，深吸一口气道：“我现在告诉你，你主人昨天预备回家后解决掉的人，今天早上却活蹦乱跳地出现在外面。而从昨天我和他分开后，就再没有他的消息。你明白吗？苏塘可能已经出事了。”

镜的脸上终于出现一丝波动。他认真地审视了丁之重两秒，似乎在确认后者说的话是否属实，但最后仍旧回答：“我不知道他去哪里。他已经五天没有跟我说话了。”

丁之重心头一阵烦躁不安，“你们两人真是——算了，我也管不着。”

说着，他将黑色大书扔给镜，“把这部书冢收好。”

“黑关你觉得，刚刚那个家伙来这里是出于什么目的？”丁之重对长发女子问道，“谢首已经被救出来，那部书冢八成也落在他们手中。此刻不守好自己的主人，莫非觉得苏塘这里还有漏洞可挖？”

长发女子也有些不解：“我也想不出来。”

丁之重正在思索，眼角余光却瞟见镜的表现十分古怪：他并没有把书放回原位，而是在桌上打开了它。看着那本黑色大书，一向鲜少有表情波动的镜，此刻双眼竟然一片赤红。

丁之重心中有些不祥的预感，“镜——”

这时，放在桌上的怀表里一个人影蹿了出来，落到镜的身边，“到手了吗？”

看到假冒黑关的家伙再度出现，丁之重猛然意识到某个可怕的事实，骤然睁大眼睛：“你们——镜！你竟然背叛苏塘！”

镜抬起头，眼神可怖，“从苏塘杀死百叶的那一天起，我就不再忠于他了。”

一号会议室的休息时间此时已经结束。二号审理员带着一名质量检核员和检核器材进入大厅。

质量检核员先将狄江、谢首两人的魂笔灌注点睛，然后分别在诞生纸上抄写一小段专用的检核原文。随后放入孕生水中，两张诞生纸发出淡淡的微光，融生成功——融通性检核通过。

随后检核员将两支魂笔分别放入两个透明的盒子里，用盒子上方垂下的一个金属爪固定在魂笔的书写握指处，封闭好盒子，启动开关，众人便看见金属爪抓着魂笔在盒子做三百六十度随机翻转，并且速度越来越快。

二号审理员解释道："无序旋转检核的合格标准是在300单位速率下保持20分钟无渗漏。当旋转结束后，用73溶液纸巾擦拭笔身，如果纸巾没有变色，方算成功。"

众人眼睛都盯着盒子，二十分钟过去了，旋转停止。检核员用两张纸巾分别擦拭笔身，纸巾均未变色——显然两支魂笔的安全性检核也通过。

现在就剩下最后一项监测——耐久性监测。两支魂笔在测试仪器上被固定住指握处，同时开始在纸带上进行点画线的书写。

点睛纸笔的质量检核员趁测试刚刚开始，向听众席上的众人介绍了这台加速点划线测试仪。其监测原理是让魂笔在纸带上模拟书写的过程。持续书写的时间越长，耐久性越好。但是正常情况下写造的书写时间较长，几十分钟到几个小时不等。因此测试仪会通过加速书写缩短测试时间。

在加速情况下，魂笔积热速度会高于正常书写状态，而且这种累积的比率是成几何比例上升的：加速测试中10分钟积累的热量大约相当于正常书写30分钟的积热，而加速测试20分钟积累的热量大致相当于正常书写2个小时的积热，加速30分钟相当于正常书写16个小时，加速40分钟则大约相当于正常256个小时，即14天零16小时。

加速点划线测试仪检核的合格标准是，室温条件下，魂笔加速测试进行到25分钟时，笔身表面温度低于35℃。毕竟没有哪个正常人能做到连续书写16个小时不停手的，而且笔身表面温度一旦超过35℃，使用舒适度就很差了。

距离开始加速检测23分钟的时候，狄江的魂笔笔身表面温度已经突破35℃，并且在25分钟时升至45℃——此时，谢首的魂笔笔身表面温度维持在30℃。

而起初矜持傲慢的狄江，在时间接近第23分钟时，脸色开始发白。而当时间达到25分钟时，他的额头已经渗出无数细小的汗珠，在室内灯光的照耀下，汇聚成一条条小溪在额角蜿蜒而下。

事实摆在眼前，已经不需要评委去点评。旁听席上众人压抑不住内心的激动，窃窃私语逐渐变成一片充满惊叹的嘈杂之音，笼罩在会议室上方。审理员被这意想不到的结果弄得有些手足无措，一时都忘了维护现场秩序。

“我就知道，阿首是最棒的！”薛晓峰故意瞥了一眼突然一言不发的林跃和邓翔，然后感叹道，“我好像很久前就在说这句话。如今他连狄江都打败了，总感觉自己以后不能把他当普通同学看了。”

陈元脸上的笑意缓缓地浮起，仿佛是之前绷得太紧，肌肉变得太过僵硬。

李铭微微笑着，向右侧的谭长秋道：“这孩子倒从来没让我失望过。”

谭长秋嘴角扯出一个笑容，手却不由自主地握紧了椅把。

场中的加速测试还在进行，评委们和审理员不约而同地没有叫停。所有目光都停留在谢首的魂笔上，等待这支魂笔突破35℃这道关卡的时刻：26分钟，30.3℃；27分钟，31.2℃；28分钟，33.0℃；29分钟，34.5℃；29分06秒，35℃。

“太棒了！”跟着二号审理员一起来的质量检核员大概是个技术狂，完全忘了此刻自己是在公开审理会上，手舞足蹈地说，“这种耐热强度太罕见了。27分钟已经是难得一见，29分钟根本是万里挑一！这支魂笔的作者是谁？”

二号审理员好歹还记得自己的职责，安抚住激动万分的质量检核员，将他和他的器材送出场去。

一号审理员对听众席喊了一声“安静”，然后对狄江说：“狄江选手，对这份检核结果，你有什么解释？”

狄江的嘴唇嚅动了几下，最终没有说出口。他的背明显佝了下来，整个人好像缩小了一圈。

一号审理员见狄江无话可说，便将目光转向简墨。虽然他的语气没有什么变化，但态度明显好转了许多，“谢首选手还有什么话要说？”

简墨此刻终于有机会讲述他的魂笔设计思路，他直接跳过狄江已经说过的部分。“这次导流槽的设计对散热要求非常高，所以完成好设计图后，我首先要考虑的就是内芯的制作材料。众多待选材料之一就有狄江所使用的高桑木。

“高桑木散热性高，抗腐蚀性好，这是众所周知的。但是如同今天一样，我在测试的时候，发现这套导流图的积热能力比我预估的还要高出很多。因此我放弃了高桑木，尝试了其他几种散热性也不错的材料，然而最终的测试结果是，除了花雕木勉强达到了25分26秒，其他的都失败了。

“发现从材料上入手已经不可能后，我便考虑通过溶液处理来提高笔芯的散热性。先后三组，我总共测试五十七种材料。最后让我最满意的，反而是本身散热特性并不算出色的龙芯木，但是它与我所调制的溶液匹配后，是效果最好的一种——正如今天你们所见。”

简墨重新打开资料盒，又取出一个魂笔收纳盒。

“这份资料包含这五十七种材料所制的魂笔基础三项的数据，以及龙芯木所制魂笔的二十四项质量检测的数据。收纳盒里是我曾经测试过的五十七支魂笔样品，可以作为我本人研制这份魂笔方案的证据。”简墨将资料盒和魂笔交给二号审理员，再由他们转交给本次新秀赛的六位评委。

一边是为了确定最佳设计方案而制作的五十七支魂笔，以及厚达两寸的测试表单，一边是基础三项都没有做过的参赛作品。六位评委一边翻看着资料，一边小声交谈，时不时点一点头，脸上的神情有欣赏，也有感叹，有恼怒，也有尴尬。

十分钟后，梁少麟代表评委组做了发言。

他怒其不争地瞪了一眼低着头的狄江，取下老花镜放在桌子上，起身向审理席缓慢而郑重地说：“我们一致认为，无论是导流槽的设计，还是魂笔制作工艺，都必须达到相应的标准，一支魂笔才能称为合格的作品。

如果谢首作为一名造纸材料与设计系的大一学生都知道这一点，并严格执行到位，狄江作为一名知名的魂笔制造师，自称花费了大量时间和精力完成的作品，却连最基础的测试都无法完成，恕我们实在无法给予理解和认同。”

此言一出，算是对今天的审理结果一锤定音。

简墨向狄江道："我本来以为，你拿到我的设计方案多少会检测一下，只要哪怕你检测一次，就会知道高桑木根本不可能合格。当然，就算你检测过了也没用。因为溶液的配方需要很长时间去试验。我的设计方案是在比赛前两日才上交学校，所以你根本不可能有时间挑选出最合适的笔芯。”

他轻轻叹了一口气，讽刺道："连基础三项测试你都不做，居然直接把魂笔交上来，你是对自己太有自信，还是对我太有自信了？”

见事情基本尘埃落定，一号审理员开始走最后的流程，"狄江，你是否承认这次参赛作品的设计方案并非出自你本人之手？”

狄江依旧一言不发。

见狄江抵死不承认，一号审理员只好直接宣布结果。但他正准备发言，梁少麟做了一个稍等的手势，然后问道："谢首选手，你刚刚提到，你的作品方案是在比赛两日前提交到学校的。当时你的作品是交给谁的？”

简墨将目光转向旁听席，"交给了现在听众席上的这位石主任。”

场内所有的目光瞬间都落在了石正源身上。

在梁少麟这位德高望重的魂笔大师面前，京华大学造设系系主任石正源也只算晚辈。他立刻规规矩矩地站起来，谦恭地回答："谢首的作品确实在赛前两日就交给了我。作为他的老师，了解他的参赛作品情况是我的责任。我检查过谢首的作品后，就把它锁在办公室的保险柜中。按道理来说，除了我自己外，其他人是没有机会接触的。”

场内众人面面相觑，一号审理员也发现了其中的问题，"您是说谢首的作品除了您外，一直没有其他人接触？”

石正源点头，“是的。”

一号审理员皱起眉头，“就算有高手将设计稿偷盗了出来，为什么狄江用的是高桑木而不是龙芯木？”

一号审理员望向狄江，后者的嘴唇嚅动了几下，没有说话。

他只好再次向石正源询问：“您收到的那份设计方案上，魂笔材料用的是什么？”

“高桑木。”石正源脸上浮起淡淡的苦笑。他望着简墨，“谢首，你早就料到有人会来我这里偷设计方案吧？你想将计就计，也不和老师商量一下，害得老师白替你担心一场。”

齐茵此刻内心的震惊难以想象。她之前自以为看透了狄江的计谋，哪里知道事实正好相反。谢首的背景恐怕不但远超自己的想象，甚至狄江本人也很清楚谢首的魂笔设计水准——如果谢首仅仅只有在校生的水平，东一区排名第三十七位的魂笔制造师的作品缺漏，怎么会被他轻而易举地看出？而狄江也不可能拿着一个在校生水平的参赛作品，坦然宣称是自己的设计。

她目不转睛地盯着场中那名黑发断眉少年，却见他对自己的系主任半开玩笑地抱怨着，神情冷淡得有些过分，说话时连敬称甚至都没有用上，“你是否还记得，在我上交设计方案的前一天，我曾经去找过你？”

石正源说：“当时你说设计方案还待完善，第二天再交来。”

“其实那一天我身上带了设计方案，不但带了，上面笔芯材料标注的是——处理龙芯木。”简墨望着不敢置信的石正源，毫不在意地说。“但是当我看到你后，我就改变了主意，告诉你方案第二天再来交。”

梁少麟猛地皱起眉头，“为什么？你发现了什么不妥？”

众人原本已经做好了曲终散场的准备，却被简墨这么出人意料的一句话重新拉回座位。人类本能的探知欲，让他们兴奋地在两人之间来回打量。

“为什么？”石正源问。此刻众人的目光都集中在简墨身上，很少人注意到他的声音虽然镇定如常，但脸色微微发白，手在身体两侧几不可察地颤抖，像是在恐惧什么可怕的东西到来。

“为什么？”简墨忽然笑了，“你问我为什么？难道你自己不知道吗？我为什么要将自己费尽心思设计出来的方案交给一个我不认识的人？一个突然出现在我老师办公室，顶着我老师的面孔，伪装成我老师的陌生人——我可不可以问一声，你到底是谁？”

“你说什么？谢首选手，能不能解释一下你刚刚所说的话？”梁少麟诧异道，“他不是你的老师石正源又是谁？”

此刻这位造设系系主任板起脸，不悦地道：“谢首，这是什么场合？你在胡说八道什么？”

“除了相貌，你哪一点像我老师？”简墨嗤笑一声，“我临到快比赛了还没上交设计稿，早上石主任还在打电话骂我。下午一进办公室，你居然笑着给我递水，告诉我设计稿晚交一天没关系。这才是开玩笑吧！”

这时，一号会议室的侧门“轰”地打开了，一个熟悉的声音高高响起：“比赛前两天才交设计稿，我不光想骂你，还想揍你呢！”

众人一见，顿时震惊得都说不出话来，另一个石正源大步从会议室侧门走了进来，站到简墨旁边，目光如刀，直插听众席，“如果你是石正源，那我又是谁？”

“石正源”见到来人，如遭雷霆一击。他死死盯着这个与他一模一样的人，仿佛想用眼神使对方从这个世界消失，但颤抖得越来越厉害的身体完全出卖了他的内心。假冒的造设系系主任伸手摸向座椅靠背，哆哆嗦嗦地坐下，整个人变得苍白而萎缩。

旁边的京华大学副校长和他一样面无人色。

石正源骂完了自己的仿冒品，下一秒就把目光对准了旁边的谭长秋，声音沉痛难当，“老谭，你就这样对我？说请我吃饭，却给我下药，然后把我和这个冒牌货调包？我们是多少年的老朋友了，你却利用我对你的信任，找人假扮我来坑我的学生！你他娘的什么心思！”

面对石正源的呵斥指责，谭长秋一句申辩都没有，只是缓缓地合上眼睛，露出一个无力的笑，紧绷的肩膀松懈下来，像是终于等到了第二只靴子落地。

“谭副校长？”梁少麟难以置信地瞪大眼睛，“这真的是你做的？你为什么要这么做？堂堂京华大学的副校长，竟然陷害自己的学生？还为此……为此给好友写造了一个冒牌货！”

这位主审评委在京华市魂笔制造圈，乃至造纸界都有着重要地位和极高的声誉，因此大庭广众下诘问京华大学的副校长也毫无压力。

此刻的谭长秋也如同之前的狄江，现在的“石正源”，用沉默抵抗着所有的质问。

“这到底是怎么回事？”梁少麟沉下脸，“就没有人解释一下，到底为什么一名前途无限的年轻魂笔制造师和一位国家级大学的副校长，会同时针对一个连学校都没有走出的大一学生？”

梁少麟的声音不大，却让偌大的会议室内一片寂静。所有人都听见梁少麟的提问，却没有一个人能回答这个问题。角落里的媒体记者也都大气不敢出，他们悄无声息地将设备状态又检查了一遍，隐隐感觉到今天能够抓到一个惊爆全京华市的大新闻。

梁少麟的目光最终落回到简墨身上，目光凝重，“谢首选手，你知道吗？”

“我知道。”简墨笑了笑，“准确来说，我今天就是为了这件事而来的。”

第十五章

危险的控诉

简墨走出当事人的席位，站在评委席和听众席中间，“这件事情与抄袭事件没有直接关系，但是却是今天这场闹剧的根源所在。既然大家到现在还未离场，想必对闹剧发生的原因是有兴趣知道的。我希望大家能耐心听一听，做一个见证人。”

听众席上一阵微微骚动，但很快又恢复了平静。

梁少麟直接开口：“如果你所说的有理有据且都是真实的，我愿意做这个见证人。”

简墨向他微鞠一躬，然后道：“坑害石主任的，不止谭副校长一人。当然为了避免日后有人认为我是趁他不在，在背后编造谣言，蒙骗他人，我想有必要请另一位当事人到现场。”

简墨话音刚落，会议室中央突然凭空多出一个人。这人一边走，一边打着电话：“人抓到了没有？你再——”

他意识到身处的环境有变，迅速按挂电话，警觉地看看四周。当认出自己身在何方后，这人骇人的目光下意识地投向简墨。但他很快发现不妥，收回了目光，镇定地问道：“这是怎么回事？”

梁少麟震惊之后反应过来，正色提醒道："谢首，你确定找的人是丁席主？此事不可开玩笑！"

"丁之重先生，你走得实在有些太早了。"简墨盯着他，"既然来了，就请务必听完了再离开。虎头蛇尾可不是好习惯。"

谢首所说的另一位当事人，竟然是十二联席万山地区的席主丁之重！场内一片哗然，怀疑自己现在看到的可能才是一出新闹剧的开头。

丁一卓则第一时间发现他爷爷握着拐杖的右手在发颤。

"爷爷，冷静一点。"丁一卓握着爷爷的手，沉声急切道，"且先听听谢首怎么说。"

丁爷爷好歹也做了家主这么多年，很快控制住了自己的怒火。他深吸了几口气，让全身因激动而沸腾的血液平复下来，"石正源进来的时候，我就预料到此事恐与他脱不了关系。这么多年过去了，依旧死不悔改。罢了，自知道谢首是连蔚的弟子后，我就知道迟早会有这么一天。"

瞒了那么久，爷爷还是知道了。丁一卓这个时候也不知道说什么好。

"我今天只是来旁听的，既不是当事人也并非工作人员。什么时候离场是我的自由。"丁之重微微昂头，语气十分冷淡，"枉顾他人意愿，限制他人人身自由。谢首，你这是绑架！"

"就像星光塔上我曾经对你说过的——你有资格对我说这话吗？"简墨冷笑着，"五天前，我和同学去万山总部参观，结果后来去了哪里，需要我提醒你吗？"

他说完这话，侧过身，将目光投向会议室侧门。

众人随简墨的目光看去，不由得又抽了一口冷气：一个黑发黑眸少年正站在门口。那少年虽然看上去蔫蔫的，但模样竟然与谢首毫无二致。

"我都不知道自己什么时候多了个双胞胎兄弟。"简墨讽刺道。

"那你说说，这人与我又有什么关系？"丁之重上下打量了这位"简墨"两眼，鼻子里嗤笑一声，"你总不至于以为，随便弄出一个和你长相相似的人，再编个匪夷所思的故事，就可以构陷我了吧？”

冷漠的声音陡然变得锋利起来，像是被冒犯的狮王，昭告着百兽，它不动怒亦不代表着会纵容宵小的不敬，“谁给你这权力？！谢首？”

“你这声威严十足的质问听着真令人瑟瑟发抖。”简墨语调毫无起伏地评价了一句，然后话归正题，“他或许与你没有直接关系。那苏塘先生总与你有关吧？要不要我告诉你，他人现在在哪里？”

“苏塘？”丁之重的目光终于出现了些许变化，头一次用算得上认真的目光看着简墨，“你把他怎么了？”

他这一句话旁人听着还好，却让听众席上原本只是来看好戏的苏圆紧张起来，“他这话是什么意思？是说我爸被谢首绑架了吗？”

丁一卓本想说谢首不可能绑架苏塘，但看见苏圆担忧的模样，收回了到嘴边的话，只道：“最近两天我没和姑父联系。我觉得你现在应该问问姑姑。”

苏圆连忙掏出手机给母亲发了一条信息，然后一边心不在焉地听着场内的动静，一边焦躁地等待回复。

“看样子，苏塘先生对丁之重先生还是很重要的。那么不知道苏塘先生的下落，是否值得丁之重先生拨冗二十分钟，耐心听我把话说完。”简墨的声音回归平静客观，“请坐吧，不要逃避，不要离场，不要假装心脏病突发，或者真的心脏病突发。我今天既然还能活着站在这里，在事情解决前，就没打算让和这件事情相关的任何人离开。”

与丁之重能给人带来重重压迫感的语调相比，简墨的声音显得单薄而青涩，却有着不容更改的刚劲，“如果丁之重先生觉得凭自己的能力可以离开，尽可以一试——但请注意你的风度！十六年前，你好歹是从连老师手上接过十二联席万山席主的位置，别让我觉得我老师太傻。”

“这才是你今天的真实意图吧！说到底，”丁之重露出讽刺的笑容，“你就是帮连蔚来报复我的。真是可笑之至！众所周知，连英是自杀，连蔚也是自己辞去席主之位。有些事情的发生确实令人十分遗憾，但没有道理因此迁怒于下一个接任者吧？！”

他深吸了一口气，傲然道：“回去告诉你老师。他若对我担此职位不满，自己来万山与我公平竞争。无须推出一个孩子，自己躲在背后玩些魑魅魍魉的计谋！”

“连英真的是自杀而死的吗？”面对丁之重的振振有词，简墨不为所动，按照自己的节奏继续一字一顿地反问。

“不是自杀是什么？！”丁之重反问。

会议室的侧门又开了。一个年轻人推着一架轮椅走了进来，轮椅上坐着一个双鬓花白的老人。

年轻人向众人鞠了一躬，又向简墨鞠了一躬，才道：“我叫张代英，这是我的导师张亚，京华大学医药学院院长……也是连英师兄当年的导师。”

听众席的中央席位上有一半人的年龄超过了二十岁，对于十六年前十二联席万山总部席主之位的变故，即便不是记忆犹新，至少也都耳闻一二。听到这几个名字，这些人的眼神都不一样了。

“……阿英是个很有才华的年轻人，他很早就想建立自己的实验室。我认为时机还不成熟，又私心希望借他的研究扩大实验室的影响力，所以一直反对，可他始终不肯放弃。那段时间，谭长秋常常来安慰我，说阿英恃才傲物，根本没把我这个导师的话放在心上，又说学校资金也不充足，连英如果要新建实验室，学校方面的压力也很大。后来他有一次开玩笑，说年轻人太浮躁不是好事，不妨给点小小的教训。拿他的研究报告找位造纸师写个同样天赋的纸人。有这么个竞争对手在，看他还敢不敢目中无人……最后，我就动心了。”

轮椅上双鬓斑白的张亚声音沙哑，突然用双手捂住自己的眼睛，“这是我有生以来做的最后悔的一件事情。我原本只是想让阿英留在我的实验室，但是却没想到他会走上绝路。我对不起他。”

发出一声低哑的抽泣后，张亚又抬起头，控诉起听众席上低头不语的谭长秋，“这十六年来，谭长秋一直以此事为把柄，逼迫我做了许多违心的事情。我实在是受不了了，但是又没有别的办法。听说连蔚的学生来到京华后，我就让代英偷偷地去找他，希望能够在揭发谭长秋的时候出面做证，算是稍稍弥补我当年犯下的弥天大错。”

张代英轻轻地把手放在老人的肩膀上，向简墨诚恳地说：“老师这么多年一直很愧疚，有时候睡着了还会喊师兄的名字。我知道这话由我来说不合适，但是老师年纪已经这么大了，就算是判刑，他也坐不了几年牢。我希望你们能够原谅他。”

原谅？简墨顿时想起，被置放在连蔚书桌最下层抽屉的那个相框。他有一次问，为什么不把连英的照片摆在外面。连蔚神色黯淡地回答，因为无颜面对。

连蔚尚且没有原谅自己，其他人又有什么资格请求原谅？简墨记起老旧阅读器里的一本小说，便对他回答道：“活的时候坏事做尽，就不要指望死的时候心安理得。坏人要是在临死前忏悔两句，就能上天堂，那好人又该去哪里？不过，有权回复你这个请求的不是我，是连老师。你们应该向他请求原谅。”

张代英叹了一口气，轻轻地推着张亚的轮椅，站到一边。

解决完张亚的事情，简墨微微松了一口气。但与此同时，一阵眩晕猛然袭来，他眼前微微发黑，脑子里不由得回放起在唐宋醒来后，那名叫作镜的异级纸人对他说的话。

“书冢的异能效用不仅仅是囚禁，还可以持续消耗被囚者的生命力——即使你离开书冢也一样。虽然治疗能够削弱这种影响，但不可能做到完全消除。”镜说，“你的意志是比一般人要坚韧，不但在无水无粮的情况下存活了五天，还维持神智的清醒。但实际上你的精神和体力都已经到了崩溃的边缘。现在你最应该做的，就是绝对的静养。只要度过二十四小时的衰弱期，便能很快恢复。但如果你不但不休息，还要去做这么耗费体力和精力的事情，我不保证，你能活着回来。”

“少爷，你答应过我的。”简要的态度同样坚决，“我说中止，你就必须中止。”

“可是——这些证据如果不趁丁之重还什么都不知道的时候公布出去，或许不出半日，甚至不出一个小时，他就能完全反应过来，掩盖所有的犯罪痕迹甚至倒打一耙……我们之前做的种种努力，冒的种种风险就会全部白费。”

“你心里最清楚，这样的时机，”他在床上撑起上半身，对转身不欲再听的简要强调，“以后我们再也找不到了。”

“时间必须控制在九十分钟内，否则我亲自把你带走。”抵达点睛纸笔论坛时，简要在地下停车场里，毫不留情地对他警告道。

现在还剩下多长时间？简墨佯装若无其事地闭上眼睛，想稍稍喘息两秒，才一合眼，便感觉到了背后简要的目光似乎扫视而来。

“这都是我的错。”这时谭长秋的声音突然响了起来。

简墨睁开眼睛，看见坐在中央席第三排的谭长秋从位置上站了起来。那张早上还精神奕奕的面孔好像老了十岁，苍白得近乎透明。此时此刻这位京华大学的副校长，双目无神地看着他说：“是我对不起老石，对不起连英，也对不起连蔚。当年，我故意怂恿张亚阻止连英另建实验室，是因为学校用于科研方面的资金，被我，被我，被我……”

他一连说了三个“被我”，停了下来，深吸了一口气，一闭眼说了出来：“被我挪用了出去。剩下的资金根本不足以建新的实验室。我没想到，事情后来竟然发展到这个地步——这是我的错。”

众人面面相觑，京华大学的副校长竟然当众承认挪用公款，这不是在开玩笑吗？会议室角落的媒体记者们却兴奋了，手中的相机不断地变化角度，快门咔嚓咔嚓地响个不停。

“这都是我的错。我以为谢首回来，是为当年连英的死来报复我，所以我才，我才找到狄江，想让谢首身败名裂。”谭长秋抬起头，满眼歉意和愧疚地望着简墨，“我会向司法机构自首，说明当年的罪行。连蔚先生那边，我也会……去认罪。”

说完他垂下头，俯首认罪的姿态令众人不由得内心唏嘘。尤其是坐在左翼听众席上的京华学生，他们内心的震动简直是一波三折。

“我感觉自己今天不是来参加审理会，更像是看了一场大戏，有种不真实的感觉。”薛晓峰茫然地说，“最让我吃惊还是阿首，明明和我们一样是大一生，居然能够和院长、副校长对上，最后竟然还赢了！”

“谢首的表情，可不像是觉得自己赢了。”陈元观察着场内，轻声说。

谭长秋突如其来的爽快认罪，并没有让简墨的内心感到快乐。他自然清楚对方这样做的目的是为了什么。

丁之重此刻仿佛一个局外人，正低着头优哉游哉地整理西服的袖口。等到他整理完，才双手背在腰后，从容的目光与简墨的视线相触，嘴角勾了勾，仿佛在说：“早就说了吧，这些都与我没有关系。”

“谭长秋，你所说的全部属实？”梁少麟脸色郑重而严肃，“是不是有什么苦衷？众目睽睽，你要对自己所说的话负责任！”

“我说的都是真的。”谭长秋低哑的声音说，“在场的记者应该都录下我的话，即便到了法庭上，我也不会否认。”

梁少麟长叹一声，“糊涂——”

简墨打断了梁少麟的话：“这样就完了？你对不起的只有连英、连老师和石主任吗？你的妻子梁小雅呢——你怎么不提她？”

谭长秋身体猛然一颤，他慢慢地抬起头，用一种惊恐中夹杂着绝望的眼神看向简墨，仿佛被人强行剥去了最后一层遮羞的外衣，丑陋、干瘪、长满脓疮的皮肤在众人面前暴露无余。

他的声音颤抖得连神经最粗的人都能听出不对劲：“你这话是什么意思——你提我妻子干吗？！她与此事无关！无关！”

会议室的侧门已经不知道是第几度打开。

一位中年美妇和一名青年走了进来。

中年美妇自然是谭夫人。她望着谭长秋，气质依旧温婉如水，只是脸上的笑容淡而无奈，“老谭，他已经知道了。”

简墨记忆中青年对谭夫人的亲昵之态，此刻荡然无存。他表情冰冷地盯着谭长秋，“爸，我妈去哪儿了——我说的，是生我的那个妈！”

谭长秋面无人色，全身如同筛子一般抖了起来。然后他蓦地低头抱住脑袋，发出一声崩溃的哀鸣。

场内一片瞠目结舌。

“谭副校长，夏历5131年，也就是十九年前，不知道出于什么原因，你杀死了你的妻子梁小雅女士。为了掩盖罪行，你对外谎称妻子出门旅游，同时委托一位造纸师写造了现在的谭夫人。”简墨望着谭长秋，“但很不幸，因这件事，你也把自己的把柄交到了这位造纸师的手中，被迫成为他任意驱使的走狗。”

谭长秋只是像一头困兽颤抖着，没有一句辩驳。

众人见到他这副穷途末路悲伤可怜的辛酸模样，纷纷转过头去叹气，露出愤慨又不忍的表情。

简墨却没有放过他，“《造纸管理法》在第五条第一款规定：‘禁止任何组织和个人，以原人为蓝本进行造纸，无论该蓝本是否同意、或者已经死亡’。”

“谭长秋，你是否能够告诉我，以你真正的妻子梁小雅为蓝本，写造了现在谭夫人的那位造纸师是谁？”简墨盯着他，“或者说，十六年前写造了张代英，如今复刻了石主任，甚至，还包括我本人的那位造纸师，是谁？”

谭长秋一动未动。

“你不敢说吗？”简墨提高了音量。

谭长秋发出一声几不可闻的悲鸣，拼命地摇头，“我不是故意的，我不是故意要……推她的。我想救她，我拼了命想救她，可是她已经、已经……”

场内有些人掩面不忍看下去了。梁少麟也叹了一口气，“谢首，今天就告一段落吧。你身上的抄袭嫌疑已经洗刷干净，罪魁祸首也找到了。剩下的事情，都交给司法机构吧！他们肯定会给你一个公正的裁决！”

“不，还没有结束！”简墨斩钉截铁地说，他瞥了谭长秋最后一眼，“你不敢说，我替你说！”

简墨微微转身想找简要要东西，忽然又一阵眩晕袭来，身体顿时如同飘在云上。这时候，一双手牢牢抓住他的胳膊，让他不至于摔倒。

“您已经超时十分钟了。”不出所料，简要的声音在他耳边响起。

简墨急切地寻找简要，恳切地望向他。

“我知道，时机不再。”简要轻声说，“但您需要休息，所以剩下的交给我。相信我。”

简墨迟疑了一会儿，微微点头，“我不能离开，我要亲眼看到结果。”

“好。”

看着今天一路披荆斩棘的少年被扶到听众席插上静脉输液针，脸色已经与白纸几乎没有差别，众人恍然想起他之前提到自己被囚数日，投向谭长秋的同情心瞬间淡了许多。

“装模作样。”苏圆还记得谢首提起她父亲的事，哼了一声，又焦躁地看了一眼手机，“妈妈怎么还不回信息啊！真是急死人了！”

看到爷爷忍耐地抿一下嘴，丁一卓瞟了一眼苏圆，“你要是着急的话，干脆到外面打个电话。”

苏圆想了想，同意了，“那我出去一下。回来的时候，你要告诉我里面发生了什么事啊！”

她路过第三排时，下意识地瞟了一眼面若死灰的“石正源”和抱头崩溃的谭长秋，努了努嘴走了过去。

与后者同坐一排的李铭面色相当平静。除了“石正源”被点名时表现出些许惊讶外，他此后便再没有特别的反应。

“你看出点什么了吗？”李铭问他身边的年轻人。

李微生点点头，“还要再看看。”

“之所以打电话问你来不来，其实是有人请我帮忙，邀你过来一趟。”李铭望着场内，轻描淡写地说。

“谁？”李微生很好奇。

李铭没有回答，目光落回场内。

此时，简要已经安顿好简墨，回到场内，准确无误地站在了简墨原先的位置。

“我家主人谢首先生身体状况欠佳，接下来的进程由我代他完成。”简要声音清朗，“丁之重先生可以放心，我保证自己对此事所知与我家主人完全一致，并且能够完美地理解和执行他的意愿。”

说完，他的左手轻轻张开，一本资料册及一本黑色大书凭空出现在手心。那本黑色大书极具设计感。尽管只是简单的纯黑硬壳封面和金色烫金标题，却凭借优良精细的材质和恰到好处的排版，牢牢吸引住会议室中所有人的目光。几乎每一个人的脑子里都在想，这么特别的书里到底写的什么？

丁之重脸上的从容淡定在看见那本大书时有了一瞬间的崩裂。他不自觉地咬了下嘴角，但很快松开。脸上一如既往的高傲，让人几乎以为他对简要手中之物完全不在意。

“想抢的话，丁先生尽可以试试。”简要平静道，“我有自信拿出来，自然有自信旁人取不走。”

丁之重冷笑一声，“又是什么粗制滥造的证据，收废料的都不要。”

“如果是这样，那就再好不过。”简要拿起资料册，“这份资料是我和我家主人连夜从这本异能书里整理出来的，一共531份。”

“其中有一部分涉及今天在场的人士。”他望了一眼听众席，然后翻到其中的一页，“比如，项目编号17——夏历5131年4月13日，项目内容：原人整体克隆。蓝本：梁小雅。项目要求：与本人相似度98%以上，一型纸人。费用承担人：谭长秋。造纸师——”

简要清楚地念出一个名字：“苏塘。”

“你胡说！”这时，听众的后方传来一声尖叫，“你一个纸人，有什么资格污蔑我爸！”

苏圆刚刚从会议室外进来，却没想到一进门就听见这么一段话。

面对苏圆的咆哮，简要连眼皮都没有眨一下，只道：“谭副校长的夫人是否纸人，我想这是很容易辨别的事情。”

苏圆“噔噔噔”冲到听众席前面，反驳道：“她是纸人又怎么样？难道是个纸人就一定是我爸写造的吗？好笑！”

简要并未辩解，微笑着仿佛很好商量地说：“那么我就再提供一些证据。”

这个时候大家发现，场内有人正将一只便携式迷你投影仪放置在审理台上，开始播放视频。视频上的画面一眼便能看出录制时间是在夜晚，光线虽然不佳，但摄像头的效果还算不错，能够清楚地看到一座仓库。仓库外行人不多，只偶尔有一两部车驶过，看上去位置比较偏远。

视频快进了十秒钟后，恢复了正常速度。一群人陆续从仓库大门里跑出来。这时镜头调整了一下，将画面拉近了许多。众人能够看到，在一个穿着白大褂的男人指挥下，其他人行色匆匆地驾车离开。最后白大褂自己也坐进一辆汽车，缓慢地驶离。就在这辆车快离开镜头视野的时候，四五辆属于造纸管理局的稽查车呼啸着停在仓库门口。稽查员正向里冲的时候，惊天动地的爆炸声传来，将整个画面都笼罩了起来……

尽管不是高清画面，但所有人都看清楚了白大褂的脸，正是属于苏塘的那张面孔。

“这能证明什么？”苏圆显然没见过这座仓库，理直气壮道，“那个人虽然看着是有些像我爸，但肯定不是他本人！没准也是像石主任那样被人写造来的纸人呢！再说，就算是，这也不能证明我父亲违法造纸了！”

简要从容笑道：“你说得也不是没有道理。爆炸后现场毁坏严重，几乎没什么物证。不过还好，我们还有人证。”

不等苏圆露出得意之色，一个十一二岁的男孩走进了会议室，一双明亮通透的眼睛特别醒目。

男孩表情有些忐忑，但还是勇敢地站到简要旁边。他双眼细细地扫向整个会议室，目光扫到屏幕上的苏塘时，双眼骤然瞪大，眼眸的光芒如同热油浇上两堆篝火，熊熊燃烧起来。没有变声的嗓音带着一丝尖锐，指着画面上的苏塘，声音如一支利箭直插所有人的耳膜：“就是他！就是这个人，说要挖我的眼睛给别人！！”

简要同时翻开资料册的另一页，“第518号项目：活体眼球移植。蓝本：宋朗。项目要求：匹配度99%以上的活体。费用承担人：李依云。造纸师：苏塘。”

纸人无法造纸，能够写造纸人的，只能是造纸师。

两人的话就像一个无声炸弹扔到了听众席上，所有人被炸得瞠目结舌，连李铭在这一刻也坐直了身体——竟然是活体器官移植！

到目前为止，人体器官移植这一块虽然已经被人类科技攻克多年，但无论是人的情感和伦理道德上，依然有着严格的限制。如果单独培育出一个人体器官进行器官移植，几乎所有人都能够接受。但是创造出一个活人，然后从他身上切割一个器官移植给他人，这是多数人无法接受的。尤其是在二次协定后，这一医疗手段便为政府严令禁止。

但不接受归不接受，病患为了延续生命，器官提供者为了利益，明知不可为而为之的依旧大有人在。以原人为蓝本复刻的纸人不但基因与原人一致，因为技术门槛低，监管力度更是较克隆人要弱许多，所以几乎是屡禁不止。只不过因为无论是病患还是器官提供者，为了逃避法律的惩罚，都将罪行小心地隐藏于水下，几乎不为人所发现。

场中的投影此刻又浮现的一张家庭合影：上面以游乐场为背景，被父母抱在怀中的男孩，与场内指证苏塘的男孩，相貌完全一样。

“当初我就不应该把他赶出去了事，”丁爷爷的情绪再度激动起来，手哆嗦得不成样子，“而是应该直接打死！”

“爷爷，”丁一卓按住爷爷手臂，心中涌起强烈的不安，“别生气，气坏了身体不值得。”

可丁爷爷眼底一片通红，竟似完全听不进他的劝说。

这时一个女声在旁边道：“丁老先生的身体要紧，不如让他出去休息一会儿。”

丁一卓没想到说话的竟是一位娇媚的女郎，他犹豫了一会儿便下了决定：“爷爷，小叔……丁之重已经不是丁家的人，可您还是丁家的支柱。若是为了他把您气得病倒了，以后丁家怎么办？”

丁爷爷大概把这话听进去了，叹了一口气，在孙子的搀扶下离开了。

经过苏圆的时候，丁爷爷瞥了她一眼，“跟我出来。”

苏圆也已经被眼前的一切弄蒙了，听到丁爷爷的话，眼神挣扎了一下，还是跟在丁一卓身后出去了。

丁之重的眼角余光在瞄到娇媚女郎时瞬间犀利了起来，但接着又见父亲在丁一卓的照顾下离开了会场，神态才稍稍放松。

“真是不错的表演，当然还有出色的编剧。”他向前踱了两步，歪着脑袋笑着点评，“一个视频，一张照片，一个来历不明的纸人，一通胡言乱语，就可以成为指证一名异造师的证据了吗？你告诉我，你要如何证明这些证据都不是伪造的，毕竟异级纸人能做到的事情很多呢？还有，你说这些纸人都是苏塘写的，凭什么？就凭你手上那个莫名其妙的册子？”

说到这里，丁之重目光凌厉地扫过整个大厅，“诸位就看着他胡闹吗？”

"一个还没有从学校毕业的大一学生，竟敢公开对一位无辜的异造师恶意污蔑，构陷谋害。以为拿出这些所谓的证据，就可以随意往苏塘头上扣罪名吗？在座许多人也是造纸界有身份有威望的人物，莫非将来随便出来一个跳梁小丑，都能骑在你们脖子上撒泼吗？"

众人交头接耳，喧嚣声再次笼罩在一号会议室的上空。

梁少麟面对丁之重的质问，面色也有些左右为难。他没想到一场普通的抄袭案居然牵扯到十六年前万山地区的席位之争，然后又扯出复刻纸人违规造纸的事情。如果仅仅是因为席位之争的事情，梁少麟还能理解。可最后抄袭案的当事人之一，谢首居然试图指控丁之重的姐夫兼心腹苏塘，涉嫌利用复刻纸人私下进行器官移植。以苏塘和丁之重的紧密关系，如果苏塘有这份嫌疑，几乎等同于说丁之重也有这份嫌疑。

"谢首同学，简先生，我可以理解你现在的心情。"梁少麟缓声说，"可苏塘是一名三级异造师，他的身份地位放在那里，也可能不缺那几个器官移植的钱，怎么可能做出这种事？"

"评委先生说得对。"一个声音自旁听席上响起，"一名三级异造师一年的收入有多少，谢首你大概不知道吧？更不用提苏塘先生还是万山地区的席位长老。他会为那几个器官移植的小钱操心？我觉得你们今天可以到此为止了。攀扯再多，你们也拿不到更多的补偿金啊？"

说话之人正是齐伟，他讽刺的目光落在简墨身上，"谢同学，今天你能胜了狄江就已经很不错了。见好就收吧。可别为了一时出风头，得罪了业界大佬。师兄可是为你着想呢？"

被点到名的简墨掀开眼皮，声音虚弱却不退缩："可我担心你不同意。"

齐伟却觉得简墨是在有意拖延时间，脸上露出一个玩味的笑容，"你说什么？我有什么不同意的？"

心中隐隐有预感的齐茵悄悄拉着堂弟的衣服，低声喝道："坐下！"

齐伟难得有刁难简墨的机会，哪肯放弃，根本不管堂姐的阻止，更加大声道："你倒是说个理由给我？"

简墨再度闭上眼睛。简要则低头，翻到资料册某一页："编号520项目：活体肝脏移植。申请人：齐茵，项目要求：匹配度99%。造纸师：丁之重。"

"等等。"齐伟脸上的表情仿佛十分意外，"你说我爷爷移植的肝脏是纸人提供的？"

齐家只有一个人做了肝脏移植手术，这在业内也算是众人皆知的事情，根本无须隐瞒。

齐伟目光闪动，转头看向身侧的堂姐，"你让人写造了纸人给爷爷移植？"

齐茵立刻矢口否认："没有！"

齐伟向简墨得意道："我姐没有找人写造纸人进行器官移植，你可不能空口无凭，胡说八道。"

简要平静道："即便是辨魂师，也不能分辨被移植的器官是来自原人还是纸人，所以你觉得可以矢口否认？"

齐伟双手插兜，不无得意地晃了晃身体，笑得肆无忌惮。

简要眼中的平静逐渐转为人人可见的怜悯，"可如果我是你，今天回家时就会顺路去一趟诞生纸档案局，请一位辨魂师去瞧瞧自己的爷爷——看看他到底只是被换了一个肝脏，还是整个人都被换掉了？"

"你说什么？"齐伟呆了一会儿，用力甩甩头，仿佛自己耳朵听错了，"你再说一遍！"

齐茵一时都忘记了拉扯堂弟，因为她自己也被简要话中的意思震慑住了。她看看简墨又看看简要，感到一种前所未有过的惊恐。齐茵很想用自己素来自豪的理智压住这种恐惧，但话已经脱口而出："不可能，这不可能！你胡说八道！"

被吓到的不止齐茵。这种骇人听闻的猜测，似乎把会议室里每个人都冻僵在原地，包括一直录像和满场跑着拍摄的媒体记者——他们面面相觑，消化着简要最后的那句话。

“谢首他的意思是，丁之重他们借手术的机会，将原本用来培育器官的复刻品替换了本人？！”众人心想，“他以为自己是在编恐怖故事，怎么会有这么荒诞的事！”

然而只要他们沿着这个问题继续想下去，这种让人毛骨悚然的猜测似乎也并无什么证据去否认，“可手术的时候，手术室里除了病人自己和医生外，也没有其他人。如果真的被替换了，确实也不会有人知道。”

如果说之前简墨对丁之重的种种指控，会议室中大多数人只是抱着一种好奇和感兴趣的心态来看，此刻他们就再没有这种无关己事的轻松。因为坐在这间会议室里的，绝大多数都是原人，并且有相当一部分在京华市乃至整个泛亚都有着举足轻重的分量。

“齐家在过去十多年中，算是京华市中排得上名号的家族，如今他的家主如果被人复刻并替换，这一天轮到自己，又会有多久？”虽然理智都觉得不可能，众人却下意识地将自己代入那个手术台上的人，忽然感觉后背的汗毛都要竖起来了。

梁少麟张了张嘴，却发现自己一个字都说不出来。

丁之重的面色却是彻底苍白了起来，仿佛一直隐藏的死穴被人狠狠地捅了一刀。

“我家主人谢首先生进入京华大学后，我一直在协助他，暗中追查连老师儿子连英死亡的真正原因。”简要语言简练却又没有遗漏一个重点，“从连英的导师张亚，一直查到了十六年前与张亚关系亲密的谭副校长身上，然后机缘巧合地发现了谭夫人的异状。尽管有所怀疑，但因为年代久远，对这件事的追查到此就陷入停滞状态。但期间主人意外救下以宋朗为蓝本写造的纸人——就是你们现在看到的这位男孩。通过他提供的线索，我们对这家仓库进行举报。但结果如诸位所见，当时的收获只有这么一段画面，我们甚至还不知道画中人的身份是苏塘先生。

“一个京华市内，两件看似没有关系的事情，都有复刻纸人的出现，这不能不让我们产生某种联想，所以主人坚持查了下去。通过DNA对比，我们寻到宋朗本人，在宋朗父母的打款记录中找到一家叫作东盛的纸源公司，随后又在东盛纸源的经济往来对象中发现一家私人医院——海德这个名字，齐家人想必应该不陌生吧？”简要瞥了一眼陷入极度惶然之中的齐茵，“最近十六年来，这家医院一共进行385例器官移植手术。而这385名手术患者，经过我们的调查结果，表现出一个有趣的共同点：他们本人或其重要亲属，都在万山地区的造纸界有着不俗的地位和话语权。”

说到这，简要半开玩笑道：“虽然我家主人和齐家的关系并不好，但我们也不能不承认，齐家在京华市，至少曾经在京华市还是很有影响力的。”

“这385名患者，我们请辨魂师暗中一一查验了，其中有339人不是原人。”简要说完这句话，抬眼看了一眼丁之重。

开始振振有词无懈可击的万山席主此刻却一言不发，目光闪烁。随着一项项数据的公布，他脸上原本的傲然不屑在众人眼中显得色厉内荏起来。

“正如这位评委先生所说，苏塘是三级异造师，他不缺钱，也不缺体面的生活和地位，为什么他要做这样的事情？这件事他们到底能从中获得什么好处？一桩器官移植交易真能变成拴住彼此的纽带？未必。就像这位齐伟先生所说的，一个已经移植的器官能证明什么——所以他们想到了更为牢靠的方法。”

梁少麟的声音微微发抖：“你有证据吗？你应该知道，你所说的话意味着什么！”

“证据？当然有。此刻诸位肯定想知道，那些已经被替换掉的原人去了哪里。”简要将资料册放在一边，左手轻轻地拂过下面的那本黑色大书，小指上的银色指环闪动着微光，“这本书是一枚异能键。书中一共500页纸。第1页连接着一间档案室，里面保存着531份造纸项目的详细资料。

其他499页，每一页都连通一间小黑屋。里面没有任何东西，包括食物、水、光线、声音。我家主人谢首先生，在学校安排的参观中，经苏塘先生引导，在万山总部的资料室里翻开了这本看似平平无奇的书……我很幸运，抢在死神到来前找到了他。他是这本书的第464页住户。”

“齐伟先生的祖父齐骏先生在459页。而连蔚先生唯一的儿子连英，”他的声音沉重而缓慢，让在场所有人的胸口都感到一阵说不出的压抑，“在第39页。连英不是自杀，自杀的那个不是真正的连英。真正的连英，是被……囚禁致死的。”

一号会议室今天从来没有像此刻这样安静，恨不得连一根针掉到地上都听得见。

简要缓了缓说出了最后一句话：“话到此处，诸位应该都能够看明白了：无论是十六年前连英的死，还是用复刻纸人替换这些万山界的精英，其目的都是一致的——为了万山地区造纸界的控制权。”

片刻过后，简墨的声音才响了起来，虚软无力却清晰无比：“以原人为蓝本的造纸，纸人与原人DNA一致。死人的魂力波动观察不到，可顶着这462个名字生活的活人，究竟是原人还是纸人，应该是可以辨别的吧？

“丁之重，我或许证明不了这些纸人是谁写造的。但462具骸骨在这里，他们被替换后，那些复刻纸人会听从谁的指令，谁是最大的受益人，谁才是那个幕后操纵者，自然有人来评判。我只需要把这本书交给公众，把资料对所有人公开——三大局自然会去查，他们几百名属下为何全部变成了纸人？那些造纸家族自然会去查证，他们族中的精英甚至家主怎么会被人冒名顶替了？为何他们都忘记了自己应有的职业道德和家族立场，莫名其妙地为你丁之重谋利益？不用我动手，我只需要坐在家里，等着看你会有怎样的下场！！”

现在场内再没有一人认为这个少年声音单薄又青涩，难堪重担，反觉得其中坚韧和忍耐令人震撼。一时间，连场内威望最高的梁少麟都不再发话了。

在简要与简墨陈述的过程中，听众席上有一人虽然惊讶，眼睛却在微微发光，仿佛一只鲨鱼嗅到了令它兴奋的味道。抬了抬手，一名助理模样的人走到李微生身边弯下腰，听完吩咐一点头便离开了。

“四叔，邀我前来之人的意图我已经明白。”坐正身体，李微生诚心诚意地对李铭道，“谢谢四叔为我考虑。”

李铭淡淡地笑了一下，“算是对得起你这段时间在四叔面前献的殷勤。”

一分钟后助理再度返回，又对李微生耳语了几句。后者目光落在前排的断眉少年身上，眼神变得更加深邃。

“哈哈，哈哈……”久未发言的万山席主忽然一阵大笑，笑得众人又一阵后背发凉。他双手用力抹了一把脸，一字一顿地说：“好，很好。谢首，我当真小瞧了你！”

丁之重手指轻轻抚摸着胸前的怀表，用令人毛骨悚然的目光盯着简墨，“我原以为你只是追查连英的事情，便一直对你没怎么上心。没想到你竟然连纸人的闲事也管！”

“诚然，这都是我做的，我承认。可整个万山人口上亿，为何你们眼里看到却只这几百人？”丁之重环视了场内众人一眼，嗤笑一声，气势又重新回到身上，“你们怎么不问，统筹整合了这几百人的权力，我为万山带来了什么？！

“我丁之重担任席主的十六年，是不是半个世纪以来万山造纸界最安定、平稳的一段时期？八年前‘点睛爆炸案’发生时，是不是我压住十几个家族的反对，让万山的造纸界没有陷入瘫痪？这十六年是不是再没有发生过造纸世家为了一家之私利，造成混乱到难以收拾的局面？

“年轻的孩子们或许不知道，但是年长一些的应该还记得，而我自己更是亲身经历。丁家与陆家当年的席位之争，搅得整个万山地区风波不断，造纸界人人自危，其中人亡家破的何止几百几千？出生普通的，如苏塘，一名三级异造师，本该是前途远大吧？！被陆家旁系子弟抄袭了作品后直接送入监狱！万山百年的造纸世家丁家，”丁之重高昂的声音哽咽了一下，握住右手的那串青金石，“长子也死在一场阴差阳错的车祸里！那是我哥，我亲哥！

“从那一天起我就发誓，有朝一日成了万山席主，我亲眼见过的这些悲剧，绝不让它在我脚下这块土地上重演！我一定要建造一个没有你争我夺，没有人心动荡，没有毫无价值的牺牲和流血的万山！为此——”他抬起头毫不愧疚地说，“不惜任何代价！”

“任何代价？”这时一个锐利愤慨的声音自听众席后响起，“哪怕被爷爷赶出丁家？”

众人齐齐回首，听众席有人惊叫：“丁一卓。”

在重重证据和简要的步步紧逼中，丁之重都没有流露惶然之色的脸此刻竟然白了一分。而当他看到丁一卓走下台阶站到简要的旁边，这一分白就变成了三分。

“当年你争一时意气，反害得我父亲在两家争斗中身故。”丁一卓的眼睛微微发红，但他的声音依旧冷静，“爷爷以为有了这次深刻的教训，你必然会反省自己。结果你不但没有迷途知返，反倒越陷越深。为了夺得万山席主之位，谋害连蔚先生的儿子。

“这十六年来，你是不是以为自己坐上了席主的位置，护着丁家从衰败中复兴，便能够弥补犯下的过错，缓解你内心的愧疚，甚至让爷爷后悔当年因连英之死将你除族？

“可爷爷刚刚告诉我，他对你的所作所为只想说四个字，”丁一卓恨恨道，“无、药、可、救！”

丁之重整个人一瞬间哆嗦了起来，脸色一下红如赤血，一下白至透明，看上去极端狼狈，又极端可怜。这位素来高傲矜贵、沉稳从容的十二联席万山地区席主，此刻像是被人抽走了唯一的精神支柱，尽管想伪装出镇定如常的模样，但后背却不自觉地弯了下来，仿佛有一百吨的重量压在头顶。

“好。”良久之后，丁之重仿佛刚从窒息中恢复呼吸，颤抖着说了一句话，“好好，我明白了。我懂了。”

他手中的怀表突然打开，一道黑色的流烟立刻从表盘之中涌出，落到地上瞬间化作一个长发及腰的女子。

众人还来不及发出惊呼，只见丁之重一把抓住长发女子伸出的手，后者与丁之重的身体又一同重新化作流烟，飞快向表盘里回缩。然而不等这道烟完全消失，一声惨叫凭空而起。众人只听见一声巨响，再定睛一看，两人似乎被什么东西大力弹了出来。

丁之重双眼紧闭，一动不动，昏过去了。长发女子却没有这么幸运，她的身体仿佛被一把大刀生生切断，只剩下上半截躯体在地毯上拼命地挣扎和哀号，鲜血随着她的翻滚喷溅得四处都是，钻石耳坠也被掩盖了原本璀璨夺目的光芒。

虽然场内所有人的精神才经历了一连串惊心动魄的洗礼，但是这突然降临的血腥画面仍然引得场内胆小者惊叫连连，不少人甚至跳了起来，身体做出防御的姿态，打算随时逃离这个危险之至的是非之地。

而早在长发女子出现的时候，简要已经出现在简墨身边，在他身边设下空间隔离。

“不是我们的人。”简要知道简墨心中在想什么，主动解答。

这时，一个年轻但稳定有力的声音从中央听众席上移动到场中：“大家不要害怕，只是为了防止嫌疑人逃走，临时采取的应急措施。这里很快就会处理好，请大家放心。”

说话之人正是李铭的那位侄子——李微生。情况果然如他所说，空气中浓厚刺鼻的血腥味和地面上触目惊心的血痕，以及那名长发女子在不到十秒钟的时间内就从会议室消失了。而昏迷的丁之重，也被两名保镖控制起来。

而他本人也走到简墨面前，彬彬有礼道：“谢先生身体状态不佳，我长话短说。我叫李微生，供职于造纸管理局外联宣传办公室。虽然我目前的工作与今天事情不相关，但家父是造纸管理局局长李君珲。这起违规造纸事件影响极端恶劣，家父一定会非常重视。鉴于今天场内造纸管理局的属员仅有我一人，不知道你是否同意由我将这枚异能键带回局里，交给相关科室负责人依法处置？”

简要与简墨早就商量过，以他们目前的实力，就算找到了足够指控丁之重的罪证，也不一定能够让丁之重受到他应有的处罚。最好的办法，莫过于将所有的证据公之于众，通过受害者的亲友，受害者权力的觊觎者，乃至公众对三大局公信力的质疑，迫使三大局采取措施。但他着实未曾预料到现场就有人接手这件事情，而且这人还是刚刚回到泛亚的李家嫡系子弟。

简墨对这位李家第五代实在是不了解，犹豫地望向简要。后者冲他微微点头，示意此举可行。简墨又思考了两秒，道：“可以。但我有一个请求。”

李微生脸上连一点意外的表情都没有，十分随和地说：“请讲。”

“这件事情中的复刻纸人是无辜的。”简墨尽量选择一些容易让人接受的措辞，“但此事一曝光，他们受迁怒是必然的。我希望贵局处理时能够多加考虑，既不让受害者亲友继续被蒙骗，也莫让这些纸人遭受不该由他们承担的罪责——当然，如果在他们顶替原人身份的这段时间里有其他犯罪行为，自然还是依法处理。”

李微生微怔一下，立刻恢复如常，“这是自然，是他们的罪责就由他们承担，不是他们的责任，谁也没有权力强加给他们。”

李微生这番话说得很有“分寸”。但简墨知道，这已经是他能够做的极致了。这群复刻纸人固然无辜，但是那些被剥夺了包括生命乃至所有一切的原人，下场又何尝不悲惨。就是他自己，也不知道该如何面对那个复刻纸人呢。

简墨这样想着，心神彻底放松下来，感觉整个人仿佛滑进了黑暗静谧的湖水，慢慢地向湖底沉下去……

第十六章

正义判决

在简墨被简要勒令静养的这两日，发生在点睛纸笔论坛的事情已经通过各种途径传遍了整个泛亚。电视报纸、网络手机一时间铺天盖地全是关于万山席主丁之重非法造纸的报道。

不知道最终是由造纸管理局进行了集体核实，还是遇害人家属私下核查，在审理会召开后的第二天下午3点，造纸管理局的官方网站头条消息更新，公布了丁之重、苏塘等人以原人为蓝本进行违规造纸，非法进行人体器官交易，唆使纸人冒名顶替他人并实施多起谋杀的种种罪行。与此同时，462名被顶替的被害者名单也公布了出来。造纸管理局宣布在一周后，即6月19日，对丁之重等人进行公开审理。

消息公布第三日，简墨陪着连蔚，在陵园安葬连英的真正遗骸。

“阿英。”连蔚眼圈红红的，样子十分憔悴。

简墨也不知道说什么安慰他好，只能搀扶着他的胳膊，沉默地看着墓碑。

胖校长站在旁边劝说：“现在阿英总算是入土为安，你的心也该放下了。”

连蔚低头看着墓碑，声音微微哽咽，“我本以为自己不会像当年那样失控。可当我知道阿英是被活活饿死的，我就忍不住，忍不住……”

亲眼见到连英骸骨的那一刻，原本打算和简墨同去审理会的连蔚当场就昏倒了。好不容易愈合的伤疤在多年之后再度被撕开，伤痛只会更深。

胖校长听到这里，忍不住又看了一眼简墨，“我知道事情肯定很凶险，却没想到凶险到这种程度。我到现在还在后怕，后悔当初没跟他一起拦着你。”

“这种事情谁也没法预料。”简墨笑说，“再说我已经平安回来了，就不要再提了。”

连蔚没有说话，但简墨能感觉到，自己挽着他的胳膊被死死地拽住，就像想要抓住曾经失去的儿子一样。

唐宋的某个包间里，娇媚女郎正与镜在喝咖啡。

“丁之重已经进了局子，有些事情你也该说实话了。”娇媚女郎纤细的手指捏着咖啡杯的杯把，轻轻抿了一口，“宋朗的复刻纸人，是你放出来的吧？”

镜搅着咖啡，干脆地回答：“是。”

“我就说，一个普级是怎么通过丁之重和苏塘的重重封锁逃出来，还好巧不巧逃到了我老……板面前？”娇媚女郎说，“你一开始就把主意打到了谢首身上，对不对？”

镜放下咖啡勺，“作为连蔚的弟子，谢首迟早会与丁之重和苏塘有一战。”

“只不过，我原计划那男孩与谢首见面后，再找机会透露他与苏塘的关系。”他眼底闪过一丝说不明的光芒，“但我什么都还没做，谢首就举报了海息区的工作室，逼苏塘断臂求生后，又追查起工作室的幕后之人。”

娇媚女郎不悦地说：“然后你索性冷眼旁观我们大海捞针似的，从宋小朗查到宋朗，从宋朗查到东盛纸源。看我们想方设法逼李依云牵扯出了苏塘，然后又眼睁睁地瞧着苏塘把谢首哄进书冢——你就不担心吗？我老板要是死在书冢里，你拿什么做筹码让我们帮你？”

镜缓缓道：“用来交换那部书冢，即便是他的遗体，我觉得也应该够了。”

一杯咖啡猛地泼在镜的脸上。娇媚女郎眯起眼睛，漂亮的双眸之中满是肃杀之气。

“生气了？”镜拿起桌上的纸巾，不气不恼地擦去脸上的污渍，“可我不能冒险，一丁点都不行——我策划了那么久，只有这一次成功的机会。

“苏塘虽然造纸天赋极高，但内心十分懦弱。看他的造纸就知道了——书冢的力量那么强大，但无法主动攻击。我几乎能反弹任何异能伤害，可如果敌人不正面发招，就和一个普级没有任何区别。”

他自顾自地说下去，仿佛压抑了很久：“我的造师曾经坚信异造师的身份能够为他抵挡一切风雨，带他走向辉煌。可他落难的时候，不仅这个身份丝毫不起作用，我这个初窥之赏同样束手无策。最后完全是靠丁家的权势，他才获救。从那时起，苏塘便觉得权势才是这个世界最有用的东西。他的性格做不了顶梁柱，而丁之重正好又需要他这样的人，加上丁大小姐这份恩情建立的信任，两人很快就勾搭在一起。”

“因为你没能帮到他，苏塘就不信任你了。”娇媚女郎冷笑道，“他是造师，难道不知道你的天赋能干些什么？”

“如果他会坦然承认这是自己的问题，也不至于会和丁之重走到一起——不过，这说到底，并不是他不信任我的根本原因。”镜的眼神慢慢带上一抹悲伤，“苏塘投靠丁之重后，为帮他做那些见不得光的事，写造了百叶，制作出第一部书冢。

“可丁之重认为，百叶的天赋能够随时修改书冢的设定，其中风险太大。后来没多久，百叶就出了‘意外’。一个制书人一辈子只能制作一部书冢。对苏塘来说，百叶已经没有价值了。”

“那怎么会有两部书冢呢？”娇媚女郎问道。

镜回答道：“有一次，苏塘在书冢里关了一个异级纸人。那个异级十分强大，居然突破书冢逃了出去。可百叶已经死了，无人能够修改书冢的设定。所以苏塘便用同样的原文，又写造了一个纸人，同样取名百叶。百叶造生后，苏塘让她制造了第二部书冢，一部专门针对纸人制作的书冢。

“在制作第二部书冢的过程中，我曾经暗示过百叶，苏塘可能会旧戏重演。”他的声音低沉下来，“可是百叶说，就算如此，又有什么办法呢?我们的天赋太过被动，根本无法反抗苏塘。况且有丁之重的纸人在，我们也逃不掉。

“不出我的意料，第二部书冢制成后不久，百叶便失踪了。我什么也做不了。就像苏塘一直说我的那样——关键时刻，一点用处也派不上。

“直到几年前，我才发现百叶偷偷给我留了一封信。信里只有一张被撕下来的书冢书页。”镜抹了一把变得潮湿的脸，“然后我才记起来，第二本书冢快要制好的时候，百叶曾很仔细地告诉过我，如何去修复被撕下的书页。”

随着丁之重审判日期的临近，京华市民众几乎见面必谈关于他的话题。毕竟近年来落马的大人物中，数他的声望和地位最高。而其所犯的罪行，也完全能够用来止小儿夜啼。

“这个时候，大概也只有石主任还会关心我的成绩。”简墨按挂电话，苦笑道，“最后那几门考试，他说不是我本人考的，成绩不作数，下学期重来。”

“明天丁之重的公审会，您去看吗？”简要难得没表现出幸灾乐祸，很体贴地换了个话题。

简墨摇摇头，“需要我做的都已经做完了，打落水狗的事就交给别人吧。苏塘的死，造纸管理局怎么说？”

“我已经安排好了，按正当防卫处理的。”简要笑道，“其实您不用担心，就算尸检发现他身上没有致命伤口，也不会有人怀疑到魂力攻击上去。到目前为止，造纸学术界对魂力波动的认识，还停留在魂歌和魂力暴动的层面上。况且异能种类这么多，无痕迹地杀死一个人太常见了，这并不是什么出奇的死因。”

“话虽如此，但既然我能够运用魂力攻击，难保这世界不会有其他人也能。罢了，以后小心为上吧。”简墨叹了一口气道，“我的那个……复刻纸人，现在怎么样了？他自己有什么打算吗？”

“他可能在等待你宣判他的命运。”简要笑意敛起，“虽然相貌一样，可性格实在是差很多。”

“丁之重没有我的详尽资料，写出的纸人能做到与我生物痕迹一致就很厉害了。石主任的复刻，我只相处不到三分钟就发现异常了。”简墨突然起了好奇心，“当初你是怎么判断出他不是我的？是发觉他的性格和习惯与我不同吗？”

“不完全是。”简要从书房的一只抽屉中拿出一个紫檀木盒，“最开始是因为贺子归送来了这个盒子。”

简墨定睛一看，发现放在盒子里的正是他在碧海长鲸所用的抚心牌。只不过紫檀木盒放的并非一枚，而是两枚——两枚一模一样的抚心牌，连穗子上穿的珊瑚珠都是相同的。

“碧海长鲸的历练者所用的抚心牌都是独一无二的。岛上有专门用来存放抚心牌的库房，当历练者再次前往时，便会取出独属于他的那枚，以便累积认同度。贺子归那日取牌的时候，无意间发现你的抚心牌变成了两枚，便带着这两枚抚心牌来找你，但那时你已经动身去了万山总部。”

简墨拿起两枚抚心牌沉思起来。

简要继续道：“贺子归还说，相同的事情以前不是没有发生过。他找过当时的外事长老，得到的回复是，不用理会，只当没发生过。此后若再有，也照此处理。贺子归虽觉得不妥，但是碧海长鲸的手也管不到岛外历练者身上，所以只能作罢。”

“贺子归是看在我送了他《造纸简史》的情分上，才特地来提醒。”简墨将抚心牌放回紫檀木盒，“纸人对魂力暴动都无感，想来更无法根据魂力波动来区别原人个体。所以抚心牌应当是绑定了历练者的DNA——当这世界上出现两个相同的DNA拥有者，抚心牌便也相应地变成两个。”

如此看来，建造碧海长鲸的人所图似乎不小。简墨心中默想，去碧海长鲸的都是些什么样的人？这样一群人的DNA信息数十年积累下来，该是多么恐怖的信息库。

“得了贺子归的提醒，我立刻去了万山总部。”简要声音低沉，“可一见面，我便隐隐察觉那人不是你。我怕自己认错，立刻去楚中市请连主任来确认。若非抚心牌一直都是两枚，让我确定你还活着，我都不知道……自己是不是能够坚持到最后。”

“让你担心了。”简墨轻轻揉了揉他的头发，“好在现在我已经没事了，还因祸得福琢磨出一项保命的技能，不算亏了。”

说到这里，他顿了一顿，“那个‘简墨’，让他改名换姓离开吧。”

“您不担心他用您的名义——”简要迟疑道。

“你也说了，只有一张脸像我。便是没有他，世界上难道找不出来第二个与我相似之人了吗？”简墨笑道，“更何况一没杀人二没放火，我总不能送他去坐牢吧。”

在受害者家庭的集体上告和造纸管理局的公诉下，对丁之重的判决毫无阻力地通过了——死刑，三日后处决。丁之重等人的罪行不仅仅轰动了京华市，更是引来了整个泛亚上下如潮的批判和声讨。就在处决书发布当日，十二联席长同时举行公投。长老会会长秦高最终宣布，剥夺丁之重万山地区席主身份，剥夺苏塘席位长老身份，并将两人开除出十二联席。造纸师联盟、纸人权益协会、各地造纸研究所等组织的官方也纷纷发文谴责。

造纸管理局法纪科的会面室中，苏夫人正一边抹着眼泪，一边与丁之重说话。

“我想尽办法，也没能在判决时见你一面。”苏夫人声音哽咽，“父亲也不肯出面帮忙。”

“证据确凿的事，判决也只是走个过场。你做再多也无益，不必内疚。至于父亲——”丁之重脸上看不出一丝气恼，只轻轻笑了一声，“听说，丁家也发了谴责声明？”

“之重，”苏夫人红着眼睛瞪着丁之重，“这次你们真做得太离谱了！你和苏塘为什么不跟我说这事？如果我知道——”

“二姐，你也觉得我错了吗？”丁之重打断了她。

苏夫人突然觉得弟弟平静的语调下有一种令人毛骨悚然的东西，让她欲言又止，最后禁不住避开目光。

“二姐，我从来都知道我做的事情有多残忍。从第一次起，我心里就很清楚。”丁之重眼睛望着前方，好像在讲别人的故事，“但我没有后悔过。这么多年来，尽管父亲不认我，一卓更是对我恨之入骨。可在这万山，谁不知道丁家是我丁之重要守的？本以为再撑几年，等一卓能够完全立起来了，我再设法退出来，谁知道……罢了，这样也好。一卓不是从我手上接下席主的位置，以后闲言碎语也会少些。我只是，我只是——”

他不知道想到什么，眼眶慢慢地红了，用手指搓揉着额头，让人看不见脸上的表情。过了好几秒丁之重才放下手，声音恢复之前的平静："只是来不及把苏塘摘出去。”

苏夫人反倒忍不住，小声啜泣起来，“不是你的错，是我对不住他。”

丁之重目光柔和地看着苏夫人，“如今我是出不去了。二姐，你能最后帮我一个忙吗？”

苏夫人忍住了抽泣，整理好情绪，“你说，我一定办到！”

“不好好在家休养，你跑到这里来做什么？不会是来看丁之重前日的处决吧？”石正源在学校附近见到简墨，忍不住叫住他。

“不是。”简墨笑道，“身体早好了。昨天丁师兄打电话来，说他参赛的原文要调整，让我去看看魂笔需不需要修改。我们约在唐宋碰头。”

“我正好也有事要告诉你。”石正源笑道，“新秀赛的获奖名单刚刚下发到我这儿了。你的作品名列第一。本来以你大一生的身份，拿这个名次质疑的人肯定不少，结果现场那场测试让所有的评委都对你点了头，尤其是梁少麟……那场审理会总算做了一件好事。”

他叹了一口气，“我这几日想想，老谭还是对我手下留情了，只是把我锁在他家地下室里，没把我交给苏塘，否则我就是那本书里第463具遗骸了。”

简墨看过造纸管理局的公告，自然知道谭长秋因被判了30年有期徒刑，今生大概没有再出来的可能了。

“老谭早年收受贿赂被老婆发现。争执的时候，老谭推了她一把，没想到人就没了。他怕被人发现，便找到了丁之重。”石正源叹了一口气，“没想到，一步错，步步错。这些年做下的事情反比过去更坏上十倍。日子表面上风光无限，内里却是提心吊胆。如今儿子也与他闹翻——不提了，他这也是自作自受。”

告别了石主任，简墨在唐宋里等了十分钟，丁一卓便到了。两人就原文的改动讨论了近一个小时才结束。

“本想约你在我家见面的。”丁一卓问，“是因为丁之重的缘故，觉得不自在吗？”

简墨迟疑了一会儿，坦陈了自己的顾虑，“丁爷爷那天的状态确实不太好，丁之重又刚刚……我怕他见了我，难免触景生情。”

“真正的受害人是你，要怪的话，也该是你怪我们才对。只是……事涉生死，爷爷到底有些放不开，所以也不敢坚持叫你过来，怕招待不周。”丁一卓解释道，“爷爷向来通情达理，倒是苏圆——算了，不说她。”

丁一卓在唐宋门口与简墨告别，“新魂笔的原材料和工具这两日我会准备好，后天你来我家制笔吧。还有，东一区预赛那天你有时间吗？”

“8月1日？”简墨想了想，“好像没什么安排。”

“你若无事的话，陪我进场吧。”丁一卓主动发出邀请，“这次比赛的选手都是异造师起步，而且是东一区最年轻的一批。他们不像那些已经年长的异造师，大多已经有固定合作的魂笔定制师。我们可以提前一个小时进去，看看能不能结识一些人。”

简墨明白这是丁一卓的示好之意。经过公开揭露丁之重罪行一事，他也清楚自己引起了许多人的注意，以后想要如从前那样低调恐怕已经不行。再则，他迟早也要接触更广阔的圈子——说不定哪天，就能够摸到熟知镇魂印的那个圈子。

“好，我一定去。”简墨承了他这份好意，笑着答应了。

送走了丁一卓，简墨踏进书房，便见简要拿着紫檀木盒正一脸严肃地等在里面。

“发生什么事了？”简墨瞟了盒子一眼问。

简要打开盒子，“抚心牌碎了一个。”

简墨愕然，上前一步，不敢置信地看着碎片，“这，这才几天，怎么就——”

“我已经通知万千去查他这几天的行踪，看看到底怎么回事。”简要说。

简墨隐隐感到一种不安，却又说不出来为什么。这时，他的手机响了起来。

“院长？您有什么事……找他？”简墨目光一闪，看了简要一眼，谨慎地回答，“他几天前就离开了，如今人在哪儿我也不清楚……有什么问题吗？什么？！”

他直接点开通话外放，把手机放在两人中间。

李铭的声音清晰地传了出来：“……根据死状，造纸管理局怀疑，有人将丁之重复刻的这一批纸人的诞生纸做了‘逆化’处理。你是否能够找到你的复刻纸人，看看他是不是还活着。”

“我知道了。”简墨郑重回答道，“如果找到他，我会通知您的。”

简要看着简墨挂断电话，“看来原因已经找到了。”

“丁家是从造纸之术盛行初期就崛起的世家。他们知道‘逆化程序’也不是没有可能。”简墨握紧手机，“我早该想到的。”

“少爷，现在不是懊恼这件事的时候。”简要此刻脸上一点笑容都没有，“如果这批诞生纸自始至终只有丁之重一人知道，如何会被逆化？如果不止丁之重知道，那人必然也是他信任的人。可那人不赶在丁之重被判决之前‘逆化’复刻纸人，造成死无对证的局面，反而在被处刑后才动手，这到底是为什么？”

在简要的提示下，简墨也发觉到其中的蹊跷，可一时半会儿还想不明白问题所在。

“因为做不到。”简要神色凝重地说，“我听说，判决书下达后，丁之珍去看了丁之重两次。”

简墨想了想：“难道是丁之重把诞生纸的藏匿之处告诉了丁之珍，让她把诞生纸逆化了？也不对，那她何必去两次？”

“丁之重死到临头，会拜托家人做这种单纯只为泄愤的事？”简要耐心地摇头，“如果只是这样，你那位李院长还需要专程打电话来‘提醒’你？”

简墨起初脸上仍旧一片茫然，十多秒后他猛地瞪大了眼睛，“他复刻了自己！”

“所以第二次去造纸管理局探视的，根本不是丁之珍。”简要这才点点头，“丁之重作为三级异造师，手中的造纸无数。想要将一个纸人伪装成丁之珍混进去，再将真正的丁之重变成丁之珍的模样换出来，并非不可能。”

“他出来后，便逆化了那462张诞生纸。他这是——”简墨忽然明白了简要此刻在警惕什么。

“是嘲笑和威吓。”简要冷淡地看了一眼窗外，“嘲笑我们费尽心思还是没能让他受到应有的惩罚，也是威吓我们——他正躲在某个角落，一旦窥探到机会就会实施报复。”

碧海长鲸的我思峰，君羡长老与徒弟也在谈论丁之重。

“子归，那位丁之重郎君的抚心牌也曾经变成过两枚的事，你未曾向谢公子提及吧？”君羡长老有些担忧地问。

“师父放心。之前因涉谢公子本人安危，弟子念及赠书之谊，才对他示警一二。至于其他事情，弟子自然不会提起。”贺子归笑道，“但我想，以谢公子的聪明才智，应该也能猜到了。”

君羡长老拈着胡子，长叹道：“岛外俗事纷扰，人心叵测，实不是我等静修之人能够插足。原人对自己族人尚且如此冷血，待纸人更若如薄纸一张。四百余块抚心牌，竟然在一夕之间尽碎。前段时日，为师每每想到谢公子斩钉截铁地拒绝，总有些耿耿于怀。如今看来，他才是对的。眼下碧海长鲸能安然世外，已是万幸。至于诞生纸的事，还是静待时机，从长谋划吧。”

“师父说得是。”贺子归应道，“原人这般视纸人的生命如草芥，迟早都会自食恶果。白先生不是说过了吗？那一日……迟早都会来的。”

丁家别墅中，丁一卓正在整理着带入赛场的物品。

“你赶在赛前造生细瞳，就是为了明天见谢首？”丁爷爷瞥了眼旁边一名身材娇小的女性纸人。

“也不全是。细瞳的异能界面所示的蓝值代表个人天赋，但未必一定是造纸天赋。”丁一卓微微垂下眼帘，声音迟缓下来，手上的动作也慢了下来，“不过，万一他是……的话，我想有个心理准备。”

丁爷爷看着孙子认真的模样，没有说话。

“一直以来，我都自以为给予了他足够的重视，但结果还是轻视了他。”丁一卓继续道：“经过了那场审理会我才知道，我所了解到的谢首，不过是谢首允许我看到的部分。他真正的实力，我是一无所知的。”

“这种感觉很不好。”他深吸了一口气，“尽管我们现在是合作关系，但若是对合作伙伴的实力没有正确的认识，将来难免陷入被动。尤其是，如果他所掩盖的，是造纸天赋恢复的事实的话，那就说明他还有更深层的秘密被藏在下面，否则就无法解释这种举动了。”

丁一卓顿了顿，抬起的眼中闪过一道锐光，“总而言之，等明天细瞳见过谢首，我就能对他的实力有所预估了。”

《造物者之歌3》即将出版，精彩预告

简墨魂力波动的异常是否会被丁一卓证实？他身上老练纯熟的魂笔制作技术究竟从何而来？在京华大学求学期间，他是否能够查明杀死封三的凶手？躲在暗处的丁之重又会在何时卷土重来？

新学期伊始，简墨将以参观者的身份，第一次踏入掌控造纸界核心权利的三大局。而他在京华市的展露头角，吸引了造纸界实际统治者李家的关注，开始追查他被连蔚收养前的经历。失踪已久的简东也毫无征兆地出现在纸人管理局，却不肯与养育十六年的儿子见面。

东一区预赛惨遭恐怖袭击后，纸人管理局下令进行新一轮纸人团体普查。纸原矛盾持续激化，并将恶果扩散至泛亚每一个人的身边。两难的抉择再次摆在简墨的面前：是遵从固有的身份，安享造物者的荣耀？还是顺从自小被印刻的认知，为纸人的自由而战？

敬请期待下一部——《造物者之歌3》！

读客®

激发个人成长

多年以来，千千万万有经验的读者，都会定期查看熊猫君家的最新书目，挑选满足自己成长需求的新书。

读客图书以“激发个人成长”为使命，在以下三个方面为您精选优质图书：

1. 精神成长

熊猫君家精彩绝伦的小说文库和人文类图书，帮助你成为永远充满梦想、勇气和爱的人！

2. 知识结构成长

熊猫君家的历史类、社科类图书，帮助你了解从宇宙诞生、文明演变直至今日世界之形成的方方面面。

3. 工作技能成长

熊猫君家的经管类、家教类图书，指引你更好地工作、更有效率地生活，减少人生中的烦恼。

每一本读客图书都轻松好读，精彩绝伦，充满无穷阅读乐趣！

畅销巨著《藏地密码》系列全套

一部关于西藏的百科全书式小说
了解西藏，就读《藏地密码》

从来没有一本小说，能像《藏地密码》这样，奇迹般地赢得专家、学者、名人、书店、媒体、世界知名的出版机构以及成千上万普通读者的狂热追捧，《藏地密码》是当下中国数千万“西藏迷”了解西藏的入门读本，也是当下畅销的华语小说。

《藏地密码》被广大读者誉为“一部关于西藏的百科全书式小说”。

翻开《藏地密码》，犹如进入一幅从未展开过的西藏千年隐秘历史画卷……从横穿可可西里到深入喜马拉雅雪山深处，从藏獒“紫麒麟传说”到灵獒“海蓝兽传奇”，从宁玛古经秘闻到格萨尔王史诗，从公元838年西藏黑暗时期的“朗达玛禁佛”到1938年和1943年希特勒两次派人进藏之谜……跟随《藏地密码》的脚步，您将穿越西藏深不可测的千年历史迷雾，看尽西藏绵延万里的雪域高原风光，走遍西藏每一个传说中永不可抵达的神奇秘境。

从《藏地密码》中，您还可以了解到不可思议的古格地下倒悬空寺、西藏极乐之地香格里拉，以及西藏历史上突然消失的无尽佛教珍宝去向之谜……雪山、圣湖、墨脱、象雄、布达拉宫、密修苦僧、传唱艺人、帕巴拉神庙、古藏仪式、千年兽战、神秘戈巴族、死亡西风带……一切都如此神秘、神奇、神圣。通过《藏地密码》，您将与西藏这一千年来所有隐秘的故事和传说逐一相遇。

一部带您重返中国一切神话、传说与文明源头的奇妙小说
山海经密码
大全集
阿菩 著
同名影视剧
火热制作中
现象级畅销书
山海经密码
阿菩 著